现世的冰雪少女，请快点清醒过来

这里，是安提拉的中央，也是所有冰雪少女的归宿

不要迷失在这里，否则，安提拉的水流会把你卷入深渊

所以现世的冰雪少女，请快点清醒过来

『哇……好可爱，戴上它去到外面会不会飞起来呢？』

『哈哈哈，这个是蝴蝶，真的会飞哦。』

今后我终于可以不用挂着手杖走路啦！）
太好了……等姐姐治好沫天的声音，沫
生活了！"

中山出版
ZHONGSHAN PUBLISHING
香山开文脉 好书读百年

千 河 之 歌

LymT 著

南方传媒 广东人民出版社

· 广州 ·

图书在版编目（CIP）数据

千河之歌 / LymT著. —广州：广东人民出版社，2023.6
ISBN 978-7-218-16682-7

Ⅰ.①千… Ⅱ.①L… Ⅲ.①长篇小说—中国—当代 Ⅳ.①I247.5

中国国家版本馆CIP数据核字（2023）第099484号

QIANHE ZHI GE
千河之歌
LymT 著

出 版 人：肖风华

责任编辑：李锐锋
特邀编辑：吴嘉文
装帧设计：陈宝玉
责任技编：吴彦斌　周星奎

统　筹：广东人民出版社中山出版有限公司
执　行：王　忠
地　址：广东省中山市中山五路1号中山日报社8楼（邮编：528403）
电　话：（0760）89882926　（0760）89882925

出版发行：广东人民出版社
地　址：广东省广州市越秀区大沙头四马路10号（邮编：510199）
电　话：（020）85716809（总编室）
传　真：（020）83289585
网　址：http://www.gdpph.com
印　刷：广东信源文化科技有限公司
开　本：787mm×1092mm　1/32
印　张：13.375　　插　页：5　　字　数：277千
版　次：2023年6月第1版
印　次：2023年6月第1次印刷
定　价：68.00元（共两册）

如发现印装质量问题，影响阅读，请与出版社（0760-89882925）联系调换。
售书热线：（0760）89882925

故事开始之前

缠着我写下这个故事的，是一个爱讲故事的"女孩"。

十二岁生日那天，看完《木偶奇遇记》的我被其中角色匹诺曹的成长感动得泪流满面。当擦干眼泪回过神时，一只蓝色眼睛的白色"团子"出现在我眼前。

"想不想听故事呀？我也有很棒的故事哦！"（"团子"居然会说话！）

虽然很惊讶，但我还是带着试探性的口气询问道："你是？"

然而这只"团子"只重复一句话："想不想听故事呀？我也有很棒的故事哦！"

它看起来像是不太聪明的样子呢。于是我把它收进抽屉里。抽屉关上的瞬间发出很大的声响，使我倾听起房间外面的声音。可门外寂静无声，妈妈依然忙于工作还没有回来。我叹了口气，上床盖好被子，盯着天花板上的星空图案，进入无限的遐想。

后来我把它取名叫"白团团"。它跟着我进入初中，喜欢待在我的肩上看我上课，抑或在书包里打盹。别的同学似乎看不到白团团的存在。初中阶段是心理产生极大变化的时期，其间虽然我保持小学时期的交友习惯，但白团团一直是我最重要的朋友。唯一能让我完全袒露心扉的，只有白团团。

"我好想讲故事哦！"白团团哭喊道。

"那，白团团听我讲一些学校的事情，我就听白团团讲故事。"

白团团点头如捣蒜，结果都是听我讲了一半不到，它便已经呼呼大睡。

我苦笑着把它收进书包里，心想：是啊，有谁真会放下手里的东西倾听孩子倒的苦水呢！大人都认为孩子像童话里那样无忧无虑地生活着吧。

有了白团团的存在，无论是遇到学习、练琴上的问题，或是交友之间的问题和委屈，我几乎都是向它倾诉。渐渐地，我发现这样做对白团团太不公平了。14 岁的某一天，我捧起白团团说道：

"我想听白团团讲故事，可以吗？"

白团团的蓝色眼睛如同星星般闪闪发光，它一连吐出好几个故事。听完第三个故事的我，非常"生气"地问道："怎么都是关于你和'姐姐'的故事呀？"

白团团脸红地嘿嘿笑着，可能是害羞了吧。尽管都是一些零碎的日常故事，但每个故事的结果都令人为之一振，所以我耐心地听完每个故事。只是不知道它口中所说的"姐姐"是何许人也，可能是存在于另一个地方的另一只"团子"吧。心想连"团子"都有姐姐，我自然是略带醋意的。

随着与白团团生活的时间久了，我逐渐发现，我心境的变化也在影响着白团团。一开始只重复着一句话的白团团变得越来越"智能"，并主动为我分担生活上的困扰。不管对错与否，白团团一直站在我的立场上安慰我，令我非常感动，也给予我主动承认错误，或是主动寻求和解的勇气。在这个世界依然纷争不断之时，我正逐渐变成一个脾性温和的人。而白团团也以我意料之外的速度成长着，终于有一天，我睁开惺忪双眼的时候，看到的不再是一只"团子"，而是……

"你是……白团团吗？怎么变成这个样子了啊……"我惊讶地注视着眼前这翠蓝色眼睛的白发少女问道。

"人家本来就是这个样子的。"少女脸红地扭头说道。

初中毕业后的某一天晚上，没有得到任何"安利"的我接触了人生中的第一部日本动画，这是一部历史上获奖数最高的日本动画。看完后我思绪万千，也理解这部作品为什么能够获奖无数了。

此时，我戳着白团团的脸蛋说道："说不定白团团就是吸收我过多的负面情绪之后，才能变回少女姿态的呢。"

白团团躲闪着我的手指说道："人家明明只是一个无情的讲故事机器罢了。"

进入高中，我变得开朗了不少，其间加入学生会，结识了许多好朋友。白团团为我讲故事的次数也多了起来。高考结束后，白团团萌生了一个想法，那就是把她的故事写下来。

"写书？不写不写。"我非常干脆地回绝了白团团的请求，虽然我会偷偷地把她讲的故事记在笔记本上，但那些都只是零零散散的日常记录罢了。

看着白团团抿着嘴的样子，我回想起她这六年来对我树立正确三观与塑造人格的帮助，一次次地带给我希望与快乐。即使别人看不见她，但她确实是存在的。虽然我很感激她的帮助，但此时的我还没有写下一本故事书的勇气。

高考结束后的暑假，我沉浸在历史的海洋中，迷上读书，白团团也喜欢读书。我们就这样背靠背地读着各自喜欢的书籍。

明朝在辽东的惨状令人压抑，我放下书问道："白团团在看什么哇？"白团团回答道："《亚律弦章》的'传说篇'。"

手里的《五千年》突然不吸引我了，我转身道："我也想看。"白团团收起自己的书，傲娇地说道："要是你答应我写故事，我就给你看。"

手里的《五千年》突然又吸引我了，我翻到"宁远之战"那篇看了起来。

晚上，我看起一部两个少女在末日的废土上旅行的动画，内心一直对这种反乌托邦式的题材保持着强烈关注。此时白团团凑了过来，问道："你在看什么哇？"

想起早上的事情之后，我放下手机，微笑着说道："不给你看……"

白团团用异样的眼神盯得我心里发毛，最后我还是带着她看完这部动画。

这是白团团第一次看动画看得泪流满面，她带着哭腔对我说道："我想起了和姐姐度过的时光。姐姐曾对我说，如果能一直这样温馨地度过每一天，就十分满足了。"

此刻，我结合白团团这六年以来所说的故事，第一次认真地回想起她的身世。我呆呆地看着眼前这个擦着眼泪的少女，想起12岁的自己，那个喜爱着童话，长大后想当一名作家的自己。也许真有那么一天，我也能够实现儿时的梦想，写出一本"让100个读者感动流泪"的作品吧。

得知我要开始写下她的故事了，她的神情看起来比我第一次愿意听她的故事还要开心，也许我们之间早已不是意识之间的朋友那么简单了吧。

她清了清嗓子，开始她的诉说："这是一个发生在遥远的彼方，另一个世界尽头的故事……"

LymT

2018 年 8 月 14 日

目　录

一、相遇，或是重逢

"雪，一直在下呢。"

"夜以继日，无休无止，就像唤潮一样。"

这是一个在史籍《亚律弦章》里被称作"雪域"的地方，在古老的封建时代，这块被狂风暴雪肆虐的高寒之地让极北的开荒者望而却步，并留下"夫卡于"（世界之尽头）的称呼。经过千百年的变化之后，这里早已不是当初只有雪和泥土的不毛之地了。过去被称作夫卡于的地方，很多都保持着原来的样子，只有风暴失去它们的野性，一些坚强的生物才能在此立足。

夫卡于在极北人民的心中是一种神圣而不可冒犯的象征，即使是今天为逃避战争而迁徙至此的斯托克人，也从来不敢以夫卡于人自居。封建时代流传下的童谣如是唱道："夫卡于是半神的故土，雪虐风饕是半神的怒吼。"所以，夫卡于是危险的，是不可逾越的，它的地理位置在极北所记载的典籍里一直发生着变化。

如今的夫卡于代表着斯托克人身后这座布满悬崖峭壁的山脉，它就像一座高墙隔绝了人类对更北地区的探索，也符合大部分极北人对夫卡于的印象。然而鲜有人知的是，它的地貌发生过很多次变化，毕竟这里发生过太多令人感慨的事情。比起这座山的历史，善良淳朴的斯托克人更在意的是从山内流出的，能让斯托克得以在此立足的，洁净清澈的母亲河。

斯托克人曾非常希望能够找到这条终年不冻河的源头。斯托克是一个懂得感恩的民族，他们希望通过自己的双手把河的源头保护起来，然而每次动身，却都是无功而返。伴随着斯托克人逐渐习惯定居生活并放弃寻找源头这个想法之后，推动这项工作就变成旅行至此的冒险家的任务。

那些有专业器材且富有冒险精神的冒险家，经过十余年对山洞的探索，得出一个重大的结论：这条河流的源头在高山的山顶。很快，这项工作到此为止，冒险家希望进一步的探索受到斯托克人的阻碍。态度强硬的冒险家因斯托克人更强硬的态度——"不会得到补给"而抱恨离去。

斯托克人并非无进取之心，一方面是夫卡于的概念让他们从心理上排斥冒险家做进一步的窥探；另一方面是他们始终相信，母亲河就像150年前的那位女神一样，手把手教会他们的祖上种植蓝雪稻，是高山上可望而不可即的存在。自第三代村长开始，到现在第六任村长，这个信念已经深入人心。每当村里的孩子看到祠堂那座女神的铜像并好奇地问道："这位大人是谁呀？"大人总会深情地说道："是她让逃避战事的祖先来到这个陌生、生存条件残酷的地方而不再挨饿、不再受冻。虽然我们非常感激她的奉献，却连她的名字都不知道。她就像一直守护着我们的河流一样，神秘而又亲切。"

高山之上的夫卡于，是河流的发源地，是世界上最干净的地方。这里没有完整的生物圈，没有肉食性动物，没有争斗、欲望与邪恶，只有终年不曾停息的落雪和坚强地生活在雪域高原上但为数不多的动植物。最高的一处平地上，有一片终年不结冻的湖水，这座湖被几百年前的居民称作"安提拉"。

在安提拉中央的浮冰上，远远能看到一块凸起的白色物体，看起来像是孩子们堆起的雪人，只不过在夫卡于最上方，普通的生物是无法存活的，更别说其他人类了。近看的话会惊讶地发现，这块白色凸起物染上了几缕紫色，还有一丝看似从微弱呼吸中冒出的水蒸气。这是一副被冻僵但还保留着意识的躯体。

"雪，一直在下呢。"

"夜以继日，无休无止，就像唤潮一样。"

低吟一般的声音从其嘴里传出，少女慢慢睁开了眼睛，这是如紫水晶般漂亮的瞳孔。少女看起来十分年轻，她的意识逐渐恢复过来，紫色的长发和紫色的长裙。随着雪"哗哗"地抖落而逐渐显现。与此同时，安提拉中央开始浮起阵阵涟漪，湖面投射出白色的光。紫发少女紧握双手做祈祷式，整个过程持续近十分钟。随着照耀着少女的光亮逐渐消失，她的头顶又积上了一层雪，并随她一起无力地倾倒在冰面。少女看着天空的细雪轻轻地砸在自己脸上，伴随着一阵阵的空虚感袭来。她对这种感觉并不陌生，因为这种感觉正提醒着她——又到了一年一度计算年份的环节，毕竟每次仪式结束之际都是一年即将结束的时候。

少女伸出手，雪落在她的紫色手套上。她不停地弯曲着手指，嘴里呢喃着。当再次弯曲到无名指的时候，她闭上眼睛，苦笑着说道："今年是第 309 次唤潮了，我的恋雪。"

恋雪，是这位少女的名字。而唤潮，则是她刚完成的这项仪式的称呼。

她在这里至少度过 309 年的时光了。

她是雪域的居民消失在极北地区后唯一的幸存者。

恋雪虽然笑得很苦涩，但其实她早已麻木。面对习惯性的空虚和疲劳，她躺在浮冰上，抚摸着脸颊边的紫发打发时间。每到这个时候，她就会回想起和同胞们一起生活的时光。如今只剩下她一个人，孤独地守护着安提拉。以前想起这些事情的时候，她的眼泪都会止不住地往下流。然而时间真的可以麻木人的内心，几十年过后，她再也没有因为这件事哭过了。她认为这是上天对她的惩罚，活着的惩罚。每当她想要轻生的时候，想到安提拉不能没有自己的时候，她就告诉自己必须活着。这是她母亲生前最后的愿望，也是她活下去的唯一动力。

雪无休止地下着，恋雪在疲惫中不知不觉睡着了。雪落在她的身上，把她淹没在雪海里。在零下十几度^①的低温中，安提拉依然能保持着不结冻的状态。当恋雪再次醒来的时候，已是下着大雪的夜晚。擦了擦脸上的雪后，恋雪仰望着天空，心想：该回家了呢，不出意外的话，今年也是一次平淡无奇的唤潮。

恋雪从浮冰上跃入湖中，身上的雪在水中融化。恋雪甚至能在水中感受到一丝温暖，安提拉就像亲人一样照顾着她。即将靠岸之后，恋雪优雅地从水中跃起，身上并没有湿，这是她作为守河一族的特殊体质之一。她们把这种体质称为"与水

---

① 本书表述温度统一为"摄氏度"。

共生"。

进入安提拉之前，一盏冰火提灯和一件紫色的长披风就放在恋雪的旁边。恋雪用手指划出一道冰火点燃了提灯，拍了拍长披风上的雪，把它抱在怀里并没有穿上，可能是不想弄脏它，或许是恋雪喜欢雪落在头上的触感，让她的紫发变成短暂的"白色"。在伸手不见五指的路面上，恋雪凭借安提拉的"指引"朝着家的方向走去。

家里的蓝雪稻已经不够吃了，过几天下山，用织好的布料和村长交换一些吧。还有下次下山途中再采集一点雪莲花吧，已经有一个多月没喝过新鲜的雪莲花茶了。恋雪如此计划着，只要平时多找点事情做，就能变得不那么孤单了。

"啊！"突然，恋雪脚上触碰到了什么东西，把她绊倒在地。提灯和披风一同落在雪地上。虽然身体倒在软绵绵的雪地上不至于受伤，不过恋雪还是很疑惑：奇怪……我记得这里并不会有石头呀。

更令恋雪惊讶的是，这一块凸起的地方貌似在动。恋雪重新点燃了冰火提灯，虽说暗蓝色的火光并不算很明亮，但还是能略微看到凸起的物体在挣扎。

会不会是迷路的小动物什么的？恋雪感到担心。可她深知即使是高原动植物在夫卡于的上方也是没办法生存的。她举着提灯，轻轻地朝着凸起的地方照过去。感受到灯光的物体快速地缩进了雪堆里。

恋雪吓了一跳，虽然昏暗的灯光照耀到的东西给她一种既熟悉又陌生的感觉，但此时，她更担心雪地下面如果出现塌方会引起氧气不足的问题。她立马放下提灯，开始伸手把四周的积雪挖开。徒手挖开一个大洞并非易事，但恋雪并不在乎辛劳，也许她现在更在意的，还是雪底下那个微弱的小生命吧。

终于，在不到一米的雪地下面，恋雪第一次接触到和积雪不一样触感的东西。它更像是……

"头发？"恋雪很吃惊，为了确认自己的猜想，她再一次轻抚着雪底下缠绵的丝缕。接下来的事情更加确定了恋雪的猜测：雪底下的小生命慢慢地探出头，是一位白发少女，她用一双在黑夜中闪烁着翠蓝色微光的眼睛注视着恋雪。她的神态看起来虚弱无比，轻轻地喘着气。

她的眼睛给恋雪的感觉就像雨雪过后的晴天一样，那是一年之中少有的能带给恋雪快乐和希望的天气。与白发少女对视的那一刻起，恋雪的视线就再也无法离开她了。直到白发少女转移了视线，开始轻轻地挣扎着，恋雪才回过神来并担心地说道："请等一下，我现在就帮你把上面的雪给挖开。"压在白发少女身上的积雪和下着的大雪，都让救援工作变得十分艰难。

恋雪把提灯放在了女孩的旁边，暗蓝色的火光能给雪地下的女孩带来一丝光亮。恋雪一层一层地把雪挖开，即使戴着手套，手指也能感觉到一阵接一阵的疼痛。整个过程持续了接近二十分钟，女孩大半个身子已经露出来。女孩的身上并没有任何穿着，可在零下十几度的环境下还能够保持着意识。难道她是……

强烈的求生欲使女孩双手不停抓着雪面想努力起身，但下半身的积雪依然压得女孩动弹不得，使她不得不保持着趴在雪地上的姿势。恋雪顾不上思考更多，拉起她的手并说道："虽

然可能会有点疼，但我一定会努力救你出来的。"提灯下，女孩的双手看起来非常纤细。在用力拉动的过程中，恋雪能够感觉到女孩手里的无力感，她的呼吸比之前更加微弱，脸已经埋在雪底下。即使是恋雪，也不能在零下十几度的低温下一丝不挂地保持着。恋雪从女孩的腋下抱住她，尝试用尽全力一把将她抱起来。结果，恋雪一下子就成功了，女孩的身体意外的轻盈，加上恋雪用力过猛，两人一起失重，倒在了地上。

　　恋雪看着刚被救出来的、正趴在自己身上的白发女孩。女孩昏迷了过去，虽然她的身子很冷，恋雪却感到有一股热流正从自己的身体传递给她。事后恋雪回忆起来，当时自己的表情一定和躺在安提拉的浮冰上时一模一样，盯着天空发呆，嘴巴微张，脑海里胡思乱想着，但心情是完全不一样的。

二、现世的冰雪少女

　　给女孩系上自己的披风后，恋雪背着她回到小木屋。小木屋是用质量上等的冷棉木搭建的，冷棉树是极北一带的特产之一，木材的特点是不易腐烂，所以这座小木屋经过风吹雪打几百年也从未大修过。除此之外，用这种木材造的房子密不透风，十分保暖。屋内十分简朴，一进门就能看到右前方的床，往左相继坐落着床头柜和好几个书架，书架上整齐摆放着很多书。左前方的角落有一个很小的灶台和一个小锅，锅碗瓢盆屈指可数。往前一点是一张桌子和三张凳子。进门右手边有一个副房间，里面摆放着织布机、大大小小的柜子和许多杂物。这里没有所谓的电，也没有油灯。屋内的照明由冰火点燃各个墙角的冰火灯提供。冰火不同于普通火烛，它是一种使用冰元素的法术，通过对冰种进行燃烧发光，对人类没有直接威胁，火光更暗且更柔和，但冰火会让周围的温度变得越来越低。因此，冰火无法用来烤熟食物。对恋雪而言，冰火最大的用处就是提供照明，毕竟光亮能让无助的冰雪少女在夜晚感受到希望。

　　恋雪轻轻地把女孩放在床上，为她穿好睡衣，盖上棉被之后，点燃了屋内的冰火灯。暗蓝色的火光照亮了这个看起来像是十三到十四岁的孩子，尽管她的脸色依旧苍白，但呼吸声逐渐顺畅起来，身上的寒气一阵阵地冒出，这是体温正在逐渐上升的信号。

随着倒悬的心逐渐放下来，恋雪第一次看清了女孩圆润可爱的脸，温柔的目光正不断倾洒在女孩的身上。也许是紧张的情绪有所平复，手指上的痛感强烈起来，恋雪脱下手套，看到因长时间挖雪而受伤的手指。她先去灶台煮好一锅温热的清水，随即润湿一条毛巾盖在女孩的头上。然后，她把双手浸入装好温水的脸盆里，看着自己受冻的双手不断冒出气泡。

这两个做法都是守河一族的特殊疗法，因为体温的恢复会加快身体水分的流失，盖在头上的湿毛巾能够帮助女孩补充水分，同时用水修复外表受伤的结构。这都是与水共生的能力。

不过，恋雪这时并不能完全确认这个女孩是否同为族人。即使她有很多特征与自己相似，例如身体温度较低，有象征性的纯白色头发，但这些都不能从根本上证明她就是自己的同胞。更何况那个时候，她们明明都已经……

正当思考着这个女孩的真实身份时，一个想法从恋雪的脑海中闪过：那是很久以前恋雪完成"成人仪式"前，用以证明自己曾是普通人的办法。她看向躺在床上的女孩，视线扫到床边柜子上的剪刀。她站起身，从柜子上拿起剪刀，坐在女孩的身边。

"对不起啦。"恋雪轻声说道，闪烁着冰火灯光的剪刀刀片逐渐贴近女孩……

恋雪轻轻地剪下女孩的一小撮头发，并在头发即将落下的一瞬间迅速接住。

恋雪用左手紧紧抓住头发，右手放下剪刀，好久没有这么紧张、激动过了，因为在头发落下的一瞬间，一切谜团都将被解开……

迟迟不敢松开的左手抽搐了一下，如细雪般的白发在空中悠悠地飘落。不到一秒钟的时间，恋雪用右手接住了一段头发般细长的水滴。

恋雪双手紧握在胸前，无力地跪在地上。麻木的心第一次打破坚冰，感情从五脏六腑里迸发出来。她失声痛哭着，长期以来承受的孤独与痛苦，以及种族中只有自己孤身一人的绝望，都将在今天得到彻底粉碎：

绝对不会错，绝对不会错！

这个女孩，就是……

冰雪少女。

冰雪少女，是恋雪同族的通称，这是一个曾经生活在夫卡于，充满着悲情色彩的种族。《亚律弦章·传说》中记载，冰雪少女的祖先——祈雨女神玉絮，因为和风神拉露恩相爱而誓死不愿接受雷神的婚约，后来遭到神罚，被逐出万神殿。万神之主最终将她放逐至夫卡于，并永远剥夺了她与异性繁衍后代的能力，用于惩罚她与拉露恩的"异端"爱情。

放逐至卡夫于，可以说是一个置人于死地的惩罚，因为这里除了茫茫大雪，几乎什么也没有，连生存都成问题，甚至还要遭受极北半神们的冷嘲热讽。祈雨女神在恶劣环境下孤独生活了一年，最终靠着顽强的生命力和忍耐力得到极北半神们的同情。

掌控着极北秩序的巨鹿半神提亚瓦斯把不动山（一座休眠火山）夷为平地，被称作巨兽的半神菲特喝光地底下的熔浆，最后提亚瓦斯把不动山上的积雪倒入地底，积雪融化后成为今天安提拉的湖水。夫卡于的地貌得到极大的改变，极北第一座不冻之湖就此诞生。

万神殿中本有许多同情玉絮的神，几年过后，生命女神冒着生命危险前往极北，为玉絮带来许多能在极北生存的动植物，特别是粮食女神的蓝雪稻和自然之神的冷棉木，这让体质逐渐变得与常人无异的玉絮不用再挨饿受冻，能继续在这片条件残酷的土地上坚持下去。在临别之时，生命女神抱紧以往的挚友，并在玉絮的丝带上系了一个信封。待生命女神离开之后，玉絮取下挚友留下的信封打开，里面是一份契约。

这是一份在极端条件下繁衍后代的生命契约，需要玉絮把自己的血肉之躯化为九月胎儿。胎儿出生并抚养到一定的年龄段后，在安提拉重复这个过程，就能保证后代的出生繁衍。玉絮接受了这份生命契约，生下两个女孩并把她们抚养成人，教会她们种植食物、建立家庭、抚养后代的方法，最后只身投入安提拉，完成生命契约交给她的最后一步。玉絮化为河流之母护佑着她的后代，即之后的冰雪少女一族。

冰雪少女是人间第一支由神族繁育的后代种族，也是一支无法穿插任何其他异族血液、血统最单一的种族。她们一直过着与世隔绝的生活，以至于在人迹罕至的极北，很长一段时间里，都无人知晓她们的存在。

拥有神族血统的她们保持着许多普通人所没有的独特优势，例如这份普通人无法接受的生命契约，冰雪少女称之为"成人礼"。完成成人礼后，原来的身体由湖水填充，成为安提拉的一分子，这时她们才会被称作真正的冰雪少女。水化后的身体能够极大地延缓冰雪少女的身体发育速度，使她们即使生存几百年依然保持着青春年少的样子。

冰雪少女在成人礼过后，身体所有的结构一旦脱离本体，都会迅速水化。所以成人礼之前，她们都会选择剪下自己的一撮头发以证明自己曾经是一名普通的少女。这就是恋雪剪下女孩的一小根头发的主要原因。

不知不觉中，恋雪趴在床边睡着了，她确实很累，不仅刚经历了唤潮，而且在暴雪之中用双手救下了自己的同胞。然而，这一觉她睡得并不安稳，无论是吊灯碰撞着墙壁发出的声音，还是大风击打着窗户发出的声音，抑或是木门发出"咿呀"般的声音，都令恋雪无一例外地醒来。浅睡比醒着更让人感到折磨，但是恋雪希望早些看到女孩苏醒，这样就能向她询问一些冰雪少女的记忆了。

恋雪第四次醒来并不是因为声音，而是感觉有东西接触到她的头发，敏感的她立马就抬起了头。她看到的是女孩那只纤细的手，还有那双如晴空般纯净的眼睛正在与她对视。恋雪欣喜地问道："啊，你醒啦？"白发女孩眨了眨眼开始转移视线，好奇地打量着周围的事物，精神似乎恢复得不错。

"这是我的家哦，虽然有点小。"长期不和同胞对话的恋雪甚至感觉到一丝害羞。

女孩看向恋雪，小嘴微张，喉咙虽然在颤动，但她没能发出任何声音。

"不要急，不要急，慢慢来。你恢复意识不久，不要勉强。"

恋雪说道。

女孩不断尝试着说话，但都没能成功。她看起来非常沮丧，双眼闪烁着泪光，看起来十分可怜。恋雪的眼泪忍不住在眼眶里打转，她一边为女孩擦拭眼泪，一边安慰她道："不要哭，不要哭。身体恢复前先放心在这里住下，我会帮你调理好身子的。"

女孩伸出手掌，盖住自己的右耳，摇了摇头。恋雪理解了这个动作的含义，女孩现在不仅说不出话，也听不见恋雪在说什么。正当恋雪想要搀扶着她起身时，女孩瞳孔突然收缩，咬着牙，抱住身子开始发抖，表情看起来十分痛苦。恋雪非常吃惊，她打开棉被，发现棉被和床单都已湿透，说明女孩的身体流失了大量水分。女孩缩成一团，身体散发的寒气比先前盖住被子时更为明显，恋雪甚至能听到女孩极小的呜咽声。

恋雪立刻把原先的棉被放在一边，在衣柜里拿出新的棉被、床单和睡衣。恋雪决定先帮女孩换上新的睡衣，但女孩的上半身还在不停地流失着水分，恋雪只能先用毛巾为她擦拭身子。恋雪记得这种现象，这是一种叫做低烧的症状，是冰雪少女比较常见的一种疾病，在刚完成生命契约的冰雪少女身上尤其频发。临床症状为身体降到一个不合理的温度，这个体温区间在零下 5 度到零下 10 度。因为身体逐渐凝固和对水分的排斥，进入身体的水分就会不断外流。低烧患者需要非常细心的照顾，否则很有可能因此失去生命。生命契约能让冰雪少女永葆青春，但代价也是很大的，而低烧是冰雪少女最感到煎熬的三种疾病之一。

　　不过，女孩的低烧现象和上述的低烧有着本质上的区别，正常的低烧是从冰雪少女的正常体温（零下5度到零上5度之间）下降到低烧温度，而女孩因为长时间埋在雪里，身体接受了冰雪的温度。所以，她被救出来时的体温在零下十几摄氏度，回到正常的外部环境之后，身体的恢复自然是要经历低烧的温度区间，这对女孩身体恢复而言是最为严峻的考验。

　　得而复失的感觉让恋雪惶恐不安，她小心翼翼地擦拭着从女孩身上冒出的水。擦水补水是治疗低烧最原始的办法，但很快她就意识到女孩流失水分并不是身体凝固和对水分的排斥，而是体内坚冰正在融化的过程。恋雪在女孩身上铺上两条干毛巾，为她换好衣服和棉被，然后转身拿木头回到炕上生火。不断的蹲下和站起来让恋雪感觉到头晕目眩，但女孩短促的咳嗽声使她重新振作。她用温暖（15度左右）的湿毛巾擦拭着女孩的头部，同时喂她喝温水。在不断尝试中，恋雪找到了治疗女孩特殊低烧症的最好办法。看到女孩在努力和病魔抗争，恋雪不时抚摸着她的额头，在她的耳边轻语："请一定要坚持下去，恋雪真的希望和你一起看到如你眼睛一般，如被雨雪滋润过的晴空。"

　　即使女孩听不到，这种饱含着爱与希望的想法也会传递到她的心里吧。

　　恋雪再一次趴在床上睡去了，这一次，她睡得很熟。入睡前经过她悉心照料的女孩的脸已经变得红润起来，看样子是度过了最痛苦的低烧期。即使恋雪希望能够再次守候到女孩醒来，她的精神与身体状态也不允许自己这么做了。然而这一次熟睡，恋雪做了一个每年唤潮回来都会做的噩梦：

在远处的火光，那是恋雪人生中第一次看到四处可见的黑色浓烟，与冰雪少女的白色世界格格不入。一个看不清脸的人，她把恋雪轻轻推入了安提拉，并用深情的笑容对着恋雪说着：

"恋雪，一定要好好活着哦，安提拉会一直与你同在的。"

恋雪落入了安提拉。当她反应过来的时候，那个白色的身影已经离她越来越远。恋雪拼命地呼喊着她的名字，痛苦地说道：

"不要……不要丢下我……"

"为什么……"

恋雪下方的安提拉，有一股强烈的暗流在涌动。这是她人生中第一次看到安提拉的"愤怒"，不，应该说，她是唯一一个见证安提拉"愤怒"的冰雪少女。安提拉的上方掀起了一股几米高的巨浪，朝着浓烟的方向席卷了过去。落入暗流的恋雪被压得喘不过气，并随之惊醒了过来。

几百年来，恋雪每年都会做同样的噩梦，梦见同样的浓烟，同样的微笑，同样的白色身影，同样的巨浪。唯一不同的是，那张白色头发下的脸，在每次噩梦醒来之后都会更加模糊。也许是因为已经过去了几百年，也许是唤潮仪式的副作用，和一族生活过的那段完整的记忆现已经逐渐化为碎片。

恋雪抬起头，看到的是那双让她重新感受到希望的翠蓝色的大眼睛。两人四目对视着，女孩貌似有点害羞，半边脸埋在了被子里。这是一个暂时失去语言能力和听力的冰雪少女，恋雪正心想着如何与她交流。

试着写字看看吧？恋雪这样想着，从书架上拿出纸和本子。

她看一眼书架上的木钟，已经过了下午四点。看样子我睡了近十个小时呢，恋雪一边心想一边在本子上写下"下午好哦"，然后回到床上，展示给女孩看。

女孩皱了皱眉，恋雪感觉用写字的方法并不可行。虽然冰雪少女以前会通过手语来和无法说话的同胞交流，可是恋雪已经把这项技能忘到九霄云外了。她立马反应过来女孩不一定能用到手语交流，毕竟女孩昨天是想张嘴与自己进行对话的。

这时候，女孩伸出右手，想接过恋雪的本子和笔。恋雪把本子递给她的同时，思索着：要不画出来也可以呢，虽然我的画功一般，但如果能做一些简单交流的话……

女孩在本子上认真地写着。恋雪对此感到惊讶：难道她是识字的吗，还是说她写的是别的文字？因为女孩是躺着写的，恋雪暂时看不到她写的是什么。

不一会儿，女孩把本子和笔交给恋雪。恋雪看到本子上的内容后，发出"啊"的一声，同时轻拍了一下自己的后脑勺。她想起来了，冰雪少女在学习认字之前，还需要学习拼读的注音。而女孩写的就是这些注音。女孩写得很工整，但纸上有不少空出来的地方，可能是因为有些注音不会写。恋雪照着大致的意思来拼读：

谢谢你救了我。我昨天肯定添了好大的麻烦，我好难过，但我的身体好奇怪，就像是做了一个漫长的梦。现在的我脑海一片空白，什么都想不起来了。

恋雪读后心情有点复杂，她刚从一个记忆逐渐模糊的梦中苏醒过来，所以非常明白失去记忆的感受是什么样的。为了进一步确认女孩是否记得自己的身世，恋雪在本子上写下注音："你还有以前在这片土地上生活过的记忆吗？你是冰雪少女哦。"

女孩用手指不停轻敲着"冰雪少女"这一段注音，尝试拼读着，可能她完全忘了"冰雪少女"是什么意思吧，所以拼读起来十分困难。过了一会儿，她把本子交还给恋雪，摇了摇头。

恋雪用注音在本子上写下："那，你还记得自己的名字吗？"

女孩看着本子，闭着眼睛摇了摇头。

被埋在雪里这么久，醒来的时候却连记忆都没有，好可怜……恋雪难过地想着。女孩挣扎着想起身，可身体没有完全恢复，动身显得非常困难。恋雪见状，搀扶着她坐起。女孩轻轻地咳嗽着，看起来低烧的影响还没有完全消失。恋雪想起来今天两人到现在都没吃过东西，女孩会不会早就饿坏了，于是她给女孩写下"我去做点吃的去哦"后，动身前往灶台。

冰雪少女对食物的要求相当苛刻，她们的身体接受生命契约后完全由湖水填充，消化功能已经退化到一个相当脆弱的地步。普通人正常摄入肉、蛋、奶作为营养食品，但冰雪少女则完全消化不了这些食物。但是，这种消化系统让冰雪少女只需通过补充水分和摄入少量谷物就能维持身体运转，在夫卡于这种极寒且常年降雪的环境条件下，却可以理解成一种适应环境的"进化"。

在斯托克人生活的海拔较低的地方，即冰雪少女一族曾经居住的地方，能够种出蓝雪稻和粗粮。这些也是冰雪少女的主要食物。因为蓝雪稻无法生长在海拔较高的夫卡于高原，所以每年恋雪需要携带一些特殊物品下山与斯托克人做交易。除此之外，高原上有一些其他雪域特色的植物，会作为冰雪少女的副食。

冰雪少女对摄入水分也非常讲究。与水共生的能力让冰雪少女受损的身体只需要吸收干净的水一段时间就可以恢复，也可以让冰雪少女只需要摄入一定量的水分即可维持身体运转。但是，与水共生的对象必须是纯净的天然水，其他液体或者是水的合成物都有可能引起一些奇怪的反应。比如酒类，普通人尚能酒过三巡，但冰雪少女对酒的反应会比常人强烈不少，一旦大量的酒精进入身体内部，非常容易构成生命危险。即使是普通人喝了身体不会出现任何反应的牛奶，冰雪少女接触后，头脑都会变得浑浑噩噩，甚至不省人事。

基于以上原因，冰雪少女不愧为极北一带对食物最没有"欲望"的种族，不吃肉、不喝酒，在食物短缺的时候，只摄入纯净的水也能不至于挨饿。长此以往，这个种族已经养成忌口的饮食习惯，也保持着非常健康的基因。

恋雪打开米罐，只见米罐已经见底，剩下的米只能熬出一人份的粥。恋雪咬了咬牙，决定往锅里多放一点水熬成稀粥。粥很快熬好了。恋雪先盛了一碗粥水，把较多的粥米装在了另一碗里。天逐渐黑了，恋雪点燃了室内的灯，然后把粥放在点燃着冰火的灯旁。冰火的另一大好处就是能让温度较高的食物降温。对冰雪少女而言，食用温度10度到20度的食物最为适宜。不一会儿，恋雪把粥端到床边。女孩那双大眼睛一直看着恋雪。待恋雪走近后，她把本子举起，上面用注音写道："谢谢姐姐给我做吃的，可如果姐姐不吃的话，我是不会吃的。"

本子的背后，能看到半张红着的脸。女孩第一次用"姐姐"这个称呼，让恋雪心跳加速了不少。她想起来自己以前和同族少女一起生活的时候，自己是同辈里最小的，所以一直都是称其他冰雪少女为姐姐。长久以来都受到"姐姐们"照顾的恋雪，以前习惯地以"妹妹"自居，如今过了几百年，能再次与同族的女孩姐妹相称，让恋雪有种熟悉而温暖的感觉。也许自己可以成为独当一面的姐姐了吧？恋雪美滋滋地想象着。

回过神来，恋雪意识到女孩如此询问，一定是因为看到自己打开米罐的那一刻愁眉不展的样子，担心把吃的全留给她了吧？所以恋雪接过本子，在本子写下一段话，递给女孩：

"我煮了两碗，你看桌子上还有一碗呢，所以不用担心啦。"

女孩抬起头，顺着恋雪手指的方向，看到那碗仍然冒着热气的粥水。因为光线太暗，女孩看不清另一碗装了多少，思想单纯的她放心地接过恋雪手里的碗和勺子，慢慢地吃着。恋雪温柔地看着她，心生感慨："明明是需要被照顾的对象，却在意着我，真是既可爱又可怜的女孩呢。"这时，女孩放下手中的勺子与恋雪对视着。恋雪意识到自己的发呆引起了女孩的注意，于是捧起自己那碗还在桌上的粥回到床边，故意把碗抬高来喝。

喝完粥，恋雪一边开始忙着洗碗，一边不时看着窗外思考：没有食物是一个非常现实的问题，还好今天天气不错。每年到了这个时候都会缺米，所以她一般都会在唤潮结束后挑选一天下山交换物资。而这一年的唤潮结束于今年的最后一天，换句话说，今天也是新年的第一天。虽然恋雪对新年这种日子早已感到麻木，但新年第一天的夜晚，由于斯托克人会有过年夜的活动，她担心交换地点过于热闹而自己会被斯托克人认出。但如果不下山的话，明天就得喝水充饥了，女孩的身体还在恢复期，不能总靠喝水维持。

权衡过后，恋雪坚定了今夜下山的想法，现在的问题只是确定上下山的时间。今天家里多了一个需要照顾的女孩，还好她现在身体状况稳定，稍微向她说明一下情况，让她独自留在家里一会儿，应该问题不大吧？恋雪心想着。

洗好锅碗的恋雪回到床边。女孩举起本子，上面用注音写着："要是我也能帮上什么忙就好了。"恋雪笑着温柔地抚摸着女孩的白发。她的头发白得像雪，长长的，站起来应该能奄拉到膝盖往下。因为长时间躺在床上导致头发上方看起来有点乱，不过仔细一看，女孩耳边凸起两根短短的发梢，看起来还挺可爱的。

恋雪拿起床头边的梳子，轻轻地梳理着女孩的头发。恋雪很喜欢听到梳子经过头发时发出的"唰唰"声，好怀念啊，到底有多久没这样为别的女孩梳理过头发了？恋雪惬意地享受着这个过程。女孩就不一样了，恋雪接触到女孩头发的那一刻，她的心咯噔了一下，然后保持着心跳加速的状态，享受着来自同族姐姐的关爱。

明明希望自己能够做点什么为姐姐减轻负担，姐姐却给我梳理起头发，啊……或许这样子就是在帮助姐姐减轻负担呢。女孩害羞地想着。这是恋雪印象深刻的一次经历。恋雪感觉女孩很懂事，欣慰地想要摸摸她的头时，看到了她乱糟糟的头发，这让恋雪本能地拿起梳子。恋雪不仅忘了自身的劳累，也忘了女孩想要帮助自己的心。

　　不过这件事还有一个有趣的小插曲，女孩虽然身体保持着不动，但手还是在动的。本来就容易害羞的她，在这次梳头中感到十分亢奋，在纸上画了整整一页的连续的"v"，很明显是失去了部分意识呢。虽然这一页后来已经被女孩撕掉了，不过"vvvv①"变成了女孩后来写日记的习惯性的、可以用来表达各种心情的"万能后缀"。不过这些都是后话啦。

　　恋雪帮助她打理好头发，接过本子（此处略过恋雪看到一页的"v"的表情和话语！），用注音写下："我今晚要下山去一趟村庄交换点吃的回来，可能需要几个小时。你可以耐心等我回来吗？"然后把本子交给了女孩。

　　女孩嘴里念念有词地拼读着，读过好几遍，在本子写下注音："姐姐注意安全，我会等你回来的。"

　　看到这句话的恋雪放心了不少，此时，她内心在意起女孩恢复较慢的双腿。她轻轻掀开下面的棉被一看，发现女孩的双腿状况依然不乐观，连基本的挪动都会成问题。以防万一，她用本子补充道："我会尽早回来的，记住千万不可以离开床哦。"女孩点了点头。恋雪搀扶着她睡下，为她盖好被子，便拾起门边装好需要交换的物品的箩筐，穿上披风出门了。

---

① 全书多处使用"vvvv"，意为女孩用来表达各种心情的文字符号。

三、异乡人与守序者

　　恋雪生活在夫卡于高原上方，海拔比斯托克人居住的地方高了近两千米。连接着恋雪与斯托克村落的，是一个接一个的陡峭山坡。这种危险至极的悬崖峭壁，普通人基本没有上行的方式，只有冰雪少女才有特殊的手段通行。

　　恋雪有两种办法前往斯托克村。一种是将身体水化融入安提拉，跟随湖水流入下游，这条路直通村落，容易暴露，而且离交换地点非常远。另一种则是水化流入山间缝隙，这些山间缝隙就像四面八方的交通网，能够通向这座山不同的区域，比如雪莲花田、冷棉树的种植区等。而通向最底下的线路，终点在村长家的后花园。通过缝隙下山需要四十五分钟，通过水路则快三倍。然而出于交换地点远和容易暴露的原因，恋雪下山更喜欢穿行于山间缝隙。

　　从家出发到山间缝隙需要半个小时，综合考虑诸多因素后，恋雪给这次出门预定了三个半小时。今年恋雪织好的布料不多，打算中途去花田采上一点雪莲花满足自己的需要。恋雪也能借此多和村长交换一些食物，毕竟斯托克人也将雪莲花视为珍宝。是的，每一任斯托克的村长，都和恋雪保持着密切的联系。

　　恋雪独自生活的一段时间里，为了维持口粮，需要下山种植蓝雪稻。由于地广人稀，只要努力耕种一年就能满足自己两年的需要。直到 150 多年前，她与因逃避家乡战争劫难来到这里的饥肠辘辘的斯托克人相遇。

起初，恋雪打心底排斥异乡的人，但是听到他们的遭遇之后，强烈的同理心与冰雪少女内心深处的善良让恋雪慷慨地把自己种植的谷物全部交给了斯托克人。恋雪还耐心地教给斯托克人开荒土地种植蓝雪稻的方法，使斯托克人得以在此地立足。他们感激恋雪，拥戴恋雪为女神。恋雪并不喜欢"女神"的称呼，因为她希望能够和斯托克人平等相处下去。

然而，斯托克人一直都是一个单纯、懂得感恩的民族，具体表现在斯托克人对女神的崇拜上。他们一开始就把恋雪当作救世主看待。两种不同的文化观念相交，久而久之就会产生一些思想冲突的现象。

刚开始的时候，恋雪在田庄划出一小块属于自己的保留地，这块自留地和先前的种植地相比已经缩小一半。换句话说，恋雪每年都要抽时间下山打理土地以获取食粮。然而这种情况在几年之后发生了变化，恋雪发现这块土地每天都被人精心打理过，以至于她每次下山的时候都变得无事可做。

不仅如此，恋雪的沉默让村民的热情逐渐发酵。每次恋雪在收获的季节出现，斯托克人都会为她举行非常隆重的欢迎式，村民们成群结队地拥簇着恋雪，把一年得到的收成取出一部分分给她。这让恋雪每次下山都变得非常为难，下山的次数变得越来越少。从以前的一年几次，到两三次，最后到每年收获日前后的夜晚才偷偷下山采集属于自己的那一份口粮。

　　她最后一次以"公开"的方式出现在村子的时候，斯托克人已经在这个地方定居了四十多年，正值第二任村长古稀之年。

　　这一次，恋雪看到村里人为她建造的塑像矗立在村口前。她再也无法接受这种现状了。趁着夜色尚黑，恋雪来到村长的家。老村长看到深夜到访的女神十分吃惊。如果不是恋雪赶紧上前搀扶，老村长可能又要跪下了。

　　"你们对恋雪很好，恋雪非常感激。但你们实在不应该把恋雪当作神仙一样对待。恋雪只是做了我们一族应该做的事情……"

　　"在斯托克人眼里，女神永远是女神。祖先一代接一代地教导我们，做人不能忘本。"

　　"但作为恋雪自己，不能成为大家的女神呢。如果可以的话，我希望能够暂时离开村民的视线一段时间。"

　　"女神要离开我们吗？"

　　"不会真正离开啦……毕竟我曾经的家就在这里。可以的话，我想以后和你做以物换物的交易。"

　　"……"

　　"一直以来都是村里的各位帮我打理土地，但我不能不劳而获。所以，我的那份地请交给那些需要的人吧。"

　　"……"

　　"还有还有，村长能用委婉的理由告诉村民，我今后不会再出现吗？虽然有点难为情。"

　　"这些事情，女神都已经决定了吗？"

　　"决定了哦。"恋雪面带笑容地说道，"还有最后一件事，希望今后你们能叫我恋雪，不要再叫我女神了。"

"这个，这个我真的做不到，大家也做不到。"

"这是我和你们平等关系的契约。今后我和历任村长交易的事情，只能是村长和村长家里人知道。如果做不到的话，恋雪永远都不会来这里了。"

"那，"头发斑白的村长拉着自己的儿子，对恋雪说道，"这是我的儿子马克，在他继任我的位置之后，能够慢慢适应这个称呼。我年事已高，大事都交给儿子打理。面对村民对您的崇拜，他会想到一个好办法的。"

"欸嘿，这才对嘛，称呼习惯什么的，一代接一代慢慢改过来，不就好了嘛。"恋雪高兴地说道。

所以事情的经过就是这个样子的。一年之后继任的第三任村长马克，其实是一个觉悟很高的人，他年过四十岁，经历过风吹雪打，有着作为一村之长的成熟。经过父亲与恋雪那一夜的交流，他明白族人先前的做法给恋雪带来了困扰。在他与恋雪开展物物交易的第一年，便打算拜托恋雪写一封离开的信让村民意识到自己的错误，但毕竟两个民族之间的文字有一定的差别。思前想后，马克决定，在收获日上，用一个最古老且最简单的方法……

第二天，村民在恋雪原先的土地上发现了一个木牌，上面用斯托克语写着：我已经离开了，请继承我的土地吧。这是马克拜托恋雪用斯托克的文字写的木牌，但单纯的村民并没有发现"自己的女神怎么会懂斯托克语"这些细节上的问题，而是把这件事迅速传遍村子：

"女神离开我们了！"

"女神为什么要离开我们啊？我们明明那么爱戴她。"

"是不是我们做得不够好啊……"

"笨蛋！我早说过塑像要用金子打造的嘛，你们偏要做铜像。这下可好，女神肯定是看到铜像不高兴了。"

"那怎么办啊？我让马兰达重做一个金塑像的话，女神会回来吗？"

"事不宜迟，我们还不去征求村长同意？快快快！"

村民把村长家围得水泄不通，大家七嘴八舌地说着，大都是"女神去哪儿了"的问题。村长夫人带着孩子，急得三番五次敲着村长的房门。村长打算继续睡觉装作不知道，根据以往的经验，这种事情一般让他们闹个两三天就会过去。但是，计划造金塑像的人来到人群中，这个意见很快就被传开了。三人成虎，舆论一下子就变成：

"女神想要金塑像，但我们造了个铜塑像。"

"我们的女神真的是这样的人吗？"

"村长，如果你不出来同意我们造金塑像的话，我们可就要自己动手了哦！"

眼看事态逐渐失控，马克赶紧冲出房门，用力推开屋门，大声喝道："你们谁都不许动！"

这一声吼把所有人叫停了，大家看向马克村长。

马克深吸一口气，决定先把原委说明："你们都错了，女神她不仅不想要金塑像，连铜塑像都不要。她对我们过于热情的举动表示困扰，才选择离开我们的。"

村民一下子就乱了套，你一言我一语地说着。一会儿，一个村民发声了："村长怎么知道，女神是不是找过村长了？"

马克想起恋雪说过："今后我和历任村长交易的事情，只能是村长和村长家里人知道。"如果直接告诉他们女神找过自己，就会让村民知道女神和自己有联系，并暴露女神和自己做交易的事情，对今后工作的开展造成困扰。他决定这么说：

"我虽然没见过女神，但这些年我们和她交往的时候，我能很清楚地看到，她虽然一直对我们保持着笑容，但接受我们馈赠的时候总是会时不时地露出难堪的表情，这些东西会一步一步化为压力，压在她的心头上，让她认为对我们有所亏欠。而这些你们之前和女神交流的时候有没有察觉到呢？"

这段话把村民问蒙了，他们开始逐渐回想起以前的事。有一个村民想到了什么，便说道："有，有一次，我们家有一年收成很好，便想给女神一篮子玉米。虽然女神坚持不肯拿，但我还是硬塞给她了。结果第二天，那篮子玉米原封不动地摆在我们家门口。"

有一个女村民紧跟其后说道："还有我，我曾经给女神一篮子鸡蛋，她推辞着不要，脸上露出过非常不好意思的神情，就像做错了什么似的。不过最后她应该是收下了，毕竟她并没有把鸡蛋放在我家门口。"

"欸，那篮子鸡蛋是你家的吗？"又一个村民说道，"我那年收成不好，没有什么吃的，连母鸡都不生蛋，正愁着呢。第二天就有好心人把鸡蛋放在我家门口，原来是女神的啊！"

大家纷纷想起来了，几乎每个人都能说出女神曾经接受馈赠后偷偷归还或者送给需要的人的经历。这解决了许多村民憋在心里好几年的疑惑，他们茅塞顿开，心情舒畅了。村长见舆论的情势好转，便总结性地说道："女神不仅无私地教会我们在恶劣的环境中生存，还不求我们的回报。正因为如此，我们才应该尊重女神的想法，相信我们不再依赖女神的那一天，女神会回来见我们的。"

村民纷纷称是，事情总算得到了解决。村长不仅维护了恋雪的声誉，也让恋雪作为女神的地位在村里人的心中提高了一个档次。结局看似美满，但村民对女神的崇拜没有得到根本的解决。相反，村民因为女神的离去而变得愈加怀念，特别是新年还有收获日这种大节日的时候，村里的人就会自发地组织起来纪念自己的女神，最后逐渐发展成一种习俗——设立了祠堂供奉。其中一些细节，恋雪在与马克的最后一次交易中得知了。

马克已经白发苍苍，常年的偏头痛让他不得不躺在床上，但他看着仍然保持着年轻样子的恋雪，顿时理解自己的父亲为何不愿把女神的称呼抛弃而是把称呼"恋雪"的重任交给了自己。他感慨地说道："人啊，总得从内心和精神上相信着一些什么，才能更加自信地活在这个世上，这就是信仰的力量。而恋雪女神，你就是我们的信仰啊。"

马克的话中透露着无奈与感伤，他人生的后三十年为抑制村民对女神的崇拜花了不少心思。但躺在床上的他对这件事情也开始逐渐释然了。

"如果在不打扰村里人生活的情况下，恋雪愿意接受这个身份。"发自内心理解了什么的恋雪接下村长长子递过来的米袋，鞠了一个躬，温柔地说道。

"太好了。"马克用嘶哑的声音说道，他的语气里透露着满足，因为恋雪承认了斯托克人对她的敬仰。他的长子也露出了笑容，这是恋雪和第三任村长最后一次交易。村长在第二年初去世之后，他的长子成为下一任村长，并继承与恋雪的约定。此后经过三任村长几十年的经营，交换的时间变得越来越固定，而交换的物品变得越来越灵活。

恋雪一般都会在每年的四月、八月和十二月的月底下山和村长交易。几十年来，恋雪看着每一任村长从小长大成人，她的发色也从白中带紫最终完全变紫。

"岁月不饶人啊。"时间来到今年八月，已是花甲之年的村长苏感慨道，"恋雪还是那么年轻漂亮，可我已经满头白发了。"

"一直保持年轻，有时也不是一件好事呢。"恋雪笑着说道，"苏爷爷你看，苏爷爷小时候对我也是一口一个……"

"别说了，别说了。"苏连忙打断恋雪的话。

现任村长苏是一个非常有个性的人，也是与恋雪关系最好的一位村长。在苏很小的时候，称恋雪为"恋雪姐姐"，这很大要归功于苏的父亲（第五任村长）的引导，也标志着恋雪与村长一家已经发展成平等的关系。也是从那一刻开始，恋雪终于得以敞开心扉与斯托克人交朋友。苏的开朗与活泼深深地感染了恋雪，两人迅速成了无话不谈的好朋友。苏会告诉恋雪一些外面世界的精彩之处，恋雪则会告诉苏过去有关一族的美好往事。在保持对冰雪少女一族好奇心的同时，苏也继承了对外人守口如瓶的习惯。

苏二十八岁继任村长后，对恋雪的称呼从"恋雪姐姐"变成了"恋雪"，而恋雪对苏的称呼则从"小苏"变成了"村长"，有时会调皮地称其为"苏叔叔"。两人的关系一如既往，其间苏与安结婚，生下了独子诺维奇。恋雪在与苏交流往事时，坦白自己过去的记忆正逐渐消退。苏意识到斯托克村正是建立在冰雪少女的废墟之上时，强烈的责任感使他开始了长达二十年为恋雪寻找过去记忆的时期。

二十年间，苏很好地担当了寻找恋雪记忆的摆渡人，他组建了一支施工队，不间断地开挖村落的地表，但由于施工技术的不熟练，塌方的事件时有发生。为了解决这个问题，苏历尽千辛把诺维奇送到北部最好的理工大学进修专业技术，而这个决定也让恋雪缺少了对这个孩子的照顾。

这二十年的收获是颇丰的。苏的施工队找到许多残存的废墟，为恋雪带来了不少珍贵的文物书籍，虽然它们大都已残缺不堪。特别是后期诺维奇的加入，使施工队的效率提高了两倍。当然，以上的工作都是在绝大部分村民不知情的情况下秘密进行的，施工队对外统一的口径为"加固地基"。

恋雪很感激苏与他的施工队对她的帮助。然而，这种感激之情在二十年后的某一天化为极度的自责。在一次施工中，出现了史无前例的大塌方。诺维奇与施工队四名成员长眠于村落西边的一个小山坡下。这场毫无征兆的意外不仅沉重打击了苏与安，也像一把锋利的刀插进了恋雪的胸膛。独子的死亡，让苏做事开始变得过于谨慎小心，这种情况直到两三年才得以好转。

淳朴善良的村民不愿看到乐善好施的村长晚年无子陪伴，便商议让出一位村民的婴孩，偷偷送到他家门前，此时正值苏五十八岁。苏收养了这个孩子，取名为乐乐。在斯托克的语言中，"乐乐"这两个音有开心果的意思。苏希望这个孩子能够成为自己和老伴的开心果，更希望他能够继承村长的意志，成为恋雪的下一任交换者。

此时恋雪对苏的称呼已经变成了"苏爷爷"，这是一个令苏特别"不悦"的称呼。每每恋雪如此称呼的时候，苏都会反驳说："我可没有那么老，叫我苏就行。"也许，这种奇妙但滋味并不好受的称呼变化只有冰雪少女才能体验得到呢……

这个时期，出于对诺维奇离去的自责，恋雪把所有的关爱都加倍倾注在了乐乐上。乐乐和小时候的苏相比更加矫情，同时也是一名聪明伶俐的孩子。

"姐姐要走了，姐姐今年还会下来陪你玩的哦。"

"我想上山找姐姐玩。姐姐能带我上山吗？"

恋雪一下子就被问住了，只能模棱两可地回答："以后有的是机会哦。"

这是恋雪唯一无法给乐乐履行的诺言。

12月的斯托克村，与山上飘着一样大的雪，但山下明显热闹得多。即使是刚采摘完雪莲在山缝间穿行流动着的恋雪，也能听到烟花鞭炮的爆炸声与村民交流的声音。

村民沉浸在欢乐中，使恋雪到达地表后得以悄悄地恢复身体而没有被村民发觉。恋雪暗自想着：村民看到我的话，还能认出我吗？明明连发色都变得不一样了呢。她摸了摸自己及腰的紫发，感觉头发有点过长需要剪短一点了。

身体恢复得差不多了，恋雪背起箩筐，走近村长的后门并有节奏地轻敲着。与其他村民家中敞开的大门不同，苏的家里特别安静。

两短两长的敲门声是恋雪和历任村长的约定，只要听到这个节奏的敲门声，村长和家人们就知道是恋雪前来拜访了。

很快，门开了。开门的是一位满头白发，但身体健壮、精神矍铄的老人，看起来并不慈眉善目。然而这并不妨碍恋雪用调皮的口吻鞠躬打招呼道："苏爷爷好呀。"

"怎么今天又开始见外了，不过听语气肯定是遇到什么高兴的事情了吧？"苏问道。

恋雪抬起头惊讶地回应："哎呀，苏这都能察觉到。"看着苏胡子上翘的得意表情，恋雪补充道，"因为今年唤潮回来的时候发生了令人激动的事情。"

"哦，是吗？"看到恋雪的发言略感神秘，苏伸手招呼道，"来，进屋再聊。"

"苏今年好像没有举行新年活动呢。"恋雪问道。

"人老了，玩不动咯，"苏摇了摇头，"而且我估摸着，你也快到了，这不是在等你嘛。"

"谢谢苏爷爷！"恋雪感激地说道。

"喂喂，不要叫我爷爷，你叫安奶奶没问题，但不许叫我爷爷。"苏装作不满地说道，"那，今年遇到什么状况了？"

恋雪把昨晚的情况一五一十地告诉给了苏：

"唤潮之后回来的路上，我像是踢到什么被绊倒了，没想到居然是一个冰雪少女。仔细一看，她还在动呢。她看上去样子和我差不多大，身体由于长时间在雪里冻着，所以非常寒冷。背她回家后才发现，她听不见我说话，也无法说话，今天才刚从低烧的折磨中走出来。所以，我就让她住在我家里啦。"

苏爷爷仔细地倾听恋雪说完，然后沉重地点头说道："嗯……现世居然存在着新的冰雪少女……不过啊，对你而言说不定是一件好事，一个人在山上住了几百年，也该有个伴啦。"

"嗯？"恋雪突然脸红，慌乱地说道，"啊哈哈哈……倒也不是在意这个啦。现在她很需要被照顾，然后，说不定她在别的地方会有家什么的……"

"夫卡于，一直以来都只有你一个人吧。"苏胡子略微上扬，"那，你找到和她共同交流的方式了吗？如果听不到又说不出话，手语应该是最方便了吧？"

"我们有时会用手语做一些最简单的交流，但是，我们也可以通过写一些注音交流。"恋雪尝试为注音做进一步的解释，"这是冰雪少女识字前的一种语言，一般都是小时候学的。"

"哦，那她说不定是曾经作为冰雪少女生活过一段时间。"苏继续沉思着，"她对于同为一族的记忆有什么印象吗？"

"没有呢，她甚至连自己的名字都想不起来了。"恋雪低下头，视线转到箩筐上，突然想起刚采集不久的雪莲，便指着箩筐说道，"苏要不要尝尝看新摘的雪莲？"

"哦？那必须尝尝看了。"苏一下子来了精神，他捧起一朵雪莲津津有味地说道，"其实挺羡慕你的，能在高山之上找到这么好看的雪莲花。"

雪莲花习惯生长在高原之上，是一种十分珍稀的植物。这种植物越在恶劣的环境下，越能开出漂亮的花朵。雪莲花的开放情况在恋雪所在的高原与斯托克人居住的地方形成鲜明的对比。斯托克村虽然也属于海拔较高的地方，但开出的雪莲不仅数量很少，而且果小味差。而在海拔更高且一年多雪的山上，雪莲花却长出一个花田。高山上的雪莲花淡淡飘香，能够给人一种诗情画意的美感。

雪莲具有极高的入药价值，对普通人而言，说是包治百病也不为过。不过这个"包治百病"对冰雪少女而言不太实用。所以冰雪少女以前对雪莲的使（食）用方法仅限于泡茶喝。雪莲花茶是冰雪少女非常喜欢的饮品，毕竟雪莲也是冰雪少女为数不多的可食用之物。因为雪莲花作为药引能够"包治百病"，所以斯托克人视其为珍贵之物，毕竟物以稀为贵，用于泡茶对他们而言就等于挥霍掉了。

恋雪回答道："可是上面种不出吃的呢，又不能一直吃雪莲花。"

"如果可以种出来的话，村民就完全没有盼头了。"苏看向窗外，说道，"这种寒冷的日子能够这么热闹，说明他们还是期待着你能回来的。"

苏转头看向恋雪，她只是看着窗外发呆。

他感慨地叹了一口气，走进屋内。不一会儿，他拿出两袋米，放在了恋雪的箩筐旁边。

恋雪的眼神注意到多出来的米袋，问："欸？这是？"

"多一个冰雪少女，毕竟还是要多一份口粮的。来，收下吧。"

苏的白胡子再一次微微上扬，说道，"今年本来收成就很好，这袋本来是想送给有需要的人的。你需要它，就拿着吧。"

"这不行的，我不可以白拿你的东西。"恋雪推辞着说。

"年纪越大，回想起往事时就越感慨。"苏说，"恋雪啊，族人150多年来一直奉你为女神，因为你确实做了一件特别伟大的事情。"

"不要这么说，我只是尽了守河一族的职责而已，你们愿意低调接纳我，不暴露我的身份，我已经感激不已了。"恋雪说道，"不过，苏今天真奇怪呢，以前从来都不说这个的。"

苏看向恋雪，眼里满是复杂的情感，即使一直以来，恋雪都是苏的好朋友，苏也非常乐意和恋雪保持着朋友的关系。但另一方面，随着年纪的增大，苏开始不断正视着恋雪作为女神的身份。这是难免的。虽然嘴上从来不说，年轻的朋友关系牵制着他的一半思想，但另一半的思想实际上正逐渐往老一辈村长对恋雪的崇敬方向奔去。

而这些，恋雪也若有若无地感受到。不过她依然和苏无话不谈，每次交谈中都努力让苏找回过去交流时的感觉。

恋雪走向箩筐，把箩筐里的布料和属于苏与自己留着的那两份雪莲花都取出，放在桌子上，然后打算把米袋装进箩筐里。不过，当握住了米袋的那一刻，她愣了一下，看向苏。

"好……好沉。"

"收成好，收成好。"苏转过头不看恋雪。恋雪知道苏是故意的，内心感激之余，觉得自己相对来说给的东西太少了点，便对苏说：

"多出来这一袋的米，下次下来我会用布料还清的哦。"

"就不能当作我的一份心意吗？"村长故作生气说道。

"不可以哦，冰雪少女不善于欠别人人情。"恋雪则是用比较调皮的语气回答，把米袋都放进箩筐里后，便说，"很晚啦，我得回去了，说不定她已经很担心了呢。说起来，乐乐和安奶奶还没回来吗？"

安是苏的夫人，在称呼苏为爷爷的时候，对安的称呼也变成奶奶。今晚是年夜，他们出去游玩串门了。

"不晚，前几年这个时候应该还在拜访……"门外传来声音，苏看向门外并说道："嘿，真是说回就回。"

推门而进的，正是安奶奶和乐乐。乐乐第一眼就看到恋雪，兴奋地奔了进来：

"是恋雪姐姐！"

"小乐乐乖，摸摸头。姐姐要先回去啦。"恋雪温柔地说道。

"不一起玩会儿吗？"

"姐姐今天来了客人，走不开了哦。"

"那，我能去姐姐家里玩吗？"

"现在还不行哦，以后有机会的。"

"欸？每次都这么说。"乐乐嘟起了嘴。

"乐乐，不许闹脾气！小孩子都是这样的，你先走吧。"安说道。

"嗯，谢谢安奶奶。"恋雪走前再次摸了摸乐乐的头，说道，"乐乐乖，姐姐下次一定陪你玩。"

安想随着门出去送送恋雪，被苏叫住了。

"雪越下越大，让她这么来回跑，真是难为她了。"安说。

乐乐走近苏身边，瞪着大大的眼睛问道："爷爷，爷爷，今晚还能像以前一样和我说说恋雪姐姐的故事吗？"

"当然可以。"苏爷爷摸着乐乐的头笑着说，"不过老规矩，不能和外面的人说起。不然以后爷爷就再也不讲故事了。"

"嗯，我一定不说。"乐乐捂住了嘴，表示保守秘密。

"太晚了，乐乐快回房间准备睡觉吧。"安催促道。

"明明今年是乐乐回来得早。"乐乐看起来不乐意地说道。

"但平时这个时候早应该睡觉了吧？快去准备吧。"安说道。

"好吧，奶奶晚安。"乐乐听话地走进房间，因为过一阵子，爷爷会在他熟睡之前给他讲恋雪姐姐的故事。虽然都是一些苏小时候和恋雪之间的故事，但乐乐非常爱听。虽然乐乐知道恋雪非常特别：住在高山之上，而且一年只能见三到四次，但与村长契约之间的事情，乐乐是不知道的。苏打算等乐乐成年懂事之后，再告诉他这些。乐乐就像每一任村长的孩子都很听话一样，都没有向外面袒露与恋雪的关系这些事。

苏看着窗外的雪，和安说道："今晚恋雪说，她在山上发现了一个新的同伴。女神终于也不再孤独了啊。"

"真的啊？"安露出了笑容，看到苏的点头示意后，60岁的安奶奶拍着手掌跳了一下，开心地笑得像孩子一般，可能是激动得有点说不出话而一直重复着，"太好了，太好了……"

"瞧你高兴的样子，"苏笑道，"所以啊，明天想给莫尔救急的那一袋米，我给她了，上面多一个人毕竟要多一份口粮。"

"没关系，我明天再去收拾一袋给他吧。"安说，"我们最多就省吃俭用一个月而已，说不定莫尔下个月就能把米还给我们了。"

苏的胡子动了一下，站起身，向房间走去："讲故事喽！"

安看着苏进门的背影，笑了笑，继续收拾着桌上的东西。

四、孤身的变化

极北一年大部分时间都处于昼长夜短的状态，且四季都会下雪。而在夫卡于，一年下雪的时间超过三百天。大雪之夜基本是常态，雪夜带来了严寒、可视度低的问题，所以夫卡于的夜晚看上去特别危险。实际上，这里并没有凶残的野兽，除了容易迷路以外，没有需要特别注意的地方。

冰雪少女对雪夜有着独特的视野空间，所以在雪夜赶路不成问题，加上冰雪少女的体温较低，能适应寒冷天气。恋雪的紫发和紫披风也成为她在夜晚的保护色，能够很好地隐藏自己而难以被外人发现。

苏爷爷家种的蓝雪稻特别好吃，而且是新鲜的稻米，明天就能让女孩好好果腹一顿啦。恋雪美滋滋地想着，然后转念一想：自己出门的时间是否有点晚了，有点担心她等得焦急了。有了尽早赶回去的想法之后，恋雪感觉自己身上的两袋稻米都变轻了。

恋雪的身体水化之后，身上的箩筐也会化为一定的重量存放在内部的"载体"里。不一会儿，恋雪便通过山间缝隙回到山顶。复形之后，恋雪凭着直觉在雪夜快步前行着，很快就看到了她的小木屋。屋檐上的一盏冰火小灯照亮了门前，是恋雪出门前特意点燃的。门前如先前一样堆满了雪，但今夜的雪堆却高出了一个角。

恋雪刚开始对这个熟悉又陌生的一角有点疑惑，直到看到并未完全关上的屋门，才意识到情况不对。恋雪连忙卸下箩筐，奔向门口，用手擦掉角上的雪，便摸到了女孩白色的头发和冻僵的脸蛋。

原来呼啸的北风让女孩的心里十分担心与焦虑，明明腿还没恢复，却艰难地挪下床，然后爬到门外，抱着对恋雪归来的期盼与大雪融为一体，昏迷过去。

女孩的脸被冻紫了，呼吸也很微弱。恋雪在抱住她一下子就哭出了声："小傻瓜，小傻瓜，为什么不听姐姐的话跑出来啦？姐姐说过会很快回来的。"

"都是姐姐的错，呜呜，对不起……"

眼泪滴在女孩脸上，女孩轻轻地咳嗽了两声。恋雪赶紧把女孩抱进屋里。接下来，恋雪再一次重复着昨晚的工作，给女孩洗脸、换衣服，换床垫被子，烧点柴火放炕上，给女孩盖上被子后，最后才回头把箩筐和米袋收拾回屋。

天色微明之时，女孩醒来了。醒来时，她发现自己躺在恋雪的床上，右眼有一道泪痕，也许是雪留在眼睛里被融化了。她扭了扭头，看向右侧，有一个小脸盆，记得第一次见面的时候，恋雪用毛巾和装着温水的小盆子给她擦拭脸颊。顺着床的方向往下看，女孩看到了恋雪，恋雪就像昨晚一样趴在她的旁边睡着。

外面的风还在呼呼地吹着，女孩艰难地爬起床，尽管动静很轻，但恋雪还是立马抬起了头。也许女孩每次只是一点细微的动作，恋雪都能察觉到吧。恋雪扶着她起了床，两人的视线再次交织在一起。女孩从恋雪的脸色和眼神可以看出，恋雪很憔悴。但恋雪看到女孩已经没事后，终于放下悬着的心。两人对视了很久，最后女孩低下头，耷拉着脑袋，像是做错了什么事情的孩子似的。

恋雪则拿起床边的本子，用注音写下"对不起，姐姐回来晚了，让你担心了"，递给了女孩，女孩一直低着头，但她的身体在颤抖着。恋雪看到女孩的眼泪"滴答滴答"地落在本子上。恋雪感到很愧疚，正如她想的那样，如果家里没有食物，第二天女孩会挨饿。而正好又到了晚上，恋雪又可以像以前一样下山交换完稻米回来。

但恋雪确实忽略了很多，比如女孩的想法，所有冰雪少女小的时候都特别害怕黑夜与孤独。

恋雪认为自己没有尽到一个姐姐的职责，带着哭腔自责地说道：

"都是我的错，我没有当好一个姐姐，明明早上去也可以的，虽然危险一点，也总比让你在夜里担心着我好。我很没用……"

女孩抬起了头。恋雪吃惊地看着一张已经泪流满面的脸，紧咬着嘴唇，眼里满是害怕、痛苦与自责。是的，女孩比恋雪更自责，是她太担心恋雪了才离开床爬出去的，她太害怕度过没有亲人的时间。

更关键的是，恋雪意识到，女孩似乎听到了自己说的话。然而，她没能把这个疑问问下去……

女孩一下子抱住恋雪，抱得很紧。猝不及防的拥抱让恋雪的思绪彻底混乱了，眼前闪烁着几百年前与同族姐妹生活的记忆碎片，熟悉而又陌生。然而回过神来，她看到的只有飘动的白发与纤细的肩膀。

热泪在恋雪的眼眶里打转：这种拥抱的感觉，真的好温暖。曾经以为自己这辈子再也不会得到爱的时候，上天把这个女孩送进了自己的生活，让她重新感受到家人的幸福，并告诉她，所坚持的一切都是有意义的。

她伸出手回抱了女孩，能够听到女孩喉咙发出的不间断的粗气声。虽然女孩无法哭出声音，但能感觉到她哭得很伤心。她的心脏跳得特别快，应该是心有余悸的感觉。恋雪一边与她紧紧相拥，一边在她的耳旁低声安慰道："没事啦，没事啦。姐姐会一直在你身边的，不会再离开了哦……"

害怕失去彼此的两个女孩，在一个陌生的时间线上相遇的那一刻起，她们的心已经紧紧相连。互相为对方而流的泪水，亦化为甘露，流入对方的心里。

时间来到早上，外面的风雪停了，是非常难得的晴天。恋雪起床打算做早餐、收拾屋子。今天恋雪的心情很好，两天以来头一次能在醒来的时候看到女孩安静地熟睡着，对她而言是一件无比幸福的事情。她轻轻捏了一下女孩恢复红润的脸蛋。女孩的眉毛也跳动了一下。恋雪温柔地笑着："真是个小可爱呢。"

过了一个小时，女孩也醒了，醒来的第一件事就是用紧张的目光寻找着恋雪，看到恋雪在灶台边上，内心才放松下来。她的上半身基本上恢复了正常，已经可以自己起床。而下半身行动依旧不便,腿部完全没有恢复的迹象,经过昨夜风雪的掩埋,腿部的冻伤更严重了。她想拿床头柜上放着的笔记本,因下半身无法挪动,使她的手完全够不着床头柜的位置。

恋雪听到女孩的小手碰撞柜面发出的声音,转身回到床边扶起女孩,并递给她笔记本,说道:"先不要动哦,你的腿部还很僵硬,需要治疗。"

女孩接过本子,写下昨晚的情况:"昨晚听到外面吹着很大的风,我好害怕姐姐会出什么事,所以就……"

"又给姐姐闯祸了,真对不起……"

女孩把本子递给恋雪看,半边微红的脸躲在本子背后,红肿的眼角闪烁着泪光。

恋雪坐了下来,一边轻轻抚摸着女孩的头,为她拭去眼角的泪,一边安慰道:"不要哭哦,姐姐知道你很关心我,姐姐很高兴的。"

女孩把头埋低了,但不难看出她点了点头。

恋雪继续抚摸着女孩的头发说道:"这件事情是姐姐做得不对,是姐姐轻视了你的感受,所以你不要自责啦。"

女孩的头埋得更低了,她点了点头又摇了摇头,最后在本子上写下:"姐姐以后出去,能带上我吗……"

恋雪笑了笑,说道:"好呀,姐姐今天就可以带你出去哦。"听到恋雪的回答,脸上原本布满阴霾的女孩终于露出灿烂的笑容。

此时灶上熬着的粥开始冒热泡,恋雪回到灶台边,盛好两碗粥回到桌边,然后熟练地点燃冰火灯,让粥水的温度快速冷却。

窗外难得的晴朗天气，让她的心情十分舒畅。因为她正打算带着女孩前往安提拉。一方面可以让"母亲"接纳这位新的冰雪少女，如此，湖水就能为女孩治疗受寒的双腿；另一方面可以把沾湿的衣物被套清洗一下，毕竟它们都已经沾上寒毒。

寒毒是湿衣服接触冷空气后凝固而成的结晶体，这种冰晶虽然是干净的水，但内部吸收了冷空气。这些冷空气就是寒毒。如果在未进行清理的情况下穿上带有寒毒的衣裳，这些冷空气就会被冰雪少女吸收进身体中，增加出现低烧的可能。与水共生的能力让冰雪少女身上的衣服沾水不湿，但如果裙子上真的沾水的话，可是非常让人困扰的。

计划好今天要做的事情后，粥也不烫了。正当恋雪舀好一碗并准备端给女孩时，女孩做出了抱抱的动作。

恋雪理解了这个动作的含义，把她抱起的那一刻，她再一次感受到女孩是如此轻盈。白色的长发和白色的睡衣，使她感觉自己如抱着一团巨大的棉花糖，但女孩冰冷的双腿就像两根冰柱一样压在她的心上。尽快让女孩恢复走路的能力成为恋雪的当务之急。

恋雪小心翼翼地把她放在凳子上，一同吃起了早饭。恋雪说道："待会儿我们一起出门去安提拉哦。"女孩听后，放下手中的勺子，在本子上写下："Antila？"恋雪点了点头，边指着注音边说道："安——提——拉。那里既是我们的归宿，也是我们共同的母亲。"

女孩歪了歪头表示不解。恋雪笑了笑，说道："冰雪少女，就是从安提拉诞生的哦。"

女孩的脑海里再一次出现"冰雪少女"这个词，她在本子上用注音写下："冰雪少女？是指姐姐吗？"

恋雪摸了摸她的头发，说道："我们都是冰雪少女哦。"

女孩非常吃惊地看着恋雪。

恋雪拿过本子，在本子上用文字写下"冰雪少女"四个字，然后展示给女孩看，一个字一个字地读着：

"冰——雪——少——女——"

女孩尝试着为其标注注音。恋雪继续补充道：

"你能听懂姐姐的话，用的是冰雪少女学龄前学习的注音。更重要的是，你掉落的头发一旦脱离你的身体，就会变成水。这些都是冰雪少女的证明哦。"

女孩抚摸着自己的头发。耷拉到地上的头发让她感觉到不太舒服，所以她把自己的头发全都提了起来，放在大腿上。

恋雪问道："头发太长的话，行动会不方便呢。需要我帮忙修剪一下吗？"经过几秒的思考，女孩慎重地点了点头。

把锅碗收拾好之后，恋雪拿起剪刀和梳子回到女孩身边。她先用手指掂量一下女孩的白发，果然还是及腰最好看呢。虽然自己的头发正好及腰，但不扎起来的话有点影响日常工作，早上梳起来也不太方便，只能"忍痛割爱"了。

不过让自己的妹妹保持着及腰的长发，恋雪自己却放弃了。这也让恋雪心中奠定了一个内在原则：即使自己失去了，也要努力守护自己的妹妹，不让她失去。在之后的很多大小问题上，恋雪一直坚持着这个原则。原因很简单，这是来自长辈对后辈的溺爱。

银白色的剪刀伸进女孩的白发里，伴随一段段的"咔嚓"声，一撮撮的白发应声而落，在即将落地的一瞬间化为小水珠滴落在地上。恋雪熟练地重复着这个过程，不一会儿，女孩的头发就修剪完成。恋雪随即把自己的头发拉到自己身前，用手比量了一个半食指长度左右的头发，一小段一小段地剪下来。头发"滴"在紫色的长裙表面，把紫色染深。不到两秒，深紫处恢复成原来的色彩。这时，恋雪注意到女孩用好奇或者说是发呆的表情看着自己剪发的样子而忍俊不禁，她温柔地说道："姐姐也修剪好啦。"

　　女孩回过神来，在本子用注音写道："好有意思，剪落的头发都变成了水欸。"

　　"这就是冰雪少女的特质之一。因为这样，我们才是冰雪少女哦。"恋雪笑着解释道，原本她打算用高原下斯托克人流行的一种娱乐活动——魔术加以补充，但转念一想，女孩也许不一定能理解"魔术"的意思而作罢。随后她站了起来，拉着女孩的手说道："来，姐姐背你出去走走。"

　　女孩拿起本子和笔，趴在恋雪的背上。今天是第一次带着女孩出门，而且今天是少有的万里晴空的一天。在极北一年的 360 天里，只有不到 60 天是少雪或者无雪的天气。在晴朗的日子里，恋雪喜欢待在安提拉，或者下山看看花田，照料一下小动物。夫卡于的动物基本都非常亲且以素食为主，恋雪能和小动物交流，但她并不确定这个能力是不是冰雪少女特有的。因为她见过村长似乎也能和家里的奶牛聊天，只不过它并没有那么听话，以至于村长总是把一句话重复好几遍。

今天的北风依然呼啸着，虽然冰雪少女的身体能忍耐极北的寒冷，但依然会从北风的狂啸或低语中感受到冷意。正因如此，恋雪在出门的时候给女孩系上自己的披风，但女孩身上穿的睡衣略显单薄。看到她光着的脚丫，恋雪愧疚地想道：应该给她套上一双袜子什么的，双脚可能会受冻呢。有时恋雪会因为没能更全面地考虑到问题而感到自责，所以她提问道：

　　"感到冷吗？出门太急了，应该给你多穿一点的……"

　　恋雪的后脑勺感觉被什么东西接触到了，她推测可能是本子。女孩正在用本子写下回应她的话。不一会儿，女孩把本子放在恋雪的面前，上面写着："谢谢姐姐的关心，我没有问题哦。"恋雪松了一口气。

　　离安提拉还有一段漫长的距离，恋雪便说起了安提拉的故事：

　　"我们现在要去的地方，叫作夫卡于的安提拉（世界尽头的湖泊），这个称呼是以前的冰雪少女一代代传到极北的。北方的诗人歌颂极北有着世界上最干净的湖泊，起源于安提拉的河流滋养着北方的人们。守护着湖泊的白发少女，用生命为它注入了永恒的活力。他们说的白发少女，就是指我们。不过，他们并不知道安提拉与冰雪少女们的真正关系是什么。

　　"一直以来，我们都把安提拉当作所有冰雪少女的母亲。每逢节日都会相伴去做一次祈祷，举行庆祝活动。随着时间的推移，冰雪少女发现，安提拉开始没有先前那么清澈了。也是在这个时候，冰雪少女分化出了一支稀有且特殊的种族，她们有让安提拉以及下游重新变清澈的能力。冰雪少女把这种珍贵的同胞们称作守河一族。每年的年末，守河一族的冰雪少女都会选派一位女孩完成河流的净化任务，这种净化的做法被称为'唤潮'，而该年参加唤潮的少女会被称为'守河之女'，会受到所有冰雪少女的爱戴。"

这时恋雪停顿了一下，貌似回忆起了那一段特别温馨的时光："一年的唤潮时间大概会持续两周。话说回来，姐姐就是在今年唤潮结束的那天晚上遇到你的哦。"

女孩在本子上留下了她的疑问："可是，其他的冰雪少女们都到哪里去了呢？"

这个问题令恋雪心头一紧，她思索了一下，说道："其他的冰雪少女，已经化为安提拉的一部分，守护着我们了。"

女孩听到这个回答，把头埋在了恋雪的身后。恋雪补充说道："姐姐每年都会去安提拉的哦，毕竟这么多伙伴都在那里，姐姐不会感觉到寂寞的。"

女孩在本子上写道："我能再问姐姐一个问题吗？"

恋雪看到并回答道："当然可以啦。"

"姐姐刚刚说，白发的冰雪少女们守护着安提拉，可是姐姐的头发……"

这又是一个问到点上的问题。恋雪笑了笑，回答道："这是个小秘密，以后再告诉你。"恋雪这么说，是不愿说出这是持续唤潮带来的副作用，虽然她还没有用任何方式证明这个女孩是否同为守河一族。如果是，而且将来这个女孩执意要替自己分担唤潮工作的话，恋雪担心她的头发也会变成像自己那样，毕竟白发比紫发漂亮多了。

"以后，我想帮助姐姐一起完成唤潮，可以吗？"

　　停下脚步，看着这段话的恋雪沉默了很久，虽然是自己最担心会出现的一句话，却让她感到异常温暖。她微笑着转移了话题："我们快到安提拉了，先赶路吧。"女孩缩回拿着本子的手，在她看不到的前面，恋雪的左眼滑过一滴泪水。

　　一个小时的路途过后，安提拉的湖水终于映入眼帘。恋雪兴奋地指着安提拉说道："看，前面就是安提拉了哦！"

　　女孩探出头，周边的白雪衬托着湛蓝的湖水。在晴朗的天气下，湖水就如天空般清澈，令人神怡。安提拉虽然是世界上最干净的水源，但它的水底和周围意外地没有任何动植物生存。不仅是因为所处的高原极冷的恶劣环境下很难具备动植物生存的外部条件，安提拉也像具有魔力一般阻止了几乎一切生命的进入。正因为如此，安提拉几百年来流出来的自然之水才能如此干净清澈。

　　但没有生命存在的湖对人而言是孤独的，这里只能看到远处更高的山峰，以及湖上的浮冰和一望无际的雪。如果普通人真的能到达这里，也许只能将此当作一时惬意的风景线。北方的诗人如果能来到这里，会当作终生难忘的一次经历写入自己的诗集。但他们毕竟是孤独的，安提拉对于他们而言，只是万千世界里较为特殊的一片湖泊罢了。

　　然而安提拉对冰雪少女而言，是所有冰雪少女的母亲，也是所有冰雪少女的归宿。当冰雪少女把生命的权利交给它的那一刻起，安提拉就记录下她们的前世今生。所以，它记得所有冰雪少女的名字，也保存着所有冰雪少女的记忆。

女孩在姐姐的背上逐渐接近安提拉，那是令女孩印象深刻的一次经历。即使她忘记了自己的名字，忘记了前世的记忆，忘记了一切，但是安提拉依然接纳了她。在灵魂的深处，女孩听到来自安提拉的呼唤：

　　"痛苦的过去是阻碍冰雪少女前进的绊脚石，失去记忆的你是重获美好新生的开始。不要拘泥于过去，获得一个新的名字，与她结下唇齿相依的羁绊吧。"

　　"现世的冰雪少女，你愿意和她共同守护这片冰雪之地吗？即使前方长夜漫漫，道阻且长。"

　　"我愿意。"

　　这段极北最漫长的情感从此开始，浪漫且情长。而表达这段情感的话语，只需三个字足矣。

　　女孩的精神与安提拉连接的时候，恋雪正在做祈祷。因为背上的女孩十分安静，恋雪推测她可能是睡着了，所以下跪和起身都是轻手轻脚的。直到她重新感受到头顶上触碰着本子后，才松了一口气。

　　女孩展示了自己的本子："刚刚安提拉和我说话了哦。"

　　恋雪笑着回答道："欸，真过分，安提拉好久没有和我说过话了。"

　　女孩虽然没有发出声音，但是她笑得很开心。

　　恋雪背着女孩走近湖边。因为女孩暂时无法站立，所以恋雪轻轻地把女孩放下来，让她坐在柔软的雪上，然后把她的裤腿拉高，让她的小腿浸泡在湖水之中。女孩的双腿附近很快就有气泡冒出，因为湖水正在和女孩的小腿冻伤处发生强烈的反应。

恋雪高兴地说："安提拉的治愈能力开始起效啦。"

女孩正在盯着湖里不断冒上来的泡泡，但冻伤的双腿无法带给她任何的感觉。此时，她想起一件事，在本子上写道："我能问姐姐一个问题吗？"

"当然可以啦。"恋雪一如既往地回答道。

女孩有点扭捏，像是已经思考了一段时间。过了一会儿，她写道："我想和姐姐共同分担唤潮的事情。姐姐会不会有点生气了？"

恋雪吃了一惊，因为她的担心造成了一个小误会。她说道："姐姐怎么会生气呢？妹妹愿意和姐姐一起唤潮，姐姐会很开心的。只不过，姐姐不想看到你唤潮后变成我现在这样子。"恋雪抚摸着自己的头发，补充说道，"就像这个头发。"

女孩正在想怎么回应恋雪的时候，恋雪继续抚摸着头发，温柔地说道："姐姐真不善于保守秘密呢，但姐姐答应你，等你的身体恢复后，姐姐会带着你一起唤潮的。"

女孩笑了笑，看样子是得到一个满意的回答复，随后她在本子上继续写道："还有一件特别在意的事情。"

恋雪说道："欸？那是什么呀？"

女孩在本子上写着："名字，还不知道姐姐的名字。"

恋雪突然意识到，自己确实没有和女孩说起过自己的名字，所以她伸手接过女孩的本子，用注音和文字同时写上"林风恋雪"四个字。

女孩嘴里念念有词地拼读着，拼读成功后，用大大的眼睛看着恋雪，眼里满是惊讶和好奇。

接着，恋雪一个字一个字地念给女孩听："林——风——恋——雪——"女孩听后直点头，看起来很兴奋。恋雪心满意足之余，突然意识到女孩还没想起自己的名字呢。

当恋雪如是问起女孩的时候，女孩看着恋雪摇了摇头。恋雪抚摸着她的头发，女孩依偎在恋雪的身旁。恋雪看着天空发呆，经历过雪夜的天空永远是那么晴朗与清澈。另一边，女孩想起安提拉和自己灵魂沟通时说过的话，便拿起本子开始写着。不一会儿，女孩把本子递给了恋雪，上面用注音写着："姐姐能帮我取一个名字吗？"

"好呀，好呀。"恋雪回答道，"不过取个什么名字好呢？你这么可爱又懂事。"

女孩一下子就脸红了。

"而且还容易害羞。"

女孩把脸埋在恋雪的身上。

"而且又这么在意姐姐。"

女孩的头埋得更深了，像是在说："不要再说啦！"

虽然恋雪饶有兴致地逗着眼前这个羞红脸的女孩，不过也在很认真地想着取名的事情。她的脑海里不断闪过一个念头，准确来说，正是一个名字。当这个名字一出现在恋雪的脑海里后，就挥之不去了。这种无比熟悉的感觉，就像是曾经恋雪的至亲一般。只是恋雪不知道，眼前的女孩会不会接受这个名字。

两人四目对视着，女孩的眼睛就如晴朗的天空般美丽，这是一双能带给恋雪希望的眼睛。这也让恋雪更加坚定了自己的想法，并在本子上写下了这个名字。

女孩接过本子，看着上面的文字与注音，她一点一点地拼读着，这个继承了姐姐的希望与未来，并将一直伴随着她的名字：

"林——雨——沫——天——"

恋雪指着注音读一遍后，再指着文字部分一字一顿地朗读着。令女孩十分惊讶的是，虽然她是第一次听到姐姐喊出这个名字，却毫不犹豫地接受了它。因为这个名字如同磁铁一般，在恋雪念出来的时候，便已经牢牢地吸附在了女孩的心里。

这一段时光成为恋雪最宝贵的回忆之一，因为恋雪第一次看到女孩露出如此兴奋的表情。女孩的视线不停地从恋雪和本子间切换着，不停地默念着这个新名字。片刻之后，她把本子还给恋雪，眼里满是期待的神情。恋雪一下子就明白女孩的意思，高兴地说道：

"林雨沫天，以后就叫你沫天啦！"

听到这句话的沫天抱住了恋雪，即使她的身体轻飘飘的，但没能反应过来的恋雪只能和她一起倒在了雪地上。天空下起小雪，恋雪凝望着天空，想起来第一天与沫天相遇的那个晚上：她像之前那么轻盈，也像今天这样趴在自己身上。那时候的她刚被救出来，身子还非常虚弱，现在的她已经恢复健康。与她相依在一起，让恋雪感到无比幸福。

恋雪轻轻地抚摸着沫天的头并再一次喊起了她的名字。沫天抬起头，顺着姐姐的手指看向了天空。

"沫天看，'沫天'所代表的意思，就是这片一望无际的、被雨雪滋润的天空噢。"

沫天翻滚了一下身子，躺在雪地上。小雪把湛蓝的天空染成翠蓝色，看上去令人心旷神怡。

　　"第一次看到这么漂亮的天空，就像是能给人带来希望的颜色呢。"沫天如是写道。

　　恋雪看后，在笔记本上写下了一句话："沫天倒映着天空的眼睛，和天空的颜色一模一样哦。"

　　看到这段话的沫天，又害羞起来了。

　　沫天在安提拉的守护下逐渐睡去。恋雪则利用这段时间清洗好衣物被套。天色入夜，沫天仍在熟睡之中，小腿下已经没有气泡冒出，说明今日的治疗已到达极限。恋雪把沫天的小腿轻轻抬起，但她红紫色僵硬的腿部肌肤仍未发生变化，也许是掩埋在雪里过久的原因，安提拉的修复作用看起来也略显无力。但恋雪绝对不会轻易放弃，持之以恒是冰雪少女最强大的品格之一。

　　背着沫天回到家里，恋雪把她轻轻放在床上。也许是双腿修复时带来的疲惫，也许是刚回到正常的生活不久，就像刚出生的小孩子需要更多的睡眠一样，沫天也需要经历这么一段时期。恋雪为她盖好被子，转身去做晚餐。

　　时间来到深夜，沫天从床上醒来，此时恋雪正在桌子上，对着笔和纸做出严肃的样子。桌子旁边放着一盏提灯和一小锅刚煮好的粥。沫天静静地看着认真起来的姐姐，只见恋雪眉头紧锁着，似乎被纸下的某一个问题阻碍了思路。这时她停下笔，正式进入"思考"的状态。然后恋雪抬起头，用铅笔敲击着自己的下巴，视线左移的时候，看到沫天翠蓝色的眼睛。

"啊，沫天醒啦？"恋雪起身说道，"稍微有点入神了，你应该很饿了吧？姐姐现在扶你起来。"

扶起沫天后，恋雪递给她一个杯子，说道："冰雪少女起床后，喝上一杯水的话，既能打消蒙眬的睡意，对身体恢复也会有好处哦。"

沫天接过杯子，并在床边寻找着纸和笔。很明显，沫天想询问恋雪刚刚在做什么。

恋雪很快会意，说道："本子在我这里哦。我去拿给你，顺便让沫天看看这个设计怎么样。"

欸，原来姐姐刚刚在画画……沫天一边想着，一边喝光杯子里的水。

"看！这是我给沫天设计的裙子哦。"恋雪高兴地把她今晚的"作品"展示给沫天看。这是一条看起来很斯文或者说是很朴素的裙子，裙长稍微没过膝盖部分，裙尾用一片片雪花连结成一圈作为图案，披肩和裙子用蝴蝶结连成一体。而裙体的颜色选样是恋雪感到最烦恼的地方，她考虑用白色或者天蓝色做裙体的主要颜色，但担心搭配起沫天，整体色彩会非常单调，不知道沫天会不会喜欢。所以，恋雪决定征求眼前的女孩的意见："沫天喜欢什么颜色的裙子呢？"

沫天写下令恋雪会心一笑的回答："白色！"

原来姐妹俩都喜欢这种单调的色彩，就像恋雪的头发逐渐变成紫色后也决定改穿紫色的裙子。这样一来，恋雪最大的难题也就迎刃而解了。晚饭过后，恋雪开始把设计剩余的部分完善一下，裙子外面一层用雪白色做主体，辅以部分天蓝色做点缀；

内层与披肩上的褶边以天蓝色为主体；腰部用蓝色的丝带束紧。这样一来，沫天裙子的设计就大功告成了。

接下来的日子里，恋雪每天早上都背着沫天前往安提拉治疗双腿。晚上，恋雪便开始织布为沫天缝制新裙。沫天也没闲着，随着双腿逐渐好转，并且开始恢复正常的生活，沫天非正常的睡眠时间逐渐减少，空闲的时间越来越多。她努力尝试着站立和走路，一开始由恋雪搀扶着在家中四周转转。到后来，恋雪用冷棉木给她做了一根细长坚固的手杖，她便可以自己拄着在屋外来回练习。到最后，早上去安提拉的时候，沫天也能陪着恋雪再走一段路程了。在安提拉的修复作用下，沫天的小腿肌肤逐渐恢复到正常的色泽。努力果然没有白费，这让恋雪十分高兴。

尝试走路感到疲倦后，坐下学习熬粥和做针线活也是夜晚学习的一部分。很快，沫天就把大部分注意力放在识字上。不过认字是一个漫长的过程，沫天需要先把注音拼读熟练，同时开始认字，再开始学习写字。

五、Sozayu kumi①

　　一天晚上，恋雪打开了许久未打开的书柜，在被迎面而来的书香味陶醉后，她翻找出一本书，准确地说是一本字典。它记载着北方民族的文字，当然，它和冰雪少女一族使用的文字有诸多不同之处，但就注音而言，北方民族和冰雪少女是同属一个语系的，所以可以给沫天学习注音提供参考。这本词典是纯手工抄写而成的，在极北没能发明也没能被外界普及印刷术的情况下，这样的工具书屈指可数。

　　至于为什么至今要借用外族的工具书，是因为冰雪少女在世界中消失得非常彻底，她们的建筑、音乐、书籍、历法、节日基本没有被任何典籍记录下来。恋雪在岁月的洗礼下也逐渐把很多一族的文化遗忘，所以在和沫天最初的交流中，一时无法想起注音的存在都算是比较正常的情况。在之后的交流中，恋雪也会有遗忘部分注音的现象，以至于有时与沫天交流时会出现一定程度的代沟。所以，学习注音，一下子变成姐妹俩共同的课程。

　　顺便一提，冰雪少女之间的交流还有很多特殊的方式，在

---

① "Sozayu kumi" 意为 "识字"。

以后的日常生活中会逐渐被唤起。

恋雪把字典放在桌面上，翻开一页又一页，对沫天说："妹妹你看，这些就是我们小时候会学习的注音，还有印象吗？"

沫天听完直点头，并在本子上写下：

"可是，里面有好多字看不懂……"

"其实，有很多姐姐也看不懂，"恋雪笑了笑说道，看到沫天像是"欸"的疑问表情后，补充说道："这个是很久以前，姐姐在山下村长那里购买的。虽说这些文字属于他们的文化，但咱们以前和他们说的是同一种语言，所以注音也是一样的。"

"放心啦，等沫天学习完注音，姐姐会教你写字的这方面，我还是很有自信的。"恋雪一边做出"交给姐姐吧"的动作，一边说道。

沫天点了点头，两人在一页一页的学习中逐渐进入状态。恋雪的怀念感油然而生，小时候自己的母亲就是这样手把手地教着自己学习。母亲以前很严厉的，为了尽量不让母亲生气就必须好好学习注音和礼仪……但是母亲……母亲……咦？

恋雪的脑子突然闪过一系列片段，她看见自己正坐在旧家的那张会发出"吱呀"声的长椅上，看着旁边椅子上坐着的身影……看不清样子的脸……她低着头，好像写着注音，她的表情自信又快活，嘴里还哼着很好听的歌曲……她要抬头了吗？

恋雪迫不及待地想要看到"她"抬头的脸，这时感觉到自己的袖口被拉动着，顿时从幻觉中回过神来，原来是沫天。沫天歪了歪头，应该是发现恋雪刚刚的异常表情。"怎么啦？"恋雪问道。沫天指着字典的一页，然后展示了本子上的内容："这个注音，沫天不知道该怎么发音……"

"这个注音读'qisa'，沫天看，'qisa'和'liki'拼读起来都有美好、美妙的意思，加上'ja'和'antila'，就是美好的安提拉的意思哦。"恋雪耐心地解释道。

沫天在本子上写下："qisa liki ja lienni（姐姐）"

"嘿嘿，好像被夸赞了呢，"恋雪用右手掩嘴笑了笑，补充说道，"不过如果是称赞人的话，用'可靠的'或者'温柔的'会更好一点。'qisa liki'更多形容的是生活，非生命的物体什么的。"

沫天的小嘴张成小"O"状，并点头表示理解。

"然后是'sa nami'，这个拼读起来表示雪莲花。沫天还记得昨晚想喝雪莲花茶吗？但沫天把雪莲花的注音拼成了'san mi'。"

"欸？我拼错了吗？那……'san mi'是什么意思啊？"沫天写下自己的疑问。

"哈哈哈，是靴子啦！"恋雪捂住嘴笑了。

沫天的脸和耳根都羞红了。

就这样，两人每晚都会抽出一到两个小时像这样一起学习。随着沫天学习的进步，很多日常的交流也逐步完善和确立。沫天对日常的交流会举一反三地在本子上问道：

"如果早、晚和粥拼在一起，组成'早粥'或'晚粥'的话，是不是就可以区分这两个时间没喝粥的时间啦？"

"哈哈哈，沫天真聪明呢。"恋雪欣慰地说道，"但是，我们习惯用'早饭'和'晚饭'作为区分吃东西的时间。因为在以粥为主食的同时，有时还会以一些粗纤维的食物作为副食。沫天以后也会吃到的。"

沫天有时也会就以前交流中的不解之处写下自己的疑问：

"姐姐以前说过'fukayu ja antila'，但是'fukayu'是什么意思呢？"

"夫卡于（fukayu）曾经是指一个叫作'世界尽头'的放逐之地，只不过在千百年来的发展中，夫卡于作为一种放逐之地的意思已经被淡化，而变成代表极北的地理名词。在这片土地上发生地表变动之前，夫卡于指的是冰雪少女所生活的所有地区。如今只有这座高山与高原，才能被称为夫卡于。"

"可是，外面的人会知道并承认这里是夫卡于吗？"沫天提出了第一个问题。

"当然会的哦，因为安提拉，就在这里。"恋雪用食指向下指着桌面说道，"一直以来，北方的民族认为，夫卡于和安提拉是连接在一起的。所以才有'fukayu ja antila'这样的说法。"

沫天点了点头，写下了第二个问题：

"放逐之地，以前的姐姐们是被放逐到这里的吗……"

这倒是一个比较难以回答的问题，恋雪思考良久，回答道：

"以前听姐姐们讲故事的时候，她们说我们的祖先曾经得罪过天上的神仙，然后被流放到此地。也有姐姐说，我们是为了躲避战乱或寻求净土而自愿来到放逐之地的。我的母亲说有一本封建时代流传下来的书，好像有记载冰雪少女的前世今生，但是我没有看过呢……"

"姐姐的母亲？"沫天尝试拼写着"母亲"的注音，然后展示给恋雪看。

"嗯呢，是母亲哦。每一个冰雪少女诞生的背后，都有一个伟大的母亲。"

随后恋雪开始向沫天介绍世界上最值得尊敬的人。

"所以，母亲在寒冷的恶劣环境下艰难生育了我们，教会我们走路、识字、礼仪等各个方面的内容，使我们能够成为一名独当一面的冰雪少女……欸？"

恋雪惊讶地发现，沫天正在流泪，也许是感受到母爱的力量了吧，毕竟恋雪在诉说着这一切的同时，也在十分激动地回忆起自己的母亲。恋雪用食指轻轻地给她抹去眼泪，说道："不哭哦不哭。"但沫天的眼泪不断地从脸颊滑落到她的食指。恋雪把她搂进怀里，听着她抽泣的声音，任由她的眼泪滑入自己的胸膛。沫天后来告诉姐姐，自己不仅是因为被母爱感动到，而且由于完全没有自己母亲的记忆，想念母亲而感到悲伤，所以哭泣。

那一天睡前，沫天向恋雪提起了安提拉："安提拉好神奇呢，在这么寒冷的天气下却能保持不结冻的状态。"

恋雪说道："是呀，以前的姐姐们说，安提拉的前身是一座休眠火山。"

"休息的……火山？"沫天尝试着拼出这两个词语的注音。

"嗯，所以安提拉底部的温度应该很高，能让整个湖水保持不结冻的状态。但是，守河一族更愿意把安提拉不结冻的原因归于河母的护佑。"

沫天歪了歪头表示不解，恋雪继续解释道：

"沫天看，安提拉是极北河流的源头，她流出的河水从上游流到下游，每一条河流都没有因为寒冷而结冰哦。就像魔法一样。"

"那些河流底下不是休息的火山吗？"沫天写下自己的疑问。

"当然不是啦，世界上不会有这么多的火山。"恋雪笑着回答道，"下游的人民也感到很奇怪，明明在四处飘雪、结冰的情况下，为什么安提拉下的支流却可以保持常年不结冻的状态。要知道，不仅是普通的人类，很多生物在冬天也是需要补充水分的。人类可以用火煮雪来喝，别的生物只能吃雪补充水分了。不过，由于安提拉的存在，冬天就有了干净、便利的饮用水来源。生活在极北的生物就可以不用吃冷冰冰的雪解渴了。"

沫天感慨地写道："原来如此，沫天好像理解了为什么安提拉是母亲的意思。"

"安提拉几百年来滋养了冰雪少女和北方的生灵。姐姐一个人守护着安提拉，每当遇到困难想要放弃的时候，就会想起下游那些安居乐业的人和无数需要安提拉的生灵，然后才能坚持到今天。"

沫天放下本子，低头并闭上双眼，双手做出祈祷状。这是前几天姐姐教给自己的一个动作，这样做可以为祈祷者献上自己的祝福。很明显，沫天被姐姐伟大的行为感动到。

看到沫天祈祷结束，恋雪抚摸着沫天的雪白色头发，说道："沫天猜猜看，安提拉有多少条支流？"

沫天思考了一下，在本子上写下"79"。恋雪摇了摇头。

接着沫天写下"60"，并歪头看向恋雪。恋雪轻轻笑了笑说："不对啦！可以想象一个比'79'大好多好多的数字。"沫天貌似被问到了，笔在本子上挪动着。终于，她写下了一个数字——100。

"哈哈，沫天好保守呢，明明姐姐说是大好多好多的。来，"恋雪接过沫天的笔，在"100"后面加上了一个"0"，说道，"所以，正确的答案是1000哦。"

面对沫天惊讶的表情，恋雪解释道："寻找安提拉一直是几百年来极北人民的愿望，富于冒险精神的人就是这样组成一个又一个冒险家团队，他们常年顺着河流的走向寻找着源头。由于安提拉分化出非常多的支流，路线很长，加上交通不便，所以在很长一段时间里，他们在北方翻山越岭，但都收获甚微。不过，正是由于冒险家一代接一代的努力与奉献，他们记录下非常多的支流的地理位置，让后代的冒险家少走了很多弯路，以至于最终冒险家找到干流，并发现安提拉和我们的存在。

"当时的姐姐们说，当冒险家找到我们的时候，跪在地上痛哭不已。听着他们念叨着我们听不懂的语言，我们上前扶起他们。他们把我们尊称为'神女'，和我们交流的时候他们的膝盖又会不自觉地跪下，让我们感觉特别为难。

"经过一段长时间的交流后，我们才知道，他们为了寻找传说中的安提拉，已有五代的冒险家持续探索180余年，几乎走遍安提拉所有的支流。他们中间有些人自曾祖父那一辈开始冒险，发现我们的那日算是圆了整个家族百年来的心愿。他们在手记中记录下极北安提拉的900多条支流，可把姐姐们吓了一跳。不过，我们拒绝了冒险家进入我们城邦的请求，并告诉他们千河源头安提拉就在城中，由冰雪少女星夜守护着，如此解答了冒险家 180 多年以来最重要的疑问。

　　"冒险家们不仅尊重我们不允许他们进城的要求，也尊重我们不要对外宣传我们的存在的请求。他们甚至把手记中关于支流的原稿交给了我们，并当众毁掉余下所有原稿，发誓自己的后代永世不会侵扰我们和安提拉。但他们希望以另一种方式传唱我们的事迹，那就是诗歌。他们为我们做了那么多，我们只能同意他们这一个最后的请求。那几位冒险家回到自己的部族之后，用诗歌编写了自己的遭遇：

　　'巨兽的怒吼化作风暴，在雪与黑暗中，安提拉指引着我们。无比坚定的决心，夫卡于近在咫尺。白发少女伸出了手，看到冰冷世界中唯一的光。那些在安提拉诞生的精灵，用生命为它注入了永恒的活力。在明媚的光亮下恢复意识，原来一直以来追寻的只是一场梦。'

　　"这首诗歌我现在也还记得，是因为这首歌最后也被姐姐们编写成诗曲啦，当时几乎每个冰雪少女都会演奏。这首曲子也回传到外界，作为与外界人民友好相处的证明之一，在两者之间广泛传颂。"

　　听完这个故事，沫天再一次做出祈祷的状态，旁边的本子上也记录了她的看法："为了追寻一个目标，花费这么久的时间，经历这么多的困难，得到了最想要的答案后，却也能够心甘情愿地放弃所有经历的成果，这些冒险家真是了不起。"

　　恋雪说道："他们就是'不忘初心，方得始终'的最好证明。

姐姐小时候听到这个故事之后，也默默地为他们祈祷过哦。"

沫天看起来非常高兴，她写道："姐姐，以后还有这种故事的话，我好想再多听到一点。"

恋雪笑着说："好呀，好呀。姐姐脑海里装得最多的，就是爱与希望的故事了。沫天想听的话，姐姐每天晚上都可以给沫天讲一点，不过现在要睡觉了呢。"

随着恋雪熄灭提灯上的冰火，两人在风雪的呼啸声中相依而眠。那晚便成为恋雪为沫天讲睡前故事的开端。

六、巫祭前奏

两周后的某一天，在副房间的恋雪兴奋地探出头来，把缝制好的新裙展示给沫天看，说道：

"做好啦！"

正在看词典的沫天抬起头看到姐姐给自己做的第一条裙子，惊喜地放下书并站起身。因为小腿的坚冰还没完全消除，很快一阵刺痛传来，让沫天不得不坐了下来。

恋雪见状，走向沫天并关心地问道："腿上还是感觉到很疼吗？"沫天摇了摇头，虽然不知道是无奈还是故作坚强。恋雪蹲下，轻轻拉高沫天睡裤的裤腿，曾经紫红色的双腿在最近一个月的治疗下大部分恢复到正常肌肤的光泽。比起以前，沫天现在已经可以自己拄着手杖走好长一段路。恋雪也逐渐开始让沫天独立做一些事情，如去室外取雪、煮粥等。她坚信并如是安慰道：

"沫天的腿已经好得差不多啦，应该很快就能不用手杖辅助走路了。到时候，姐姐带你一起下山，去夫卡于别的地方一起玩。"

沫天的眼里闪烁着期盼的光芒，并点了点头。

在缝制新裙前，恋雪测量了一下沫天的三围。虽然其中身

体一个数据令恋雪哭笑不得，但恋雪仍然抱着"以后一定也会
发育的"的想法，把裙子上面的部分改得宽松了一点。穿上裙
子后，再用丝带束腰，最后用蝴蝶结把披肩和裙子连成一体，
并系上胸前的纽扣。系好纽扣之后，恋雪打量了一番，欣喜地
说道：

"呜哇，好可爱，就像一团雪白的棉花糖一样。"

穿着新裙的沫天坐在床上，双手握在胸前，眼神躲闪着恋
雪的视线。

恋雪坐在她旁边，问道："怎么样，感觉还合身吗？"

沫天点了点头，眼睛仍然在躲避着恋雪的目光。

恋雪感觉沫天的反应有点奇怪，便问道："怎么啦？看起
来好像心事重重的样子。"

沫天转过身，与恋雪四目相对，随后伸头看向放在桌上的
本子。恋雪心领神会，起身把本子和笔拿给了沫天。

沫天写道："不是心事啦，只是联想到一个好坏好坏的情况。"

"如果我这样穿出门的话，风雪很大时，姐姐会不会找不
到我了……"

看到这段注音的恋雪"噗哧"一声笑了出来。

"当然不会啦，因为沫天身上有一股淡淡的棉花糖香气。
只要穿着姐姐缝制的衣服，就算被分割到天涯海角，姐姐也会
找到沫天的哦。"

"天涯……海角？"沫天疑惑地拼写着。

"就是指两人分开到好远的地方。但无论多远，姐姐都会
找到沫天的，因为姐姐和沫天的心是锁在同一个孔里的。"

沫天的脸红得像初绽的寒梅，她的右手小指不自觉地伸了出来并颤动着。这是冰雪少女建立约束动作的第一步，沫天似乎对这个动作还有一定程度的印象，但不太确定。

这个时候，恋雪伸出小指，接住了沫天逐渐收缩的小指，说道："先这样，然后再用拇指这样按住，"接着按住沫天的拇指，"最后再碰一下额头，"用自己的额头轻轻地触碰了一下沫天的额头，"这样沫天就和我建立永世不分离的契约了哦。"

"姐姐就像知道沫天想说什么一样。"沫天不让恋雪看到自己通红的脸而扭过了头，只在本子上留下这句话。

"因为我们都是冰雪少女，是互相依靠的存在哦。"恋雪说道，"好啦，我们动身去安提拉吧。这一次去安提拉，有一场试炼在等待着沫天哦。"

情绪平复下来的沫天看向了恋雪。恋雪继续解释道：

"冰雪少女拥有与水共生的能力，不仅是自我治疗的能力哦。"

失去了血肉之躯的冰雪少女，有着与水共生的能力。冰雪少女保持着少女的姿态，脸蛋、肌肤和普通少女无异，但这些都是由湖水填充的一件"外衣"。所以，把冰雪少女比喻成有情感意识的人形冰水结晶毫不为过。这也是冰雪少女能依靠纯净的天然水修复身体结构的重要原因。

"以前守护城邦的战女，还有安提拉的守河一族，都需要通过一个被称作'巫祭'的考验。安提拉能够让完成巫祭的少女身体'元素化'，这是战女能使用元素魔法、守河之女能唤起潮汐的重要前提。"

听到"守河一族"与"唤潮"的沫天立即变换了一副认真的表情，倾听着恋雪的解释：

"巫祭的过程并不复杂，只需要沉入安提拉中央去倾听安提拉的启示，安提拉就会赋予每一位有资质的冰雪少女适合自己的能力，冰雪少女利用获得的能力回到地面上。听起来是不是有点简单，姐姐就是这样完成的哦。

"沫天这么聪慧，一定会比姐姐完成得更轻松的。而且姐姐也会在身后守护沫天的。"

最后一句话让紧张的沫天如服下了一颗定心丸。然而从事后的结果来看，无论是巫祭复杂程度，还是沫天的特殊情况，都是恋雪始料未及的。

为了小腿的保暖，出门前恋雪给沫天加上了白色的厚裤袜和长靴。因为考虑到巫祭会消耗大量体力，恋雪决定全程背着沫天过去。路上，恋雪想起自己给沫天的穿着，半开玩笑地说道：

"以前在城墙上保护城邦的战女，会清一色地穿着雪白色的盔甲，并戴着银白色的头盔，把自己的全身都武装起来，看起来英气飒爽。沫天要是戴上头盔，会不会也变得帅气起来呢？"

沫天脸一红，在本子上写道："姐姐是不是觉得我穿得有点多了……"

恋雪脸一红，小声嘀咕道："啊哈哈……果然冰雪少女之间都能够感知对方的情感呢。"

保持淳朴且保守的穿着，一直都是冰雪少女的习惯。一方面，冰雪少女身体的适宜温度是零下 10 度到 10 度左右。而夫卡于的冬天常常会超过这个温度，有时甚至会达到零下 20 度甚至零下 30 度以下。所以即使是冰雪少女，也是需要多穿一些衣服。

另一方面，普通的冰雪少女一般只用冷棉做衣，冷棉纺织出来的布料质地柔软、保暖性好。虽然为布料染色、做图案是冰雪少女非常擅长的事情，但她们不喜欢把这项技术用在自己日常所穿的裙子上。

总的来说，着装较多且色彩单调、穿着朴素保守是所有冰雪少女的常态。这和一族的宗教和族训是分不开的。

"所以，姐姐才把沫天包裹得像一团棉花糖似的。"恋雪解释道。因为多次出现一个特别的词语令沫天印象深刻，她便在本子上写下自己的疑问：

"棉花糖是什么呀？"

"欸？原来沫天不知道什么是棉花糖呀。"恋雪惊讶地说道。沫天在恋雪看不见的背上点了点头。

"棉花糖是一种非常特别的食物，做法是把冷棉从树上摘下来之后，三天以内用水煮软。不过不能煮太久，否则会煮烂的。一般煮十分钟左右，冷棉就会被煮成团状，所以也会被称为棉花团。最后把它们倒出来冷却就可以吃啦。口感真的好棒，不仅入口即化，而且会有一种淡淡的甜味。冰雪少女很少能吃到这种甜甜的食物呢。"

沫天写下自己的疑问："可是，我明明不是棉花糖呢……"

恋雪笑着说道："但沫天长得像棉花糖呀，白白的，又甜又软……"

沫天用额头磕着恋雪的后背，示意恋雪不要再说下去了。

随后，恋雪向沫天交代了一些自己参加巫祭时的细节：

　　"姐姐以前参加巫祭的时候，由一位守河一族的前辈带着，虽然我已经忘记她的名字了，但她的教导如今仍刻在心里：沉入水中后，保留足够的意识，就能听到安提拉的启示。但如果失去意识，就会被安提拉带进深渊。

　　"虽然她的解释令我感到害怕，但实际上巫祭的成功率是很高的。安提拉会让所有资质足够的少女都听到它的启示。姐姐也会在一旁随时协助你上来的。"

　　也许是"定心丸"的药效过了，或许是安提拉暗涌的湖水正向沫天倾诉即将到来的危险，让沫天的内心变得忐忑不安，但"完成巫祭的话，不仅能获得保护姐姐的能力，还能帮助姐姐唤潮"的想法一直压抑着她紧张的情绪。然而沫天时不时地发抖也成为压在恋雪内心的一块石头，让她开始反思让腿部还没完全恢复的妹妹完成巫祭，真的可以吗？

　　安提拉上的浮冰形成一条直通湖中央的道路，道路尽头的浮冰比先前任何一块都要大好几倍，这是恋雪进行唤潮的地方。完成对安提拉的祈祷后，就到进行巫祭的环节了。

　　在此期间，恋雪一直关心地注视着沫天。沫天专注地盯着并不平静的湖水，可能是在练习聆听启示吧？恋雪抱着沫天的肩膀问道："如果今天你还没做好准备的话，日后再尝试也是可以的哦。"

　　沫天犹豫了一下，决定把自己的真实想法写下来告诉姐姐："虽然担心会失败，但是我好想获得保护姐姐的能力，还有唤潮的能力。虽然姐姐还没有明确同意让我唤潮，但安提拉似乎在促使我尽早完成巫祭呢。"

恋雪欣慰地抱住了沫天，在她的耳边轻声诉说道："沫天一直都很为姐姐着想。姐姐真的好感动。姐姐答应你，完成巫祭后，姐姐要给你做吃不完的棉花糖。"定下约束之后，两个冰雪少女一同沉入水中。

　　落入水中的沫天，就像大多数第一次参加巫祭的冰雪少女一样，逐渐迷失在安提拉中。资质较高的冰雪少女，会在苏醒时很快摆脱安提拉对自己的干扰。当沫天再一次恢复意识的时候，听到有一个特别的声音正在呼唤着她：

　　"现世的冰雪少女，请睁开双眼。"

　　（欸……是姐姐……吗？）

　　"这里，是安提拉的中央。"

　　（我怎么……会在这里……）

　　"要尽快想起自己为何而来，不然暗流会把迷失的少女拉入湖底。"

　　（姐姐说……巫祭……我想获得保护姐姐和自己的能力。）

　　"现世的冰雪少女，你的能力早已在这片风雪之地上得到认可，但你还有一样应该珍惜的羁绊尚未找到。"

　　（我与姐姐的羁绊……吗？）

　　"非也。你与最后的冰雪少女的羁绊也将因时间而得到认可，但你缺失的是守护着你几百年的宝物。"

　　"去吧。现世的冰雪少女，把它找出来。相信一切答案都将豁然开朗。"

　　（等等……不要……我还没有……）

　　现世的冰雪少女在暗流的席卷下彻底失去意识，并被暗流拖进深渊。一直守护在她身边的最后的冰雪少女大声喊出了她的名字：

"沫天！"

一道水流微微发出紫色的光，迅速将现世的冰雪少女包裹住并朝着湖面上涌。紫色的湖光冲出湖面，缓慢地落在浮冰之上。

身上没有任何变化的恋雪背着全身湿漉漉的沫天，无力地倒了下来，眼泪"滴答滴答"地落在浮冰之上，内心埋怨道：

安提拉呀安提拉，难道你要把可怜的她最后仅存的记忆都要蚕食掉吗？这未免也太过分了吧。

许久未回应过恋雪的安提拉突然回应：

"这是巫祭的法则，最后的冰雪少女。她的坚毅已经胜过很多参加巫祭的同胞。相信不久之后，她就会想起今天的启示。"

意思很明白，现在还不是时候。

"抱歉。"恋雪留下一个背影，背着沫天离开了安提拉。

巫祭是冰雪少女与安提拉的第二次契约。和生命契约不同，巫祭需要足够资历的冰雪少女才能参加。以前，参加巫祭的冰雪少女都是通过族长的能力评估，所以巫祭的成功率非常高。极个别有资质但失败的冰雪少女，在安提拉的影响下失去意识，被卷入安提拉下方，即恋雪口中的"深渊"。落入深渊的后果是很可怕的，因为深渊会把冰雪少女的记忆蚕食干净。虽然这不会致命，但没有少女愿意丢掉生命中最宝贵的记忆，这是巫祭即使成功率高也需要前辈陪同的原因。

沫天的这次失败是非常特殊的，毕竟安提拉没有否定沫天具有获得能力的资质。亦如安提拉所发现的那样，沫天并不"完

整"。守护着沬天的"宝物"尚未寻到，说明它与沬天结成了
不可分割的羁绊，也说明了沬天部分能力被封印在"宝物"里。
其次，"不完整"的沬天也是没能从深渊中脱离的重要因素，
如果没有姐姐的及时出手，沬天很有可能就要失去自我。

　　天色入夜，恋雪背着全身湿透的沬天回到家中，她先轻轻
地把沬天放在桌子上趴着。沬天身上沾了过多的水分，经过归
家风雪的洗礼之后，很多水分已经转化为寒毒。即使这次巫祭
消耗了恋雪过多的体力，但她没有休息多久便开始为沬天驱除
身上的水分与寒毒。看着沬天湿淋淋的头发逐渐松散，恋雪才
松了一口气。

　　不一会儿，恋雪给沬天换上了干净的睡衣，把她抱回床上，
盖好被子，自己则换了一套睡衣，回到床上躺下。现在最令恋
雪担心的问题是沬天的记忆会不会因这次巫祭失败发生变化，
她只好努力地让自己不往更坏的方面去想。她躺在床上看着熟
睡的沬天。到最后，劳累还是帮了恋雪一把，让她闭上眼睛好
好地睡上了一觉。

　　第二天醒来，恋雪睁开双眼看到的，是那双熟悉的如天空
般翠蓝色的大眼睛。恋雪在迷糊中想着，每次沬天比自己先醒
的时候，似乎从来都是这样看着自己。沬天朝自己笑了笑，让
恋雪意识到，自己最担心的问题并没有发生。心中的石头落下
之余，她伸手抚摸着沬天的刘海，温柔地说道："昨天辛苦啦。"

　　早饭过后，恋雪询问道："还能记得昨天安提拉和自己说
过什么吗？"

　　沬天思考了一下，写道："记不太清了……但我记得它让

我去寻找什么。"

恋雪说道："安提拉昨晚也回应了我，它告诉我，只要时机到了，沫天自然会想起来的。"

然后她自责地说："对不起，沫天的体质也许还无法接受如此高强度的巫祭，姐姐却任性地把你带了过去……"

沫天摇了摇头，写道："不是姐姐的错，这次是安提拉给我的考验。得到能够保护姐姐的能力一定是来之不易的，所以这次我不会再流泪了，我会努力找到安提拉的答案。"

沫天的眼里闪烁着坚定的光芒让恋雪惊讶不已，明明昨天还在畏惧的沫天，今天却已经下定了决心。一个人成长的标志，仅仅只是发现了一个目标并为之追寻吗？

恋雪欣慰地捋着沫天的头发，虽然没有说话，但内心是这样想的：

"加油哦！姐姐会陪你一同见证的。"

七、"优等生"恋雪

　　虽然接下来度过了一个月平淡的生活，但沫天每天都在练习走路，下午和晚上则在姐姐的陪同下学习着注音。沫天的学习能力让恋雪感到吃惊。一天晚上，姐姐忍不住赞扬：

　　"要是放在以前，沫天绝对是一等一的优等生，是姐姐们最宠爱的对象呢。"

　　沫天疑惑地写道："欸？宠爱是指什么？"

　　"就是会被姐姐们抱住亲昵的哦。"恋雪坏笑着说道。

　　听到这种情况的沫天惊吓得寒毛都竖起来了。

　　但沫天确实很努力，在这一个月内，沫天学完所有的注音，并在姐姐的指教下开始学习书写文字。恋雪写出来的字体刚劲大气、秀气十足。有一天晚上，沫天感慨地写道：

　　"姐姐写的字真好看。我什么时候写字也能像姐姐一样就好了。"

　　比起恋雪的字，沫天写出来的字则更为圆润，或者说更为小巧玲珑。所以恋雪笑着解释道：

　　"听说写字能反映人的个性，姐姐发现沫天写字的时候会略显谨慎，不敢下笔，这可能是因为以前沫天写注音的习惯，但这并不是一件坏事。恰恰相反，沫天写出来的字比姐姐的可爱多了，所以姐姐挺喜欢的。"

沫天在本子上写下今天刚学习到的文字："真的吗？"

"真——的——啦——，姐姐才不会因为宠爱妹妹而说出违心的话呢。"

沫天抿了抿嘴唇，然后用注音写下新的疑问："那姐姐会是什么样的性格，才能写出这样好看的字呢？"

这是问题似乎勾引自己的回忆，恋雪表示："我要想想……"思考了一阵子，说道：

"主要是受到母亲的影响。小时候母亲对我非常严格，所以我读书比较用功，而且说话非常少。别的姐姐或者是同辈的朋友总会用'高冷'来形容我。其实正是有'高冷'的母亲才会有'高冷'的我。我的字是跟随着母亲学习的，母亲的字也是这样刚劲有力。别的姐姐认为我'高冷'的同时，夸我的字像'雪山上的寒梅'。其实被这样夸赞的时候，我还是很高兴的。"

沫天饶有兴致地听完姐姐的过去，写道："但是，现在的姐姐一点都不'高冷'呢，明明特别温柔。"

"哈哈……因为变成了'姐姐'嘛。"恋雪脸上微微发红，说道，"其实，'高冷'给别人的印象不是很好，会给人一种高高在上的感觉，对朋友和姐姐们都会造成困扰。我有她们陪伴的时候是察觉不到的，只有当真正面临孤独的时候，我才体会到以前的高冷都是建立在姐姐们的温柔之上的，所以很后悔。"

那天晚上睡前，沫天写下另一个问题：

"姐姐以前也是同辈里的优等生吗？"

这一问把恋雪给问脸红了，害羞地说：

"也没有那么'优等'啦，但是确实经常会被夸……"

紧接着，沫天问了一个她特别在意的问题：

"那……姐姐以前是不是也经常会被别的姐姐……vvvv"

这还是恋雪第一次被沫天问得神色慌张。她语无伦次地说道：

"我……我以前很高冷……虽然姐姐们经常夸我学习厉害……但……"

恋雪看向沫天，发现沫天好奇的双眼像在催促着她继续说下去一样，然后扭了扭头，说道：

"沫天真的要听下去吗？这是姐姐难以启齿的事……"然后转头抓住沫天的手，貌似恳求地说道，"但是沫天一定要答应姐姐，不可以告诉这个世界上的第三个人哦。"

沫天其实刚想写下："姐姐觉得困扰的话，不说也是可以的。"但是恋雪抓住了她的手，慌乱之余，本着"其实也想多了解姐姐的另一面"的心态，沫天点了点头。

因为答应过姐姐，沫天自然是不会告诉你们接下来的对话内容的vvvv。但是，这个世界的观测者们，将会在后面的阐述中得知一部分恋雪的前世。

听完这段"黑历史"的沫天，看似吃醋地写道："姐姐以前受好多姐姐宠爱呢，有点羡慕……"

"都是以前的事情啦，每一个冰雪少女都会经历从妹妹到姐姐这个过程。沫天长大以后，说不定会发现新的冰雪少女，可能也会当姐姐的哦！"

看着沫天害羞的脸时，恋雪继续补充说道："但是姐姐当'妹妹'的时候，没有能真正地理解爱的含义。只有失去她们的时候，爱才显得尤为宝贵。一个人一旦失去爱与希望，那孤独与绝望就会接踵而至。想打败这两种东西，就一定要变得更加坚强。"

沫天问："如何才能变得更加坚强呢？"

恋雪笑着说："沫天已经在悄无声息中变得更加坚强了哦，就像沫天参加巫祭后的第二天那样，当一个人确立了不可放弃的目标时，她就能够迎难而上。然后，不要放弃爱与希望，即使暂时失去了它们，都要坚信着它们会在某一天回到你的身边。这样，就能一直坚强地生活下去。姐姐就是这样坚信着，三百多年后等到了沫天的到来哟！"

沫天感激地抱住恋雪，心里想道：每次听姐姐说话，都能感觉到一股神奇的力量。也许这样就能感受到自己和姐姐的差距，并努力成为像姐姐那样的人。

二月的最后几天，夫卡于的极寒之意逐渐退去。恋雪一早起床，在擦拭着屋外的木墙，忽然从后面被抱住。恋雪闻到那道熟悉的淡香，说道：

"早安哦，沫天。"

沫天抱得特别紧，手上还抓着本子。恋雪习惯性地把她背起来，然后从她的手里接过本子，上面的注音和部分文字即使只是写在毫无感情的白纸上，也能从中感受到沫天扑面而来的兴奋感：

"姐姐姐姐，我的腿完全好啦。今天开始，我可以不用手杖，独自走路啦！"

"哇，真的吗？"恋雪把她放下来，转身看向她。沫天手里确实没有带着手杖，她在恋雪面前转起了圈，两圈过后腿部的麻痹感让沫天不得不停了下来，看着姐姐露出了略微得意的笑容。恋雪抚摸着沫天的脸蛋，喜极而泣：

"太好了……太好了……只要能找到治好沫天声音的办法，沫天就能过上正常冰雪少女的生活了。"

沫天轻轻擦拭着恋雪的眼泪，把本子翻到下一页，上面写着："等沫天下一次巫祭成功后，姐姐要做棉花糖给我吃哦。"

恋雪不断点头答应："嗯嗯，等沫天巫祭成功，姐姐会给沫天做吃不完的棉花糖。"

二月的最后几天，是极北冬去春来的过渡时期。冰雪少女、斯托克人，还有偏南一点的人类民族，在这个时候都会开始打扫自己的屋子，清理屋顶的积雪，让春天到来时屋内不会过于潮湿。因为打扫房子，所以每年这个时候就是极北各民族的清洁期。用冷棉木建造的屋子隔水性好，只要及时处理积雪，像恋雪那样往上几百年，也不需要大修。今年清洁期，恋雪比往年都要轻松，不仅是沫天的加入能够减轻自己的负担，在精神上也多了一个可以分担的伴侣。

在惬意的生活中，沫恋逐渐适应了这种安逸的感觉。但谁也没有想到，安提拉的答案正在悄无声息地接近着。

在二月的最后一天，打扫屋子的工作临近结束，沫天坐在椅子上继续学习书写文字，恋雪则打开各个柜子进行整理。

"啊啦？"恋雪从书柜中找到一件特别的东西，准确来说，是一把三弦琴。这把三弦琴是恋雪非常心爱的宝物，平日恋雪会利用它演奏冰雪少女的乐曲。每次唤潮前，恋雪因为担心积灰，都会把它放进柜子里。今年的唤潮，恋雪遇到了沫天。因为沫天身体不好，在照顾沫天和适应二人生活之余，恋雪逐渐淡忘了放置在柜中的琴。今天，恋雪把它重新拿出来，一种说不出的幸福感油然而生。

恋雪抚摸着自己的三弦琴，说道："好久不见，我的朋友。"

安提拉、三弦琴、同伴，三样自己最珍惜的事物，都回到了自己的生活里。

恋雪抱着三弦琴，回到桌旁。看到沫天一脸好奇的表情，笑着说道：

"这个是姐姐的乐器哦，因为上面有三根弦，所以姐姐叫它三弦琴。"说着，便把三弦琴递给欲伸出手抚摸琴弦的沫天。沫天双手接住了琴，并把它抱在自己的怀里。琴头上的水滴挂件晃动，并轻敲着沫天的额头。沫天轻轻地把它抓住。她留意到，这个水滴挂件，和姐姐裙尾的图案似乎一模一样。

沫天拨动琴弦，琴弦在震动下发出了清脆的声音。但她没有立马拨动下一个音，而是等待上一个琴弦停止震动后，才继续伸手去触碰琴弦，显得特别小心谨慎。

一阵触碰后，沫天又小心翼翼地把琴还给恋雪，用本子写道："琴的声音给我一种说不出的很神奇的感觉，让我不敢用比较随意的方式去使用它。"

恋雪说道："那，姐姐演奏给你听。"

沫天兴奋地点头。

恋雪边弹边唱地说道：

"说起来，上次和沫天提起的北方民族歌颂冰雪少女的诗歌，姐姐这次可以唱给沫天听了。"

"巨兽的怒吼化作风暴，在雪与黑暗中，安提拉指引着我们。无比坚定的决心，夫卡于已近在咫尺。白发少女伸出了手，看到了冰冷世界中唯一的光。那些在安提拉诞生的精灵，用生命为它注入了永恒的活力。在明媚的光亮下恢复意识，原来一直以来追寻的只是一场梦。

"一直追寻的，只是一场梦。"

沫天双手趴在桌面上，认真地欣赏着恋雪的演奏。恋雪的琴声似乎特别有感染力，让沫天感觉到脑海深处似乎有什么在闪烁着。待恋雪演奏完成的时候，沫天激动地鼓起了掌。

恋雪问道："好听吗？这是姐姐演奏起来非常自信的一首曲子哦。"沫天直点头。

音乐教育是冰雪少女一族中最为重要的素质教育之一，每个冰雪少女小时候都要学习一门乐器。冰雪少女对音乐的重视由来已久。在长期恶劣的环境下，冰雪少女能够在室外打发时间的办法不多，因此在室内聚居交流音乐，成为冰雪少女们最喜欢的娱乐方式。在近千年的传承之中，冰雪少女发明了自己的第二种语言——琴语。琴语，顾名思义就是通过琴的音律表达自己想说的话。与正常的对话相比，琴语能够更加含蓄或委婉地表达自己的情感。这足以说明冰雪少女小时候学习一门乐器的必要性了。

因为重视音乐，重视音乐教育，冰雪少女谱写过很多可歌可泣的一族音乐。一族音乐热爱歌颂自然，喜欢歌颂纯朴的乡村生活，或者赞美自由，也制造过非常多的乐器。冰雪少女在拨弦乐器上有非常高的制作水平，在吹奏乐器的制作上也是令人称道的。

比较遗憾的是，冰雪少女们认为，通过音乐流传下来的文化比通过纸笔记载下来的文化更能深入人心。加上冰雪少女的年龄已经因为生命契约的关系，其青春与寿命都远远超出常人。她们更愿意把一族的歌曲记在自己心里，用亲手教育的方式去向那些新生的妹妹们传授各种歌曲。这样一来，一族的很多音乐都没能保存在乐谱之上。一方面，"外面来的人"没能带走和传播冰雪少女最重要的文化，包括音乐和琴语。另一方面，随着冰雪少女的消失，只有最后的冰雪少女带着自己的三弦琴和寥寥几首乐曲保留至今，成为绝唱。

不过，在几百年的唤潮中，恋雪也凭着自己的能力创作了几首略带孤独感的曲子。一族的音乐在恋雪的手中继续艰难地向前发展着。

在一种许久没有感受到的、演奏得到了别的冰雪少女回应的满足感中，恋雪思考着接下来将演奏哪一首曲子，脑海中浮现的是小时候母亲用长笛吹奏的一族乐曲《提灯的小妖精》。这是一首源远流长的曲子，是守河一族在唤潮中倾听到并进行改编的、来自下游民族的寓言。

恋雪唱道："善良的白色小妖精，像野生的萝卜一样埋在土里。夜晚降临时，它们就会探出头来，原来那些都是提灯的提手。它们指引着夜归的村民，让他们找到回家的路。乐善好施且不求回报的小妖精，只希望每日的清晨到来，能在等待中美美地睡上一觉。泥土下的提灯状小洞，是它们唯一的家……"

这首改编的寓言歌曲在恋雪唱到一半的时候，似乎激发了沫天脑海里的某个记忆点。沫天在回想起的那一刻，立即拉动着恋雪的袖子。

恋雪疑惑地问道："沫天，怎么啦？"她看到沫天的神情有点不对，立马会意地问道，"是想到什么了吗？"

沫天呆呆地思考良久，在本子上写上下："姐姐还记得……带我回家的那天晚上……我在哪里吗？"

恋雪发出"欸"的声音后，进入了思考。她说道："沫天那晚，埋在一片雪里呢……但沫天是不是想问，在哪一片雪堆里呢？"

沫天点了点头。

虽然暂时不知道沫天这样问的目的，恋雪还是立马站了起来说道：

"虽然那晚下着暴雪，姐姐不能确定具体的位置，但姐姐相信几百年来冰雪少女对这片土地的直觉，只要努力去找，冰雪是不会辜负我们的。"

听到姐姐的鼓励，沫天露出了感激的笑容。

在路上，恋雪得知沫天的目的。

"原来沫天认为，安提拉给自己的启示，埋在了曾经待过的地方……"

沫天点了点头，并写出了自己的看法：

"姐姐刚刚演奏的那首曲子和那个故事，我似乎很有印象。然后突然，安提拉的回声在我的脑海里闪过，她说让我找寻的东西，守护了我几百年……"

"几百年……吗？"恋雪此时好奇的，不仅是守护了沫天几百年的东西到底是什么，还有就是沫天的身世：要是沫天已

经待在夫卡于的雪里几百年了，说不定她和自己曾经是同一个时代的冰雪少女呢……

恋雪思考了一会儿，补充说道："冰雪少女能被称为'守护'的东西有两种。一种是在冰雪少女很小的时候，每一个母亲都会给自己的女儿制作一个护身符戴在身上。这种护身符用雪域特有的冰晶石所刻，图案一般是文字、注音字母、小型物品，或者是比较精细的小动物等。冰晶石被冰雪少女视为坚韧不拔的象征，希望通过制作出来的护身符能护佑自己的幼女平安成长。

"另外一个，就是冰雪少女的乐器。"

每一个冰雪少女都精通音律，她们小时候会学习至少一种乐器。这是因为乐器不仅是冰雪少女表达情感的第二个媒介，还能让冰雪少女具有更自由地使用元素魔法的能力，是使用冰元素和水元素能力的一种工具。以前守护城邦的战女，除了会使用长矛与短剑以外，也会使用元素的能力来坚固城墙，或者通过琴声的感染力扰乱敌人的思想。对于守护城宫的侍女，乐器成为她们守护城主的主要武器。当然，说是"武器"，其实也只是形式上的东西。千百年来，冰雪少女之间从来没有出现过内斗的情况。

以上这些解释都是后来恋雪不断补充的说明。当时恋雪只是简单提了一下乐器对冰雪少女的用处，总结地说道："乐器能够成为冰雪少女几百年的伴侣，也是能够被称作'守护'的存在。"恋雪这么说，很大程度上已经猜测到安提拉的答案，大概就是沫天以前使用过的，与沫天一同留在雪里并陪伴其沉睡几百年的某一种乐器。

在两人逐渐接近安提拉的时候，恋雪说道："这是姐姐往返安提拉最频繁的路，但再往前走，就是安提拉了。姐姐应该是离开安提拉，走了很长一段路才发现沫天的……"

昔日所挖出来的地方，早已被风雪掩埋。如果想找到原先的地方，不仅需要恋雪的记忆，还需要沫天对"它"的直觉。

沫天在本子上写道："那天晚上，姐姐也是按着原路返回的吗？"

恋雪回答道："那天晚上……确实下着好大的雪，所以无法看清楚前方的道路……啊！"恋雪想到了什么，补充说道，"那晚回到家的位置偏左了一点点，也许我们往这边（指着左上方）走一段路，再往家里的方向走回去，能有所收获。"

沫天点了点头表示同意。

在白雪皑皑的夫卡于，如果没有冰雪少女对冰雪的直觉，也许很容易就会迷路吧。这种直觉，恋雪更愿意把它称为"安提拉的指引"。天上的细雪飘落在这片冰雪之地上，沫天、恋雪行走在偏离原来方向的归程上，脚下的每一片土地显得熟悉而又陌生。恋雪的直觉告诉自己，安提拉的答案正在接近。行走一段时间之后，恋雪驻足在一片雪地上，闭上了双眼。

跟随着恋雪脚步的沫天同样停下了脚步，她用好奇的目光看着姐姐。不到一分钟，恋雪睁开了眼。她牵起沫天的手，说道：

"只要从这里往回走，在途中的某一个地方，也许就能找到'它'。姐姐牵着沫天的手，希望沫天静下心来，就能听到这份来自安提拉的流动。"

这是二人外出时的第一次牵手，令沫天印象深刻。沫天先前因为小腿不方便行走，所以外出时会由姐姐背着。虽然之后沫天能够自己走一段路，但由于手里拿着手杖和本子，从来没有牵过姐姐的手。今天第一次在外面牵着姐姐的手，让沫天感到非常神奇的是，在双手接触的那一瞬间，她的耳中似乎听到了无数个声音。乍一听，这些声音像河水流动，细听时就会发现声音像听不太清楚的少女们的低语。

这些……是前辈们的声音吗？难道姐姐所说的直觉就是这些声音？沫天惊讶地看着牵着自己的手前行的，脸上出现平日里看不到的严肃表情的恋雪，如是想着。

沫天没有立刻提问恋雪（主要是被牵着手没法写字啦vvvv）。但是接下来的感觉让沫天更加坚定了自己的判断，一股超自然的力量正在吸引着自己，越往前走，流动的声音就会越来越大，就像一种在脑海中穿行着的奇特的波纹。在接近目的地的那一刻，沫天停下了脚步。

恋雪转过身问道："是感觉到它的存在了吗？"

沫天闭着双眼，缓慢地点了点头，在这个地方出现的声音，比刚刚任何地方出现的都要大。在脑海画面中，沫天若隐若现地看到，一个小女孩，她笑得很甜，旁边还有一个比她年纪稍大的……少女，似乎说着鼓励她的话。不一会儿，一阵低沉而悠远的琴声在耳边回响。这段琴声，和姐姐刚刚演奏的曲子旋律一模一样。循着这段琴声前行，也许就……

沫天向着前方一路小跑着，直到踏在一片与周边看似无异的雪地上，跪了下来，抚摸着地上的雪，进一步确认琴的位置后，开始挖动着上面的雪。恋雪随后也跪下来帮助沫天，她想起了那天晚上，也是在这里挖着这样的雪。那晚温度很低，即便套着手套，双手上的雪也冻得令人发疼。今天虽然没有那天晚上的天气般恶劣，但雪的温度依然很低，更何况沫天的手并没有戴着手套，恋雪看着沫天逐渐冻紫的双手而心疼着。终于，她忍不住抓住沫天的手，沫天抬起头看向了恋雪。恋雪对着她摇了摇头，示意接下来的工作让姐姐来就好。沫天对她报以微笑，轻轻地挣脱开恋雪的手，继续低头挖着。恋雪感到内疚之余，脱下自己的手套，把手埋进雪里，刨起一块又一块的雪往外倒。

如果无法让你摆脱苦楚，那就请允许我与你一同承受吧。

终于，在挖至看起来比那晚更厚高度下的雪底，二人看到了埋藏在雪里的淡黄色的琴。此时，两人的手即使被冻得伤痕累累，依然加快挖雪的速度，直到这把七弦琴在两人的合力下被拔出来。这把七弦琴竖起来的长度快到沫天脖颈上，即便塞满了雪，还是能看到那些用古洞蚕丝（极北常见的一种丝，耐寒，由蚕化蛹后做成的）做成的七根琴弦。琴的面板用常见的冷棉木所制，在明媚的天气里可以发出淡黄色的光芒。

这就是……一直守护着我的……

沫天如获至宝般看着自己的琴，虽然原先在脑海里的画面已不再显现，但这并不难推断出，沫天也曾是冰雪少女一族的一分子，拥有属于自己的琴，拥有与族人一起的美好生活。脑海中浮现的，正是那些已经在遗忘边缘的属于那一段时光的记忆。

即使岁月不再，但琴声依然相伴。

沫天把琴抱了起来，琴的重量对沫天而言恰到好处，毕竟是以前的一族少女为沫天量身定做的。沫天用脸摩擦着七弦琴

的面板，她似乎对这个动作特别有记忆，也许以前的自己在开心的时候，就会像这样爱抚自己的宝物吧。

恋雪看着脸上洋溢着满足感的沫天，温柔地笑着。她的双手早已戴上手套。随着手上温度的恢复，刺痛感逐渐传来，恋雪习惯性地捂住了双手。虽然是一个比较细节的动作，沫天还是注意到了。其实，恋雪脱下手套的那一刻，沫天是看在眼里的。并且沫天也明白，姐姐如此快速地戴上手套，一定是不想让自己看到她的手被冻成了什么样子？但是，又怎么可能不在意……

沫天缓慢地放下琴，靠近恋雪，伸手欲摘下恋雪的手套。恋雪不停地回避着，但沫天还是拉住了她的手。看到沫天那紧张到想哭的脸，恋雪放弃了继续抵抗的想法。看到恋雪冻红的双手的那一刻，沫天的白裙再一次被泪水打湿。这一次，更多的是沫天的内疚。

恋雪用另一只没有脱下手套的手抚摸着沫天的白发，说道："好啦，好啦，不可以总当爱哭鬼的哦！姐姐当然不会忍心看到沫天一个人光着手挖雪，所以是姐姐任性了呢。"

"等回到家，再一起用水修复吧。"

沫天擦了擦眼泪，破涕为笑并点了点头。

只有在不断的交流与生活中，两人才能变得更加坚强。

八、七弦的答案

与水共生，是冰雪少女能在冰雪世界中坚强地活下去的重要条件。与水共生的第一个能力，是冰雪少女能够通过纯净的自然水迅速修复受伤的身体结构的基本能力，是每一个参加过生命契约的冰雪少女都具备的能力。第二个能力，则是完成巫祭考验的冰雪少女所获得的令身体化为流水形态的能力。与水共生的第三个能力，是冰雪少女能够修习冰元素和水元素有关的元素能力。这个能力比较复杂，通常来说，参加生命契约并成为真正的冰雪少女之后，与日常生活有关的巫术、治疗、化形（用意念把水变成万物使用，如用水铸成生产的工具耕作）等都是可以通过学堂修习完成的。但是许多战斗性的、具有一定压制力的禁术，则只能由通过巫祭后的冰雪少女修习。一方面，战斗术与禁术需要长时间的训练才能保持良好的状态，只有从事守护城邦的战女和守护城主的侍女有此时间与精力；另一方面，在冰雪少女看来，禁术对日常生活几乎无用，且可能会引起别的同胞的误会和反感。久而久之，她们便从感性上排斥在城邦公共场合内使用禁术。到后来，这些禁术发展成战女和侍女的专攻能力。当然，一些年岁较高、精通禁术的祭祀和调律师是有一定特权的。

但是，无论是日常生活中所用到的元素能力，还是禁术所用到的元素能力，都离不开一个重要的东西——使用媒介。而这个媒介，往往就是冰雪少女的乐器。不仅在过去、现在，还是未来，都是如此。

　　恋雪没能第一时间意识到"守护冰雪少女的宝物是乐器"这个问题，再一次暴露了她在长年累月的独自生活中，对过去冰雪少女的规则和记忆已经出现零星的混乱。这在以后的交流中也会逐渐显现出来。不过，生活中的交流也许是唤起沫天和恋雪各自记忆最直接的方式了。

　　沫天和恋雪回到家后，想做的第一件事便是把冻得发疼的双手伸进温水中修复。温度在20度左右的水，是冰雪少女使用"与水共生"能力修复冻伤组织最舒适的温度。就像冬日里的斯托克人泡着40度的热水澡一样。所以，恋雪忍住疼痛，打一盆冷水在灶台上煮一两分钟后，再把盆子端回桌面上。

　　沫天通过双手摩擦的方法，使自己的手不再那么难受，看到恋雪端来的"热水"（所以其实没那么热），她忍不住把手伸了进去。向来谨慎的沫天这次也不例外，在伸进去的过程中只露出一个食指在水面上试探着。

　　看到沫天皱着眉头，恋雪关切地问道："怎么啦？是水温过热，还是……"

　　正说着，沫天两只手完全伸了进去，看起来非常享受，长嘘了一口气。

　　恋雪"扑哧"一声笑了出来，故作责怪道："真是的，怎么能独自享受起来了呢？"

两人在浸泡中享受了一段美好的时光，很快，手心手背都恢复到了原本的肌肤光泽。从水盆中能看到水位明显下降的迹象，这些就是修复时身体所要吸收的水分。浸泡结束后，恋雪告诫沫天道："以后，沫天一定要好好地爱惜自己的双手。今天这样，姐姐会既心疼又生气的。"

　　因为手是演奏乐器最重要的身体部位，这个习惯是儿时没有完成生命契约，还拥有血肉之躯的"冰雪少女"应该养成的。小时候留下的疤痕，在成为冰雪少女后将伴随一生。所以，冰雪少女小时候会特别爱惜自己的身体，尤其是经常使用的、演奏乐器的双手。而且长辈经常对后辈说："就算以后能用水修复身体，但频繁的修复，说不定会对安提拉造成困扰，万一以后……"如是劝说。所以，爱惜自己的身体，在冰雪少女心中打上了深深的烙印。恋雪虽然早已对长辈"爱的谎言"淡然置之（毕竟恋雪的年龄已经到了"长辈中的长辈"啦），但如此告诫比自己年少的沫天，还是希望沫天能够好好爱护自己。

　　沫天正在用毛巾擦干双手，听到姐姐的话后感到有点委屈，毕竟那个时候手里并没有合适的工具，只能徒手挖雪。

　　沫天正在组织语言，不过恋雪已经敏感地发现沫天也许将她的话理解成对今天行为的责备了，便说道："没有责怪沫天的意思哦，只是希望以后一定要尽量避免伤害双手的事情发生。毕竟，冰雪少女要用双手去演奏乐器。"

　　沫天抬起头看向自己的七弦琴，嘴巴微张，她意识到一件事，然后用本子写道：

　　"我好像把它抱回来后，还没有弹过。"

　　恋雪其实也对沫天是否能够演奏七弦琴一事十分感兴趣，这源自恋雪对七弦琴产生的一种莫名的熟悉与亲切感，她期待地说道："沫天尝试一下演奏它吧？"

　　沫天双手放在琴弦上，眼睛注视着琴，表情发生了微妙的变化。许久之后，她放下手，神情看似有点沮丧。恋雪关切地问道："怎么啦？"

　　沫天抬起头看了看恋雪，然后拿起旁边的本子写下："我好像……不会演奏它……无从下手。"

　　虽然恋雪看到这句话的第一反应是：呜呜，姐姐好像也不会演奏这个（不过恋雪是真的没有学过）。但还是稍加思索了一下，既然七弦琴能够成为沫天的守护，那一定是建立了一种类似自己与三弦琴般特殊的关系。

　　所以恋雪鼓励道："冰雪少女与琴的羁绊，是一种超越灵魂间的触碰，因为只有这样，冰雪少女才能够演奏出天籁之曲。既然这把七弦琴能够守护沫天几百年，那沫天脑海的深处一定存在着能够演奏它的那一页。"

　　恋雪的双手轻轻放在沫天的双手上，说道："来，沫天，闭上眼睛，深呼吸。在一种超越自我的静心状态中，冰雪少女能够看到前世的那一面。我们都是精通音律的，在触碰琴弦的那一刻，就是用这里（用手触碰一下沫天的额头）和这里（再用手触碰一下沫天的左胸口，看着沫天的情绪逐渐归于平静）来演奏每一首曲子。所以，放弃现有的思考，沉浸在音乐中吧。"说完，恋雪松开了沫天的手。

　　沫天的右手向前一拨，一阵清婉流畅的琴声传来，恋雪立即感觉到沫天拨动琴弦的力量。在她面前的，不再是那个触碰三弦琴时小心翼翼的沫天。此时的沫天闭着双眼，指尖随着节奏弹动着，演奏的技法十分优美和娴熟。更巧妙的是，沫天演奏的曲子，恰是恋雪今天用三弦琴演奏的第二首曲子。恋雪在惊讶之中欣赏着沫天灵魂之中发出的回响，一种如高山流水般的情感涌现出来。

随着琴声减弱，沫天逐渐睁开了眼睛，她看着自己的双手，完全不敢相信，刚刚真的是用自己双手演奏的吗？

"这就是沫天灵魂深处的声音哦，"恋雪抚摸着她的头说，"这也可以解释为什么早上姐姐的曲子能够引起沫天的回忆与共鸣了呢。"

沫天忍不住写道："好神奇，拨动琴弦前，我的脑海里好像看到了下午寻找琴时的画面。但拨动琴弦后，我的脑海就像放空了一样，手指不自觉地跳动起来，就像在做梦一样。"

"这种就是'记忆'的力量哦，有些以往的动作如果在脑海里怎么也回想不起来，或许在自己手中会有属于独特的那一份记忆。"恋雪解释道，沫天会意地点了点头，继续尝试着七弦琴的演奏练习。沫天发现自己还无法睁开眼睛演奏。对此，恋雪安慰道：

"沫天的演奏技法虽然很厉害，但还深埋在感觉之中，如果能在感觉中多加练习，相信不少脑海深处的回忆都会逐渐被唤醒。"

接下来好几天，沫天都在练习中度过。但是，练琴是一件非常枯燥的事情，即使是擅长音律的冰雪少女，有时也会因为弹奏的感觉不对而急躁起来。特别是用感觉来演奏的沫天，一旦情绪开始波动，脑海中的音符就会瞬间化为乌有。如果不及时调整心态，就会越练越差。有一次，沫天连续演奏三遍（沫天脑海中记得的为数不多的曲子之一）都失败后，用手捂着胸口，无力地喘着气，表情看起来特别失落。

坐在一旁的恋雪担心地看着沫天，她看得出来沫天非常努力，甚至有点过于努力，才会变得如此急躁。但沫天是那种不轻易把情绪发泄出来的女孩，所以内心才会如此难受吧？

沫天趴在桌子上，或许是在自我调整着情绪。恋雪靠近沫天，问道："姐姐带你出去走走，好吗？"

沫天点了点头。

今天是练习的几天里唯一的雪下得并不大的一天。其实前两天，恋雪就感觉到了沫天的不对劲，原本想带她出来玩玩，但都因为大雪作罢。今天是沫天看起来最为急躁的一天，恰好今天的天气适合出门，因此，恋雪在焦虑中感到一丝幸运。

相比之下，沫天却像是心事重重的样子。两人行走在雪地上，沫天一直没有看向姐姐这边。这样下去，气氛会变得非常尴尬，甚至恋雪连开口的机会都将没有。于是在恋雪反复确认了不是自己的原因之后，说道：

"姐姐小时候最早练的琴，是四弦琴（类似于小提琴）。"

沫天没有反应。

"那时候，姐姐不知道冰雪少女和乐器之间存在着如此重要的羁绊，只是把乐器当作冰雪少女的一项必修课进行学习。"

沫天牵着恋雪的手，似乎抓得更紧了一点。

"而且那时候，姐姐脾气不是很好。虽然四弦琴学习得很快，却总想着追求完美的旋律。"

一直看向别处的沫天终于悄悄地探过头。

"追求完美的旋律，一个音节也不能拉错是最基本的要求，然后才能去追求每一首曲子独特的意境，最后完成完美的旋律。

"但是姐姐小时候经常本末倒置，以至于一首曲子没有演奏通透，就去参悟意境。结果自然是参悟不成，反而丢了原来的感觉。这让姐姐非常痛苦，甚至暴躁。"

沫天停下了脚步，看着恋雪，一字不漏地听着，牵着恋雪的手抓得更紧了。恋雪继续说道：

"姐姐暴躁的时候会打自己的手，会摔琴弓。每摔一次，力度都会比以前大一点。当然，都是在母亲看不到的地方摔的。

"到后来有一次，一首曲子连续弹错了四遍，我对自己的无能实在是无法忍受了，终于还是举起练了三年的四弦琴……"

沫天紧张地用左手捂住了嘴。

"啊哈哈……并没有砸啦，我的底线也不允许自己这么做。但是真正阻止我的，是迎门而入的母亲。

"这是姐姐一生中见过母亲最生气的时候，挨了母亲最严厉的骂。也是这个时候，姐姐才知道乐器对冰雪少女的重要性。即使当时真的不想去砸琴，但我对那么一瞬间有这种想法的自己恨之不已。从那以后，姐姐看到自己的四弦琴时，就像做错了事情的孩子一样，逐渐内疚到无法面对。到最后，只能放弃它，开始练习三弦琴。"

看着沫天满脸遗憾的表情，恋雪苦笑着说道：

"从那时起，姐姐就再也没对乐器发过脾气。不过姐姐想说的是，练琴确实会给人一种枯燥无味的感觉，特别是失败的时候会感到无力，感到内心的躁动。这个时候，一定要学会自我调节。姐姐之所以带沫天出来，就是想让你散散心，不能总憋在一件事上。"

沫天似乎意识到了什么，扭捏着，手中的笔欲写又止。恋雪感到奇怪，平时的沫天不会这样子的，她问道：

"沫天是有什么心事吗？"

沫天点了点头，但又快速地摇了摇头。

"这样啊……"恋雪有点难过，说道，"沫天要是有什么不舒服的地方，一定要和姐姐说。姐姐一定会帮助你的。"

这次散心没能让恋雪得知沫天的真实想法，但沫天开始有了转变，主要体现在平日练习的时候，沫天不再纠结于一音一节的错误，而是努力使自己睁开双眼也能够演奏乐曲中的某一段落。睁开双眼的演奏使沫天的演奏水平大不如前，但让沫天逐渐熟悉了琴弦各个位置的音律。沫天在这方面的进步，与恋雪的帮助是分不开的。恋雪虽然先前完全没有接触过七弦琴，但恋雪掌握着完整的乐理知识。在沫天休息的时候，恋雪便开始摆弄着七弦琴，熟悉它的音律，并结合三弦琴向沫天讲解：

"沫天，你听，七弦琴拨动这里，而三弦琴拨动这里的时候，就是同一个音。"

沫天惊讶地看着。

待恋雪按顺序用两个琴拨动整段音阶的时候，沫天兴奋地鼓起了掌。

就这样又过去了几天。无论是练琴还是识字，沫天的学习与理解能力都是令恋雪无比吃惊与欣喜的地方，用一个词来形容，就是"聪慧"。有好几次都是恋雪点出上句的内容，沫天就能写出或者做出恋雪想说的下一句的内容。到后来发展到，恋雪话说到一半，就将视线对向沫天。看着沫天惊慌失措的样子或者豁然开朗的样子，恋雪都觉得是一种循循善诱的享受。

　　随着沫天对七弦琴的愈发熟练，恋雪不得不开始联想到沫天的第二次巫祭。虽然沫天与自己的能力载体——七弦琴已经重新建立联系，但第一次巫祭失败，全身湿漉漉的沫天至今仍历历在目。恋雪决定将第二次巫祭的事情往后延，待到沫天对七弦琴的熟练度又上一个档次的时候，巫祭对沫天的影响基本已经消除，沫天也能更好地掌握七弦琴的能力。

　　但是，沫天似乎有一点着急，在恋雪考虑到巫祭的问题不到两天后，沫天就写下了她想参加巫祭的想法：

　　"姐姐能带我再参加一次巫祭吗？这一次我一定会成功的！"

　　"巫祭嘛，"恋雪思索着，说道，"姐姐并不担心沫天的能力，而且得到过启示的冰雪少女在下次巫祭时也会更加有底气。只是姐姐担心上次巫祭给沫天带来的心理影响……"

　　原来恋雪担心的是极少数冰雪少女参加第二次巫祭时的不良心理，这种不良心理被称作"来自深渊的恐惧"。她们因为第一次巫祭失败就会差点落入安提拉的深渊，所以对安提拉的底部产生了应激性创伤反应。这些可怜的少女虽然坚定决心再次参加，但因为无法摆脱这种恐惧而再次失败。恋雪眼前的沫天，虽然在第一次巫祭结束后凭着坚定的信念找到了安提拉的指引，找到了自己的守护乐器。但是，沫天那天巫祭下来真正的心理状况，恋雪至今也未曾得知。沫天最近心事重重的样子也引起了恋雪的担心，以前沫天与恋雪几乎无话不谈，唯独在这件事上，沫天似乎把自己的心锁得很死。

所以恋雪停顿了一会儿，双手放在沫天的肩膀上，继续说道："姐姐不想看到沫天再一次受伤的样子。所以巫祭的事情，姐姐希望能和沫天做好更加充足的准备。至少，沫天要告诉姐姐，是不是对安提拉产生了什么不好的心理阴影。"

沫天扭过头，回避着姐姐的视线，恋雪进一步确认了沫天最近的样子应该是巫祭所引起的。

恋雪用额头碰着沫天的额头，带着一点哭腔说道："沫天练琴的前几天，心事重重的样子，看起来好痛苦。姐姐猜到沫天是想早点参加巫祭才这样努力的。但是姐姐真的好不忍心……好不忍心看到沫天这样子。"

沫天的内心被姐姐的语言所融化，内心再也承受不住而崩溃，扑在姐姐的怀里无声地哭泣着。

在这之后，恋雪了解到沫天这一个多月以来经常会做落入安提拉的噩梦。每次醒来，沫天都在哆嗦和惶恐中度过，对练琴的心态产生了很大的影响。恋雪先前误以为是沫天练琴时精神无法集中引起急躁而导致的。事实上，安提拉的心魔对沫天的影响更大。主要是沫天从来都没有和恋雪说过这件事，因为沫天觉得，在第一次巫祭后的第二天，自己就用非常坚定的态度写下了会继续努力的信念，让姐姐对自己很放心。沫天以为，她能独自承受这个时期内心对安提拉的恐惧，要是向姐姐倾诉自己的痛苦，就是对姐姐的食言。为此，恋雪温柔地安抚她道：

"这样当然不算食言。的确，姐姐非常喜欢坚强的沬天。但是，姐姐更喜欢脆弱时能够放下心理包袱和姐姐坦白的沬天。沬天是一个好女孩，还有一段很长的成长期。所以，沬天并不需要故作坚强。当然，姐姐遇到困难的时候，也希望有一天能投入沬天的怀抱中。"

沬天后来回忆起这件事的时候，会不自觉地流下泪水。姐姐当时真的是为自己的巫祭操碎了心，自己却没能鼓起勇气早点告诉姐姐自己的心理状况。

这样一来，困扰了恋雪二十多天的问题得到解决，这件事也让恋雪意识到，第二次巫祭已经是当务之急。要战胜心魔，就要勇于直面心魔。因此恋雪在安慰沬天一番后，对沬天说：

"沬天今天先休息一下。明天一早，姐姐就带你去安提拉，怎么样？"

这是一个颇为明智的选择，沬天点了点头。在接下来的时间里，恋雪给沬天补充说明了许多关于巫祭的支离破碎的记忆，很多都是冰雪少女携带乐器参加巫祭的记忆：

在沬天的启示中，沬天需要找到守护自己的能力载体，这就说明了若想巫祭成功，就必须找到这把七弦琴，重新熟悉并掌握它，最后带着它回到安提拉。所以，沬天参加巫祭的难度比以往很多冰雪少女都要高。冰雪少女携带乐器参加巫祭其实是有先例的，这是能让冰雪少女与自己的乐器建立更牢固的契约的重要途径。关键问题就是冰雪少女在沉入水中失去大部分意识后是否还有精力演奏乐器进行回击。况且乐器的重量也是对冰雪少女的考验，以前有一个姐姐说过，携带乐器进入安提拉的深处，会有一种乐器的重量比在岸上更重的感觉。所以，以防万一，以前携带乐器进入安提拉的冰雪少女一定要有专业的少女陪同，巫祭成功后也会更受瞩目。

　　进入水中后，最好要保持深呼吸（冰雪少女在水中是可以自由呼吸的），至少呼吸的节奏一定不要紊乱。当脑后感觉到水流上涌的时候，闭上眼睛，紧紧地抱住自己的琴，把意识寄托在琴弦之上。想象自己正在用感觉演奏七弦琴，达到人琴合一的境界，就能在最艰难的入水期保留相当一部分意识。

　　除了这些要点以外，恋雪还通过不停诉说那些巫祭成功的例子，以安慰并压抑住沫天逐渐成长起来的对巫祭的心魔。随着漫长的一天逐渐转入深夜，沫天在姐姐的怀抱中睡去，但恋雪现在却感觉有点失眠。她不停地回想着沫天这一个多月以来所做的各种努力，认真适应作为冰雪少女的生活，认真学习注音、写字、练琴，还帮助自己做各种家务活。也许她明天参加巫祭，比任何时候都更加合适了。恋雪在这天晚上，彻底放弃了先前搁置第二次巫祭的想法，并在坚定的决心中逐渐睡去。

九、直面深渊

第二天一早，恋雪睁开双眼，看到一早坐在床上，并双手抱着身子的沫天。恋雪一下子就想起来，有很多天的早上，沫天都是这样，原来……

恋雪起床抱住了她，看着她湿润的眼角说道："亲爱的妹妹，昨晚又做噩梦了吗？"

沫天突然被姐姐从后面抱住，明显被吓了一跳，意识到这一次终于不用再对姐姐说谎，所以点了点头。

看起来像是出师不利呢……

恋雪把她抱得很紧，说道："没事的，没事的。姐姐一直在你身边，就算是巫祭的时候，姐姐也会像这样一直抱着你的。"

沫天没有退缩，不仅是自己的信念，还有姐姐的信念。在这个世界上，没有任何困难能战胜不屈的信念，即使到最后会面临失败的结局，更何况面对的是未知的未来。

今天的雪很大，恋雪出门前用发夹把沫天的头发盘了起来，并给沫天系上了兜帽。恋雪也带上她的披风和三弦琴。一路上，沫天紧跟在恋雪后面，因为沫恋二人都抱着琴，一路上并没有过多的交流。恋雪好几次回头看向沫天，都没能看到沫天埋在兜帽下的脸。恋雪知道，沫天一般专心地思考一件事情的时候，就会像这样注视着前方出神。而沫天在思考什么，恋雪自然也明白。

来到安提拉，沫恋像往常一样祈祷之后，湖上的浮冰从岸上连接到湖中央。两人来到湖中央之后，恋雪帮沫天解下兜帽和发夹，沫天柔顺的白发耷拉下来。

沫天把系在七弦琴上的本子翻开写道："姐姐也带了琴欤？"

恋雪笑了笑说道："毕竟冰雪少女之间各自的琴也能产生共鸣，所以姐姐想试试能不能帮到沫天。"说完，恋雪接着问道，"紧张吗？"

沫天也微笑着摇了摇头。恋雪觉得自己有点明知故问，因为她知道此时此刻，沫天一定是非常紧张的。但恋雪现在能做的，只能是多关心一下沫天。在重申一些入水期的方法后，二人一同沉入水中。

入水期不愧是巫祭时最危险的时期，一同落水的二人被只有巫祭时安提拉才会出现的汹涌波涛所分开。在这个时候，身体水化才是恋雪能够保持足够意识的正确方法。但是，面对逐渐被水流带走的沫天，恋雪此时更希望拨动琴的力量，向下冲刺并接近沫天，哪怕能让沫天在失去意识前多看自己一眼。直到恋雪本身的意识也出现混乱：

雪，一直在下呢。

夜以继日，无休无止，就像唤潮一样。

这是恋雪意识开始模糊后出现的语言和画面，让恋雪无法不开始正视这个问题。

不能再用本体继续前进了，这样沫天有危险时我会救不了她……对不起。

希望沫天能够记住姐姐的话。（恋雪水化跟上了水流的脚步）

另一边，沫天被湍急的水流包裹着，害怕的情绪涌上心头，和姐姐的指导相互交错。沫天闭着眼睛，尝试着深呼吸，手里紧紧抱着琴。侥幸的是，虽然七弦琴的重量在水中确实变重，但是沫天抱着它，却感到非常安心。

接下来要做的就是闭上眼睛，把意识寄托在琴上吧？

醒来的时候……我还能保持……清醒吗？（沫天本体逐渐失去意识）

水化的恋雪被安提拉的水流阻止在离沫天近十个身位的距离，这是巫祭安全员的正常距离。恋雪焦急地等待着沫天再次睁眼的那一刻。

沫天还在沉睡之中，修长的头发被水流席卷得乱七八糟，虽然上一次巫祭同样如此，但脸上的气色和表情与上次比起来，已经好上太多了。

"现世的冰雪少女，能再次看到你的到来，甚感欣慰。"

沫天睁开迷离的双眼，皱了皱眉，"审视"着自身和周围的情况，面对不断恢复的思考能力，庆幸着自己这次居然还有这么多意识。

转瞬之间，沫天的灵魂与安提拉再度连接，这是她们之间关于巫祭的第二次对话：

"现世的冰雪少女，看起来你已经找到了能力的载体，也通过了下水时最艰难的考验。来到这里，你并不要感到拘谨。那么，接下来就是最后一个考验，你做好准备了吗？"

（嗯。）

"那么，现世的冰雪少女，你对'能力'的认知是什么？"

（能力……吗？）

"具体来说，每一个参加巫祭的冰雪少女，为了获得安提拉的能力，都有一个或一些强烈的'愿望'。她们有些想变强，有些想帮助更多的人，有些想让姐姐看到自己的努力……这些不仅是愿望，很大程度上是对这份能力认知的深与浅。"

"那么，现世的冰雪少女，你的愿望是什么呢？"

沫天紧紧地抱着琴：

（我只是想……获得一份，能够一辈子保护姐姐和那些自己可以保护的一切的能力。）

（只有这些吗？）

（嗯……）

"很单纯的愿望，但也是一个很具潜力的愿望。正因你是一个更具潜力的少女，也许能得到更强的能力。"

沫天摇了摇头：

（沫天有时很困惑，也很迷茫。沫天听姐姐说过很多关于冰雪少女以前的故事，非常羡慕，但又想到姐姐自己孤独地生活了几百年，我的心就如刀割般难受。有时甚至在想，希望能让姐姐重新回到一族生活中，幸福地度过一生。就算我永远离姐姐而去，这种事情我也可以接受。但是，这种事情就算是安提拉，也是做不到的吧？我既笨拙，又没有潜力。姐姐这么疼爱我，如果我无法成为神明那样的女孩，那就让我珍惜和保护当下的时光吧……）

"你的倾诉让这份'保护'的愿望更加强烈。这把七弦琴在你的手里，只要努力和保持初衷，它便可以很好地回应你。"

"你对能力的认知是以保护他人为主。但是，现世的冰雪少女，有时你要保护的对象是由另一个对象所引起的，只要用自己的能力击败另一个对象，也能起到保护的效果，你是如何看待这一个问题的呢？"

（我不认同这样的行为，保护的能力应当是所有人都不应该受到伤害。伤害别人什么的……我完全做不到。所以我想找到一种不会伤害任何人的保护的能力……）

另一边久久没有说话，让沫天感到战战兢兢而把琴抱到手臂发疼，一段时间之后：

"你想得到的能力安提拉已经完全知晓，来自安提拉的力量正在源源不断地进入你和你的琴。那么，现世的冰雪少女，最后的考验也在接踵而至。如你所见，我只是安提拉的一个形体，在你能力汇聚的地方，出现了一部分来自安提拉的空洞。你需要带着你的琴回到岸上，就必须击败这个空洞。"

在形体即将消失的那一刻，她说道："每一个人都能通过自己的努力，比肩神明。现世的冰雪少女，用你的智慧冲破这空洞的牢笼，向着自己的愿望前行吧。"

沫天回过神来，自己的意识回到安提拉的下方，视线上方就是湖面，背后则是七弦琴吸收了力量后流下的空洞。这个空洞向上延伸，把沫天包裹在一个倒立的圆锥形中。沫天感到自己的身体出现了明显的变化，巫祭时一直只能平躺在水面上的自己，现在终于可以站立起来了。

在这个圆锥形外的恋雪吃惊地看着这股奇怪的力量，她突然回想起自己参加巫祭的时候，吸收能力后引发的不过是大于自己三至四个身位的球状空洞，所以击破空洞这项最后的考验是轻而易举的事情。但是，眼前这个比较温柔且弱势的妹妹，却引发了如此大的空洞。

这是琴的原因吗？以前的姐姐们都是通过这样才获得更大的力量……恋雪如是想着。虽然恋雪猜测到大部分的力量都被琴所吸收，但是妹妹真的可以独自打破这个空洞吗？

答案自然是不可能的。沫天在许下对能力的愿望中，给予了安提拉前所未有的答复：希望获得一份不愿伤害任何东西的，保护姐姐和一切需要保护的能力。这份能力，以吸收极致的保护能力为基础，代价是失去所有能够对任何东西造成伤害的能力，自然也无法对眼前的空洞构成任何威胁。但空洞底部发动着一次次的袭击，还没有任何战斗经验和反击能力的沫天只能惊慌失措地抱住琴。好在怀抱里的七弦琴形成一道保护罩，能够很好地保护沫天。但即使是在水中的冰雪少女，终有一刻精力会消耗殆尽。恋雪焦急地注视并大声呐喊着处于被动状态的沫天，她知道无论是自己的声音还是三弦琴的声音都无法从外部传达给沫天。她希望沫天能够尽快想到战胜这个空洞的方法。

而这个方法，隐藏在昨天的交流中：

"沫天，巫祭最艰难的考验莫过于入水期的考验和最后的考验。刚刚姐姐告诉你的，是入水期的方法。当沫天通过入水期的考验，得到安提拉的认可和能力的赋予后，最后的考验就是沫天要利用获得的能力反击安提拉形成的空洞，然后回到岸上，巫祭就算完美完成。"

　　说到这里的时候，恋雪感到有些内疚，因为沫天第一次参加巫祭的时候，恋雪直接疏忽对这个过程的详细介绍。虽然以前自己参加巫祭的时候，因为能力不错，不仅把姐姐们的这些告诫当作耳边暖风，还非常出色地完成巫祭，所以让恋雪产生了一种巫祭比较简单的错觉。因为自己的疏忽让最爱的妹妹吃了大亏，恋雪心里很不是滋味。

　　沫天此时已经有了对自己能力认知的打算，并写下疑问："但是，如果沫天身单力薄，无法通过最后的考验……会不会像先前那样……"

　　恋雪知道沫天对那次失败产生了深入骨髓的恐惧，但还是努力地安慰她。况且，恋雪知道反击安提拉的另一个办法：

　　"如果沫天无法从安提拉中脱离出来，就要拨动第一、第二和第六根琴弦。"此时，恋雪拨动的是沫天七弦琴的琴弦，在拨动第六根琴弦的瞬间，三弦琴发出紫色的光，这是恋雪在休闲时间钻研出来的三七弦琴共鸣，并继续说道：

　　"这种从空洞内部发出的声音能够传出空洞外部并引起共鸣。这个时候，姐姐就能够用三弦琴的力量帮助你了。就算是耗尽所有力气，姐姐也会带你出来的。"

　　沫天看起来似乎有点犹豫，但还是点了点头。

　　被困在空洞囚笼之中的沫天，也许因为紧张到害怕或者意识比较模糊，没能第一时间想起恋雪的话。到最后触发她记忆的是她的七弦琴。

　　空洞下的水流形体发起最大规模的冲击，想把沫天一口吞进底部，然而沫天此时仍无法做出任何有效的反击。眼看着水流形体即将卷走沫天，七弦琴发出了耀眼的蓝色光芒，沫天很自然地让琴脱离自己的怀抱。琴悬浮在水中，在沫天没有拨动琴弦的情况下，琴的内部震动发出低沉的琴音，三道波纹随声而出，与前进的水流碰撞。神奇的是，波纹虽然没有阻止水流的前行，但最后接触在沫天身上时，已与普通的水流无异。

此时，沫天想起了姐姐说的话，她转头看向水面的位置，虽然没能看到姐姐，但姐姐说过，她一定是在水域的某一处守护着自己。沫天转回头，拨动第一、二、六根琴弦，七弦琴再一次发出蓝色光芒。与此同时，在空洞外面的恋雪也感受到了三弦琴的呼唤。她尝试结束身体的元素化，结果成功了。两人在巫祭的深水区中第一次对视。从沫天的眼神中，恋雪明白眼前的妹妹需要她的帮助。

很久没有使用过战斗魔法了，不知道会不会有点生疏了。恋雪如是想着。她拨动琴弦，身后掀起一道道水柱轰击到空洞表面。沫天则继续用琴自卫着。在进行一段时间的轰击后，恋雪发现了这个空洞的弱点，她拨动共鸣弦，并用独特的琴声传播把自己的声音传递到了沫天的耳中：

"沫天，如果能阻止底部的水流冲上空洞表面，姐姐就有足够的把握轰破它，救你出来。"

恋雪发现了，底部的水流形体不仅会袭击沫天，还起到了修复空洞表面的作用。但问题在于，沫天现在完全不知道该如何使用七弦琴的力量，她的双手颤抖着放在琴面上，无从下手。

此时，沫天想起平日演奏时姐姐说过的话："闭上眼睛，深呼吸，让意识流入琴弦之中。"她决定要先从害怕的情绪中冷静下来。果然，在情绪趋于稳定的瞬间，她明显地感受到了脑海里能力的流动。她心想：如果能够把保护着我的护盾扩大到边缘的话，说不定就能抵挡住水流的前行了。

沫天的想法得到手的回应，手拨动着琴弦，把护盾推向两侧。沫天顿时感到一股来自水流上涌的压力。随着水流逐渐向上推涌，沫天的压力会越来越大，恋雪非常清楚这个道理，她在外围用学过的各种水元素化形持续轰击着空洞表面，直到把表面击碎的那一刻，消耗了自己全部的力量。

恋雪的意识开始模糊，身体失去重心开始下坠。在闭上眼睛的最后关头，她貌似听到来自深渊底部的呼唤。

"姐姐！"

这一声呼唤让恋雪再一次睁开了双眼，原来不是深渊的呼唤，而是来自妹妹的声音。恋雪的周围遍布蓝色的光，向着湖面的方向冲去。她用微弱的声音问道：

"是……沫天吗？"

翠蓝色的水流没有回答恋雪，让恋雪一度怀疑刚刚是幻听。不一会儿，恋雪发现，自己的体力正在迅速恢复，这就是沫天的能力吗？恋雪想着。

冲出水面的是蓝紫交错在一起的光，落入地面的是双手抱着琴的沫天和恋雪。

恋雪首先放下琴，激动地伸手抚摸着沫天的脸颊问道："沫天刚刚是不是喊了一声'姐姐'呀？巫祭治好了沫天无法说话的问题吗！"

沫天歪了歪头，表示疑问。

"呜……果然是我听错了吗？"恋雪遗憾地说道。高强度运动过后，全身上下的疲惫感随即到来，恋雪无力地倒在雪上。没过多久，沫天也倒在了恋雪的旁边。二人躺在湖中央的浮冰上，露出心满意足的表情。在入夜的风雪中，任由一片片细小的雪花轻砸着自己的脸，两人呼出的气一团接一团地飘向天空。

过了一会儿，恋雪用感谢打破了宁静的气氛，她看向沫天，说道："谢谢沫天，这次是沫天救了姐姐哦。"

沫天看向恋雪，并向恋雪展示了她写下的一段话："谢谢姐姐。没有姐姐救我，我就要被困在里面了……"

两人相视而笑。她们正是用行动告诉安提拉，在这片无垠的雪地之中，她们将迎来崭新的生活。

在即将变大的风雪之前，二人抱着琴回到家。归家后，恋雪问道：

"说起来，沫天还没告诉姐姐得到什么样的能力呢？"

沫天轻轻地放置着琴，听到姐姐的询问后，用略带调皮的语气写道：

"欸嘿，这个是秘密哦，不告诉姐姐。"

恋雪被写在纸上的"欸嘿"逗趣到了，用略带遗憾的语气说道：

"欸？好过分，这都要瞒着姐姐。"

第二天早上，沫天跟着恋雪学习新曲的演奏。看到恋雪三弦琴上摇晃的水滴挂件，想起来其实刚开始接触到姐姐的三弦琴时，就被这个挂件轻轻碰撞过额头，所以沫天好奇地写道：

"那个，姐姐琴上的挂件，有什么特别的含义嘛？"

恋雪想起昨晚沫天还没有告诉自己安提拉赋予了她什么样的能力，用"记仇"（其实是调皮的）的口吻说道：

"欤嘿，这是姐姐的秘密哦，不告诉沫天。"

看到沫天快要急哭的表情，恋雪感到有点"犯规"，她哭笑不得地解释道：

"好啦，好啦，这个是姐姐的守护之一。沫天还记得姐姐说过的冰雪少女的守护吗？"

沫天如捣蒜般点头。

"冰雪少女的守护，一个是乐器，一个是母亲给女儿做的护身符。这个挂件以前是挂在脖子上的，后来姐姐想着反正都是守护，要不就放在一起吧。然后就名正言顺地将它们放在一起了。"

沫天脸上露出羡慕的表情，像是在说"好想拥有一个"。恋雪看着沫天的眼神就像在看一只吃"可爱"长大的小动物。她摸着沫天的头，打破了她的发呆，说道：

"姐姐做一个给你，好吗？"

沫天的笑容就像春日里的阳光般灿烂。

晚上，沫天终于还是和恋雪谈起了自己获得的能力，她扭扭捏捏地写道：

"沫天想保护所有想保护的东西，不愿意伤害接触到的任何东西，所以琴里吸收的全是保护的能力。姐姐看会不会觉得有点奇怪……"

恋雪回想起沫天昨天被空洞包围时只能被动防守的情况。

的确，沫天在被密集打击的情况下，光靠防御的能力，体力会逐渐消磨殆尽的。

但是，恋雪更多的是感慨，沫天的内心有一个多么纯洁且善良的灵魂，得到的能力才能如此纯朴。而且这个能力产生的空洞，比自己参加巫祭时的产物大了三倍多。与之相对的，沫天这份保护的能力的上限会比自己的能力高出三倍多。这令恋雪感到非常安心。所以，恋雪用温柔的口吻说：

"姐姐非常高兴，这份愿望所产生的能力，是姐姐听到过的最纯洁的能力了。以后沫天和姐姐在一起，姐姐一定会保护好沫天的。"

沫天不解地写道："明明应该是沫天要好好保护姐姐呢……"

恋雪笑了笑，说道："沫天保护好姐姐，姐姐打败欺负沫天的东西，所以是相互保护的关系哦。"

沫天恍然大悟，小嘴张成"O"字形。

十、这个世界不止白色

巫祭的事情暂告一段落，虽然过程比较艰辛，但最后迎来一个比较美好的结局。恢复正常生活后，沫天继续练习七弦琴的演奏手法，脑海中的两首曲子也终于能通过看着琴弦演奏出来。而沫天的识字学习仍然是一个漫长的过程，虽然她已经记住了一半以上的文字，但运用在日常生活中，有时记忆出现偏差，记混了同音字，就会闹出笑话。比如有一天，恋雪询问沫天的护身符想要什么样的图案时，沫天心里很早就想好了，所以毫不犹豫地写下：

"雪咕噜！"（"咕噜"在这里是指在冰雪少女的文字中，和"花"同音的意思）

恋雪一开始疑惑地看着写在纸上的"新物种"，直到反复默念了三遍才发现原来是沫天写错字，"噗"的一声笑了出来。

随后恋雪收敛起笑容拍着沫天的肩膀说："沫天在雪地里翻滚的时候，不可以把自己形容成一朵花哦。"

待恋雪进入房间后，会意的沫天赶紧翻了翻自己写下的笔记，羞红到耳根。

不过说起在雪地里翻滚，沫天的确很喜欢利用水化后的身体在雪堆里翻滚。恋雪则在一旁欣赏着这片小水花来回"咕噜咕噜"地游动着，高兴地想着：

"看起来，沫天很喜欢巫祭后的新身体嘛。"

巫祭完成后，冰雪少女能够比较自由地操纵身体的形态。形态的自由操纵，指的是冰雪少女的本体和水形态之间的切换。大部分巫祭成功后的一段时间里，大部分冰雪少女会对自己能够化成水形态而兴奋不已，会利用这份来之不易的能力尝试着做各种平时做不到的事情，就算是以往的恋雪也不例外。巫祭成功后的沫天对这种兴奋感化作只喜欢在雪里"翻滚"的行为，反而是这种因好奇而做出的反常行为中比较"正常"的。

不过，享受快乐的时间总是短暂的，在各种调皮的运动过后，就是初学者比较痛苦的恢复人形的阶段了。初学者化形非常容易，能够保持半个小时水化形态。半个小时过后，初学者就会感觉到一股要复回人形的压力。水复人形时身体需要进行长时间的凝结和净化，途中会消耗大量的体力，结束后自然会感到异常疲惫。

看到复形后累得喘气的沫天，恋雪还是非常心疼的。这个是巫祭后冰雪少女必须经历的事情，也可以说，这是巫祭这个过程给冰雪少女上的最后一课：即使是能够自由地切换身体形态，也需要适可而止。

当然，水复人形的能力可以通过很多训练和技巧变得熟练，训练就是长年累月的练习。比如恋雪不仅能够保持水流形态好几个小时，而且能够在很短的时间内做到多次形态切换。所以恋雪每次给沫天做演示时都会收获沫天的惊叹。化形后还有一个特别重要的技巧，恋雪习惯称之为"身体分层"，把支持身体运作的主要水分储存在里面一层，与外界接触的水分组成"隔世层"。这样复形只需要舍弃"隔世层"，身体便能保持干净不受损害，回头再寻找湖水补充水分即可。不过这是化形复形的进阶内容，恋雪并没有第一时间教给沫天。

总之，在恋雪的帮助下，沫天在努力地练习化形复形和保持更久的水形态。沫天的日常生活，伴随着学习的节奏而井然有序地进行着。而恋雪则在辅导沫天学习和日复一日的家务活中度过每一天。除此之外，恋雪还在赶制着两样东西。

一是恋雪答应做给沫天的护身符。这种以冰晶石为原材料的护身符，石头本身的硬度是对手工打磨、加工的一大考验，而且雪花图案的要求更为精细，对雕刻技术也提出了考验。俗话说"玉不琢，不成器"，冰雪少女对冰晶石也有着类似的谚语。

恋雪是一个擅长手工活的冰雪少女，闲暇的爱好就是制作手工制品，比如喜欢制作一些木制的小玩具，把石头打磨成各种各样的形状。有些感觉很不错的手工制品，恋雪也会带下山当作礼物送给村长一家，或是当作物物交换的媒介。

恋雪还会做机关书。机关书是一种可折叠的立体绘本，每一页都是栩栩如生的立体画面。某一年的唤潮，恋雪在下游听到一个主人公为了夺回自己的爱人在暴风雪中与巨熊搏斗的故事。这个故事让恋雪感动不已，以至于她久久不能忘怀。最后她决定写下来，写到一半的时候，恋雪觉得单纯的文字记述貌似没能达到引人入胜的效果，家里正好有一些较厚的纸张，便萌生了制作机关书的想法。恋雪花了两个月的晚上，制作出了一本有五页的机关书。无论是里面的主人公、巨熊，还是暴风雪的背景，都刻画得惟妙惟肖。后来她将这本书送给了苏的儿子，保存在他们家中。

除此之外，恋雪纺织布料、缝制裙子也尤其在行。村长一家常把恋雪所织布料衣物送与村民，因其光洁柔软、耐寒耐用受到不少村民"嫉妒"。除此之外，安奶奶每次缝制出的"新品"裙，也因为鲜艳大气受到村姑们的欢迎。裙子的设计大部分出自恋雪之手，念旧的恋雪克制着不让自己的衣柜增添新裙，又不忍丢弃自己的灵感，所以会拿一些小布料做成小裙子，穿在草娃娃上，带给同样喜欢裁缝的安奶奶作参考，有时还会互相交流经验。

恋雪赶制的第二样东西，正是一条新裙。

除了在赶制东西，恋雪也没有忘记与沫天的约定。四月中旬的某一天，恋雪问正在安静看书的沫天："要不要一起去摘棉花呀？"

沫天兴奋地从椅子上跳起来，看样子是非常想去的。

自上次巫祭之后，沫恋二人就再也没出过远门了。因为快到与村长进行物物交换的时间，正好缝制新裙需要更多的布料，恋雪也能趁此机会兑现沫天的承诺——给沫天做吃不完的棉花糖。

沫恋二人各背着一个箩筐，朝着平日相反的方向出门，今天难得是万里无云的一天，也是恋雪是第一次带沫天下山，所以恋雪想让沫天能够多欣赏到沿途的风景。夫卡干的下方，除了雪，还有许多可爱珍稀的小动物。虽然动物们都以植物为食，但植物的生态完全没有遭到破坏。毕竟高原上植物的种类和数量都要比动物多。

　　从家里出发，越过一个个山坡之后，途中会经过一大片的桦树林，到达雪莲花田，花田往下就是高原冷棉树的生长区。冷棉树林的前方被称为鹰嘴峰，下方是极其危险的悬崖峭壁，不仅普通人类无法从这里攀爬上来，就连冰雪少女也难以从这些地方下山。所以恋雪习惯性把鹰嘴峰的周边称作与人类隔绝的分界线，冰雪少女若想从这里下山前往斯托克人的村落，就只能从山间缝隙流动了。

　　分界线的下方也有一片冷棉树林，产出的冷棉解决了斯托克人的保暖问题。由于冷棉树更喜高寒，高原下方开放的冷棉花并没有高原上方的饱满。在接近村落的区域，是斯托克人经济作物的种植区。这里种着一些来自外界的植物，在近百年的移植培养中适应了夫卡于的严寒，成为了斯托克人赖以生存的食物。虽然恋雪叫不出这些种植物的名字，但看到它们能够成为夫卡于的一分子，还是很开心的。

　　在这片被世界所遗忘，也渴望着被世界所遗忘的高原上，冰雪少女、斯托克人还有生活在极北的每一个坚强的生灵，都用着实际行动为这片空虚寂寞的白色土地点缀出缤纷的光彩。

　　沫天与恋雪携手前行，因为本子和笔放在了箩筐里，所以一路上二人的交流并不多。在遇到并不平坦的小山坡时，恋雪便和沫天决定，由自己先行一步，然后接住往下跳的沫天。然而有一次遇到一个大概四米高的山丘时，恋雪像先前那样跳到平坦的雪地上，然后转头伸手欲接住沫天时，沫天却久久不敢跳下。看着神情慌乱的沫天，恋雪问道：

"怎么啦？"

恋雪虽然有在询问，但是看着沫天的动作和表情，多多少少猜到了原因。

沫天第一次看到下方的积雪而头晕目眩，但不方便把本子拿出表达自己的思想。无奈之下，沫天只能闭着眼睛，水化后慢慢地从山坡上流下来。

复形之后，沫天跪在地上不住地咳嗽。这是她第一次出远门时使用元素化。然而初学者仅仅为了穿行一个小山丘就使用元素化，的确不是一个明智之举。所以恋雪一边跪下帮她解下箩筐，轻拍她的后背，一边故作指责地说道：

"真是的，元素化要保留体力到上山的时候才用哦，不然之后背着一大筐棉花上山，可是很辛苦的。"

沫天终于能够从箩筐里拿出本子"说话"了，可她的神情有点慌张，写出来的内容也有点语无伦次："是因为坡度有点高，姐姐可能接不住我，主要是怕砸伤姐姐。"

恋雪靠近沫天的耳边，轻声说道："沫天恐高呢！"

说完恋雪想站起身，但被"戳穿"后而情绪着急的沫天拉下身来。

在桦树林里休息的时候，沫天写道：

"明明在最高的地方生活了那么久，却从来没注意到自己会恐高呢。即使是有时从山边看向远处，并不会产生什么恐惧感。但要是从山上往下看，就会产生一种要掉下去的感觉。现在还是头晕晕的，好难受。"

恋雪打趣地说道："让妹妹住在这么高的地方，有点难为妹妹了呢。"

沫天不甘心地咬了咬嘴唇，写道："所以，我发现只要不认真盯着下面看，就能克服恐高了。"

恋雪安慰她说："加油，姐姐相信沫天会有克服的一天的。"

穿过桦树林，往下走就是雪莲花田了。眼前的景色变得丰富起来：南边远处群山环绕，山峰之处白茫茫一片，雪线底下绿树成荫，春暖北归的雪雁，在云雾缭绕中若隐若现，宛如仙境。

无论是远处的景色，还是远方传来的一阵阵雁语，都令沫天着迷。原来外面的世界是那么的生机勃勃。看到如此入迷的沫天，恋雪内心感到十分欣慰。这几个月以来，沫天除了去安提拉就只待在家附近，这样下去一定会被憋坏的。所以，恋雪一直希望能让沫天多看看外面的世界，至少能看看底下的世界。毕竟夫卡于的最高处除了自己和自己的妹妹，并不存在任何生灵。这么一想，恋雪却多了些许担心：眼中的景色会不会让沫天产生一种向往呢。毕竟比起远处迷人的风景，山上则显得清净和寂寞。

往下的路开始变得十分平坦，直觉告诉恋雪，雪莲花田就在前方。看到了那一个熟悉的小山丘后，恋雪兴奋地拉着沫天的小手一路小跑，在到达小山丘的最上方，恋雪指着下方的花田说道：

"沫天，快看，快看，这就是'sa nami kulu'（雪莲花田）哦。"

顺着恋雪手指的方向望去，那是一块比较平坦的土地，四月的积雪渐渐融化，露出一小部分黑色的砾石和黑黄色的泥土。

植根在这片土地上的，正是一朵接一朵的雪莲花。这些雪莲花有着与雪同白的大花瓣，中间是黄色的花蕊。千百朵大大小小的白色雪莲，花瓣与花瓣之间接连成片，构成一幅美丽壮观的花田图景。

看着沫天惊喜无比的表情，恋雪不禁惬意地想着：沫天对外界的动植物都有着一种独特的情感呢。不过看到沫天迫不及待地奔向花田，恋雪担心的程度又加深了一些。

经过雪夜的沐浴后，每一块花瓣上都沾上了雨雪的露珠。即使沫天的脚步很轻，还是能听到花瓣与靴子摩擦发出的阵阵"唰唰"声。在一片附近开放着最多花朵的地方，沫天挑选了一块小空地正坐下来。这时能够闻到从雪莲花传来一阵淡淡的清香。花苞越大的雪莲花，这股清香味便越浓郁。沫天的长发落在花瓣之上，让她感觉到了一丝凉意。沫天尝试着触碰这些洁白的花朵，富有弹性的花瓣上沾着的雨露轻轻跃起，溅在她的脸上。一些尚未开放的花苞，里面储存的雨水恰似一盏甘露。沫天接近花苞，用嘴轻轻地抿着快要溢出的雨水。沫天所有的动作，都化作一张张美丽的图片，刻进了恋雪的心里。

恋雪没有进入花田，她观测了一下花田的生长情况，确认一切正常后，便把视线完全倾注在了沫天身上。雪白的沫天与雪白的花田，眨眼之间沫天就如融入其中一样。说起来，雪域有一个传说，如果在外长时间盯着白色的东西，眼睛就会浮现出前世的记忆。恋雪从模糊的画面中，看到了另一个女孩，她也像沫天那样，跪坐在花田之上，脸贴着花瓣，笑靥如花。但是，沫天是无法发出声音的。这个傻甜甜的笑声，到底是幻听，还是记忆深处的……

"沫……天。"

花田里的沫天听到姐姐的叫唤，朝着姐姐摆了摆手。

恋雪回过神来，才发现自己不觉地喊出了妹妹的名字。为了不出现尴尬的气氛，恋雪想到了一个比较合适的理由：

"啊……啊！我们要去摘棉花了，不然天黑才回家会很麻烦的。"

沫天在花丛中起身，小心翼翼地从里面走出来，沾在裤袜和靴子上的雨水被身体所吸收，溅在脸上的雨露则凝结成冰雪，留在了沫天白净且红润的脸上。但是，这些调皮的雨露没能待上更久，恋雪伸手抹去沫天脸上的雨雪，微笑着说道：

"真是的，沫天玩得好开心呢，都成小花脸了。"

沫天乖乖地站在恋雪身前，对恋雪无心的"责备"报以微笑。恋雪伸出藏在背后的左手，手上是一朵很小但开放得很漂亮的雪莲花。恋雪把它轻轻插在了沫天的白发上，打量了一番，开玩笑地说道：

"就像雪地里开放的雪莲花一样，如果每日浇上一点点水的话，说不定能在沫天的头发上开满花朵呢。"

不过看到沫天满脸期待的表情，似乎和自己想象的害羞表情出现了偏差。

出发之前，沫天拿起箩筐里的本子写下自己的疑问："外面的世界也有这样的花吗？"

这句提问带有"这样的雪莲花"或者是"像雪莲花这样的花"两种意思，恋雪理解成后者，所以她说道：

"雪莲花这个名字的来源，是我听以前的姐姐们说的。我们最早把这种花称作'百用花'，因为它不仅可以食用、泡茶，还能做药引。外面的人见到百用花时会吃惊地告诉我们，不曾想在北方也能看到像莲花那样的植物。为了区分'他们的莲花'，就把我们的百用花称为'雪莲花'。因为这个名称非常淡雅，所以我们也接受了它。也许外面的世界，会有长得像雪莲花这样的花，但仅仅是外表比较像而已。"

　　听了姐姐的描述后，沫天再一次注视着南方。这一刻，这位无知的女孩第一次萌生对外面世界的向往，当她的披肩被紫色点缀时，她抬头仰望着紫色的丝缕在风中缠绵。此时沫天写下了第二个问题："为什么姐姐总是戴着手套呀？"

　　"因为不想让白皙的手再受到伤害了。"沫天听到了一个无比温柔的声线的回答。

　　在花田的尽头就能看到下方的冷棉树林，和桦树林相比，冷棉树林的规模要小很多，加上是最后一批待采的冷棉，枝头上自然少不了零星的凄凉感。路上，恋雪为沫天讲述了一些关于冷棉树的情况，也让沫天更加深入地了解了极北的生态。

　　冷棉树是一种极具特色的植物。一般的棉花树无法在北部生存，更别说四季如冬的极北了，而冷棉树却能在如此严寒的环境中存活。一般的棉花树植株矮小，如同灌木，习惯在温暖的环境中生长。而冷棉树的树干高大粗壮，和雪莲花一样，越在高寒之地开放得就越好。归根到底，这两种皆为神明一族的植物，在生命女神的播撒下书写了极北生命的赞歌。

　　每年六月到八月是冷棉树的花蕾期，此时枝头上会长出叶子和花蕾，叶子会在临近九月时枯萎凋零，给冷棉开花留下充足的空间。九月中旬，每当白月出现的晚上，绝大部分冷棉花都会在白月的"感召"下共同盛开。绽放的冷棉花蕾就如白月的星星点点，十分浪漫。以前的冰雪少女把这个时期称作"白月花开"，是冰雪少女的"七夕"。每当这个时候，树林就会举行盛大的祭礼活动，热度不亚于唤潮仪式。冰雪少女会和最亲密的朋友结伴来到冷棉树林参加活动，喝茶弹琴并在树下写下一年的愿望。

入冬后，冷棉花迎来吐絮期，十二月是采摘棉花的最佳时期，冰雪少女会把吐絮完成的棉花球挨个摘下，以便把养分留给更多仍在吐絮的棉花，就这样断断续续直到第二年的二月中旬全部采摘完毕。而由于恋雪是一个人完成全部采摘，采摘期最晚能到四月。

"所以，沫天如果想看到如'白云软床'般盛大开放的景象，就请和姐姐一同期待九月的到来吧。"

这是一句令沫天至今都印象深刻的诺言，也许是因为那一年的白月节给沫天留下了不可磨灭的记忆。

来到冷棉树林前，能够看到树上枝叶渐新，又到了一年的萌芽期。恋雪在沫天的帮助下搬出埋在雪堆里的木梯，然后卸下箩筐，对沫天说：

"待会儿姐姐负责摘棉花，妹妹就负责把棉花装进箩筐里。"

沫天点了点头，头上插着的雪莲花随着沫天的头抖动着。恋雪笑了笑，把花推得更进一点，然后摸了摸沫天的头，说道：

"我上去啦。"

　　恋雪把梯子的位置安置稳当，便顺着梯子爬了上去。这把用冷棉木制作而成的梯子，恋雪用了差不多有两百年，不得不说冷棉树作为木材具有强大的使用寿命。但是有一些小毛病还是在所难免的，如攀爬的时候，梯子重心不稳，容易发生抖动。奇怪的是，这次爬上梯子却感觉不到任何的抖动，恋雪疑惑地看向梯子下方，原来是一个无须感到意外的理由——沫天正在扶着梯子。

　　沫天，成为了我的"重心"呢。恋雪心想。

　　攀上树后，恋雪能够感觉到经过一夜雨雪洗礼后树上的潮湿感，入冬以来，冷棉花在霜冰的日夜包裹下，一层接一层地向外吐絮，形成一颗颗棉花球，抚摸起来格外寒冷。春天到来后，棉花内部的积雪逐渐融化，棉花也逐渐变软，捏起来就像海绵一样。待积雪完全融化之后，棉花就会开始变质，纺织出来的布料质地也会变差，而四月中旬是划分棉花变质与否的最后期限。

　　看到去年最后一批满开的棉花，恋雪就像看到自己逐渐长大的孩子一样。岁月使恋雪对这片土地的每一样事物都更加地了解。或许，只有在考虑是否接受一件全新的事物时，恋雪才会显得更加犹豫呢。

　　采摘棉花对冰雪少女而言并不是一件困难的工作，除了徒手采摘，在伸手够不着的地方，使用元素魔法轻割枝叶也是一种合适的办法。在一支还留有几颗棉花的树枝上，恋雪为节省力气，把这一整根枝叶切割了下来。沫天则在努力拾捡棉花。二十分钟过去了，第一棵树所剩的棉花全部采摘完毕。恋雪从树上跳下来，看到箩筐里被剥离了枝叶的棉花球和箩筐外堆放整齐的小树枝，满意地地点了点头。

而沫天展示了她今天写下的最后一句话："我也想上去帮一次忙呢……"

恋雪想象了一下沫天伸手够不着棉花的样子，笑着用一个比较实在的理由回答道："天快黑了，还有十几棵树需要采集，采摘棉花的工作虽然不难，但也是一件熟能生巧的工作。姐姐还没来得及教你。下次棉花吐絮之时，沫天就是姐姐最得力的助手啦。"

沫天听话地收回了手中的本子，把它放进箩筐的底部。

工作的时间总是过得很快，转眼间两个箩筐都塞得满满的了，这在恋雪的意料之内。在树林的尽头还有一个箩筐，箩筐旁的冷棉树上也生长着一些冷棉花，但和先前任何一棵树相比都要少。然而恋雪看到箩筐里依然堆放着冷棉花时，她用略微生气的口吻呢喃道：

"欸，明明说好先吃箩筐里的棉花……"

看到沫天疑惑的歪头，恋雪补充道：

"啊，是这样的，因为冷棉花可以被动物食用，所以有的动物们经过这里时就会选择果腹一顿，如果不加以控制的话，这边树上的棉花就都要被它们吃光了。而且它们还会啃坏枝叶，对树也是一种极大的破坏。所以，我就对它们说，以后要先吃摘进箩筐里的棉花。它们也很听我的话。每过一段时间我就会摘下一筐给它们做食物。"

姐姐居然可以和动物们交流吗？沫天翠蓝色的大眼睛无比

惊讶地盯着恋雪。恋雪想起了与动物交流时"不堪回首"的往事，支支吾吾地补充说道："真……真的啦，姐姐这方面可是很厉害的，沫天你看，在箩筐里确实少了很多棉花嘛。"

看到沫天满脸崇拜的表情，似乎并没有产生怀疑，恋雪才松了口气。

工作继续进行着，恋雪像先前一样上树采摘，沫天则在底下伸手接住恋雪抛下的棉花。在沫天把怀里快要塞满的棉花倒入箩筐里的时候，筐内居然抖动了一下。沫天吓了一跳，随后跪坐下来，好奇地探头朝箩筐里面观察着，但里面并没有动静。沫天为了进一步确认自己没有看错，便伸手轻轻地翻弄着。果然，不一会儿，整个筐再次抖动了一下。这次虽然把沫天吓得立马缩回了手，但她倒不至于相信是"棉花成精啦"这种比较荒谬的情况。所以沫天深吸一口气，继续朝着箩筐伸手。

在筐底，沫天看到了一团比刚才翻弄出来的任何一块棉花都要大、比棉花球更像球状的物体。不同的是，这块"棉花球"上还有两根细长柔软的东西，沫天伸手去触摸，刚接触，它们便立即竖了起来，看样子是一只雪兔子。确认了只有它一只孤零零地留在这里之后，沫天轻轻地把它整个捧起，能够看到它的嘴边还在咀嚼着一颗棉花。在沫天手心的几分钟里，这只雪兔子一直安静地吃着，完全没有抵抗的反应。

沫天看它吃着棉花的样子入了神，脑海里浮现许多不同的想法，比如：

"呜哇，好可爱，好想摸摸看……"

"刚刚是你在里面跳动吗？可把我吓到了呢……"

"感觉它好暖和，但我的手心温度比它的体温要低，怎么办……会不会冻着它……"

沐天和兔子各自沉浸在彼此的世界里，以至于恋雪呼喊出沐天的名字时都没有得到回应。看到沐天待在箩筐边一动不动，恋雪心想或许是发现什么了吧？沐天有时会因为一些感兴趣的东西而忘记自己手中的事情，是一个不太好的习惯呢。恋雪宠溺地看着她，然后转头把树上最后几颗棉花一起摘下后，跳了下来。

靠近箩筐后，恋雪看到沐天手里捧着的那只雪白的兔子。比起几分钟前，兔子嘴前的棉花已经小了一大圈。恋雪决定先不打扰这份难得的安静。几分钟后，沐天眼角的余光终于注意到了在一旁静候多时的姐姐。

沐天兴奋地把雪兔子展示给恋雪看，恋雪把它抱了起来，哭笑不得地说道：

"呵呵呵，原来你们也喜欢吃棉花嘛。你看你，都吃得这么胖了，还在吃呢。"

兔子还是在自顾自地吃着食物。恋雪问道："沐天是在哪里发现它的呀？"

沐天指了指箩筐的口子，恋雪恍然大悟，原来是一只出来寻找食物时不小心掉进箩筐里的雪兔子。虽然箩筐的高度已经无法容许它自己钻出来，不过毕竟里面全是"吃的"，所以它躺在柔软的棉花堆里享受了好几个月的"美食"，活生生地吃成"小胖子"。这样一来，貌似可以用来解释那些来到这里的动物没有把筐里的食物全部吃掉的原因了，即使不是同类，却也能够相互理解吧。

恋雪看着它把手中的棉花吃干净后，把它放回了沫天的手中说道："姐姐先去摘棉花啦，还有最后几棵树就完成了。"

沫天起身想跟上姐姐的脚步，雪兔则灵活地从沫天的手臂蹿上了她的头顶。沫天心想：它是要和我一起去帮助姐姐摘吃的吗？然而它只是在沫天的头顶上稍作停留之后，便一下子蹦回雪地上，朝着另一个方向离开了。虽然雪兔吃得这么胖，却还能保持这么灵活的身姿，这令沫天十分感慨。

"是时候回家了呢，在里面待了这么久，家人肯定担心坏了。"沫天边想边向着姐姐接近。

恋雪转头打量了一番沫天，不一会儿惊讶地问道：

"沫天头上的雪莲花不见了欸？"

沫天吃了一惊，伸手触摸着自己的头发，只是从头发中掏出了原属那支雪莲花的根茎。

恋雪一下子就明白了，"扑哧"一声笑着说道："那小家伙还真是什么都吃呢。"

沫天刚开始还有点失落，听到姐姐的话后，露出了开心的笑容。

采集的工作终于完成，天色已然入夜。沫恋二人一起把带来的箩筐背好，并把原来的箩筐放回原处，沫天从箩筐里拿出一些棉花，压在了雪地上。下次雪兔们想吃冷棉花的时候，就不用辛苦地爬进筐里了。最后两人把割下的树枝搬到一个角落里，方便下次来拿，这些是用来生火最合适的燃料。

沫天在第一棵树下驻足了很久，这棵树的身躯最为粗壮，被砍下的枝叶也最多。沫天试着把断枝插在树干的凹口处，松手的一瞬间树枝无力地落在了地面。

恋雪走近沫天，温柔地解释道："植物和普通的动物不同，它们的树枝和果实都会再生的。合理的摘取能够促进它们的生长，就像摘取棉花、雪莲花。"回答到这里的时候，恋雪似乎感觉到这个对话有一种莫名的熟悉感，停下思考了一会儿，补充说道，"如果在结果期不去收获的话，它们就会自己凋零枯萎，结果只会适得其反。"

恋雪的解释起到了良好的效果，沫天的心理负担减轻了不少。果然，一味总是会为别人着想的沫天，也关心着其他生命的感受。恋雪松了一口气，即使相处的时间只有短短的几个月，她还是比较了解妹妹的性格与想法的。

天完全黑了，穿行山间缝隙会比原路返回方便不少，不仅不怕迷路，而且体力消耗更少，更重要的是夜晚穿行缝隙看不到山底，沫天不会产生恐高的反应。唯一需要担心的问题是，沫天的体力是否能够支持她完成上山之旅。要知道忙活了一整天也没吃东西，沫天的身体也许早就透支了。所以恋雪决定，等沫天元素化后，就把她收进自己的载体里送她上山。

走进山间缝隙，道路比原先变得更为狭窄，如果稍不注意就很有可能踏空掉下去，在漆黑的夜里显得格外危险。如此一来，两人的手握得更紧了。到达缝隙之后，恋雪转头指着伸手不见五指的前方说道："我们到了。"

沫天翠蓝色的双眼在夜晚中闪烁着，因为发不出声音，所以没有做出过多反应。恋雪回头整理了一下沫天的头发和衣服，对她笑了笑，说道："会不会有一点紧张？"

虽然表情上难掩内心的紧张感，但沫天还是摇了摇头。这是她第一次进入山间缝隙，她知道，这是姐姐给她的一个小小考验。在夫卡于这片冰雪之地上，每一个生灵都是久经考验，早已把困难变成日常生活的一部分。只有不断学习和适应这些无法回避的"夫卡于法则"，才能成为独当一面的冰雪少女。所以，沫天已经下定了决心。

恋雪从沫天的眼神中得到确认后，说道："那，我们走吧，沫天如果体力不支的话，化形之后进入姐姐的'载体'就可以了。"不一会儿，两人的身体和身上的箩筐化为两道水流，顺着细长的山间缝隙流入这片四通八达的交通网。

山间缝隙的形成和这座山的形成密切相关。这一条条纹理清晰、细长平坦的裂缝，是某位半神用它巨大的鹤嘴镐挖开的，目的就是方便恋雪在山体上活动。在恋雪的保养下，几百年来，这些缝隙依然平坦如初，这些独特的交通线能够通向各处。每一条道路的起点和终点都刻在恋雪的脑海里，她完全不担心会出现迷路的情况。

水化的冰雪少女之间能够通过灵魂的回响进行交流互动。遗憾的是，沫天无法发出声音的问题影响到了水化后的交流。恋雪听不到沫天灵魂的声音，只能时不时与水化的沫天交融在一起，借此感受一下她的状态有没有出现问题。特别是还有一半路程的时候，恋雪担心沫天体力不支，多次提出让她进入自己"载体"的建议。然而沫天并没有这样做，她坚持了下来，在恋雪"终点快到了"的安慰下，二人安全地回到了山顶。

恋雪兴奋地抱紧复形后的沫天，不住地夸奖道："沫天好厉害，明明是第一次这样做，却做得比姐姐第一次好上不少。姐姐以你为荣哦。"

　　沫天看起来虚弱无比，微微睁开眼，对着恋雪笑了笑，口中做出"姐姐"的嘴型后，倒在了恋雪的怀里。

　　"已经做得很出色了，安心睡吧。"恋雪摸着沫天的头说道。休息片刻后，一阵冷风吹过，提醒恋雪应该带沫天一起回去了。因为手里拿不下两筐棉花，恋雪便再一次水化把疲惫的沫天装进自己的"载体"里，一路流回了家。回到家时已是深夜，两人都是体力不支的状态。恋雪为她换好睡衣并扶她躺下，转头开始收拾两个装满棉花的箩筐。恋雪特意挑选了看起来又大又饱满的棉花球，放进浸着清水的锅里，然后把成色好的棉花装满一筐，明天便要开始织布的工作了。

　　在另一个箩筐的最底下，恋雪找到被棉花沾湿的沫天的小笔记本。这是沫天使用的第三本笔记本了，恋雪用蓝白色的雪花图案为其做书皮，显得十分精致。她翻开笔记本，看到一页接一页工整的文字和注音。这些都是恋雪见过的，记载了沫天每日和恋雪对话的内容和练习语言的成果。在笔记本的最后一页里，沫天用学到的文字和注音写下第一篇日记，看样子是沫天在冷棉树林里休息的时候用纸笔记录下来的：

　　　　"今天姐姐带我下山玩啦。下山的路不是很好走，但是沿途的风景非常好看。四周云雾缭绕，远处能够看见郁郁葱葱的大树。我很喜欢听到远处传来的动物的声音，像是在和我打招呼，可是我们隔了这么远。住在山上时听不见任何动物的声音，姐姐会不会感到寂寞呢？

"第一次来到雪莲花田，终于见到姐姐泡茶时用到的雪莲花，好开心 vvvv。雪莲花好可爱，坐在它们附近时，我能听到它们在互相对话，并想尝试从灵魂发出声音与它们交流，但是没有得到它们的回应。也许它们还没有接受我，也许我应该学习一个花语呢。伸手去抚摸它们的时候，它们总是用调皮的方式回应我，能够感受到它们都在以自己方式的生活着。看到其他快乐地活在这个世界上的生命，我的心里感到非常高兴。

"终于，我听到一朵小小的雪莲花发出求助的声音。它很害羞，还没有开放，但是它向我诉说，身上储存着的即将溢出的雨水成为它的负担。所以我贴近它，用嘴为它抿去了身上的压力，那是一股清甜的甘露。最后听见它道谢的声音，我感受到了强烈的幸福感。"

日记到这里便结束了，毕竟开始摘棉花后，二人就没有坐下休息过，沐天的笔记本也被放置在了箩筐的最底层。恋雪心满意足地合上笔记本，身体的疲劳感顿时减轻了不少。从日记中，恋雪不仅感受到了沐天对生命强烈的热爱，而且发现沐天居然意识到了恋雪担心的"寂寞感"。几百年来，恋雪未曾离开安提拉，安提拉就像有一股无形的力量，把恋雪牢牢地牵制在这座高山之上，让她年复一年地守护着这片流向千河的湖泊，重复着唤潮的过程，就连时间似乎都变得静止了。

当世界只有一个生命，一年只重复在做一件事的时候，这个世界确实是太"寂寞"了。恋雪看向躺在床上熟睡的沫天，也许是情感坚冰破碎了的原因，心想沫天来到这个"世界"才几个月，自己却已完全适应了两个人的生活，甚至不敢想象这几百年来自己到底是怎么坚挺过来的。"姐姐们说的'百年如一日，一日如百年'可能就是这个意思吧。"恋雪苦笑地呢喃着，换上一套睡衣后回到床上睡去。

　　以后要是有机会的话，就带着沫天一起去外面的世界看看吧。这是恋雪睡意迷糊前最后的意识。

十一、守护的意志

　　这次入眠后，恋雪做了一个梦，这个梦来自恋雪脑海深处的另一个记忆，也可以说，是年复一年都会做的那个梦的延续。

　　穿着守河之女服装的白发少女，双膝跪在一块小小的山丘上，呆呆地目视前方。她的身旁是安提拉的河流，河流的下方曾经是冰雪少女的家园，如今已经被洪水淹没。这片洪水来自少女膝下的这块土地。这片洪水带走了自己的家园，带走了自己的同胞，并带走了自己最亲的人。而少女却刚刚从安提拉的水面中步履蹒跚地爬上岸，目睹这个惨剧的结果。少女努力地想象着。在这块小小的山丘之上，站着除了自己以外所有的冰雪少女，包括自己的母亲。回过神来，少女低下头，脖子上悬挂着的水滴吊坠左右晃动着，那是母亲留给她为数不多的怀念之物之一。

　　少女在压抑的巨大情绪之中掩面而泣，失去了家园和亲人，未来对自己而言一片黑暗。如果没有那句"一定要好好地守护安提拉，母亲会永远和你在一起"，想必少女早就无法控制住自己的情绪而跳入洪水之中了吧。

　　在少女哭泣之时，一个高大的身影逐渐出现在她的身后，应该说，头上的鹿角使身影看起来更加魁梧。它的步姿非常优雅，脚步放得很轻。它慢慢接近少女，默默地注视着这片两日未退的洪流。许久之后，它用雄厚的声音自言自语道：

"再过不了几天，这些洪水就会结冰，把这一片土地覆盖掉吧。"

少女没有回答它，仍低着头哭泣。

鹿没有迁怒于少女的无视，稍微组织了一下语言，继续自言自语道：

"一千年多前，有一位白发的少女像你一样，跪坐在这片土地上。她叫玉絮，是一位坚强的少女。应该说，要是她没有被剥夺神明的身份，我们是要给她行礼的。她以罪人的身份来到这片荒无人烟的土地，我们不敢轻易靠近她。要知道，当时这里是一座死火山，没有现在的安提拉。除了脚下的积雪，几乎没有任何东西能吃进肚子里，但她就是这样独自生活了一年。饿了刨雪充饥，累了席雪而眠，完成了一件即使是神明也做不到的事情。"

听到"玉絮"这个名字的时候，女孩终于抬起了头，脸上的泪痕写满了憔悴，就连那如紫水晶般漂亮的瞳孔也失去了应有的高光。但她对这个从北方到来的未知生物感到一丝好奇，因为"玉絮"这个名字她在古老的典籍中看过很多次：玉絮，祈雨女神，是所有冰雪少女的祖母。

巨大的鹿在余光中发现少女已经抬起头看向它，便也面向她说道：

"我想说这些是因为我一直坚信，能够降临到这个世界的少女一族，无论是玉絮也好，冰雪少女也好，都是无比坚强的存在。即使她们在今天再一次遭受挫折，或者说回到最初的起点，她们凭借善良勇敢的品质，依然可以在这片土地上继续书写属于她们的赞歌。"

少女的表情看起来非常痛苦，说道："我甚至不知道应该如何开始……"

巨鹿回答道："多想想你现在还没有失去什么，逐渐忘记最令你悲痛的那一部分记忆。放心，需要的话，我会帮助你的。"

少女问道："你是……提亚瓦斯吗……帮助过冰雪少女的半鹿半神？我在书籍中了解过你。"

巨鹿笑了一声，摆弄了一下前蹄，说道："如你所见，我仅仅只是普通的鹿形，并不是你们书籍中描绘的半神模样。"看到少女怀疑的眼神，巨鹿停顿了一下，继续说道："只不过，提亚瓦斯是我尊敬的父亲。我已经好几百年没能和他说上话，以后也没有机会了。"

"抱歉。"听懂巨鹿的意思后，少女回避着巨鹿的视线，看向前方。

巨鹿打算转移话题，便说道："你叫什么名字？"

少女回答道："恋雪，林风恋雪。"说出自己名字的少女对着前方的画面愣神，好像对自己的名字有一种莫名的陌生感。不对，不是对名字陌生，而是对这个场景逐渐变得陌生了。

"这是我的过去吗？"在梦里恢复了一丝意识的恋雪，终于发现她正在以一个上帝的角度，观察着这只身姿优美的巨鹿和过去的自己交谈。

"很好听的名字，希望几十年后还能听到这个名字。"巨鹿站了起来，伸了伸懒腰，说道，"在这片土地上，每一次相遇相隔几十年、几百年，并不是一个漫长的数字。半神和冰雪少女之间，少说已经有近千年没见过面。在这之前，我最后一次见到你们族人的时候，也从来没有想过下一次见面竟是如此光景。"

过去的恋雪用悲伤的语气说道："就算发生了那样的事，你们也没有现身去拯救我的族人。现在才出来说要帮助我，这让我如何去相信你？"

巨鹿在恋雪身后徘徊着，恋雪也在不停地朝着相反的方向扭头。巨鹿说道："这次的灾祸是全体冰雪少女的意志。身为半神，本身我就无权干涉已经普化的部族。但安提拉，是一千年前，我的父辈们对世界尽头改造后的产物。这是我必须现身去维护的理由之一。

"怎么样，这个说法是不是特别无情？在全体冰雪少女的意志这个问题上，明显是忽视了你的意志。而我的出现并不是为了拯救你，而是为了替安提拉善后。你是不是有一种被世界抛弃的感觉？"

无法看到恋雪的表情，巨鹿自感说过头了，便补充道："当然，以上的都是玩笑话。听说人类能够通过刺激的语言来使一个人振作起来，所以我是想帮助你的。"

"你不用这样安慰我。因为我一直觉得这个世界确实抛弃了我，"过去的恋雪无力地说道，"但这不会成为我轻易寻死的理由，放心吧。"

"没想到你的思想还挺成熟的。"听声音，巨鹿似乎笑了笑，继续说道，"一族，还有半神们，都希望把你当作安提拉的继承者。在这场即将发生的灾祸之前，她们就已经把这件事隐瞒得严严实实，就是希望让你能够带着她们的意志活下去。"

"为什么啊，为什么要我带着她们的意志一个人活下去，为什么？"过去的恋雪再也压抑不住情绪，转头对巨鹿大声喊道。巨鹿立马解释："因为你身上流淌着的是守河一族最年轻的血脉，也是一族中最有天赋的女孩。身为冰雪少女，你应该比我更加清楚安提拉在你们心目中的地位。你的族人就是为了守护安提拉，还有最后的尊严才选择死亡的。"

"你现在确实可以带着痛苦立即埋葬在这片土地上，但你选择的是一种放弃所有的考验，在生命的最后一刻选择逃避的懦者行为。还是像我说的那样，忍受着这暂时的痛苦直至遗忘，带着冰雪少女的意志活到生命的最后一刻。这些都是你的自由。"

听完巨鹿的话，过去的恋雪再一次扭过了头，没有再搭理它。巨鹿向着北方逐渐离开，留下了最后一句话："明天，我会再来的。希望你能给我一个不会后悔的答复。"

随着巨鹿的不断远去，这个奇怪的梦也到此为止了。直到第二天恋雪再次醒过来时，这个梦就如恋雪度过的三百年间每一次都会梦到的情景一样，悄悄地消失在潜意识之中，回到记忆的深处，让恋雪再也无从想起。

沫天的头发又耷拉在地上了，是恋雪和她一起吃早饭时注意到的第一件事。冰雪少女因为身体水化，身体各部位的发育与生长都已经变得非常迟缓，唯独头发的生长速度似乎不受影响，而且身体吸收了过多水分，头发的生长速度就会非常快。

　　距离沫天上一次修剪头发已经过去两个月，且经历了两次巫祭的试练，头发长得快也是很正常的。

　　今天由沫天收拾锅碗，一束连恋雪都没留意到的雪白头发压在了凳子底下。正当沫天想站起来的时候，凳子下方如放电般传上来的疼痛感使沫天快速地坐了下来，并轻轻地揉搓着发根部位。

　　恋雪这才注意到凳子腿压着的头发。她安慰沫天道："来，轻轻站起来。"然后把凳子搬开说道，"好啦，这样就没事了。"

　　虽说如此，这个长度的头发毕竟会对日常的生活造成困扰，所以恋雪对沫天说："待会儿姐姐再帮你修剪一下头发吧？"沫天点头示意。

　　这次的恋雪也没有第一时间开始修剪，而是下意识地伸手检查着沫天的头发，直到确认所有头发都跟雪一样白后，如释重负般嘘了一口气，然后按着沫天的"请求"把她的头发修剪到了及腰以上的位置。

　　为沫天修剪好头发，两人便各自投入日常的事务中。恋雪的工作显得尤为繁忙，织布成了她日常工作的很大一部分。恋雪首先需要为棉花进行脱水，脱水是冰雪少女能织出比斯托克人质量更好的布料的主要优势。因为经过雨雪覆没的棉花比较潮湿，摘下后需要及时进行脱水。脱水度越高，去籽后织出来的布质量便越好。斯托克人使用风干加上机器烘干的方法，并不能使棉花完全脱水。而冰雪少女通过用手指吸收棉花水分为棉花脱水，如果时间充足，脱水率能够达到惊人的 100%，原材料的优势便非常明显了。

　　能织出与斯托克人相比质量更好的布料，便是纺车与织布机的不同。斯托克人使用的是一次能纺三根纱的纺车，而恋雪用的仍是占用空间较小，一次只能纺一根纱的织布机。虽然织布机的效率低了不少，但恋雪的勤劳与用心使织出来的布料更加细腻。正所谓塞翁失马焉知非福嘛。

　　不过，效率低这个问题的确是存在的，为织出质地柔软且耐寒的上等布料，恋雪为此终日操劳着，一天几乎一半的时间都待在房间里。不过令恋雪感到欣慰和神奇的是，每当恋雪觉得自己快累得不行的时候，沫天总是能悄悄地出现在她的身后，然后轻轻抱一下自己，最后轻声地溜出去。沫天的拥抱似乎有一种奇特的力量，让疲惫的恋雪重新振作起来。所以恋雪推测，可能是自己长时间精神集中而需要一些其他东西来分散一下注意力，沫天很好地扮演了这个角色。不过恋雪没有想到的是，沫天这么做其实也是出于这个目的。

　　一天的工作结束后，能够吃上一顿新鲜的棉花糖大餐是一件令人愉悦的事。恋雪为沫天兑现两个月前的一个重要诺言，那天晚上回来的时候便已经把最饱满的棉花都浸泡在锅里了。经过一整天，充分吸收了水分的棉花变得更加圆润且富有弹性，只需把它们放在灶台上煮上三十分钟，就能煮出略带甜感的夫卡于的特色甜食——棉花糖。

　　恋雪把煮好的棉花糖一颗颗堆满在盘中，如小山般，然后把它们端到桌面上。坐在椅子上的沫天欣喜地做出合掌的动作，毕竟是期待了两个月。

　　待恋雪收拾好坐下，沫天迫不及待地把一颗棉花糖放进嘴里。这是沫天第一次品尝棉花糖，从她满足的表情便可以看出，经过恋雪精心挑选的棉花，食用起来相当不错。

恋雪便这样观察着沫天品尝的过程，待沫天完全吃下，便小声询问道："好吃吗？是不是又软又甜呀？"沫天连连点头回应。

经过一段享受美食的悠闲时光，二人都已饱腹，盘子上的棉花糖仍然还有满满一层。确实是"多到吃不完"的程度，加上冰雪少女对食物的摄取量本来就不多，两个人勉强把"小山"的"山头"给"刨平"了。剩下的棉花糖也不用担心，只要装进罐子里，大概能保存一个月。

恋雪在用餐后的满足感中想起了一个故事，说道："说起来，关于棉花糖，以前的姐姐们和我说过这么一个故事。"

沫天趴在桌子上做出倾听状，恋雪继续说道：

"当时，那些探寻千河源头的冒险家来到夫卡于的时候，我们的族人会拿出各种各样的食物招待他们，其中就有这个棉花糖。冒险家们吃了这个总是赞不绝口，说还是第一次吃到如此有弹性且淡甜的棉花糖，和他们自己做的完全不一样。

"有一次来过一个家乡在南方的旅人，他尝到棉花糖后也是称道不已，但此时他多了一个疑惑：味道和口感如此特殊的棉花糖，到底是用什么糖料制作的呢？

"姐姐们一时间被问蒙了，便如此解释：既然叫作棉花糖，当然是用棉花做的啦。

"没想到旅人也呆住了，他说道：真棉花居然也能做棉花糖啊？"

"经过一段场面混乱的解释之后，我们才知道，南方的棉花是不能当作食物食用的，而且味道也不甜。但南方的棉花糖是用白糖放在什么机器里转啊，转啊，转成一个大大的棉花糖棒。虽然我也没有看过，听姐姐们说好像比咱们的大好多。南方人认为长得像棉花，才称作棉花糖。

"后来，因为旅人说的故事十分有意思，姐姐们就带他参观了夫卡于的棉花树，结果旅人也是惊讶无比。他说南方的棉花树跟咱们这边的比起来，根本不能称作树。随后，他便给咱们画了他家乡的棉花树，一根根细长的树干。姐姐们一看，说是树枝也不为过呢。姐姐们为了安慰他，便把他画的树称作'地棉'，意思就是南方的棉花树，粗壮的树干全部埋在地下，旅人所看到的只是这些树的树枝部分。"

沫天饶有兴致地听着姐姐讲的故事，当听到北方和南方的棉花树与棉花糖的区别时，都会忍俊不禁。虽然没有发出笑声，沫天还是习惯性地捂着嘴笑。此时此刻，她萌生一个问题，待姐姐把故事讲完，她写道：

"那位旅人说，南方的棉花糖是用白糖做的，那我们是不是也没办法食用了呀？"

北方的冰川洞窟内会产一种叫白晶糖的糖料，而这种糖因为甜度过高，并不适合冰雪少女摄入。所以沫天认为，同样是糖的食物，对冰雪少女而言都是无法接受的。尽管她刚刚仍在努力地幻想着来自南方的大大的棉花糖的样子。

恋雪叹了一口气，苦笑着说道："是呀，我第一次听到这个故事的时候也和沫天想到几乎同一个问题，然后姐姐们就会摇摇头，做出非常遗憾的表情。当时姐姐们安慰我："外面的世界可能存在着看起来更美好的东西，但它们都只适应自己存在的世界。就像北方的棉花无法在南方生长，南方的棉花也无法带给北方的我们一样。'不知道我这么说，能不能安慰到沫天呢？"

沫天笑了笑，写道："要是和姐姐一起去到南方，不知道是否适应呢。"

恋雪思考了一下，这么久以来她只有那天晚上产生了"走出去"的念头。相反，其实当沫天留恋着远方的景色的时候，恋雪内心却多了些许担心。不过从日记中的沫天可以看出，她的内心驻足在恋雪自己守护着的安提拉上。所以恋雪认为，沫天这次只是对南方略感无知的一次非常单纯的询问而已。她如是回答道：

"环境的变化会引起我们生活方式的变化，这个不是姐姐能够帮到沫天的。比如姐姐听说，南方的温度有时会达到30多度。这些姐姐以前想都不敢想，零上30多度，这会是一种什么样的高温呢？"

听到零上30多度的沫天很明显被惊吓到了，她写道："那我们的身体会不会被融化掉？"

看到这个话题引到了非常意外的效果，恋雪也装作非常害怕的样子，继续补充道："是啊，是啊，听起来非常恐怖，对吧？姐姐当时也像沫天一样的反应，明明入春时才两到三度，沫天都说感到有点热了呢。"

看到沫天快要被吓哭的表情，恋雪赶紧收敛了一下，说道：

"放心啦，姐姐一定不会带着沫天去这么危险的地方，这样的话，一辈子都不会经历到那种高温了。"沫天"哭"着点了点头。

　　一次奇妙的对话，让沫天对南方的世界产生了恐惧感，这绝对不是恋雪的初衷。但随着对话的发展，能让沫天产生一点恐惧，从而减少一些对外面世界的幻想，这样好像也不错。恋雪是这么想的。结果，后来沫天确实很少再主动提到南方的事情了。

　　第二天晚上，恋雪做好了一件非常特别的东西，虽然十多天前已经开始在做，但打磨起来还是很费工夫的。

　　恋雪从房间里偷偷探出头，沫天背对着她坐在椅子上，专心地练习着写字。恋雪悄悄地走到她的身后，想像沫天先前抱住自己那样，轻轻地从后面抱住她。不过她发现自己的影子掩盖住了身后的灯光，沫天很轻易就注意到姐姐的影子。沫天刚一抬头，恋雪快速地把她抱住，贴近她的耳朵轻声说道："抓到你啦！"

　　虽然有所准备，但沫天还是被恋雪轻轻的一声低语惊得心跳加速。不过她很快便平复下来，放下手中的笔，静静地让恋雪抱着自己的身体晃动着。片刻之后，恋雪展示了一直握在手心的东西，是用冰晶石做的雪花状的小石头。

　　"沫天，你看。"短短的一句话，道出了恋雪的目的。

　　哇，这个是……沫天看着姐姐手上闪耀着白光的小石头，脸上充满了惊喜和感激。沫天从姐姐的手里接过它。她还清晰地记得，找到七弦琴的那天，姐姐告诉自己，用这种石头做的护身符是母亲为守护自己的孩子做得最有意义的礼物。但遗憾

的是，沬天没能找到母亲留给她的护身符，如今也无法再得知自己的母亲是谁。在这个看似空虚的世界里，只有姐姐能够一直在自己身边。让姐姐为自己做这个护身符，是最合适不过的。

恋雪一开始确实在担忧，以姐姐的身份为妹妹做护身符，会不会失去了以前那种特殊的意义。但是每次一起练琴时，沬天的视线都无法离开恋雪三弦琴上的水滴状护身符。直到沬天的巫祭结束后不久，恋雪又再次思考了这个问题：毕竟几百年过去了，也许护身符早就不应该拘泥于守护的人，而是应该更注重于守护本身的意义，这样的话，也许沬天以后也可以给我做一个护身符呢。抱着这样的心态，恋雪为沬天做了一个精致的雪花状护身符，这也是恋雪认为的最合适不过的形状了。

沬天抚摸这块闪闪发光的冰晶石护身符，久久不愿离手，内心充满强烈的幸福感。恋雪则在一旁坐了下来，看到沬天满足的表情，自己内心也多了一分得意。

过了一会儿，恋雪用言语打破宁静，也"唤醒"了入神的沬天："那么，沬天打算把它挂在脖子上，还是系在琴上呀？"

沬天从沉醉中回过神来，抓住护身符上系着的小绳子，放在脖子上，然后低头左右打量着，看起来似乎并不满意。不一会儿，沬天把七弦琴抱了过来。琴身左上方有一个恰到好处的小洞，把绳子穿过小洞系牢固后，沬天把七弦琴轻轻举起，雪花状的冰晶石护身符摇摆着，闪烁着浅蓝色的微光。沬天随之露出了灿烂的笑容。

恋雪心满意足地看着沬天闪闪发光的眼睛，想起沬天刚刚的举动令自己有点在意，遂询问道：

"沫天一开始打算系在脖子上的时候，会因为绳子较短而戴起来不舒服吗？"

沫天微笑着摇了摇头，然后写下她的想法：

"戴在脖子上的话，看起来会不太方便。要是系挂在琴上的话，既可以随时看着，也可以和姐姐的一样了。"

恋雪会心一笑，不禁心想：也许是因为先前乐器上挂的护身符让沫天过于在意了，不过这样也不错。

十二、治愈声音

　　后来几天，沫天进入房间后，用小本本提出了两次想帮忙的请求，不过因为织布和纺纱机只有一台，时间亦日趋紧迫，恋雪便婉言拒绝了。沫天也没有再提出请求，而是休息的时候站在一旁，静静地看着恋雪工作。沫天离开房间后，工作台边总会留下一杯温度恰到好处的清水和一条干净的毛巾。经过近一周的劳累，临近四月结束，恋雪终于收拾好所有的布料，并于清晨将至之时准备出门。

　　沫天为恋雪拉好裙链，帮恋雪背好箩筐。恋雪转头看向沫天，抚摸着沫天的头发说道：

　　"要乖乖等我回来哦。"

　　看到沫天不舍的眼神，恋雪想起昨晚早睡前沫天提的一个请求：

　　"我不能一起去吗？"

　　恋雪有点心疼，但还是用昨晚同样的理由补充道：

　　"来去路远，姐姐还是很担心妹妹身体承受不住如此长距离的流动。虽然姐姐也很无奈，沫天昨晚也说过没做好准备吧？"

　　沫天点了点头，但随即摇了摇头。

　　恋雪笑了笑，安慰沫天道："放心啦，姐姐一定会尽早回来的。

沫天好好再睡一觉，醒来就能见到姐姐啦。"

沫天点了点头，轻轻挥手告别恋雪。恋雪关上了屋门，向着山间缝隙走去。

其实，沫天元素化的能力不太熟练，这是恋雪没有带沫天下山的理由之一。还有一个比较自私的理由，便是恋雪还没考虑好要不要带着沫天面见世人。这个理由让恋雪的内心纠结许久，以至于路途上也一直牵挂着。

天刚蒙蒙亮，恋雪从山脚落下来到村长家后门，村里的人一般起得很早。远远望去，路上已有不少斯托克的村民各自奔忙。恋雪走到后门前，轻轻敲着村长家的门，随即便听到了苏的声音：

"来了，来了。"

门打开了，依然是那个熟悉的面孔和健朗的身姿，用低沉的声音说着半开玩笑的消遣话语：

"你可大概有二十年没有早上来过这里了，今天怎么这么有兴致，早上来看望老夫我啊？"

苏居然用"老夫"自称，这令恋雪十分"不满"。恋雪咬了咬嘴唇，边进屋边说道："虽说有二十年早上不见，苏应该养成早起的习惯了吧？以前还说过身为一个负责任的村长，每天都要四更微明之时起床管理村内事务……"

"得了，打住，别总是拿我以前的事情说事呀。"苏打断了恋雪的话，向里面走廊方向探了头，随后转头说道，"安和乐乐还在睡觉呢。他们不像我这样早上一到这个点儿就铁定醒来。你也是走运，能遇到一个随时敲门都能得到回应的村长。"

恋雪像先前那样边把布料摆放在桌面上，边说道："我又不可能在半夜三更或者大白天来找你。我们明明几十年或者说几百年来都已经保持着这样的默契了。"把箩筐中的布料收拾齐全后，恋雪比划着说道："你看，这三匹布是上次多出来那袋米的答谢。"

"哎，你总是把我当外人，连一袋米都要和我斤斤计较。"苏长叹一口气，说道，"不过，你们冰雪少女真是不太能吃啊，明明就两袋米，愣是能吃到四月底。"

恋雪微微一笑，说道："其实，家里还有剩的。只是这几天按惯例要下来交换一次了。"

苏捋了捋胡须，又叹了一口气，从座位上站起来往里面走去，边走边说："待我去泡壶茶出来。"

苏向来喜爱用少量捣碎的雪莲花瓣掺杂山茶与部分药材泡茶，用以招待恋雪。浓茶味道虽颇为甘苦，入喉后却让人感觉"豁然开朗"。恋雪很喜欢苏的这种泡茶方式，只是普通人习惯用温度很高的水泡茶，想喝上一口苏的好茶，便要等待许久。

苏带着泡好的茶壶回到座位上，用专业的茶勺边搅拌，边说道："我家乐乐啊，最近常常提起你。也难怪，现在四月底了，按常例，你也该下来一次了。不过你这次是清晨前来，乐乐的希望又要落空了。"

"哎，虽然有点对不住乐乐，但是以后说不定会经常清晨前来。"恋雪轻叹了一口气，说道，"上次夜里来访，因为时间久了，沫天会坐不住，结果自己一个人爬到屋外等我，倒在了屋门前。因为这件事我自责了很久，所以……"

苏会意地点了点头，说道："嗯……这么说来，那位冰雪少女，名字就叫沫天了吗？"

"是呀，怎么样？这是我取的名字哦。"恋雪兴奋带上一点得意地说道。

"沫天……名字虽然很好，但总感觉在哪儿看到过。"苏沉思着。

"欸？斯托克人会习惯用这种音节取名吗？"恋雪疑问道。

"啊……没有，没有，忽略我刚刚说的话吧。"苏说道。

苏把茶水搅拌均匀后，倒入各自的茶杯中。此时，透过窗户可看到天已微亮，村道上能够听到不少村民的欢声笑语。

"时候不早了呢。"苏举起恋雪的茶杯递给恋雪，说道："不管怎么说，先把这杯茶喝了再走吧。"

"当然。"恋雪报以微笑，喝下这口苦茶。苦涩中带着清新，刺激着恋雪的喉咙，让恋雪回忆起一件事，思考片刻后，她向正在收拾米袋的村长问道：

"苏知道有什么可以治疗失声的药方吗？"

苏挺直了腰，思索着说道："嗯……失声的话，原因有很多。要是喉咙发炎这种比较小的问题，这泡的茶里倒是有两味药材可用。"

"这几个月以来，我妹妹身体其他部位都已见好，唯独还是无法说话，只能听到一些从喉咙中传出的喘气声。"恋雪的语气中略带一丝焦急，以至于说出的话语有点混乱。

"这样啊，一般来说，无法说话是因为小时候听不见声音。如果你妹妹能听到而且能听明白你说的话，也许就是先天性的声带损伤。"村长继续解释道。

"嗯……沫天能听明白我说话，正常交流也没问题。"恋雪思索着，她又想起一个细节，说道，"啊，对了，沫天最早想和我交流的时候会习惯性张开嘴巴，所以我认为她以前一定是有说话能力的。"

"这样的话，就更棘手了。"在收拾米袋的苏再一次停下手，只见他眉头紧锁，似乎在回想着各种各样的病例，"我在书中，在村落以往的村民失声案例中，都从未见过这种情况。他们要么是先天性的失声，要么是因喉咙发炎导致的间断性失声。如果你妹妹的器官完好且身体一切正常，且以前具备说话能力的话，也许只剩下一种可能。"

"欸？那是什么？"恋雪问。

"她的声音，是被'人为'掐断的。"苏的嘴角略微上扬，用严肃的口吻说着略带玩笑的理由，"我可不是开玩笑哈，毕竟你们曾经也是神族后裔。她也许真的是被某种超自然的力量夺走了声音。这么一想的话，恋雪便应该把恢复声音的信心交给天意。如果真是天让她无法说话，那总会有让她恢复说话的一天。"

"你看你越说越远了，甚至说到天意上去了。"恋雪虽然如此调侃，但其实她曾经也抱着类似的想法。比如沫天的出现，对恋雪而言就如久旱赐甘雨。她时常在想，如果沫天一直掩埋在安提拉的话，对这片土地无比知晓的她为何几百年来都没有察觉，所以她认为，遇到沫天，也许是上天特意安排的一场邂逅。虽然听起来有点像天马行空，但恋雪潜意识中总会把它们联系起来，当然也包括沫天的失声问题。

"总而言之，我写一道药方给你。你试着熬一服药茶给你的妹妹喝喝看吧。"苏从桌面上拿过纸笔，边写边说道，"这是以前村里的孩童喉咙发炎时用的药方，虽说是药方，其实和凉茶无异。小则补之，大则治之。对身体应该没有副作用。你看，雪莲花、菇娘、薄荷、甘草……这些你们冰雪少女都能吃吧？"

"嗯。这样煮成药茶，会不会很苦？"恋雪这样问，自然是担心沫天因为没喝过苦茶不知道是否适应。

"良药苦口嘛。"苏如是说道，"保持一周一次服用，说不定一个月后就能无意中听到沫天向你喊出一声'姐姐'了。"

"哈哈哈哈……"没想到苏的无心之言，让恋雪突然捂着脸发出略微失态的笑声。片刻之后，恋雪放开手，脸红得好像反着光，连忙说道："不好意思，不好意思，我太激动了。"

苏见此行状，笑着摇了摇头，说道："你呀，真的是和我年轻的时候一点都没变。先前你还叫我苏爷爷，现在却不肯让我自称老夫。"

恋雪此时才发现，今天这次前来，和苏的对话比近几年任何一次都要自然，是自己变了，还是苏有所改变呢？

恋雪说道："毕竟说好不管年龄如何，一直都会是朋友的嘛，怎么能倚老卖老呢？"

看到苏摆了摆手，笑而不语，恋雪回头看了看药方，顿时想起来一件事，说道："对了，苏，你这里有没有类似介绍草药图鉴的书籍？你知道的，我住在山上，真的几百来年没鼓捣弄过药草了，所以生怕拾错草药煮了碗'毒药'出来……"

"啊？"苏的表情看起来十分惊讶，支吾了一下，说道，"怎么可能呢？现在流传在村民之间的那些百草图鉴和药到病除的草方，可都是出自我们的女神之手啊。"

在这里，女神自然是指恋雪，但平时恋雪不太喜欢苏称呼自己"女神"。不过现在有一个更大的问题牵动着她的心。此时的她，满脸疑惑地说道：

"嗯？原来还有这样的事吗？"

苏自信地说道："当然是啦！代代相传。等一下，我去书柜找给你。"

不一会儿，苏拿着一本用羊皮纸包装完好的图书给恋雪看。恋雪翻开查阅着，书中的字迹和图示确实像是自己所作，奇怪的是，自己却完全想不起来了。

苏一边观察着恋雪翻书时的奇怪神情，一边继续解释道："这是你在百余年前交给我祖父的原稿。祖父用此羊皮纸作为封皮，完好地保存至今，并手抄了十几本副本，发放到各部村民手中，我们斯托克人才能百年无人得大病啊。这些可都是恋雪的恩惠。"

"啊……嗯。"恋雪努力地回避着苏的视线，她果然还是非常在意对这本图鉴完全没有记忆的原因。正当这个时候，门外有村民朝着村长屋内喊道：

"村长！今天怎么这么迟都不见开门呀，没什么事情吧？"

"喂！苏！天光晒到屁股咯。"

只听见众人大笑起来。

苏朝门外大喊："马上来了！"然后看向恋雪。恋雪说道："那我也该走了。"苏点了点头，把图鉴拿起并用食指指向了恋雪的箩筐。恋雪道谢后，接过草药图鉴，放进箩筐内背起。欲走时，她想起此行最重要的一件事，她虽然忘了这本亲手写下的重要书籍放在了村长书柜之中，但有一本书，她非常深刻地记得留在了这里。

所以恋雪说道："苏，还有一本书……"

拿到两本最重要的书籍之后，恋雪从后门出来，此时天已经完全亮了。苏打开大门，吸引着门外村民的视线，让恋雪再一次得以回避村民的视线离开了村庄。回到山上之后，也许是出村长家门以来的紧张感逐渐松懈。恋雪突然感觉箩筐的重量不对，如果是两袋米加上两本书，不应该如此沉重才对。恋雪卸下箩筐检查，果然，多了一袋米。

"哎，这苏。"恋雪笑着叹了一口气，想起苏的那句"一袋米就不要斤斤计较了"，只能释然了。

回到家轻轻推开屋门，恋雪小步踏入屋内，不过床上并没有躺着熟睡着的沫天。恋雪感到有点奇怪，放下箩筐后，进入副房间内，看到沫天在里面，恋雪才松了一口气。

沫天似乎在鼓捣着织布机，恋雪悄悄走到她身边，想"故技重施"，再偷偷从背后抱一次沫天。但这次沫天反应很快，在恋雪还没近身之时，沫天便已经转过头来。

转过头的沫天身体抽搐了一下，明显是被突然出现的姐姐给吓到了。但沫天的表情并没有因为惊吓而出现变化，不一会儿便回转过头，拿起织布机上织好的一小块布料，转过身展示给恋雪看。

恋雪走上前去，接过沫天亲手所织的布料。在接过的一瞬

间，恋雪就被这种细腻的触感所打动。仔细观察抚摸，布料线
条细密丰满，质量很好，已经和恋雪自己所织的布料相差无几。
恋雪惊喜之情无以言表。

当看到沫天自信的笑容时，恋雪问道：

"这些姐姐都没教过你，是最近在姐姐身旁看姐姐织布时
自学的吗？"

沫天点头回应，笑容中带着一丝骄傲。

恋雪喜不自胜，抚摸着沫天的头发，用欣慰的语气说道："沫
天实在是太棒了，从今往后，姐姐多了一个全能的小帮手呢。"
也不知是被姐姐夸奖了还是被抚摸了头发，沫天的脸一下子就
红了。恋雪想起另一件事：她为沫天赶制的裙子，只差最后一
步便可交给沫天试穿了。

所以恋雪先用一种神秘的语气对沫天说道："为了奖励懂
事的沫天，姐姐送给沫天一个小惊喜，先在外面稍等一下哦。"
沫天点头后起身离开房间，不过因恋雪少见的神秘，沫天临出
房门前还是忍不住回头看了一眼姐姐所说的"惊喜"。不过恋
雪把秘密藏得很紧，沫天只好抱着遗憾离去。

不一会儿，恋雪便带着秘密从房间里背着手走出来了，她
先让沫天坐在镜子前，并让她先闭上眼睛。恋雪弄得如此神秘，
吊着沫天的胃口。沫天端坐在椅子上，她感觉到，自己的头发
被姐姐慢慢地扎了起来，随后似乎有什么东西戴在了自己的脑
勺后，但惊喜已近在咫尺，沫天没有因此提前睁眼。

恋雪说道："来，睁开眼看一看，是不是非常合适？"

慢慢地睁开双眼，沫天第一次看到自己扎起头发的样子，

也是第一次看到那对将珍视一生的蝴蝶发卡。发卡以青蓝色为主色，边角和纹路则用深蓝色描绘。这是一只活跃在自由深空之中的蝴蝶，是恋雪在久远的年代首次误入半神之地时见到的美丽生物，从此这个形象便在脑海中留下了深刻的印象。沫天虽然没有真正见过蝴蝶，但她看起来真的特别喜欢这个发卡。从她书写下的笔记就能很好地体现出来：

"哇……好可爱，戴上它去外面，会不会直接飞起来？"

"哈哈哈，"恋雪笑了笑解释道，"这个叫蝴蝶，是真的会飞哦。"

恋雪温柔地看着沫天爱不释手地把弄着自己的发卡，直到沫天的视线与之交错时，恋雪拉起沫天的手，边走边说道："事不宜迟，来试试穿上新裙吧？"

这次的新裙是恋雪四月的自信之作，上衣与发卡同样用青蓝色做底色，下裙则用浅黑色布料缝制而成，裙尾的图案用深蓝色的蝴蝶连结成一圈，上衣和下裙用深蓝色的宽裙带束紧，裙长没过小腿大部分。总体颜色虽略显朴素，但穿在沫天身上却更显纯朴的少女之美。微风吹过，长裙随风飘动，少女翩翩起舞，宛如蝴蝶。

每每穿上新裙的沫天都会害羞，这次则是低头伸手转动着自己的裙摆，恋雪已经迫不及待想看看沫天身着新裙的反应了。她牵着沫天的手回到镜子前，沫天终于也能看到自己期待的新形象了。令沫天惊讶的是，镜中的自己和穿着白裙的自己呈现出两种不同的气质。如果说身着白裙的沫天看起来像一团软软的棉花糖，那此时的沫天便如穿行于村间小道中纯洁善良的小姑娘，稚嫩的脸色中带着一丝成熟。唯一不变的，就是那双闪烁着希望的翠蓝色大眼睛。

"怎么样？喜欢吗？"恋雪如是问道。按照恋雪的猜测，下一步沫天便是如捣蒜般点头回应。果然，沫天因特别喜欢，兴奋激动得快速点头。后来，沫天把这两套裙子分别称为"雪裙"和"蝶裙"。按照沫天的想法，在安提拉上，穿雪裙更适合在雪地上打滚；出远门的时候，如果扎起头发，穿蝶裙，行动起来更方便，姐姐也能更好地看到自己。

不过远行的机会总是很多的，比如恋雪需要采集草药的时候。

在安提拉的下方，有近 80 种草本植物，其中 50 种可入药。这是恋雪在"以往的自己"所作的草药图鉴得知的。近百年来，也许是自身体质得病率低，或许是把极北的草药知识带给凡人之后，这百年来恋雪对草本植物接触甚少，只记得雪莲花和薄荷等一些常用的植物，更别说自己还能否记得曾创作一本草药图鉴了。

不管怎么说，恋雪现在的首要任务是把苏所介绍的药草收集完全。五月，安提拉的下方，地上的积雪逐渐退去，埋没在雪地里的植物随即探出头来呼吸久违的新鲜空气，也为恋雪区分各项草类提供了方便。恋雪下山采摘草药，沫天自然也是想跟随着一起下山的。有妹妹在身边，恋雪也会安心不少。

采摘的工作并不好做，第一天便是无功而返的一天。两人带着略感疲惫的身躯回到家，趴在桌上喘着气。恋雪想起了今天一天边翻找图鉴，边注视着眼前各种各样的植物两眼发晕的样子。沫天关心地凑上跟前查看，恋雪心想沫天的学习能力比较强，便把图鉴交给妹妹试试看，结果沫天也被弄得晕头转向。虽然寻找的过程比较痛苦，但还是挺有意思的。恋雪回想起这件事时就会暗自发笑。

经过一天的辛劳，恋雪产生了一丝放弃的念头。突然，恋雪脑海中传来了苏的声音："如此服用一个月后，可能会无意中听到沫天喊出一声'姐姐'的声音。"这使恋雪重新振作了起来。

沫天趴在恋雪的对面，头背对着恋雪。体质较差的她刚刚是上气不接下气的状态，所幸的是沫天喘气声音较小，没有引起恋雪担心。

休憩片刻后，沫天写下一个令她疑惑不解的关键问题：姐姐为什么突然开始采草药了呀？

恋雪这才想起，自己还没有和沫天说起过采集草药的缘由，不过这并不是值得隐晦的理由，所以恋雪直接说道：

"因为姐姐要找到为恢复沫天声音的药方呀。"

沫天听后感动得泪流满面。殊不知，前方对沫天而言其实是"地狱的门栏"。

草药图鉴虽然为恋雪提供了草药的名称、图例与功效，但并没有记载草药的具体生长位置。也难怪，因为这本图鉴是先前恋雪为斯托克村民所提供，他们毕竟无法上山采药，恋雪撰写此书时想了想，便把山上植物的生长位置隐去了。想不到那时的无心之过，却成了恋雪今日亟待解决的一大难题。为了解决这个头疼的难题，恋雪只能用最简单但最有效的方法来应对。

第二天出门前，沫天便写下这个问题："要是能知道药方里的药材都长在哪里就好了。"

恋雪回答道："姐姐正有此意，所以把一本新的笔记本塞进了沫天的箩筐里。我们一起去把它们找出来，记录在笔记本上吧。"

沫天继续写下她的问题："但是，沫天害怕会像昨天一样，被其他植物弄得晕头转向。"

恋雪毫不犹豫地回答："那，沫天见到什么植物就记录什么，然后回到家再一并整理吧。"

沫天恍然大悟，所以这次寻找治疗失声草药的工作逐渐变成她重新认识安提拉的植物的工作。虽然工作量骤增，但是这样做不仅能够补充这片土地上遗失的信息，以后需要其他植物的时候也能派上用场。看到这本写着百来页的植物图鉴，恋雪再也不能发出"动物的种类比植物多"的感慨了。

一些图案看多了就会产生记忆，无论是恋雪还是沫天都是如此。经过昨天多次对部分植物的观察和翻阅书籍之后，今天记录起来便得心应手。如果恋雪不及时调整策略的话，今天很可能又要劳而无功了。

"这种叫驴蹄草。沫天，你看，是不是跟书里画的一模一样？"

虽然恋雪这样说颇有自卖自夸的感觉，但是沫天听后还是非常兴奋地点了点头。

驴蹄草是安提拉下方比较常见的植物之一，它们的根茎也成为高原上小动物的主要食物之一，所以恋雪让沫天在新的本子上写下"常见于夫卡于各处"的记录。记录完成后，沫天用笔轻点了一下该页白纸的空白部分，然后翻到下一页白纸也轻敲了一下。恋雪立即明白沫天的意思，她说道：

　　"因为这个是常见植物，我们就继续留在第一页做一点简单记录就好。如果碰到生长位置比较特殊的植物，我们需要记录它们的准确位置时，就需要在一页上留下更多的篇幅给它们。而且，这本笔记只是作记录之用，到时还需要再做整理的嘛。"

　　沫天会意地点了点头。

　　用这种方法找寻草药取得了良好的效果。接下来的几天里，二人收集到了药方中除高山灵芝外所有的草药。药方里像冬逸蕨这种喜阴凉的小型植物，通常会在身形较高的植物里头藏着。二人第一天扑了个空，很大程度是这个原因。由于第二天开始地毯式搜索记录后，这种小型且较为常见的蕨类植物便很容易搜集到了。

　　近一周的寻找，使近一半植物生长位置被记录到书籍中，其中一些直接食用会对人体有害的植物也再一次得到确认。比如高原上有一种叫"断肠草"的植物，其根茎汁液中含有剧毒，人不小心吃后会立即中毒，轻者会发热、呕吐三天，重者会被因神经系统受损而当场死亡。但这种毒性猛烈的汁液却能煮成良药，具有驱走身体其他毒素的作用。恋雪带着沫天重新确认这些有毒性的植物之后，沫天就不会因此误食中毒了。

　　药方剩下最后一道药材，即高山灵芝没采集到，这种灵芝药如其名，生长在雪山的峭壁之上且十分稀少，如果带着沫天一起采集的话会非常危险。所以最后一天，恋雪便独自来到一处有灵芝生长的峭壁上，把最后一味药材搜集完全。第一次的寻找草药工作就此停止。

接下来就是沫天第一次和药茶邂逅的过程了。恋雪按照药方，用十余道药材把一锅清澈的湖水煮得黑不见底，茶水的气味随气雾飘出，从气味就能够明显地感觉到药茶的苦涩。恋雪把装满药茶的锅端回桌面上，看向身体因害怕而不断发抖的沫天。大概是闻到苦茶味道，有点接受不了吧？毕竟我第一次喝苦茶也是这样子的。恋雪如是想着。

需要说明的是，即使是在沫天度过最危险的那段时期，也就是沫天被恋雪从雪堆里救出后三天左右的时间里，沫天都没有喝过药茶来恢复身体。不过当时沫天的状况可以通过直接补充水分的方法修复，而且当然也少不了恋雪无微不至的照料，沫天才能脱离险境。所以，这是沫天第一次要喝下味道如此奇怪的药茶，心生畏惧也是可以理解的。

再者，完成生命契约后的冰雪少女对不同液体的适应往往比常人更加艰难。就拿药茶举例来说，普通人可能觉得喝一碗药茶没有什么问题，无非只是口感甘苦而已。但如果是第一次喝下苦茶的冰雪少女，因为是水化的身体体质，所以需要对新流入的液体进行认识和辨别，这样身体就会本能地产生一种排斥感，从而产生极端反胃的现象。加上药茶的苦涩感，饮用后立马呕吐也是常见的。不过相比苦茶而言，冰雪少女的体质无法接受的酒和牛奶对身体的反应会更加激烈，这也是冰雪少女饮食的大忌。

所以，这种"地狱"（沫天后来回忆起来时所用的形容词）般颜色的茶水，满满一碗端到沫天面前的时候，她的内心是本能地抗拒。因为沫天不擅长做惊慌失措时的表情管理，恋雪很容易就察觉到了沫天的异样。看到沫天吓白的脸，恋雪一下子就心软了，虽然采集草药的过程非常艰辛，但如果沫天实在接受不了的话，一定不会强迫她喝下去。在恋雪犹豫不决的时候，脑海里苏的声音（回声）又响了起来：

"听到沫天喊'姐姐'的声音哦。"

"姐姐的声音哦。"

"哦。"

我再试试吧。恋雪如是想着。

看着浑身颤抖的沫天，恋雪安慰她说："沫天不要怕，虽然颜色有点吓人，而且会有点苦，但对身体不会有害的。

"为了恢复声音，沫天需要更努力才行。"

沫天点了点头，开始用颤抖的手端起碗，眼睛注视着碗中的苦茶，久久不敢动口。恋雪看到沫天这样子有点心疼，也从碗柜中拿出一个碗，并舀了满满一碗茶水，对沫天说道：

"姐姐以前呢，特别害怕生病，因为像我们这样的体质一病起来就特别难痊愈。有一次，我胃痛得起不了床，然后母亲和姐姐因为我的病而忙得焦头烂额，不仅要帮我按摩，还要上山找草药，还得帮我熬药。那个时候我还挺……就是不太希望别人这样照顾我，还感觉到有点内疚。而且我也最不喜欢喝苦茶了，每天早晚喝一次，喝了整整两周。那种苦涩的味道，使我能理解沫天此时此刻的心情。但是，虽然觉得苦茶又苦又难喝，可看到母亲和姐姐们这样为我忙上忙下，我却什么都帮不上忙，就特别希望自己的病能早点好起来。"

看到沫天有所动容，恋雪端起了碗，继续说道："姐姐希望沫天能够早点好起来，成为一个独当一面的好女孩。在此之前，姐姐会一直与沫天分担痛苦，既然不能为沫天承担失声的痛苦，那就请允许姐姐与沫天共饮此茶吧。"

沫天伸手欲做阻止状，但恋雪已经举碗将碗中的苦茶一饮而尽。此时恋雪脑海中看到的，正是自己儿时第一次胃病最严重需要喝苦茶调养时，母亲为打消恋雪对苦茶的恐惧而做的同样一件事。即使恋雪至今已经完全不记得母亲的样子，但是母亲为自己做的牺牲成为恋雪刻骨铭心的记忆，并成为指导恋雪在沫天成长道路上循循善诱的准则。

沫天眼含泪光喝下了苦涩的药茶，虽然药茶入胃的瞬间让沫天感觉到强烈的恶心和反胃，但是一想到姐姐正承受着与自己相同的痛苦（虽然这个只是沫天想象的，其实恋雪的体质在很久以前就已经能接受许多种药材了，但是沫天当时特别在意这个问题），为了不让姐姐失望，也为了自己能够早日恢复声音，沫天强忍着身体的排斥感把碗中的茶水喝得一滴不剩。

沫天缓慢地放下碗，胃部强烈的不适感已经开始逐渐减轻，取而代之的是喉咙的阵阵痛感，那是一种从坚冰融化再到沸水翻腾的感觉，令沫天害怕得捂住了喉咙。恋雪见状，焦虑地问道：

"怎么样……是感觉到很疼吗？"

药效产生反应了，恋雪感觉到一丝丝的高兴，但她现在最关心的是沫天的感受。沫天咽了咽口水，用右手写下她此时的感觉：

"就像烧开的水正在不断冒着气泡……"

这味药茶确实给喉咙一种豁然开朗的感觉，即使是能够正常发声的恋雪，也感受到了它的刺激性。思考片刻后，恋雪说道："先试试看能不能发出声音吧？"

沫天张开小嘴轻吸了一口气，随后做出"啊"的发声动作。然而从结果上看来还是不行，沫天摇了摇头。

恋雪摸了摸沫天的头，说道："没关系，毕竟做什么事情都是要持之以恒的。沫天今天第一次喝就感觉到明显的反应了，要是能每周坚持喝一次，说不定就能恢复声音了。"

喉咙的反应也开始逐渐消退，给沫天增加了很大的信心。在姐姐的安慰下，沫天点了点头，心中也充满了期待。不过，未来的几个月里，虽然坚持每周服用一次药茶，但沫天的声音却完全没有恢复的样子。药茶一开始给胃和喉咙的那种猛烈的刺激最终也归于平静，直到服用到那一年的八月底。

虽然这次治疗没能达到预想的目标，但是二人从来没有把它当作一次挫折，而是把它当成治疗声音的一次经历。所以后来回忆起来的时候，沫天依然会饱含深情地说道："如果最早不是姐姐用药方帮我清了清犹如坚冰的嗓子，即使后来发生了那样的事情，也不一定能恢复声音呢。"

总之，前面的这些都是后话。沫天仍在恋雪能够早日听到沫天喊出"姐姐"的期待下（当然这个期待恋雪从来都没有和沫天说过）服用着药茶。不过接下来她们还有更重要的事情要做。

十三、奇妙的交流

"苏，还有一本书，好像叫……"恋雪停顿思索了一下，说道，"《琴语拼读大全》？"

"你想说的是《琴语语法大全》吧？"苏带着戏谑的口吻笑道，"明明是你们族人留下的为数不多的典籍，你却没能记住名字。"

"那是因为，放在村长的家里都快上百年没见过了，忘记名字很正常的嘛……"恋雪因尴尬而脸红起来，转身说道，"好啦，好啦，快拿给我吧。我有急用呢。"

"难得的急躁呢。"苏笑着往书房里走去。

不一会儿，苏拿着一本比草药图鉴更厚、用着同样的羊皮纸包装起来的书籍走了出来，这是恋雪心心念念的《琴语语法大全》。这本书，还有自己的乐器，由于在那年的唤潮携带在自己的身边，才使它没有毁于那片汪洋之中，成为一族文化的遗物。

后来，书柜里的书越放越多，正好遇上了热衷于研究音乐的第四任村长雅兰特。所以这本《琴语语法大全》正是这个时期交到雅兰特手里的。雅兰特和恋雪的关系虽然很微妙，但他非常珍惜这本书，以至于用羊皮纸进行了非常细致的保存。当它再一次交到恋雪手里的时候，和被交给雅兰特时的模样没有多大差别。

恋雪激动地抱着书，向苏鞠躬感谢道："谢谢您，在我最需要它的时候能够看到它，真的比任何时候都要高兴了。"

从恋雪的紫宝石般明亮双眼中，苏看到了一个为了和妹妹做出更进一步的交流而操碎了心的冰雪少女。在接受了她的鞠躬之后，苏说道："这也是一个非常不错的交流方式，祝你成功。"

苏的眼神中带着遗憾，反映了后三任村长对这份文化非常矛盾的情感。自祖父雅兰特开始，便对冰雪少女一族高雅的文化交流心生向往，他们也曾学习一门乐器来研究其中的奥妙。比较可惜的是，不善音律的斯托克人只能学习书中的浮光掠影，再学习更细节的地方时便失去了信心。更何况，知音难遇。斯托克人大都是淳朴务实的农民出身，对音乐兴趣不大，更别说用音乐交流了。近百年来后三任村长也曾多次尝试丰富村民们的精神生活，过程都是举步维艰。

这本书还给了恋雪，为近百年来村长们对这份文化的追求画上一个无奈的句号。苏最终还是明白，这是一份少女们在特别的环境下发展至今、只属于她们的文化。刻意的模仿，换来的只不过是邯郸学步的结果。至此，这份被恋雪"丢掉"了近百年的知识重新被拾起，有了它，沫天终于就能"说话"了。

时间来到了五月中旬，为草药图鉴里一半的植物归档，给沫天喝上治愈声音的苦茶之后，恋雪总算能够和沫天共同研究琴语了。

看起来好像一本新书呢。沫天非常好奇地从姐姐手中接过书，看到书名的瞬间，沫天惊喜地看向恋雪。

恋雪得意扬扬地说："怎么样？姐姐还是很厉害的哦，全世界唯一流传于世的《琴语语法大全》被姐姐找到了呢。"沫天兴奋地点了点头。

如果说琴是冰雪少女的第二个生命，那琴语便是冰雪少女的第二种语言。通过琴的音律表达出自己想说的话语，比普通的语言交流更为含蓄和暧昧。这是冰雪少女独特的一种文化，适合大多数害羞且内敛的冰雪少女，正是她们那样的性格，才能让琴语这种晦涩难懂的文化在族内发扬光大。

琴语确实很难学，一方面需要学习乐器，一方面则是语言转化的学问。吹奏乐器、弦乐器和打击乐器等都有各自的琴语语系。其中吹奏乐器最容易上手，但在情感表达方面却比弦乐器逊色。打击乐器是乐队不可或缺的组成，可情感表达方面却不够"优雅"。而弦乐器的琴语在冰雪少女中最通用，然而不同的弦乐器在结构上、音色上不尽相同，所以演奏琴语的方式也不同，大体划分为少弦乐器体系和多弦乐器体系。

三弦琴可拨动的音域大概只有三个八度，七弦琴则是四个八度。而琴语的基础在五个八度之间，所以三弦琴和七弦琴同属少弦乐器，缺失的音节需要通过延长音节或者重奏来完成。换句话说，琴语在经历了风雨波折之后，保存下来的只有少弦乐器语系。

因此，《琴语语法大全》里关于打击乐器和吹奏乐器的内容就可以忽略了。"沫天"这个名字在冰雪少女的语言中有一个特殊的尾音，而恋雪恰好又忘记了这个尾音转换成琴语的用法。令恋雪激动的是，现在终于能在这本书中找回这个转换琴语的方法了。

恋雪轻轻用三弦琴拨动一小段旋律，确认无误后，再次拨动琴弦。这一次，沫天好像感觉到什么似的靠了过来。恋雪笑着解释道：

"刚刚弹奏的，是沫天的全名，'林雨沫天'哦。"说着，便一节一节地跟着名字的读音再演奏了一遍。

沫天写道："姐姐第二次演奏这段旋律的时候，我就突然有一种莫名的熟悉感。这就是音乐之间的共鸣吗？"

恋雪点头说道："是呀，我们天生就对音乐有着强烈的敏感度。所以沫天听到这段旋律的时候，说不定潜意识想到的，就是姐姐呼唤着沫天的名字呢。"

沫天非常惊讶地看着恋雪。诚然，这就是冰雪少女比极北其他民族更擅长音乐的最为独特的原因。

教会沫天拨动七弦琴"说话"，恋雪为此一直努力着。早在第二次巫祭之前，恋雪便向沫天传授一些三弦琴的琴语，通过琴语给予提示从而帮助沫天顺利完成巫祭。然而，在没有《琴语语法大全》时，恋雪在脑海中运作"拼读琴语""演奏三弦琴""拆分琴语""演奏七弦琴"这个过程是非常困难的，所以巫祭之后的一段时间里，琴语的学习寸步难行。好在拿到语法大全后，沫天就能自行学习和拼读了。

接下来就是沫天的"表演"时间。她在书上翻到"姐姐"的拼读方式，和恋雪教给她的一模一样，然后从书中翻到其他词组的拼读，在脑海里组织好语言后，演奏出了属于自己的第一段"语言"。

恋雪的脸突然泛起一阵红晕，眼神飘忽不定，嘴中不停发出"啊……啊"的声音，手里的三弦琴抱得更紧了，看起来既像六神无主，又像意犹未尽的样子。短暂之后，恋雪期期艾艾地说道：

"姐姐，姐姐……当然最喜欢沫天了……嗯。"

从恋雪语无伦次似的反应中，沫天担忧自己是不是做错了什么，她写道：

"我是不是让姐姐不高兴了？"

恋雪立马从这种奇怪的反应中回过神来，说道："啊，怎么会呢？我只是……好久没这种感觉了。那种……"

这个时候，恋雪注意到沫天一脸疑惑的样子，便贴近她的耳朵，轻声地告诉了她缘由。结果沫天的反应简直和刚刚恋雪的反应如出一辙，只不过和恋雪比起来，沫天更容易害羞。到最后，两人都羞红了脸，恋雪开始解释其中的缘故：

"因为琴语通常用婉转的方式表达事情，要是放在以前，平时日常交流的时候，互相之间用'最喜欢'什么的，其实对方没那么放在心上。但是如果把这段话用琴演奏出来的话，反而会显得特别认真，一般……"

沫天做出"呜哇哇"的嘴型，伸手捂住了恋雪的嘴巴，看见沫天尴尬到眼中泛起泪光，可以说，沫天完全理解了。

这么一来，气氛反而轻松了不少。恋雪半开玩笑地说道："哎呀，其实现在也不用这么认真的，毕竟这些习惯都成过去式了。而且沫天想用琴语说的第一句话是这个，令我既感到意外又开心，才会出现刚才那样的反应。"

听到姐姐的话后，沫天的情绪也平静下来，因为"最喜欢"和"最好"的拼读在同一页上，沫天很轻松地把它们都记了下来。这时，沫天便演奏出"姐姐最好了"的旋律来回应恋雪。

恋雪听到后"欸嘿"一笑，说道："被夸奖了呢，但姐姐还是很想听到沫天再演奏一遍那个。"

没有学到反义词拼读的沫天只能在纸上写下了"姐姐最坏了"，然后举起遮住即将羞红的脸。

又到了一天的睡前聊天环节。沫天心里有一件一直特别在意的事情，今晚她在纸上率先发问：

"姐姐以前有这样向别人坦白过心意吗？"

"这样"当然是指今天下午沫天做出的无知之举。恋雪作思索状，她似乎明白了沫天这么问的意思，所以说道："要是姐姐说有的话，沫天会吃姐姐的醋吗？"

虽然答案是肯定的，沫天已经非常紧张地握住了笔，但她写下令恋雪感觉到意外但很符合沫天性格的回答：

"如果说不在意姐姐的过去那一定是骗人的。但是因为这样而吃醋的话，一定会让姐姐不开心的。"

恋雪欣慰地笑了笑，摸着沫天的头，说道："沫天果然是好孩子呢。姐姐发誓，以前没有向任何人表白过。"

听到恋雪的回答，沫天笑容就如棉花糖一样甜，随后她又写下了一个问题：

"那姐姐有这样被别人表白过吗？"

在沫天提出上一个问题时，恋雪便知道沫天一定会问到这个问题，所以恋雪已经提前组织好了语言：

"这个的话，遇到过两次，但是姐姐都拒绝了。"

沫天把头一歪。两人的对视让恋雪很容易就明白沫天是想问"欸？为什么呀"，所以恋雪继续补充道：

"第一次是在一次弦琴的表演赛结束后，有一个年纪比我小很多的小妹妹抱着她的琴跑到我的身旁。姐姐不是很记得她的模样了，只记得她留着一头秀丽的短发，印象里长得娇小可爱。她用手中的四弦琴演奏道'姐姐你的表演好棒，我超级崇拜你，好喜欢你'。"

看到沫天点头的样子，恋雪明白沫天一定理解这段话的含义。所以她只做了一点简单的补充：

"其实第一次这样被表白，我有点高兴啦，但毕竟这是年幼尚未懂事的表现。我就像今天那样和她说明了琴语的作用和要注意的地方，不过她好像并不是很在乎的样子，让我放心了不少。后来，我还经常教她弹琴呢。"

沫天的神情比刚刚轻松了很多，看起来她非常期待恋雪的第二个故事。但对恋雪而言，第二次被表白并不算一件美好的回忆，相反……

"第二次的话，就有点恶作剧的感觉了。琴语表达的，一般都是内心最真实的想法。而有少数比较开放的姐姐却喜欢利用这一点来欺骗别的冰雪少女，虽然有时会觉得这样比较讨厌，但她们的本意其实并不坏。"

"以前隔壁家有一位名叫苏珊的大姐姐，我和她年纪差了二十岁左右。她是个大美人，而且非常厉害。听说她十四岁才刚通过生命契约，十六岁就完成巫祭，十八岁就已经成为元素法师，所以她成为了许多冰雪少女崇拜的对象。一到周末，她的家里就会有好多女孩前去学习，她会非常热心地为她们一一解答……"

恋雪越说脸越通红，突然握住了沐天的手，用似曾相识的、恳求的语气说道："沐天一定要帮姐姐保守秘密哦。"

正听得入神的沐天被姐姐握住手而一下子没有反应过来，但从姐姐熟悉的话语中，她很容易就把上次的对话联系了起来，该不会是……

看到沐天点了点头后，恋雪扭扭捏捏地说了下去：

"上次说的隔壁的大姐姐就是苏珊小姐。我当时其实也是仰慕苏珊姐姐的一分子，然后又是住在她家隔壁，有很多见面的机会，所以交流的机会也会很多。苏珊姐姐虽然很厉害，对人也很好，只是……有点太随性了。每次向她请教一个正经的问题，她便会提出一个不太正经的话题，这些都让我很难为情。

"在她一直的帮助下，我学习进步得很快，巫祭也完成得很顺利。那天晚上满怀着感激的心情来到她的家里道谢的时候，她用十三弦琴弹奏出了我的名字，然后就是一串饱含情感的诗文般的琴语。我当时脑海里一片空白，反复确认自己的拼读是否有问题。然而琴音落地，苏珊姐姐用一段优雅的舞步接近我时，惊恐和无助接踵而至。因为我的背后，只有一道密不透风的木墙。"

说到这里的时候，恋雪突然觉得气氛有点不对劲。她看向了沐天，沐天惊诧到双手捂住了脸，眉头紧凑着，为了不让沐天继续联想下去，恋雪赶紧补充道：

"这只是一场恶作剧而已啦。苏珊后来解释道，这是她即将参加的舞台剧的一组台词，看到我之后有感而发便用琴语把它改编了一下。但是当时的我实在有点接受不了这种做法，然后就……就忍不住哭出来了。可能是我那个时候给人的印象是一个特别正经乖巧的女孩子，苏珊也觉得做得有点过了，所以就向我道歉，并安慰我说就是因为看到平时我特别严肃，所以才想用这个方法逗一逗我。我也说不出当时到底是什么样的心情，总之比任何时候都要复杂。"

沫天写道："第一次觉得姐姐是弱势的一方呢。"

恋雪说道："是呀，姐姐小的时候，身边为伴的基本都是大姐姐。为了能够赶上姐姐们的节奏，我才要逐渐养成少说多练的性格。也就是因为这个性格，我才会成为姐姐们开玩笑的对象，因为她们希望能够通过善意的玩笑让我变得更加开朗，只是时而会忽略了一些我的感受。"

"其实我也想让过去的姐姐能像现在的姐姐一样更开朗一些哦。"沫天最后在纸上的留言让恋雪感觉到了一些温暖。两人相视而笑。

十四、独当一面的成长

六月是夫卡于植物生长的绝佳月份，许多因严寒而枯萎的植物会在这个时间重新探头。草药图鉴记载着十多种喜温的植物，其中半数是菌类。菌类在夫卡于高原上不属于常客，它们的孢子在地底下经过隆冬的考验，在春天温度的回暖下慢慢生长，在土里形成菌丝层。一般到春末，即五月底，一些菇蕾就会从土里探出头来。到六月，一些蘑菇就会完全生长成型，随后经过四到五个月的采摘期，在深冬到来之前完全坏死。菌类的生存时间比较有限，而且生长的环境也很有讲究。比起在一望无际的雪地平原，它们更喜欢在林间树荫下待着。在没有"太阳"的世界里，树下的温度总比裸露的平原要高。

距上次放下草药图鉴还没有一个月，恋雪又把它从书柜里拿出来，看着书上各种菌类的名称，恋雪皱了皱眉。

看到姐姐的表情似乎有所困扰，沫天静悄悄地探过头来。两人脸贴着脸翻阅着那些尚未标注地点的植物。

"沫天看，这些是我们六月的任务。"恋雪一边指着图鉴上的内容一边说道。

想起姐姐说过六月要清理副房间，如果又要下山的话是不是会忙不过来……

这个担心激起沫天想要为其分担工作的想法，沫天拿起笔记本写道："这次请让沫天独自完成吧！"

恋雪看向一脸自信的沫天，说道："沫天还没自己下过山，姐姐不放心啊。"

沫天用最近学会的一点手语表达了自己紧张的想法：凡事都会有第一次的。

恋雪无奈地笑了笑，每次沫天坚持要做一件事的时候，恋雪都不会过分阻拦。

"菌类一般都生长在树荫下，所以沫天只需要前往有树林的地方就可以找到了。

"这次的任务还有一个特别的地方，每当沫天发现一种菌类，就请收集一个样本带给姐姐。"恋雪竖起食指说道。

"第一次听到姐姐要收集样本呢？"沫天写下了她的不解。

恋雪看向了图鉴上的菌类再次皱上了眉头："姐姐只能依稀记得，高原上有好几种菌类表面上覆盖着毒孢，有些菌类甚至有腐蚀性，会刺激我们的衣服和肌肤。姐姐知道沫天素爱与植物亲近，但它们确实会伤害我们，尽管它们不是故意的。所以找到它们的时候，千万不要徒手采摘，要抓着毛巾采好包好，姐姐才能放心啊。"

看到了姐姐难得严肃的一面，沫天充分理解了事情的严重性，她略带紧张地点了点头。

第二天一早，恋雪把一双雪白的手套放到沫天手里，温柔地说道："有了它，沫天的手就不会受到伤害了。"

看到姐姐沉重的眼袋，想必手套是不放心自己而熬夜制作出来的，沫天激动地朝姐姐深鞠一躬，把它轻轻放进出行的篮子里。

在六月中上旬，沫天局限于在桦树林里活动，恋雪则继续留在副房间整理杂物。然而，在沫天前两次出门期间，恋雪都感到很不适应，眼睛注视着橱柜上摆放精致的娃娃，满脑子却浮现出沫天受到伤害的样子。终于，恋雪忍受不了了，放下手中的事情前往桦树林。

在桦树林的下方，恋雪看到了沫天独自工作时认真的一面。对着草药图鉴找到该项菌类后，沫天标注好位置并戴上手套小心翼翼地把样品摘下，放进布料里包好。整个过程有条不紊，让恋雪的心得到了极大的放松。妹妹曾经告诉自己："能在书籍和音乐中度过一天，比任何事情都要美好。"那副认真且充实的微笑表情，是五月带给恋雪饱满希望的亮光。

"一定会是一次独当一面的成长呢。"在沫天朝着树林深处前行的时候，恋雪也留下了一个欣慰的背影。

在沫天把菌类送回家之后，就到恋雪表演的时间了。恋雪用针给手指轻扎出一个小洞，手指上的水滴到菌类的表面上。这些水滴经过有毒菌类表面的时候会被染成深紫色，有的甚至会发出"嗞嗞"的声音，吓得沫天直哆嗦。这个方法帮助恋雪归位了三种毒蘑菇的生长位置，"表演"结束后，二人才松了一口气。

"但是……姐姐说过，植物在夫卡于上方生存不了呢……"沫天写道。

恋雪读出了沫天的意思，说道："菌类严格来说不算植物哦，而且沫天把它们采摘下来后，它们就只能做样本了呢。"

沫天难过地抿着嘴唇陷入了沉默。

在桦树林的工作结束后，就要去海拔更低的冷棉树林了。前两次的暗中观察虽然让恋雪放下了心，但根本上的问题并没有解决，她希望妹妹离开自己视线的时候，能有一个随时联系的工具。

很快，她就在《琴语语法大全》中找到了这件工具——哨笛。哨笛是最容易上手的乐器之一，也是表达琴语最方便的工具之一。因为这两个特点，冰雪少女不会把它当作表达严肃事情的媒介，而是作为传递日常事务的工具。

哨笛还有一个特点是制作方便。在沫天圆满完成桦树林菌类的归档任务后，恋雪便把制作好的哨笛当作礼物送给了她。

沫天一边擦泪一边接过了姐姐的礼物，而恋雪则从身后掏出了另一支哨笛说道："姐姐也有哦！"沫天破涕而笑。沫天手里的哨笛相对短小，吹奏出来的声音清澈如水，悠远绵长。而恋雪手里这支管身较粗，声音浑厚低沉，吹奏时犹如山谷回响。六月中旬，两位少女一边学习哨笛琴语，一边忙于各自事务。虽然琴语尚未学习通透，但二人已经"自创"了一些简单的琴语。

"沫天听，姐姐要是这样吹，就意味着姐姐要喊沫天回家了。"

恋雪一边吹奏一边看着沫天兴奋地点头，即使后来学到了"回家"的琴语，先前的习惯也没有改变。

又是一个明媚的中午，沫天决定下山为冷棉树林的菌类归档。检查携带物品时，沫天突然发现，以前"冷清"的篮子现在已经大不一样：图鉴、笔记本和笔、几块用于采集样本的干净布料、哨笛，还有姐姐为自己泡好的一壶热茶，篮子已经塞得满满的了。而从屋外晾干拿进屋内的手套则无处安放。

恋雪此时注意到盯着手套发呆的沫天，不难猜出，沫天已经不想让它沾满泥土了。所以恋雪再一次提醒她："衣物是我们的第一层皮肤，不可以掉以轻心。"

毒蘑菇滴水变紫冒泡的恐怖场景仍历历在目，沫天自然是听从姐姐的话，带走了手套。

桦树林的下方是雪莲花田，每次沫天到这里都会尝试着用灵魂之音与雪莲花交流，虽然总是得不到回应，沫天依然没有放弃。毕竟第一次来到这里的时候，她就喜欢上了这些美丽高冷的植物了。更何况，它们能泡出非常清甜的茶水呢 vvvv。

在雪莲花田的时光让沫天感到无比惬意，直到想起手里还有姐姐交给自己的任务。为了不辜负姐姐的期望，沫天起身摘下几朵成熟的雪莲花，向花田道别后，朝着高原的下方走去。

六月的冷棉树，树枝上新叶初绽，为树林增添了新的活力。虽然如沫天所期待的"白云暖床"般的情景需要等到九月，但在六月的树林里，沫天感觉到了生命积极的涌动，与暮气沉沉的桦树林截然不同。清风吹拂着树木，散发出一阵阵芬芳自然的气息，令沫天陶醉不已。

经过了一段时间的找寻无果之后，沉甸甸的篮子成为了沫天的负担。她决定把篮子放在一棵树下。然而看到茶壶的那一瞬间，沫天的心动摇了。沫天抬头仰望被绿叶覆盖的明媚的天空，树林里不时传来的风声与虫声交杂，疲倦感开始敲打着她

的头脑。

我能休息一下吗？一下就好，姐姐应该不会责怪我吧。

所以，在雪莲花田放不下工作烦恼的沫天，来到冷棉树林时终于把它抛到九霄云外了。

放下心理包袱后，沫天跪坐在冷棉树下，打开了茶壶。茶水尚温，余香四溢，然而却缺少了花瓣的点缀。沫天把摘下的一片片雪莲花瓣放进茶壶中，待花瓣将壶口装饰成莲花状后，沫天便只须静待茶水吸收"养分"，茶水就变得更加浓郁芳香。

在此之前，就先睡一觉吧？

姐姐的哨笛声一定会喊醒我的……吧？

即使担心自己会睡过头，但厚重的眼皮使她不得不合上了眼。

这一觉沫天睡得很舒服，直到有一个声音敲击着她的灵魂。沫天从迷糊中醒来，美梦让她似乎有点意犹未尽。

但……这不是姐姐的声音，是不是自己听错了呢？

这个问题没有让沫天思考太久，很快，她便发现原先铺在裙子上的雪莲花瓣和花蕊，几乎被一群不速之客吃得干干净净了。

沫天完全没有生气，因为这是一群可爱的雪兔子，应该是趁自己熟睡的时候，悄悄地爬上了自己盛着花瓣的裙，快速吃掉这些来之不易的食物。这些兔子的身手如此轻盈，以至于沫天在熟睡途中浑然不知。现在有三只兔子在自己的裙上，另外两只则一左一右地趴在自己身旁歇息着。即使冰雪少女身体的温度远低于常人，可还是略高于安提拉大自然的温度。然而能让雪兔子们无所顾忌地留在她的身边，究竟是沫天有吸引动物的体质，还是雪兔天性不怕生呢？沫天无从得知。

姐姐说过，待客之道以茶为上。为它们倒上一杯雪莲花茶吧？沫天的视线扫向了茶壶和篮子里的茶杯，当倒出一杯满溢清香的茶水时，沫天吞咽了口水，忍耐住想要品尝的欲望，把茶杯端到了兔子们的面前。

三只兔子齐刷刷地围在了茶杯周围，用小舌头舔着茶水发出吱吱的声音，不仅让人感到可爱而且令人忍俊不禁。沫天继续忍耐住想要抚摸它们的欲望，等三只兔子饱饮茶水之后，沫天也没有忘记另外两只趴在雪地上的兔子，她把右边的兔子轻轻抱到左边，让它们共饮一杯茶。

正当沫天温柔地注视着雪地上的兔子享用茶水时，余光注视到裙上的一只兔子似乎朝自己伸出了前爪。她"扑哧"一笑，心想：是不是吃太饱没力气活动啦，让我来帮你一把吧？

沫天把兔子捧起，正要把它放在地面上时，兔子突然从沫天手心中一跃而起，沿着手臂跳到沫天的胸脯再跃到左肩，最后趴在沫天的脑袋上。

沫天被这场迅雷不及掩耳的"偷袭"惊呆住了，脸红地想道：呜哇……真是的，你们都喜欢待在我的头顶上吗？沫天发出了不甘心的感慨，因为她是一个得到动植物积极回应就会很开心的女孩。

现在兔子在自己的脑袋上一动不动，沫天推测它应该是想找一个安眠的地方，要是现在动身去别处的话，可能会把它吵醒。

那我也……再睡一觉吧。沫天想到了一个"两全其美"的办法，她闭上了双眼，再一次进入了梦乡。

（白发姐姐……）

（白发姐姐，想吃花瓣……）

欸？沫天睁开翠蓝色的双眼，她再一次感受到有什么正在呼唤着她。

好奇怪，明明完全听不到任何声音。但是，我的灵魂中时不时地浮现出一些不是我自己想法的话语。

沫天安静地坐在树边，倾听着身边的声音。小溪流水潺潺，树枝在微风中摇曳，不知名的虫子奏响共鸣曲，落叶随风而起，与小草交织为伴。大自然的声音虽令沫天着迷，但那个能够进入自己灵魂的声音并未出现。它在沫天的脑海里能被迅速解读，然而它就如同捉迷藏一般，每次都在沫天熟睡之时唤出并在沫天清醒之后消失。

稍加思索后，沫天决定来个"将计就计"，她背靠在树旁，慢慢地闭上眼睛，装作迷糊睡着的样子。她想通过这样来让声音的来源放松警惕，很快，目标就"上钩"了。

（白发的……小姐姐）

（白白的，一大片一大片的花瓣……）

（想吃……）

啊啦？该不会是……

沫天想起自己身上还有几只软趴趴的雪兔子。适才光顾着倾听远处的声音，也许能带给自己快乐的声音就在身边呢？

一想到兔子，沫天第一时间想到的是头上这只调皮的雪兔子，它那灵活的身法令沫天印象深刻，也许它是在偷偷给自己传递信息呢。

沫天如是想着，她轻轻地把这只兔子从头上抱下来，看到它紧闭的双眼，似乎真的累得睡着了。因为抱得很轻，兔子毫不察觉，仍在沫天手心里呼呼大睡着。沫天笑了笑，又轻轻把它放回到自己的头顶上。

那么，会是雪地上的这两只兔子吗？毕竟它们没有吃到花瓣，是不是饿着了呢？沫天稍稍低头，看向趴在雪地上的另外两只小兔子。左边趴着一只"大胖胖"，另一只则回到了自己右边耷拉着耳朵熟睡着，似乎都没有与自己交流的想法。

最后，沫天看着裙上的两只兔子，她发现确实有一只兔子正目不转睛地盯着自己。

是它吗？沫天与它四目对视，但它并没有发出任何声音。她决定把兔子捧起来，深吸一口气后，用她的灵魂发出"声音"：

（小可爱，刚刚是你在喊我吗？）

姐姐说过，冰雪少女是可以通过生物灵魂之间进行沟通的。沫天曾经多次和雪莲花进行"对话"，结果都不尽如人意。尽管沫天仍旧坚信自己能够与动植物交流，但在此时此刻，她的内心还是有点紧张。

经过又一段漫长的对视后，沫天鼓起勇气，再次用灵魂之音"说"道：那个，刚刚说"白发姐姐"什么的，我有听到哦，有什么需要我帮忙的话，请务必和我说。

终于，这只雪兔的耳朵一下子竖了起来。沫天再一次听到期待已久的回应：白发的姐姐，白白的花瓣……

哇，好神奇，它真的在和我说话呢。沫天按捺住内心的激动，此时的她，确定了声音的来源，确定了它能够听得懂自己的语言，更重要的是，沫天真正确定了自己是能够和动物交流的。

（能再说一次吗？刚刚太激动了没有听清……）

沫天把兔子贴近自己的耳朵，这样应该能够更加清晰地听到它在说什么。这时，它的耳朵再一次竖直。沫天清晰地听到它说的话——白色的花瓣，想吃……

白色的花瓣，是指雪莲花的花瓣吗？沫天想起自己的腰间丝带还插着一束小的雪莲花，把它抽出来，放近小兔的嘴边。小雪兔伸爪抓住这一束花，并开始在沫天手中大快朵颐起来。

（慢慢吃，不急哦。）

沫天温柔地看着它，她想起第一次来到冷棉树林时第一次邂逅雪兔子的场景：有一只胖成球状但是异常灵活的兔子蹿到她的头发上，偷吃了姐姐摘送给她的雪莲花。这次是第一次正面看到雪兔子咀嚼花瓣的样子，沫天看得津津有味。待它把这枝雪莲花全部入肚后，沫天又从茶壶中取出两片花瓣让它继续咀嚼。

（原来你们也喜欢吃雪莲花瓣呀？可惜这次带得比较少，只够泡茶用呢。下次来探望你们的时候，我一定会多采一点带给你们吃得饱饱的。）沫天的灵魂之音如是说道，她多希望能把雪莲花带给每一只雪兔子，但要是采集过度的话，可能会被姐姐责怪的。

正当沫天沉醉于想象之时，饱腹过后的雪兔子用鼻子贴近沫天的鼻子，轻轻碰撞摩擦，表示亲昵和感谢。沫天回过神来，虽然只是鼻子之间的碰撞，但沫天还是害羞起来了：

啊哈哈，好痒，不用这样啦。（当然，这也是开心的表现呢 vvvv）

快乐的时光总是短暂的，随着天色逐渐暗下来，沫天告别了雪兔子们，并在姐姐哨笛的指引下回到了家。虽然此次出门没有完成任务，但这是沫天多次下山中唯一一次抛开所有包袱沉醉于休息的旅行。也正因为如此，这一次旅行在沫天心中才变得多姿多彩，并成为这段时间中唯一一次记载进笔记本里的下山之旅：

> "今天在冷棉树林里再一次遇到雪兔子们。它们趁我熟睡的时候偷偷爬上我的裙子。裙子上的雪莲花便成为它们的食物，我用茶水招待了它们。它们中间有一只用灵魂之音唤醒了熟睡的我，原来是一只没能吃上花瓣的兔子。它委屈屈的样子好可怜，让我把最后藏在裙子里的雪莲花还有茶壶里的花瓣都给了它好好饱腹一顿。看着它们高兴的样子，真的好幸福。姐姐这一次交代给我的事情，我却完全没有做。但是姐姐完全没有责怪我的意思，可我还是有点小自责。"

恋雪看到最后一句话的时候，"噗"的一声笑了出来，此时正是深夜，恋雪转过身看向沫天，发现沫天在床上睡得很香。今天在外面玩了一天应该很累了吧。

沫天的日记中饱含着对大自然的热爱，让恋雪十分感动。这天夜里，她想起了一个美丽且特殊的地方，以前每逢遇到大

事的时候，恋雪都会前去拜访。今年沫天的出现成为了恋雪几
百年来最大的变化，而且每年六月那个地方也是一个绝佳的去
处。想起了上个月给沫天做蝶裙时的画面，恋雪心中萌生了一
个想法：带沫天去那个地方，让她见识一下新的动植物，也希
望能让"它"见一见沫天。

确定这个想法之后，恋雪便开始加快对副房间的整理，原
先出于念旧之心，对于橱柜里几百年来制作的手工制品，恋雪
都不舍得丢弃。现在的恋雪则确定了"旧的不去新的不来"的
想法，副房间的杂物被一箱箱地整理出来，为副房间腾出了近
半的空间。

那么，搬出来的箱子怎么办呢？经过六月的踩点之后，恋
雪打算把它们埋在屋子靠东山下的一块雪地上。沫天有时也会
前来帮忙。起先部分箱子里装着恋雪的"孤独时期"的作品，
所以恋雪对沫天说："这些箱子绝对不可以打开哦。"

沫天在姐姐严肃的口吻下完全不敢打开箱子。然而过了不
到一天，恋雪便改口了。毕竟箱子里还装着不少精致的作品，
把它们放入雪堆之前，恋雪还是会忍不住打开看看的，并拿出
自己的得意之作向沫天炫耀。

"这种石头经过打磨后，可以通过敲击来发出非常悦耳的
声音。沫天可以用指甲感受一下。"

沫天期待地把它搭在耳边，用留得很短的指甲轻轻地敲击
着。这块石头和大自然中的普通石头很不一样，应该说，这块
石头非常"敏感"，虽然重量和普通石头无异，却能通过轻敲
振动来发出如竖琴般悠然的声音，让人感觉这块石头就如空心

一般。

　　在整理另一个箱子时，恋雪发现了一件印象特别深刻的作品，从外表上看只是一个平白无奇的木盒子，盒子一侧有一根细小的轮轴。恋雪把这个盒子交给了沫天。

　　沫天好奇地把玩着这个小木盒，虽然轮轴在普通的外表下显得格外注目，沫天却没有轻易去转动它。打开这个木盒，里面由一些精致的齿轮、发条、音板、阻尼等材料组装而成。看起来，只要转动轮轴，就可以让里面的机器运作起来。

　　沫天带着已经弄懂般的眼神看向恋雪，恋雪对她投以欣慰的微笑。沫天开始慢慢转动着轮轴，逆时针转动三圈之后，轮轴卡在了原先的位置，沫天随即松开了手。轮轴逐渐开始按着顺时针的方向转了回去，盒子内的齿轮转动着。与此同时，盒子发出清脆的音乐声。

　　沫天被盒子里的音乐完全吸引住了，也许，她在想是什么原理可以让一个普通的小木盒发出如夜莺般动听的声音吧。不一会儿，音乐声停止了，沫天回过神来。她再一次用期待的眼神看向恋雪。恋雪微笑着解释道：

　　"这个叫八音盒。姐姐很小的时候第一次接触八音盒，一下子就喜欢上盒子里面的声音了。妈妈告诉我，外面的人喜欢把一切美好的事物珍藏在一个实体之中，所以他们发明了八音盒。姐姐就决定也要亲手做一个八音盒来保存声音。虽然姐姐做的第一个八音盒已经找不到了，但这个是姐姐自认为做得最好的一个。"

　　听了姐姐的话，沫天指了指手里的八音盒，又指了指箱子，恋恋不舍的眼神好像在说："姐姐真的要把它放回箱子里（埋进雪里）吗？"

恋雪明白了沫天的心思，毫不犹豫地说道："要是沫天喜欢的话，这个就送给你啦！"

沫天高兴地点了点头，表示自己一定会好好珍惜姐姐的礼物。其实沫天听了姐姐的话后，真实想法是想请姐姐教自己做一个八音盒，有了一个原型做参考，制作起来就更方便了。

还有最后几箱物品需要整理，恋雪对先前"绝对不可以打开"的原则基本忘得一干二净了。每箱埋进雪里前，恋雪都会和沫天开箱分享一下，虽然从中得到了许多分享的喜悦，但还是发生了令恋雪尴尬的一幕。

在打开最后一箱的时候，沫天已经迫不及待地想要看到里面的东西。但恋雪打开箱子的一瞬间，仅仅看到里面物品的一角，就失去往日的稳重并大惊失色地合上箱子。合上箱子的那一刻，沫天的心"咯噔"了一下，看到姐姐如此慌张，沫天先是疑惑，但随后便立马理解了：姐姐说的"绝对不可以打开"就是指这种情况吧？毕竟姐姐也会有很多秘密呢。

此时，恋雪意识到刚刚的动作可能有点过激了，连忙看向沫天，看到沫天一脸纯真的样子，恋雪放下心来，但转念一想还是觉得问一问沫天比较好。

恋雪略带紧张地问道："沫天看到箱子里面的东西了吗？一定要如实回答哦。"

后面一句听起来似乎不太妙，让沫天也紧张了起来。不过这个箱子打开的时间实在太短。她拿出笔记本写道：

"只看到书写着'紫月仙子'的笔记本，其他没有啦。"

看到"笔记本"三个字时，恋雪的脸一下子红起来。不过看到沫天的重点似乎是"紫月仙子"这个名号，恋雪才松了一口气。当务之急，恋雪得为沫天解释这个箱子的大致内容，以解释自己适才失态的表现：

"这个箱子呢，装着姐姐一个人生活时为消遣时光写的日记、画的画之类的。里面很多是失败之作或者是一些看起来不太开心的内容。一方面，姐姐不想被沫天笑话；另一方面，姐姐也不想一味地把以前自己的负面情绪带给沫天。那样的话，我会感到特别愧疚的。"

沫天能够理解姐姐的心情，毕竟姐姐曾经经历了非常人所能忍受的煎熬。沫天决定用一个自己关心的问题转移姐姐的注意力：

"紫月仙子是以前哪位冰雪少女的名字吗？"

"嗯，"恋雪欲言又止地说道，"紫月仙子是姐姐的名号哦。"

沫天若有所思地点了点头。

六月下旬，沫天不负姐姐重托，在搜索整片冷棉树林的同时，把最后两种菌类也归位了。恋雪感觉到非常欣慰，毕竟这次是沫天独自一人完成了姐姐的委托，是沫天独当一面的证明。当恋雪用这句话夸奖沫天的时候，恋雪第一次看到扎起头发后，看起来脸蛋略感成熟的沫天羞答答的样子，可爱的脸上多了几分清纯。

相遇半神

这就是……在梦中看到的蝴蝶

十五、相遇半神

　　完成了姐姐的委托，二人的时间开始充裕起来。恋雪决定就二人旅行的事情向沫天征求一下意见。第二天一早，恋雪便向睡眼惺忪的沫天问道："沫天，想不想出一次远门呀？"

　　上一秒还昏昏欲睡的沫天立马精神起来并连连点头。

　　恋雪想带沫天去的地方，是世界尽头的北方，极北半神的领土。夫卡于与安提拉对于人类而言是世界的尽头，却是半神土地的门户。半神平时不会随意干涉人类的领土，所以恋雪已经有好几百年没在夫卡于见过半神的身影。但每逢大事时，比如出现百年一遇的恶劣暴雪，会严重影响山下村民的收成；或者夫卡于的动物有异常迁徙现象时，恋雪就会前往半神处寻求解决的方法。虽然半神总是调侃恋雪，但恋雪从来没有因为这些调侃而生气，毕竟距离下一次见面短则六七年，长则三十年。

　　按照以往的经验，徒步远行至半神的领土，在本地露宿一天是必须的。恋雪想起在半神的土地上，有一种有灵性的植物会在夜里发光，只要有生灵在附近经过或是发出声响，它们就会如开花般发出绿黄色的植物光。由此，恋雪想到一个浪漫的派对。其次，在半神的土地上，温度会比夫卡于高上不少，而且现在正值夏季，恋雪正考虑要不要带一块"万年冰"出门。

万年冰产自安提拉中游的一个洞窟之中，由上游湖水冲积几百年而成，极其稀有。这种坚冰因为自身足够寒冷，不仅能够驱散周边的炎热，而且在极高温的环境下自身也不会融化。恋雪正好留了一块在家里，带去的话能够让沫天的身体处在比较舒适的温度下。最后，虽然那片土地上有很多可供各类动植物食用的美味果实，但对食物极其挑剔的冰雪少女而言，只是可远观而不可享用的一大遗憾罢了。如果想在这次远行的途中摄入食物，最好的办法就是先做好两人份的粥水，倒进两个木质的饭盒里，并装在篮子中带出去，这样携带起来还是非常方便的。

花费一天的时间收拾妥当后，时间来到第三天清晨，恋雪从蒙眬中醒来时，沫天就像平时一样睁开大大的双眼等待着她。不过这次是因为沫天比较兴奋，所以一整晚都没有睡得很好。

出门前，恋雪背上露宿准备的席子和被子，抱起了自己的三弦琴。沫天则先背好自己的七弦琴，拿上装着饭盒、茶壶和自己本子的篮子。对于带不带乐器这个问题，一开始恋雪还是稍微犹豫了一下，因为沫天的七弦琴比较重，然而看到沫天背起来似乎问题不大，恋雪也就放心了。而唯一的一块万年冰则被恋雪用一块精致的布料包裹起来，偷偷塞进了沫天的篮子里。因为体积不算很大，所以不一定会轻易被沫天发现。恋雪这样做，果然还是担心沫天一下子适应不了与夫卡于不同的气温。而且只要待在沫天身边不远的话，万年冰的寒意还是能照顾到恋雪自己的。

离开家后，二人向着世界尽头的北方走去。对沫天而言，这一次出门为"远行"赋予了新的定义。以前无论是去安提拉，还是下山，最多都是天黑后回家。这一次出门，沫天还是第一次看到姐姐如此大阵仗地整理好被子。问起姐姐要去哪里的时候，姐姐却总是装作一副非常神秘的样子，让沫天的好奇心大增。加上想象力的驱使，使沫天昨晚一整晚都在思考着这个问题，就连做梦都梦到自己与姐姐躺在一个满是白云的地方。所以对于今天的远行，沫天抱着相当高的期待。

北行的道路并不算平坦，在夫卡于的北方，土地的积雪较深，云层较厚，一年基本处于多雪的天气。多雪不仅带来可视范围的缩减，更重要的是，这里就像是半神与人类世界最后的一道屏障。若是没有冰雪少女对这片土地的认知感和来自安提拉的指引，在这里迷路似乎是必然的事情。换句话说，能越过这里与极北的半神沟通的，似乎只有祈雨女神的后裔了。

"一定要跟紧姐姐哦，在这里很容易迷路的。"恋雪时不时地回头看向沫天并重复着她的担忧。二人手里都拿着行李，不能像先前那样携手前行。好在沫天一直紧紧地跟在恋雪后面，虽然风雪很大，但是姐姐的一头紫发还是很显眼的。二人就这样一前一后地穿过了北行最艰难的一道障碍，来到一块洞口前。距离恋雪上一次来到这里，已经有几十年的时间。

洞口被积雪封得严实，徒手推开并不是一个好主意。这个时候，恋雪携带的乐器就能派上用场了。恋雪有操纵水流冲破积雪的能力，而乐器能够作为控制这道能力的载体让恋雪释放自如。为了使自己的法术不波及到沫天，恋雪先把沫天安顿好，远离自己的施法范围后，才开始拨动三弦琴弦，就像演奏一首曲子一般逐渐召出水流。沫天能够明显地感觉到有一股能量穿梭于琴弦和积雪之间。不一会儿，这首"曲子"即将进入终曲，凝聚多时的水流化为潮涌。在恋雪一声"起"后，潮涌伴随着恋雪周边发出的紫色光芒，向积雪冲去。积雪在巨大的冲击力下随着潮涌冲进洞穴，流入洞穴湖内。恋雪嘘气一声，随后得意地看向沫天。坐在一旁休息的沫天给予姐姐热烈的掌声。待姐姐回到沫天身边一起休息时，沫天展示了笔记本上对姐姐夸赞的话语：

"姐姐好厉害，我在姐姐身边感觉到好安心。"

恋雪笑了笑，轻拍着沫天头发上的雪，说道："就资质而言，沫天学会这招之后会比姐姐更厉害。说起来，姐姐喜欢把这招称作'月之潮汐'，沫天感觉怎么样？"

沫天写道："听名字就觉得很有冲击力。不过沫天希望学会更温柔的招式。"

恋雪想起沫天曾经对自己能力的解释：想保护姐姐和所有能够保护的东西，不愿意伤害接触到的任何东西。恋雪欣慰地想到，沫天保护我，我为沫天清除掉前进道路上的障碍，这也许就是相互保护的一次实践呢。她摸了摸沫天的白发说道："好啦。我们也该出发了，不然就要完成不了今天的目标哦。"

沫天点了点头，毕竟她在等待着姐姐休息好再出发。

二人一起进入这座天然的洞穴。沫天惊讶于洞穴内部千百年形成的拱形结构，与刚从洞口进来时的狭隘感完全不同，进来后才感觉到内部空间的豁然开朗。洞口上方垂吊着长短不一的坚冰，洞穴内部非常明亮。是坚冰反射了洞口的光呢，还是白天的光从洞穴上方穿下来了呢？沫天好奇地想着。脚下踏着的，是一块直通另一边的浮冰，但这块长长的浮冰和安提拉的块状浮冰截然不同，因为它在水上居然是完全透明的。透过它能够清晰地看到水底下的状况（虽然这片水域也完全没有生物），水面上漂浮着很多莲花状的冰块。看到如此棱角分明的冰块，很难不令人怀疑是人为所刻。

恋雪时不时转身看向满脸好奇的沫天，并一五一十地介绍着周边的环境：

"这里几百年前是白雾半神的栖息地。说起白雾半神，听姐姐们说它是统管极北所有飞禽的半神，长着一副非常华丽的长尾羽。以前每到10月14日凌晨，这位半神便会下界。此时天空会泛起白雾，白雾半神的名字由此而来。但它发出的声音如禁欲堂的钟声一般，听起来并不吉利，让我们的族人难以入眠。所以，10月14日便发展成冰雪少女的'忏悔节'，并持续了几百年。然而，在一场受到半神支持的俗世战争中，白雾半神受了重伤，不久后便死去了。因为再也听不到白雾半神的'哀鸣声'后，旧的忏悔节很快就被取代了。那个时候姐姐还没出生，所以姐姐也没见过这位半神。

"走到这块浮冰的中间后，沫天就会看到洞穴最高处有一块很大的缺口。那个就是白雾半神进出的家门口啦。"

抬头一看，能够隐约看到洞穴最上方照射进来的白光，雪花从洞口上方轻飘飘地落下。所以洞穴的光是通过这个洞口，反射到坚冰之上，从而照亮整个洞穴的嘛？沫天心想。

"白雾半神死后，这里一直属于禁地，一般的冰雪少女是不能随意进出此地的。因为安提拉也不会容许，不然，北方的屏障就没有存在的意义了。不过,姐姐儿时因为守河一族的特殊身份,有幸跟其他同为守河一族的姐姐来过这里。对于脚下的浮冰,姐姐们称之为'镜水结构'。冰雪少女能够通过对煮沸的水施以猛烈的冰火术,使其结冰而达到透明的效果,但像这里如此透明且完整的浮冰,姐姐还是第一次见。这块长长的浮冰,还有这些如花苞一样的冰块,听说都是出自这位半神之手。它就像大艺术家一样。"

整个洞穴都充满着艺术感呢。沫天闭上眼睛,内心为逝去的白雾半神做祈祷。一方面,极北的半神在沫天心中的地位提高了不少,另一方面,沫天逐渐了解了姐姐此行的目的地。

洞穴另一边的洞口也被积雪封住,恋雪又用同样的方法把积雪给冲散。穿过洞穴,映入二人眼中的是一座通向下方的巨大石桥。石桥连接着两座海拔相差很大的山,所以石桥自身倾斜的角度也特别大,看起来非常扭曲,就像山的一边被一股力量人为地拔高后,再用一座桥连接起来。石桥的下方被高山的雾气笼罩,看起来深不见底。

在"看起来深不见底"这个说法上,沫天还是特别有"发言权"的。因为她只是在远处看到倾斜成这样的石桥和桥下方的雾气,就已经吓得有点魂不附体了。

恋雪想起自己的妹妹恐高,便转身看向沫天。沫天看到姐姐转身过来,立马强装镇定,但是发白的脸蛋仍难掩心中的畏惧感,所以恋雪一眼就看出来了。

"怎么样,还能继续前进吗?"恋雪关切地问道。

沫天点头又摇头的样子虽然可爱到令人忍俊不禁,但恋雪强忍着情绪并安慰道："虽然不往下看直接过去就可以了，但是沫天一定不要勉强。实在不行的话，咱们就先回去吧。毕竟确实是姐姐考虑不周。"

确实，在看到石桥的一瞬间，沫天有了退却的想法。可是，她看到姐姐身上背着的一大堆行李，还有自己背上的七弦琴与手里的篮子。要是就这样半途而废，前面的努力，还有姐姐一直期待着让自己看到的风景，可就都要错过了。

所以，沫天一步步走在恋雪的前面表达了她的决心。恋雪轻松地笑了笑，跟在沫天的后面。

这座高度倾斜的石桥被一层薄薄的积雪覆盖，很容易滑倒。加上石桥完全没有阶梯结构，经过几百年的风雪侵蚀已经变得崎岖难行。踏在松垮的石头上，发出"咕噜，咕噜"的声响，总会令沫天的心咯噔不已，然后就会想象自己不小心踏空而像碎石一样滚下桥的画面。石桥两边有石砖做成的护栏，这是令沫天感到有安全感的设施。另一个安全感来自姐姐在悬崖峭壁上教过自己的话语：

一旦感觉到身体支撑不住要摔倒的时候，我们可以把冰雪的力量传到身体的最下方。只要稳住腿部，身体很容易就能调整回来。

这招沫天不仅学会了，而且还会举一反三，要稍微对脚底施以一点冰雪的能力，每一步才能附着在地表上而不易滑倒。所以沫天走在石桥上很谨慎，身后留下了不少靴状的雪印。

恋雪是翻山越岭的老手了，加上灵活的身姿，就算是穿着高跟的紫靴站在一块小小的石墩上，也不成问题。沫天的谨慎令恋雪十分放心，本来恋雪还打算为沫天介绍石桥和建造这座石桥的半神，但为了不分散沫天的注意力，故而作罢。

桥路过半后，道路上已经完全没有积雪，石桥的真实面目已经完全裸露出来。远处，桥的尽头，能看到另一边山的山顶。令沫天惊讶的是，这边的山也没有积雪，这还是沫天第一次看到不带一丝白色的山。

这是真实的吗？还是说，这才是真实的……

从桥上下来后，沫天回头看向那座诡异的石桥，从下方往上看，它就像一个天梯。桥的上半即带积雪的地方被云雾笼罩，和适才从上方往下看的景象恰恰相反，令人毛骨悚然。

看到沫天盯着石桥发呆，恋雪上前安慰道："记得姐姐第一次来到这里的时候，也是被这番奇观惊愕到。想想那时候的反应比沫天激烈多了。"

沫天看向恋雪歪了歪头，心想：姐姐这是在夸我勇敢吗？

沫天没有得到这个答案，因为恋雪开始解释这座石桥的历史："几百年前，我们生活的那座山，即夫卡于，和我们现在身处的这座山原来是同一座。后来族人遭受了劫难，就剩下我一个人。然后……"

恋雪没有继续说下去，看她的神情，并不是因为遇到难以启齿的事情，更像是在回想着那时候发生了什么。过了一会儿，她说道：

"然后，巨鹿半神来找到我，最后让我同意把山中居住的这一边的地势抬高，形成今天的夫卡于，好像是这样。然后，定山半神修了这座石桥。

"姐姐见过两次这位半神，它是牦牛的守护神，力气巨大
无比，把山抬高的工作，有五成是它完成的。最后一次见到它时，
听它介绍说，它要用半神土地最坚硬的石头打造石桥的地基。
看起来它说的是真的，虽然至今路面已经破旧不堪，但桥形仍
旧完好如初。"

最后，恋雪苦笑道："然而见证这座奇观的冰雪少女，沫
天是第二个哦。"

一种说不出的矛盾感涌上沫天心头，使她再一次看向这座
石桥，想道：在海拔相差这么大的地方修桥，感觉既辛苦又危险，
这应该就是传说中的鬼斧神工了。

这座山的山顶上只有裸露的石头和泥土，并没有动植物存
在的气息，下山的道路再一次弥漫着大雾，但也还算平坦。越
往下走，道路如阶梯般的层次感愈渐明显。恋雪很清楚，这座
山即将走到它的尽头，而尽头的前面，便是现世屈指可数仍留
在极北的半神——巨鹿半神的花园。

巨鹿半神统管极北的自然秩序，它在冰雪少女一族遭到浩
劫后，现身帮助了最后的冰雪少女，为这片土地进行善后，守
护了极北的千河源头——安提拉的秩序。如今，夫卡于的地理
现状，都是巨鹿半神一手策划的。可以说，它在关键时刻维护
了冰雪少女、安提拉，还有半神们一直以来保持的神秘性。

对于巨鹿半神的帮助，恋雪一直以来心怀感激。她主动提
出每年为巨鹿半神记录夫卡于上的动植物（主要是动物）环境
和天气的变化，一有异样便会前往告知半神。与其他自感高高
在上的半神不同，巨鹿半神的性格十分亲和，除了半神之间的

友谊，它不介意在人间多一个朋友。而现在，它在人间的朋友可能要多一个了。

下山的道路已走过半，二人摆脱了重重的浓雾。山下的草地和树木令沫天眼前一亮。此时，山间道路两边也开始出现各种各样的植物，和半山腰上方的环境完全不同。

虽然沫天很想伸手和路边的植物打招呼，但手里毕竟拿着篮子，不太方便。山下的风景十分迷人，让沫天忍不住想前去看看。

山下的"路"已近在眼前，虽说是路，沫天还是第一次看到地上布满草甸，根本没有哪怕一小块空地可以落脚。恋雪走近在前方驻足的沫天，看到她的眼神里充满了无助，再看了眼草地，一下子就明白了沫天心中的忧虑。

恋雪安慰沫天道："不用担心。这片草地的主人也是这样踩过去的。而且草甸的生命力可是要比沫天想象中的顽强很多，它们不会因此受伤的。"说着，恋雪便走在草地上，转头看了看脸色发白的沫天，再一次安慰道，"没事的，下来吧。"

沫天不停摇头，小嘴唇因为矛盾的心理而轻轻抽动着，她始终无法放下踩在草地上的罪恶感。恋雪看到沫天的腿已经开始不自觉地退缩了，内心也矛盾起来。难过之余，她决定采取一个比较极端的方法。恋雪转身开始独自前行，她希望通过这样的方式令沫天的心灵更成熟一点。

看到姐姐不顾自己逐渐走远，沫天内心的矛盾接近崩溃的边缘，她必须在坚持自己的原则和跟上姐姐的脚步上做出选择。经过一番激烈的心理斗争，沫天放下篮子，跪下，做出祈祷状，心中默念着请求宽恕她的"罪行"后，选择了跟上姐姐的脚步。

而恋雪根本没往前走几步，就无法承受住自己的心理压力而转过身来。当她看到沫天跪地祈祷的一瞬间，内心如同打翻了五味瓶。沫天拿起篮子走到草地上，一步一步沿着姐姐走过的地方回到姐姐身边。沫天已经红肿的眼眶和鼻子，让恋雪承受了来自后悔的巨大痛苦。她感觉自己刚才做了一件无比残忍的事情，所以用哭腔安慰沫天道："好妹妹，姐姐不该丢下你而自己走掉。你一定非常痛苦吧。"

沫天的眼泪"滴答滴答"地往下掉，虽然她很想一头扎在姐姐的怀里哭干委屈的泪水，怚姐姐和自己手上还拿着很多东西，而且内心一直告诉自己这个时候要比任何时候都坚强。这是二人之间因为各自性格的不同而产生的一次小摩擦。冰雪少女也是人，因为世界上并不会有完美的人，所以也不会有完美的冰雪少女。

但现在毕竟已经踩在草地上，即使是无法宽恕自己的"罪行"，也不得不继续前进了。沫天一直跟着恋雪踏过的脚步前行着，她不想其他任何一处的草地再受到踩踏的"伤害"。这种普通人甚至是半神都无法理解的行为，恋雪是可以理解的，因为沫天苏醒在一片除了姐姐以外没有任何其他生灵的夫卡于，所以才能懂得其他生命的宝贵。加上沫天天性自带一种深入骨髓的善良，因此她对待其他任何一个生命都看得比自己还重要。但恋雪见识过世界的残忍一面，即弱肉强食、适者生存，一族的同胞就是因为这样才会消失在这个世界的。恋雪刚刚很明显就是用这种心态希望沫天能够理解，从而促使沫天的成长。很快她就意识到，这是一种揠苗助长的错误行为。恋雪一直以来的初衷都是希望沫天这辈子能够一直在温柔美好的世界中生活下去，只是沫天对生命的理解有点过于脆弱了。

行走一段路后，恋雪带着沫天走出了草地，来到一片小小的树荫下。树荫附近生长着许多枝干细长的花苞，这些花苞紧闭着。恋雪知道它们通常在夜里开放，而且会发出绿黄色的植物光。这里便是恋雪最熟悉的夜光草坪。恋雪每次来到半神的领地都会在这里过夜。这片树荫下的空地好像也被专门收拾过一般，几乎没有其他杂草生长在这里，而且看不到成堆的落叶，非常干净。

恋雪把三弦琴放在一边，在空地上铺好席子，二人便坐了下来。恋雪感到疲惫感源源不断地从腿部传上来，可之前走了好远的路都没感觉到累，可能是沫天篮子里的万年冰发挥着作用。恋雪转头看向沫天，沫天的头枕在自己的手臂上，看起来一副忧郁的样子。可能刚刚对她的打击实在有点大，而且因为只顾着留意草地上踩过的位置，沫天完全没仔细留意过沿途的风景。恋雪感到很心疼，明明这次出来玩，应该更高兴才是的。

恋雪坐近沫天，抱紧她安慰道："不要这样啦，否则姐姐会难过的。明明我们一起采摘雪莲花和棉花的时候，沫天的反应都没这么激烈过。"

沫天听到姐姐的话，从篮子中拿出笔记本写道："但姐姐说过采摘它们的果实能够帮助它们成长，和这次不一样的。"

这次确实不一样，而且这次恋雪也无法编出善意的谎言让沫天的内心好过一点。恋雪欲言又止，她现在很想说点什么让沫天开心起来。

经过一段时间的沉默，恋雪决定向沫天坦白自己的真实想法："姐姐知道沫天很在意每一个生命的感受。但是，如果沫天要为这个世界上所有的生命考虑的话，可能就会特别累。事实上，沫天不是世界的万神啦，也不是世界的半神啦，并不需要也没有责任为整个世界负责。姐姐这样说，是不是有点像大坏蛋？"

沫天在恋雪的怀里被摇来摇去。当恋雪称自己"大坏蛋"的时候，沫天转过头看向恋雪，红肿的眼眶下露出一丝微笑。恋雪用脸紧紧地贴着沫天的脸摩擦着，高兴地说道："妹妹笑了，可不许再生姐姐的气了。"沫天无法用言语回应姐姐，只能乖乖地被姐姐用脸发泄着憋了很久的情绪，整个脸都变红了。

还以为，姐姐不理我自己向前走，是生我气了。但是，我刚刚是不是真的做了让姐姐觉得很奇怪的事情？

二人在夜光草原享用了这次旅行的唯一一餐。装在木制便当的白粥尚有余温，加上泡好的雪莲花茶，足以让她们恢复到出发前的体力。此时天色已有暗意，恋雪打算今天继续出发去寻找半神，毕竟它就在前面花园的不远处。

又要重新踏入草地，沫天纠结的情绪虽然没有先前那么严重了，但是内心还是非常压抑。这片草地长得很浓密，和花园两旁的景色有着很大的反差。巨鹿半神，即这片花园的主人就像是故意放任了这片草地的生长。到底是出于什么样的原因，恋雪也不得而知。不知不觉中，二人走出草地，进入了一片真正意义上的"花园"。这片区域很明显就是被精心打理过，用鹅卵石铺成的宽阔道路连接着这片花园，里面种着各种五彩缤纷的花朵，就连看似普通的草也发出着奇异的绿光，整片花园宛如仙境。

转身看向草地的方向，恋雪感到一丝惊异，不，应该说，先前在石桥上就出现过这种感觉。这片巨鹿半神的领地，一半被杂乱无章的草地所覆盖，另一半则是精心打理的花园。和石桥的积雪区，以及下山的雾区有着异曲同工之处。然而恋雪对这种现象只停留在表面的观察，对于这种不合理的地方，并没有合适的角度进行更进一步的探索。

相比之下，沫天终于能够放下心中的包袱，尽情地走在花园的鹅卵石道上，欣赏着半神的花园。第一次来到没有积雪的世界里，沫天适应得很快。恋雪看向沫天，发现她的腰间丝带中用布料绑着的万年冰随着跑动一上一下地晃动着。此时，沫天还没有意识到万年冰在她身上发挥的作用。这位已经习惯了夫卡于低气温的冰雪少女，在万年冰的作用下，潜意识地认为这片土地的温度亦是如此。但恋雪远离了万年冰，已经感觉到一阵阵的热意和身体水分的蒸发，但她并没有尝试着靠近沫天以获得万年冰的寒气，因为她已经习惯在沫天融入自然时在一旁充当旁观者的角色。这种愉悦的过程，让恋雪更愿意忍受一时的闷热所带来的痛苦，也不愿去破坏这个以前只能在心中才能看到的画面。

随着花田中央那棵七米多高的大松树那粗壮的树根映入眼帘，恋雪知道，前方即将会出现一种沫天一直想看到的东西，因为沫天和自己提起做梦时不止一次地提到了"蝴蝶"。这次旅途对恋雪而言最大的收获，一定是让沫天看到真正的蝴蝶。松树后面是半神的禁区，恋雪担心沫天跑过头了，便跟上沫天的脚步。

在沫天进入花园的下一片区域时，附近花丛里的蝴蝶应声而起，各种颜色的花朵里飞出各种颜色的蝴蝶。成片的蝴蝶朝着不同的方向飞向天空，彩色的翅膀散落着不同颜色的如粉末状的发光体，点缀着即将入夜的天空。不过这些如蘑菇孢子一样的发光体在天空飘散几秒后便消失不见了，可能是被空气分解了吧？这是恋雪多次观察后得出的结论。而让沫天着迷的则是蝴蝶本身。

这就是……在梦中看到的蝴蝶……

沫天向蝴蝶伸出手，用白皙的手掌覆盖住了蝴蝶的视线，就像是把它们包裹在手心里。但没过多久，蝴蝶便纷纷从沫天的手心"挣脱"出来，飞向了更高的天空。

沫天呆呆地看着它，内心感受着一种高不可攀的自由，也许是因为蝴蝶那双散发着磷光的翅膀吧。沫天慢慢摘下头上系着的蝴蝶发卡，把属于自己的"蝴蝶"拿在了手中，举向天空，她希望看到手里的"蝴蝶"也能朝着自由的方向飞翔。

恋雪走近她的身边，看到沫天解下的发卡，虽然恋雪内心想到的是"这个并不是真正的蝴蝶，所以飞不起来的"，但她没有说出来，而是静静地在沫天身边等待着沫天所期待的"奇迹"发生。

不一会儿，奇迹真的发生了：沫天手里的蓝色蝴蝶发卡如金蝉脱壳般飞出一只湛蓝色的蝴蝶形体。因为太不可思议了，沫天惊讶地看向恋雪。虽然恋雪也很吃惊，但她故作镇定，微笑着点了点头，就像早已知道并要送给沫天一个惊喜的样子。不过，恋雪大概猜到，这是巨鹿半神给沫天的一次见面礼，它应该就在附近了。

果然，巨鹿半神从一棵巨大的树木后面走出来，它优雅的步姿总能很好地掩盖住它的脚步声，很难想象一只三米多高的巨鹿走起路来如春风席地的样子。看到巨鹿半神的出现，沫天没有像先前那样对待生命的亲近感，反而马上躲在姐姐的背后。虽然恋雪对沫天的反应感到有点意外，但转头打量了一下巨鹿半神高大的身躯，反而觉得沫天的行为很合理。

"又有好几十年没见了啊，过得还好吧？我的朋友。"巨鹿半神用低沉的声音问道，然而它的嘴看起来并没有动。

"托你的福，库瑞斯。花园又漂亮了不少，好像多了不少珍稀的品种。"恋雪回答道。

"喜欢的话，可以移植几种回去养。"叫库瑞斯的半神继续说道，听起来像是好意，实际上是在戏弄恋雪，毕竟……

"你明明知道花园里的植物搬上山不久就会死掉。"恋雪用失落的语气回答。很久以前，库瑞斯曾送给她一株夜光花，恋雪高兴地把它拿回家时，夜光花碰到上山的浓雾后便立马枯萎了。这件事让恋雪伤心了很久。

库瑞斯笑了笑，它为了主动结束这个话题，说道："你的背后藏着一只白色的小蝴蝶呢。"

听到这句话的沫天，心跳加速了起来，她从姐姐的背后探出头，与巨鹿四目相交时立马害怕地缩了回去。

"她可能是有点害羞。"突然，恋雪想到一个两全其美的理由，说道，"也可能是因为刚刚踩踏了你的草地，感觉到自责呢。"

"呵呵，都是一些杂草而已，何必介怀。"库瑞斯用爽朗的笑声回答道，"小妹妹，不用害怕。既然你能和这位姐姐来到这里，那就足以说明这里和我都是绝对安全的。"

恋雪说的这句话妙就妙在，她可以借花园主人库瑞斯谅解的回答让沫天的罪恶感得到极大的缓解。另外，恋雪似乎找到可以嘲弄这位半神的方式了。

沫天从恋雪的背后走了出来。恋雪接过了沫天手里的蝴蝶发卡，边为沫天扎起头发，边说道："库瑞斯就不会打理一下山脚下那一大片的草地吗？连路都没有了，明明那里还是花园的一部分。就这么不管不顾，得多难看呀。"

"这你就不懂了，我能从那片草地长的高度和密度，来判断你有多久没拜访过这里。而且，如果真没有道路的话，你也可以用冰雪少女引以为傲的元素化流过来。"库瑞斯用略带戏谑的口吻嘲笑了一顿，让恋雪无言以对。

其间，恋雪站在沫天身后给沫天扎好头发，库瑞斯则一直打量着沫天。沫天因为害羞，一直没有直视库瑞斯，双手握在胸前，目光游离地看着眼前这位巨鹿半神的蹄子。

库瑞斯打量了很久，感到不可思议的是，它似乎很久以前就在哪里见过这个女孩。它问道："这个女孩，是冰雪少女吗？"

恋雪回答道："是呀！在去年唤潮结束后的归家途中遇到她。当时她被埋在雪里，非常可怜。把她救出来后，现在一直住在我家。"

埋在雪里吗？库瑞斯记忆的碎片似乎又拼起了一块，因为它在一直思考这个问题，所以比较敷衍地回应了恋雪的回答："嗯，多了一个伴侣，挺好的。"

恋雪兴奋地说道："可不是嘛，三百多年了，就像是上天送给我的礼物一样。因为这件事，我的生活也发生了很大的变化，所以想带她来见一见你。顺便想向你请教一下，她的喉咙无法发出任何声音，现在一直喝治疗失声的草药，都不见好呢。"沫天听到姐姐正在请求半神的帮助，非常自然地向半神深鞠了一躬。

"挺可爱的一个女孩。"巨鹿如此说道，不过它的思绪仍停留在记忆碎片上，"无法说话"这一细节似乎离真相更近了一步。它需要先回答恋雪的请求："看样子，这个并不是一般的失声啊。贴近一点，张大嘴巴让我看看吧。"

沫天犹豫地看向恋雪，恋雪安慰她道："别害怕，去吧。"沫天点了点头，靠近半神，张开了小嘴。

从正面看，沫天的嘴里没有任何病变的异象，库瑞斯自感奇怪。不过秩序半神素来有看破本质的第三只眼，随着库瑞斯的左眼变成红色，它看到了沫天喉咙内不为所知的一面：一根根细长如冰锁链一样的物体束缚住了她的喉咙，而且这些锁链极有特点，它们捆绑住了沫天的发声部位，使她无法说话却感受不到痛苦。极北中，除了半神或是以前冰雪少女一族的大元素师，应该没人能施展这么细致的法术。解铃还须系铃人，这种法术不是守护秩序的半神或是草药能治好的。

　　为了不让恋雪伤心，库瑞斯走近恋雪用尽可能低的声音说道："小妹妹的喉咙被施展了法术，像是被打了一个结。不过不用担心，终有一天，它会引导你们解开的。"库瑞斯这么说是道理的，毕竟这种法术如果不是被恶意施展的话，一般需要本人同意，或者需要本人通过某种方式解除。也许某一天，就能找到办法解除沫天发声部位的束缚。只是没想到最后居然要遵循天意，想起当初的戏谑之言，恋雪只能对巨鹿半神投以苦笑。

　　"说起来，我还不知道这个小妹妹的名字。"库瑞斯问道。

　　恋雪从纠结的内心中回过神来，简单地回答了库瑞斯的问题："沫天，林雨沫天。"

　　"我记得你们一族的姓氏是祖姓加上复姓，你们同姓'lin'的话，她就是你的亲妹妹了吧。"库瑞斯笑道。

　　恋雪没想到半神居然会提起这件事，一下子就害羞了起来，只能用经典的"啊哈哈"来应付过去。

　　库瑞斯见让恋雪害羞的目的达到了，便给了恋雪一个台阶下："你们冰雪少女之间，维系关系最好的办法就是互称姐妹了吧。不像普通人那样，又要办什么礼，又要办什么席，不仅麻烦，搞不好的还会引发战争，甚至还会把半神们给卷进去。哎。"

　　库瑞斯这里叹息的应该是因为白雾半神的离去吧，恋雪也叹了一口气。

　　花园似乎变得更明亮了，抬头一看，天色早已入夜，恋雪却完全没有发觉。恋雪看向沫天，和半神交谈的时候，沫天便一直和花园的花草玩耍。恋雪看着沫天不自觉地露出了笑容，随即留意到库瑞斯注视着自己的视线，她说道："沫天很喜欢你的花园呢。"

"你可以让她一直留在这里。"库瑞斯笑着说道。

"那可不行！"恋雪非常干脆地回答。

"几百年前，千河下游流传着一个旅行者的传说，千河上游的少女就如千河的水流一样纯洁。没想到今天居然还能体会到这种感觉。"库瑞斯看向沫天，带着感慨的语气说道，随后它的思绪又回到记忆的碎片中。

又过了二十分钟，恋雪喊回了正在和十几只不同颜色的蝴蝶打成一片的沫天。沫天回到恋雪身边，向她展示自己的手。手心上全是五颜六色的磷光粉，看来是蝴蝶送给她的礼物。因为这种蝴蝶的磷光粉在空气中非常容易分解，如果不是近距离接住的话，是很难得到它们的。

连我都不能如此轻易地得到这些磷光粉，不到短短一个小时，沫天就能和这些心向自由的蝴蝶成为朋友，真是不可思议。库瑞斯如是想着，因为沫天手里的磷光粉有着重要的作用，所以它对正在向姐姐炫耀着自己的成果的沫天说道："要是把这些磷光粉撒在土里，用不了几年，它们就能长成各种美丽的花朵了。"

两位少女都露出了惊讶的神情，恋雪问出了她俩共同的疑惑："花园里开得茂盛的植物，原来都是这些蝴蝶共同作用的结果呀？"

半神回答道："当然不是所有植物。像这些高耸的树木，可都是我亲手栽培了几百年的，草地也是如此。不过这花嘛，确实绝大部分都是这些蝴蝶的品种。这是一种来自万神之地的蝴蝶，听说它们身上的磷光粉能够培植出 64 种不同品种的鲜花。它们在此地放养了几百余年，可也只栽培到了 38 种。这对喜欢记录图鉴的我而言，着实是有些烦恼啊。"

库瑞斯看似恳求的眼神，让恋雪感觉到机会的来临，开玩笑似的和沫天说："沫天，别给它。"

半神"着急"地说道："什么？你居然忍心让一大片的生命葬送在一个善良的少女手里！"

"什……什么嘛，这明明是加了法术，才能让磷光粉变成生命的。沫天，别听它的。"恋雪脸色逐渐通红。

沫天捧着珍贵的磷光粉，视线一直从半神和姐姐的位置转动着，虽然有些不知所措，但是看到她们吵起来的样子，就像是两个互损的朋友一般。无法说话和伸手的沫天做不到任何事情，只能乖乖地站在原地，等待着她们达成一致。

过了一会儿，半神居然示弱了，说道："好了，好了。这次算我输了。我说你啊，一点都不给我这个活了几百年的老东西面子。"

"要是比活得久的话，我也是有话语权的。"恋雪毫不示弱地说道。随着气氛的逐渐缓和，沫天露出微妙的笑容，看着姐姐难得一见的另一面。

半神带着她们来到一片开阔的空地上，让沫天往土里撒下磷光粉。磷光粉在沫天的手里一直不曾被空气分解，半神推测这可能是冰雪少女的手温较低所致。随着粉末全部撒进土里，半神伸出蹄子，开始为土地施展法术。土地回应了半神的请求，粉末在土里发出耀眼的金色光芒，这是土地恢复了活力的证明。恋雪用法术给土地浇上水，金光便变成了星空般的颜色直冲云霄。

半神看着脸上充满好奇的沐天，解释道："这是土地正在请求天空之神的眷顾。"

恋雪吃了一惊，看向半神。她记得很清楚，自己第一次看到这道光芒的时候，库瑞斯也是用着相同的话语如是解释。只是恋雪当时的情绪，远没有现在这么开朗罢了。也不知道半神是不是故意的，但是能让身边的沐天如此开心，恋雪就已经很满足了。此时无论是半神，还是沐天和恋雪，都期待着半神的图鉴在几年后能够多添几笔。

到了告别的时间，二人一同向半神鞠了躬。不过半神还真没有放过任何能调侃的机会，它对恋雪说道："出了这个花园，可就没有这种亮光的草坪了，说不定会有一群吃小孩的黑狼跳出来呢。"

沐天被吓得一下子躲到姐姐的身后，恋雪赶紧安慰道："别信它，它骗人的。"随后做生气状说道，"都说不能拿小孩子开玩笑，怎么可以这么坏心眼呢？"

"对不起，对不起，老毛病又犯了，一时间没把握住度。"巨鹿半神这次道歉的语气和以往都不太一样，似乎真的在向沐天道歉。

沐天从恋雪身后探出身，再一次向半神鞠了一躬。恋雪从手中点起冰火，对半神说道："我们走啦。"

"走吧，走吧。"半神说道。恋雪另一只手牵上沐天准备离开。正在这个时刻，沫天向巨鹿半神闭眼微笑，做出告别状，一股触电般的感觉流遍半神全身。记忆的最后一块拼图，拼在了半神思绪已久的脑海中：

就这样把她留在这里，真的好吗？

这不是我们该管的事情。

库瑞斯瞪大双眼，脑海里出现了这样一段对话。随后它的思想从花园、草地、石桥、山巅、安提拉，直到夫卡于。它亲眼见证世界尽头的分裂、夫卡于的升起、安提拉的改道、石桥的建立。三百年的变化正在它的脑海里飞速转动着。然而夫卡于在一系列外力作用下发生了一些奇怪的变化，这是秩序半神库瑞斯始料未及的。

女孩的喉咙之结，似乎没有那么简单。

让这个如轮回一样的世界秩序解脱，这个女孩是不是最关键的那把钥匙呢？

这么一想，当初的放任还真是天真啊。呵呵。

欸？它好像在和我说话……

你也喜欢吃雪莲花瓣嘛，下次会多采一点带给你的……

哈哈……不可以这样啦

《沫天在雪莲花田》
纪念我们的第一次合作
2020 年 12 月 30 日，沫天，生日快乐！

中山出版
ZHONGSHAN PUBLISHING
香山不文雅 好书读百年

千 河 之 歌

LymT 著

SPM
南方传媒 广东人民出版社
· 广州 ·

目　录

十六、绿光的终曲

    对沫天和恋雪而言，她们并不需要背负像半神一样的包袱，恋雪也不需要考虑沫天走进自己的世界后，"夫卡于的时间流动似乎变慢了"这种听起来很主观的现象。珍惜当下才是她们唯一要做的事。两人离开半神打理的花园，进入了草原。库瑞斯的忽悠的确很到位，沫天居然真的水化并跟着姐姐回到夜光草地。复形后的沫天，身上沾上不少泥土，喘着大气，看起来略显狼狈，恋雪自然是很心疼的。

    冰雪少女非常忌惮自己的身体沾上不干净的东西。恋雪牵着沫天的手回到席边，用手拭去沫天脸上的泥土，安慰道："不可以这么勉强，明明沫天不应该背负这样的责任。"

    沫天却笑得很从容。恋雪知道，这样做至少能让沫天的内心好过一点。不过，水化后如果想优雅地越过不干净的平面，也是要讲究技巧的。这一点，恋雪还没来得及教会沫天。

    环绕在二人身边的夜光草发出微弱的植物光。恋雪想顺着光源为沫天擦拭身上的泥土，她注意到自己的手帕系在沫天腰间。当把手帕抽出来的一瞬间，恋雪就后悔了，万年冰顺着沫天的腿滑落下来。

    沫天快速接住即将落入草地的万年冰，在夜里反射着夜光草的绿黄色光源，犹如琥珀一般，十分美丽。抓在手心上，能够很明显地感受到万年冰带来的寒意，沫天感觉有点奇怪，原来绑在自己腰间的，是一颗小冰球。

万年冰的秘密看起来快要藏不住了，恋雪保持沉默，用毛巾简单擦拭着沫天衣服弄脏的地方。但是沫天在分析物品的作用时特别聪明，她没有直接通过远离万年冰来感受温度的差异，而是用长时间抓住万年冰的左手尝试着接近身边的夜光草。这种具有灵性的夜光草下意识地回避了沫天的手，很明显就是这颗小小的冰球让自己的身体感受不到和外界气温的差异。

沫天写下她的结论，恋雪只能微笑地说道："不愧是沫天，没能瞒住你呢。"

沫天故作生气地展示了下一段话："姐姐是不是又把唯一的降温物品给我用了？"

恋雪连忙解释道："当然不是啦！万年冰扩散的范围很大，只要姐姐在沫天身边，就能感受到凉意。"

沫天坚持把万年冰还给恋雪，恋雪只能无奈地把它放回篮子里。短暂的沉默后，恋雪找到一个话题，问道："沫天觉得库瑞斯是一个怎么样的半神呀？"

这个问题在沫天心里很早就有答案了，她写道："感觉它的性格很好，而且能够感觉它很用心地帮助过姐姐。但是我对它放不下戒心，而且姐姐和它聊天时，姐姐总是有种落于下风的感觉。"

沫天展示笔记时带着一丝微妙的笑容，让恋雪脸红了起来。恋雪略带傲娇地回答道："沫天这就不懂了，因为姐姐不想和半神争吵起来，才会故作示弱的样子。要是因为一些小事令两人都争得面红耳赤的话，对维系关系会很有影响。"

沫天若有所思地点了点头，这次轮到她提问题了："姐姐一般会和半神聊什么话题呀？"

恋雪思考了一会儿，说道："拉拉家常，提一下最近几十年发生的变故。今天聊得最多的是咱们现在住的屋子。"

恋雪抬头看着沫天，她似乎在等待自己继续说下去，所以继续说道："几百年前，巨鹿半神用冷棉木为我建造了一间屋子，就是今天咱们住的这间木屋。虽然很小，结构也比较简单，但因为坚实耐用，以至于几百年来从未大修过。这次半神问我，现在家里多一个成员，原先那个屋子需不需要扩建，或是需不需要重建一座。"

沫天拉了拉恋雪的衣袖，然后开始在笔记上写下一些内容，不一会儿便展示给恋雪看：

"我猜姐姐会说'换个大屋子'，实际上，姐姐内心并不会真正希望让半神为咱们操劳。"

看到沫天的笔记，恋雪笑得合不拢嘴，脑海中回想了一遍拉家常的过程。她说道："只有妹妹才会这么懂我，就像知音一样。姐姐很念旧的，用了几年的东西都不愿轻易丢弃，更何况是住了几百年的屋子。那里就像是姐姐的归宿。"

沫天意外地能够深刻地理解姐姐所说的这种感觉，尽管她重新回到这个世界还不到一年的时间。

"那么，"恋雪从一旁拿起三弦琴，说道："沫天准备好接受姐姐的考试了吗？"

虽然出发前没听说有考试，但是沫天很快就明白恋雪的意思。她也从身旁把七弦琴抱到腿上，弹出"准备好啦"的琴语。琴声唤醒了更大范围的夜光草。整片草地变得更加明亮，沫天兴奋地看着四周。这个氛围和恋雪最初想象的一模一样，就像是开睡前派对一样。

　　接下来的对唱都是用琴语进行的：

　　恋雪：万物在远方摇曳。

　　沫天：坚信终究会重逢。

　　恋雪：唤起回忆的声音。

　　沫天：不觉间转瞬即逝。

　　"哇，不错嘛，真不愧是我的妹妹。"恋雪的表情看起来十分吃惊，并用对沫天的夸赞完美地结束了第一轮的对唱。沫天则继续用琴弹奏出琴语表示感谢："姐姐的上句（如高山的湖水一般），顺流而下，很容易就联想到下句。"

　　"这次，姐姐可要出更高级的长难词哦。"恋雪的手放在琴弦上，微笑地看着沫天自信地点头，并做好准备。

　　恋雪：时光残酷飞逝，成为孤身一人的日常。

　　沫天：纵然低声哭泣，只能化为无形伤痕。

　　恋雪：即使是黄粱一梦，即使一切终归虚无。

　　沫天：但是缠绵的心，如愿再度重逢之时——

　　合奏：也会永远铭记的吧。

　　这是一首即兴的对答诗曲，换句话说，沫恋刚刚演奏的每一个音节都来源于内心的灵感。但是，最后的合奏，两人却演奏出了共同的旋律。姐妹各自用惊讶的神情看着对方，双手在琴弦上久久无法放下。难道这就是，冰雪少女之间如高山流水一般的默契吗？

夜光草比以往任何时候都要明亮，如同为二人新曲的诞生献上各自的祝福。恋雪的眼眶逐渐湿润，边擦着眼泪边打破了对视的宁静："沫天的演奏越来越出色了。姐姐好感动，好想立即把这首旋律写下来。"

沫天微笑着做出祈祷状，此时的她感到无比幸福。能够身为冰雪少女，能够有一个如此完美的姐姐，世界真的太美好了。

二人心满意足地躺在席子上，看着头顶上的夜光草一盏一盏地熄灭，兴奋的情绪逐渐趋于平静，困意便接踵而至。恋雪对沫天说道："是时候睡觉啦。"沫天朝姐姐点头。这段旅程虽然即将告一段落，但是已经足够精彩，恋雪似乎已经很久没有度过如此充实且尽兴的一天了，是应该好好做一个美梦才行。

恢复平静后的沫天第一次感受到外界的热情，想起恋雪放回篮子里的万年冰，随后把它从篮子里拿出来，放在两人的中间。恋雪说道："这样放着很容易滑出去的……"还没等恋雪说完，沫天便侧身抱住恋雪，万年冰就这样被两人的身体夹在中间。这样的话，万年冰就可以在不会乱动的情况下发挥降温的作用了。只不过……

呜啊……这样被沫天抱着，好……害羞，心脏扑通扑通地跳着，不知道还能不能睡着呢。恋雪的脸突然就红得厉害，虽然内心想的是"好害羞"，但这种感觉更像是兴奋。不过沫天没有在意到姐姐的反应，她本来只是想办法稳住万年冰的位置，但本能地贴近自己的姐姐后，像是找到了一个特别安心的睡眠姿势。随着呼吸逐渐减缓，沫天的颌头靠在恋雪的脖颈处睡着了。

万年冰的寒意让恋雪逐渐冷静了下来，恋雪轻轻呼了一口气，感慨地想：沫天果然还是个小孩子呢。闭上眼睛，她看到了沫天和群蝶共舞的身姿，恋雪真希望时间能够定格在那一刻，如果当时没有喊出沫天的名字，沫天是不是就能永远无忧无虑地翩翩起舞了呢？带着无限的遐想，恋雪进入了梦乡。

十七、沐浴于明净

　　清晨的第一颗露珠滴落在恋雪的脸上。恋雪从睡眼蒙眬中醒过来。沐天就像往常一样静静地等待着姐姐睁眼。收拾好东西，二人准备踏上归程。恋雪问道："沐天要像昨晚一样穿过去吗？"沐天点了点头。

　　"来，姐姐教你一个化形后身体分层的方法。先试着跟着姐姐做两次哦。"

　　水化后的身体也能分层的吗？沐天带着疑问，与恋雪化为两道水流。

　　冰雪少女作为"安提拉的女儿"，本质是带有人类意识、保持着少女身姿的一眼清泉。但她们的身体结构比常人复杂得多。简单来说，冰雪少女的皮肤表面有一层专门吸收外界污渍的"隔世层"，与皮肤、所穿衣物形成的"载体层"共同构成了保护身体内部器官稳定运作的"保护层"。恋雪要教给沐天的，是如何重构水化身体的"隔世层"。

　　在恋雪的指导下，沐天学习得很快，尽管不太熟练，但穿过草地应该是没有问题了。

　　确认好流程后，恋雪与沐天再次一同水化。回到山脚平地，两位少女恢复人形的同时，把沾上泥土的"隔世层"留在草地上。

出乎意料的是，沫天这次复形几乎没有感受到以往复形带来的疲惫感，身体反而更轻松了。难道这就是重构"保护层"带来的好处吗？

在踏上回家归途的同时，恋雪揭示了其中的奥妙：

"如果不重构'隔世层'，穿过湿润黏稠的草地时，身体就很容易吸进泥土。沫天昨晚遇到的就是这种情况，当泥土侵入毫无保护的水化身体后，不仅会污染皮肤和衣物所在的'载体层'，更有可能侵蚀我们的内部器官，很是危险。"

看到沫天那"姐姐没教过我……"的委屈眼神，恋雪感到很愧疚，继续补充说道："虽然没有经过重构分层的水化身体，'保护层'依然发挥着作用，可是因为'隔世层'和'载体层'的混乱，让沫天的皮肤和衣服都弄脏了。是姐姐的疏忽，没有把这个技巧及时传授给沫天。"

听了姐姐的话后，沫天认为这是自己闹脾气而导致的。她紧张地想要开口道歉，可再一次意识到自己无法说话后，难过地扭过头。

回到白雾半神的洞穴，两人用湖水洗脸，顺便补充一点流失的水分。清水触碰脸部的一瞬间，恋雪突然想起，七月是沐浴的月份。不知不觉中，原来已经到了这个时节。恋雪一边想着，一边看向还在洗脸的沫天。沫天通过余光看到，朝着恋雪，用双手拍打两下嘟起嘴的脸。恋雪被沫天难得的滑稽动作逗笑了，沫天也回报了姐姐一个笑容。

"沐浴月"的名称来源于冰雪少女世代留传的一个说法。祖先祈雨女神玉絮曾经于七月投入湖中，灵魂与湖融为一体，形成今天的安提拉。所以，冰雪少女每年七月就要挑选一天前往安提拉，向安提拉倾诉自己一年间的成就与过失，然后将身体沐浴在湖水中，让湖水净化自己的身体。在外人看来，"净化"这种事情是否真的有效果，尚不可知，但是接受了沐浴的冰雪少女一年以来所犯的过失，都会得到安提拉的原谅。这对性善的冰雪少女而言是一种内心的释放，只是外人听起来，认为无非是一种再普通不过的宗教行为罢了。

回到家后，恋雪若有所思地打量着沐天说道："这条裙子确实得好好清洗一番才行呢。"

沐天非常自责，毕竟是自己任性才会弄脏衣服的。她写道："都是沐天的错，沐天现在就去烧开水洗衣服。"

恋雪拉住即将走进屋内的沐天，她想到一个两全的理由，所以再一次故作神秘地把手搭在沐天肩膀，问道："沐天还在为踩踏草地的事情自责吗？"

姐姐再一次问起这个问题，加上她看到自己身上脏衣服的表情，让沐天不得不开始乱想其中的原因。但是沐天最终还是无法回避自己的良心，颤抖着点了点头。

"那么！"恋雪兴奋地抓起沐天的手。沐天害怕地闭上了眼睛，内心哭喊着：

"呜呜，姐姐一定是想惩罚我。"

"陪姐姐去参加沐浴节吧！"

欸？沐天睁开双眼。

最后还是跟着姐姐一起出来了。沐天背上装着干净毛巾和白裙的箩筐，跟在恋雪后面独自想着。恋雪向沐天解释沐浴节的习俗："只要在沐浴节向安提拉倾诉自己的过错，就能得到安提拉的原谅。"这句话让沫天感到好奇，当即点头表示要去。然而走到半路时，沫天开始有点犹豫不决，她把自己的想法用纸笔告诉了姐姐：

"用这种方式祈求安提拉的原谅，是不是有点太过狡猾了？"

恋雪开玩笑地说道："沫天做了'坏事'，不去请求母亲的原谅，才是狡猾的坏孩子哦。"然而这句话如晴天霹雳般猛击沫天幼小的心灵，也坚定了沫天向安提拉祈求宽恕的想法。

时隔几个月再一次看到安提拉的湖面，沫天有一种说不出的怀念之情。这片世界上最干净的湖泊治好了她被坚冰冻住的双腿，随后又让她获得自由操纵身体的能力，还指引着自己，让自己没有因为安提拉的复杂地形而迷路。对安提拉的感激之情，使她一直想回到这里，然而这一次的到来却是为了请求安提拉原谅自己，让沫天的内心十分矛盾，就像又欠了安提拉一次人情。她只能暗自下定决心，一定要在年底唤潮时为安提拉做点什么。

"沫天不可以只向安提拉承认自己的'过错'，也要多说点开心的事情哦。"恋雪边说边牵上沫天的手，来到湖边一起做祈祷。恋雪先为沫天解下发卡，然后两人一起跪在雪地上。恋雪向安提拉倾诉起一年来的经历，包括沫天尚未来到这个世界的去年。去年白月时节，恋雪曾见识一次巨大的白月，让她想起很久以前一位月之调律师和她说过的话："白月是世界之神的左眼。九月的月亮越大，世界之神就离我们越近，而它的出现能够带来幸运或者灾祸。所以白月变大，对我们而言未必是一件好事。"

"但这一次世界之神的到来，似乎眷顾了我……"恋雪内心高兴地默念着。去年除了白月时节以外，恋雪其他时间都在平静中度过，所以恋雪自然把倾诉的内容大多放在今年的变化中。

沫天看起来有点紧张，紧张到第一次感觉笔记本不在手边，连组织语言都不太利落了，想说点与姐姐开心的日常，但下一秒，满脑子全是请求原谅的话语。最后沫天实在忍不住，便一口气先把自己的"过错"全部倒了出来，包括不小心在姐姐的书上滴了一大滴墨水，事后立即和姐姐道歉了；上次看到姐姐那"绝对不可以打开哦"的箱子里面的内容等一些琐碎事 vvvv。倾诉完，沫天感觉内心舒畅了不少，语言组织起来也没有刚刚那么紧张了。姐姐曾说，烦恼的时候大声倾诉，就可以很好地解压。沫天虽然还无法说话，但经过刚刚内心的宣泄后，似乎体验到了姐姐所说的这种感觉。

希望安提拉能够宽恕沫天的过错，以后沫天一定会努力做一个好孩子。沫天暗念着。

希望安提拉不要在意沫天所说的过错，因为很多事情不是她的错。她一直都是心地善良的好孩子。恋雪心念道。

祈祷完毕，恋雪带着沫天向湖中央走去。清澈的湖水倒映着白日的光，能让冰雪少女的内心变得舒畅，这是一种来自水化身体的共鸣。冰雪少女常把这种感觉解读为安提拉的接纳，沫天也从中感受到了安提拉的回应。

恋雪问道："沫天能听到安提拉的声音吗？"

为了不让姐姐看到自己犹豫的表情，沫天从后面递上本子给恋雪看：如果听到安提拉原谅了我，那我还算是好孩子吗？

恋雪笑道："沫天一直都是好孩子，只有这点从来没有变过。"

沫天既脸红又满足地笑着。

来到湖中央，两人放下各自装着干净毛巾和衣服的箩筐，脱下鞋袜。沫天突然意识到一件事：得把裙子脱下来才能进行清洗。看向姐姐时，姐姐已经开始解开裙子上的丝带了。沫天的内心不断发出"欸"的回声并紧紧地盯着姐姐。恋雪看到沫天惊慌失措的表情，略微惊讶地说道："参加沐浴节当然要脱下裙子了，穿着裙子进入安提拉，可是不礼貌的行为。"

沫天实在是有点难为情，只能现编了一个连自己都不会相信的理由：怕冷。

恋雪内心笑个不停，她贴近沫天的耳边，轻声说道："沫天当时还埋在雪地里的时候啊……"

听完姐姐说的话，沫天羞愧得要哭出来了，两个拳头不停地轻砸恋雪的胸口。

裹上干净的白毛巾之后，二人就需要先把弄脏的裙子清洗一下。裙子在非着装的状态下沾上水就会变湿，湿掉的裙子在气温较低的夫卡于会沾上寒毒。若是穿着带着寒毒的衣物，很容易就会出现让人痛苦的低烧，所以二人都携带了一件干净的裙子用于沐浴后更换。沫天带上了姐姐最早为自己缝制的雪花白裙，而恋雪这一次经过深思熟虑之后，也带上了一件白裙。

在湖边清洗长裙比放在木桶里清洗的难度要高，这次要跪在浮冰上，而且不能随时把裙子放下休息。好在裙子上被泥土弄脏的污渍并不多。经过短暂的劳累后，沬天举起洗好并甩平的蝶裙前后打量，满足地点了点头。早已收拾好的恋雪在一旁看着沬天，露出了温暖的笑容。

对恋雪而言，两天充实的生活过后，没有什么比泡澡沐浴更舒服的了。沬天还没有尝试过所以显得有点畏手畏脚。恋雪靠近盯着湖面发呆的沬天，对她说道："一起下去吧？"

因为姐姐的手放在了沬天肩膀上，沬天想象着姐姐会不会偷偷给自己来一个"惊喜之推"或是抱着一起跳下去，所以边蹲下边解下毛巾，从浮冰上划入水中。肌肤接触到湖水的那一刻，一阵清凉的感觉传遍全身，让沬天一下子便放下所有紧张的情绪而进入全身放松的状态。

这就是安提拉对我的亲和力吗？姐姐果然没有骗我呢。沬天高兴地想着。

不经意间，恋雪游到沬天的身后，手里拿着梳子为沬天打理起雪白的头发。不仅是恋雪，沬天也很喜欢听到梳子经过自己头发时发出的声音和感觉。她闭上眼睛，静静地享受着难得的惬意时光。看到沬天的状态恢复如初，恋雪的心情也十分舒畅。不过，她还是很想听到沬天说出"好舒服，好开心，谢谢姐姐"类似的话语。回想起半神告诉自己，被施加了特别法术的沬天无法发出声音，也感受不到发声处的痛苦，恋雪的内心非常不是滋味。

但愿安提拉保佑我的妹妹早日恢复说话的能力，虽然已经祈祷好多次啦。恋雪如是想着。

当恋雪为沫天打理好头发，沫天立即转过身，她想让姐姐也享受一下这种感觉，所以伸手让姐姐把梳子交给自己。恋雪先是愣了一下，把梳子交给沫天的一瞬间，恋雪便陷入回忆之中：上一次在沐浴节被同伴梳理头发，到底是什么时候呢？那时的我，应该还是白发飘飘的样子吧。第一次看到自己雪白的刘海中出现的一小撮紫发时，在镜子前如发疯般抓挠着自己的样子真像笨蛋一样。如今我的头发被她触碰到，也不会像以前那样敏感。不，她第一次为我梳妆的时候，我的反应很大，虽然我有及时控制住了，真不知道她当时有没有察觉到什么。

　　思想比较单纯的沫天并没有特别在意姐姐紫发的来源，而是注意到一个有趣的细节，她把恋雪的头发梳理得如绢布般柔顺后，趴在浮冰上写下她的发现："姐姐脱落的头发虽然是紫色的，但化为水滴后，和水的颜色一模一样。"

　　恋雪不太喜欢别人讨论自己的头发，因为这件事，还和前一代村长吵过架，但毕竟是和自己同为一族的妹妹问起的，恋雪就完全没有这种顾忌了。她解释道：

　　"毕竟头发只是外在发生了变化，就像一个紫色的玻璃杯和一个白色的玻璃杯，它们装的水可以是相同的，但是从外表看起来，紫色的玻璃杯就像装着紫色的水一样。姐姐就是如此哦。"

　　沫天继续写道："我以后也能长出像姐姐那样美丽的紫发吗？"

　　"欸？沫天觉得紫发更好看吗？"恋雪惊讶地问道，"冰雪少女一般都长白发，只是……哈哈……怎么说呢，"恋雪扭过脸抚摸着自己的头发，说道，"姐姐是出于特殊原因才变成这个样子的，嗯……"最后，恋雪带着恳求的眼神看向沫天，说道，"白发是冰雪少女的象征，我曾经做梦都想变回白发。沫天要答应姐姐，一定要好好地珍惜自己的头发，保护自己的身体，就当是为了姐姐这辈子都无法挽回的遗憾，好吗？"

看到姐姐这个样子，沫天很难过，也没能鼓起勇气询问缘故，只能心疼地点了点头。

得找点别的话题，转移姐姐的注意力。沫天心想，但沫天的思绪还是没能绕开姐姐的头发，手不由自主地写着上个问题。这下该怎么办啊？有……有办法了。沫天写好问题，把笔记本交给恋雪。

这个问题把心情糟糕的恋雪一下子拉了回来："我以后也能长出像姐姐那样美丽的身材吗？"

笔记后面的沫天一开始觉得这是一个既能转移话题也能打破纸上尴尬的"好问题"，但是恋雪开始转头，微笑着从上至下打量着自己的身体后，沫天顿感事情不太对劲。诚然，沫天觉得姐姐的身材在漂亮的冰雪少女整体中也一定属于佼佼者，所以以姐姐为目标并不是一件错误的事情。但是沫天却直接向姐姐表明了自己的想法。看到姐姐用微妙的眼神看着自己，沫天为刚刚问出的傻问题感到羞耻。

恋雪脑海中出现了沫天长大后的画面：扎着白发，身着蝶裙，在雪莲花田里，用甜美的笑容和清澈优雅的嗓音朝着自己打招呼。一切的一切仿佛是那么的美丽且遥远，回过神来看到眼前这位娇羞的少女手足无措的样子时，恋雪给予了她一个合理且心安的回复：

　　"沫天的身材还有很大的成长空间，但是姐姐很珍惜沫天现在的样子哦。"

　　虽然姐姐给了自己一个台阶下，但还是无法释然……沫天捂着脸沉入水中，气泡从水底一个劲地漂上水面。看到沫天如此难堪，恋雪补充说道："比起完美的身材，姐姐希望沫天能够长高一点，这样的话沫天就不用踮起脚才能够着书架顶层了。"

　　沫天从水里探出头来，看起来像是对长高的秘诀很好奇。恋雪被闪闪发光的大眼睛盯得发慌，只能现编了一个理由："以前听说有的冰雪少女，一觉醒来后，'咚'的一声就长高了3厘米……"

　　姐姐这是在暗示我要多睡觉吗？沫天边想边把头埋进了水里。

　　"所以呀，沫天要……欸？"恋雪看着数秒睡着的沫天，露出了诧异的神情，"虽然下一句想说的是每一觉都要睡好，但沫天跑了两天，一定很累了吧？"

　　精神放松下来后，恋雪的身体也给了自己明确的信号：好累，好困。那就眯一会儿吧，就一会儿。看着沫天的头发在水面上飘荡，恋雪把她从水里抱了起来。两人泡在湖中睡了过去。

　　天色入夜，恋雪从迷糊中醒来，沫天仍轻轻地压在她的怀里。恋雪仰望着星空发呆，心想不知不觉间居然又睡了这么久。想起来今天什么东西都没吃，沫天会不会早就饿了。恋雪低头准备喊醒沫天，却被眼前的一幕惊讶到了。

　　"沫天沫天，快醒醒，快醒醒。"恋雪轻轻推着沫天。

沫天看起来比睡前更累了，她睁开蒙眬的双眼，与姐姐紫水晶般的眼睛对视。恋雪继续说道："沫天试试看拉拉自己的头发。"

头发？头发怎么了？沫天有点疑惑。果然，手指接触的那一瞬间，沫天就感觉到头发的接触面有点不对劲，从水中往回拉了两下，一下子就从困意中精神过来。

这头发……怎么越拉越长？

恋雪在一旁擦着因发笑流出来的泪水，看着沫天把头发从水里抽出来。抽上来的头发盖住沫天的脸蛋，让沫天看起来就像书中见到的小海妖一样。恋雪把沫天从湖中抱上来，一边为沫天梳好凌乱的头发，一边解释道：

"沫天在水里进入睡眠状态前，如果不下意识拒绝湖水进入身体的话，睡着后身体就会自发吸收四周的湖水。这是冰雪少女的特性之一。吸收过量的水分就会像现在这样，头发疯长，不过也证明了沫天身体的其他部位都已经得到干净湖水的补充。"

沫天长出来的头发很多都耷拉在地上，把它们拉直，可能有沫天身高那么长。幸好头发没湿，不然沫天一定会感冒的。尽管如此，夜间气温较低，加上刚从水里上来，沫天没来得及穿上衣服，只能套着毛巾，感觉到一阵刺骨的寒意而抱住了身子。因为受湖水填充的新身体不适应原本的身体结构，所以更容易受寒。这种情况常见于一些尚且年幼的冰雪少女之中，身体结构已经十分灵活的恋雪则没有出现过这个问题。

恋雪发现了沫天的异常，赶紧帮助因头发过长而行动不便的妹妹穿上衣服。看到沫天不再浑身发抖后，恋雪才得以安心去穿上自己的裙子。

这件特别的白裙是恋雪的唤潮正装，恋雪曾经穿着它完成百余次的唤潮。裙子由主体和披风组成，作为主体的裙身更短，但袖口十分宽长，放下手臂，袖口能接触到地面。而身后的"v"字形披风能直接拖在地面上，披风用一个蝴蝶结系在胸前。最后束起头发盘在前面，戴上兜帽，就是这件唤潮装的正确穿法。但恋雪这次并没有束发，而是把头发留在后面，戴上了兜帽。裙子还非常合身，侧面说明恋雪的身材一直维持得很好。

收拾妥当后，恋雪背起箩筐，向沫天走去。就在这个时候，令恋雪意想不到的事情又发生了。

沫天听到姐姐靠近的声音，转头看向姐姐。视线相交的瞬间，沫天的瞳孔收缩，嘴巴轻轻张合，浑身发着抖，做出了被极度惊吓的姿势。恋雪被沫天的反应惊到了，是身体不适吗？还是说看到穿着新裙的我不太适应呢？

正当恋雪打量着自己时，沫天三步并作两步跳起来抱住了恋雪。恋雪立即无意识地伸出手接住了沫天，一种如电光火石般的感觉刺激着恋雪的记忆。

这是……什么？为什么这种感觉会如此熟悉？沫天……

沫天紧紧地抱着，完全没有松手的意思，甚至越抱越紧。现在两人的表情如出一辙，都是惊愕到呆滞一般。似乎有一些奇妙的东西连接着两人的灵魂，使她们的身体完全静止在了原地。

最终两人带着无法释然的心情回到了家，一路上极少交流。

即使后来沫天回忆起的时候，也无法相信自己当时为什么会突然这样做，因为这一系列动作完全不是出于自己的想法，更像是身体自发性的行为。

不过说在此期间完全没交流，那也是不可能的。沫天耷拉在地上的头发如果不加以处理，行动起来会非常不方便，眼下也没有剪刀，沫天尝试把头发拿在手上，但要举高头发才不至于拖在地上。这个时候，恋雪想到一个好办法，她先帮沫天抓住头发，背起箩筐，再把头发收进箩筐里，解决了这个难题。回到家后，沫天一直趴在桌子上注视着穿着白裙的恋雪。不过恋雪很快就把白裙换下来并穿上了睡衣。随后，恋雪拿起剪刀，回到沫天身边，打破这阵沉默：

"姐姐帮你把过长的头发修剪掉吧。"

沫天点头回应，虽然她的思绪仍停留在自己做出的奇怪动作之上，因为这也许是唤起记忆的最佳时期，但到最后，沫天也没有得到想要的结果。恋雪虽然也尚未释怀，但她决定把注意力转移到沫天的头发上。她把沫天腰部以下的头发分成两部分后，随即扭成麻花状，随后用一个蝴蝶结绑好尾部，再用剪刀把沫天轻轻剪下，最后在剪下的一边打上一个结。整个过程持续了十几分钟。

恋雪高兴地向沫天展示她做成的麻花辫，拿在手上，看起来果然比沫天本体还要高。随后恋雪把它捧在手中，递给了伸手欲接的沫天。

沫天还是第一次用这种方式抚摸自己的头发，她把麻花辫放在自己的脸上，用脸感受自己柔顺的头发带来的触感。恋雪笑着说道："注意不要让它脱离你的身体，不然头发掉在地上，就要化掉了。"

沫天把麻花辫放在大腿上，拿出笔记本写下她的疑问："为什么姐姐这么细致地保存了我这段头发呀？"

恋雪只有一个很单纯的理由："因为姐姐喜欢沫天的白发，这是很难得的机会。这段头发，姐姐可以当作宝贵的纪念保存下来吗？"

听到姐姐的请求，沫天毫不犹豫地把自己的麻花辫递给姐姐。在沫天看来，只要能让姐姐淡忘一点自己耿耿于怀的紫发，那就是一件有意义的事情了。

十八、今生勿忘

　　生日，是冰雪少女最为重要的纪念日之一，所有冰雪少女都是由失去血肉之躯的母亲经过危险的九月怀胎期，最后经历痛苦的分娩而来的。冰雪少女从与安提拉签订生命契约失去血肉之躯到分娩之时，死亡的阴影就一直伴随着她们。但是母性的光辉让母亲不畏艰险地生下自己的孩子，并最终成为真正的冰雪少女。而幼女知道母亲的不容易后，在自己生日的时候会给母亲赠送礼物和感恩的话语。所以，冰雪少女的生日逐渐演变成感恩母亲的节日。

　　恋雪还是具有血肉之躯的少女时，母亲就对恋雪十分严厉。比如在演奏乐器时只要稍微出现一点错误，就会面临母亲严厉的指责。看到别人家里温柔的母亲，恋雪虽然总会在背后偷偷流下泪水，但她知道母亲因为自己的出生而承受过巨大的痛苦，所以依然深爱着自己的母亲。每到生日的时候，恋雪都会写下一首全新的曲子作为礼物送给自己的母亲。而恋雪的母亲是典型的"刀子嘴豆腐心"，每次恋雪演奏完曲子，母亲都会立即收敛起自己的笑容，拿出恋雪一年间心心念念的一份礼物送给她。不论这份礼物价格高低，只要恋雪曾表露期待的神情，母亲都一直记在心里，令恋雪十分感动。

母亲的严厉让恋雪变成一个同伴面前"高冷"的女孩，但她知道这并不是真正的自己。她最大的生日愿望其实一直都没有实现，她好想在母亲怀里好好撒一次娇，但一直没能找到这样的机会。一族同胞和母亲的离去让恋雪痛苦不已，她不愿度过只有自己的生日，所以生日的意义也在逐渐淡化。到最后，恋雪在把自己的生日完全遗忘之前，将日期记在本子上，就此度过了几百余年。

　　今年是一个特别的年份，有一个冰雪少女正在偷偷努力着，她就是沫天。从安提拉回来后的几天里，每到夜晚，她便躲在副房间里制作着什么。恋雪感到有些好奇，一天晚上她想进去看看能不能帮上沫天。才刚踏进房门，沫天就吓得跳了起来，藏好手里的物品后，便上前推着恋雪走出副房间，并做出了交叉的手势。恋雪目送着沫天走入副房间后，苦笑着呢喃道："不可以把房间里的布料用光光哦。"虽然恋雪很轻易就猜到沫天想自己动手做一份惊喜的礼物，但恋雪却没想过其中的缘故。

　　直到七月七日的晚上，沫天从副房间里探出头，随后背着手悄声地靠近正在擦琴的恋雪。这一次，恋雪像往常一样没有发现沫天。不过沫天这次站在一旁（因为手里拿着东西），等待姐姐把手头的工作做完。

　　不过不知道是恋雪在擦琴时过于认真，还是白白的沫天在昏暗的灯光下并不显眼，恋雪把琴擦得发亮后才发现沫天此时正在自己身边。恋雪感到一丝惊讶，然后推测可能是沫天在副房间的"工作"遇到了瓶颈，所以问道：

　　"沫天有什么需要姐姐帮忙的吗？"

沫天的手背在后面，恋雪一开始以为沫天拿着的是自己的笔记本。沫天伸出手，恋雪习惯性地伸手欲接，才发现沫天把手上的东西放在了自己的头顶上。啊，这个触感，是睡帽吗？恋雪心想。

　　答案就是睡帽。沫天参考了自己的睡帽，花了五个夜晚的时间缝制好一顶新的睡帽给姐姐当作礼物。

　　沫天从桌子上拿起本子，展示了她一早写给姐姐的贺词与画。上面用彩色铅笔写着："姐姐！生日快乐！"下面则是用彩铅画着星空、安提拉，还有二人相依坐在一块大大的浮冰上仰望着天空。这是沫天在梦中出现过的画面。恋雪惊讶之情溢于言表，为什么连她都已经遗忘的生日，沫天却记得这么清楚呀？

　　恋雪把自己的疑问告诉了沫天，沫天脸红了起来，她翻开笔记本的下一页，递给了恋雪，上面写道：

　　"姐姐上次问我在箱子里看到了什么的时候，其实我说谎了。上面不仅写着姐姐紫月仙子的名号，还有姐姐的生日日期。沫天觉得姐姐的生日是非常重要的日子，所以想给姐姐一个小惊喜。"

　　下面还有一段，看起来是最近才加上去的："还有，跟姐姐说谎的事情，我已经在沐浴节请求安提拉的宽恕了。希望姐姐这次能够原谅沫天，沫天不是故意隐瞒的。"

　　笔记后面还画着一个哭泣的表情。恋雪放下笔记本，看到沫天一张请求原谅的要哭出来的脸。恋雪温柔地笑着抚摸着沫天的头发，说道："好妹妹，这样不算说谎哦。善意且一时的隐瞒是为了给重要的人带去最大的惊喜。我相信我的妹妹以后在处理类似事情时，一定能够把握住度的。"

被姐姐原谅后的沫天激动地点了点头。恋雪从头上摘下沫天用心织给她的睡帽，睡帽以紫粉色做底色，中间则用白色和蓝色条纹搭配，最有特点的是帽顶的圆形耳朵，和恋雪织成的猫形耳朵形成鲜明对比。

恋雪开心地说道："姐姐都没教过你做这个，沫天却无师自通呢。"沫天害羞地挠挠头。

"我会好好珍惜的……"正欲表达感谢之时，恋雪突然想起小的时候，每年生日无论是得到母亲还是姐姐们的礼物时，都是面无表情地回复着这一句话。

恋雪感觉鼻子有些酸，翻回到笔记本的前一页，好像是第一次看到沫天画画呢，虽然画得像小女孩的写生作品，但无以言喻的感动却涌上心头。她哽咽地问道："姐姐可以把这一页撕下来，放到自己的笔记本里吗？"

沫天连连点头，恋雪本来打算忍住哭腔，但下一句话一不注意就破音了："谢谢，姐姐一定会好好保存的。"再一次重复着这句话时内心如撕裂般痛苦，眼泪也不争气地滴落在纸上，恋雪赶紧背对着沫天，小心地撕开带着眼泪的一页，夹在自己的笔记本里。沫天不断地拉着恋雪的衣袖，她注意到姐姐在哭，非常担心。恋雪用另一个手臂擦干双眼的泪水，转向沫天。沫天掏出自己的手帕为恋雪擦去脸上的泪痕。手帕擦拭的力度，和小时候母亲为挨骂后哭泣的自己擦去泪水时的感觉一模一样。恋雪的眼泪再一次失控般"哗哗"掉下来，悲伤的情绪随着她的喉咙哭喊出来。看到姐姐这个样子，沫天一开始有点惊慌失措，不断为恋雪拭去眼泪。但姐姐的哭声很快就感染到沫天，沫天放下手里的手帕，用手臂掩着双眼陪着姐姐痛哭流泪……

"对不起，让妹妹看到姐姐最失态的一面了。"

两人对哭好久后，恋雪最后无力地躺在了沫天的怀里，就像姐妹角色互换一样。这是沫天第一次看到恋雪软弱的一面，应该说，这才是原来的恋雪。那个努力变得坚强独立，努力变成一个好姐姐的恋雪，其实一直都是那个表面从未示弱，内心却一直渴望得到爱的女孩。

沫天一开始以为是自己做了错事，但想到姐姐一般都是回忆起往事的时候才会如此伤心。即使不知道具体缘由，但为姐姐分担痛苦，一直是沫天想做的事。

恋雪看到沫天写下想为自己分担痛苦的心情后，带着沙哑的声音问道："沫天还能满足姐姐一个生日愿望吗？"

沫天立马写下回应："只要是我能做到的，什么都可以哦。"

"那……"恋雪的表情终于放松了不少，说道，"就让姐姐在沫天的怀里，多待一会儿就好。"

沫天静静地看着姐姐躺在自己的白裙上，七个月以来，自己曾无数次扑进姐姐的怀里肆意撒娇。而姐姐今天第一次能放下所有作为姐姐的担子，把软弱的一面交给自己。对沫天来说，这是一件非常难得的事情。沫天就像自己躺在姐姐怀抱里时，姐姐为自己做的那样，轻抚着姐姐的头发。一种从来没有过的特别情感在沫天内心涌动，促使她释放一切的温柔去怜爱怀中的少女。不过沫天误以为这种感觉来源于亲密的姐妹关系，但其实这是每一个冰雪少女都会闪烁的来自母性的光辉。沫天现在体验到的，正是每次沫天哭着撒娇时，恋雪发自内心的温柔。

就这样，恋雪在沫天的怀抱中睡到凌晨。沫天则一直守到现在，虽然好几次都会因困意差点睡着，但看到熟睡的恋雪，沫天的精神就会好转起来。第二天凌晨三点左右，恋雪睁开双眼，发现沫天就像往常恋雪每次睡醒那样注视着自己。恋雪意识到自己好像睡过头了，起身与沫天对视着。沫天歪了歪头表示疑问。恋雪伸出双手扶正沫天的脸，因为实在可爱，就忍不住像娃娃一样不停揉搓着沫天的脸蛋。看到姐姐笑得很开心，即将"冒烟"的沫天乖乖地让姐姐揉个不停。

过了好一会儿，恋雪松开手，看着沫天被抚摸得略微红肿的脸蛋，眼含泪光地说道："姐姐好久没这么幸福过了，我永远都不会忘记沫天和这一天的。"

这句话在恋雪心里极有分量，说明沫天在恋雪的心中完全成为不可或缺的另一半。这种情感正逐渐超越恋雪对安提拉的牵挂，换句话说，如果以前沫天的离去仍有可能让恋雪痛苦地坚守在安提拉之上的话，如今的沫天一旦脱离了这个世界，安提拉也许将不会再有守河之女。

沫天看到姐姐又准备要哭出来了，便像姐姐刚刚那样自己揉起了自己的脸，恋雪边擦眼泪边露出笑容。在沫天的心中，不知何时就已经失去一切的她，在姐姐无微不至的照顾下获得了重生的机会。也许姐姐把自己从雪里救出来的那一刻起，自己的心就已经归属于姐姐的一部分了吧。

第二天恋雪醒来时，沫天仍在梦乡之中，非常少见。恋雪用指甲轻轻刮着沫天的刘海，轻声说道："好孩子，好好睡上一觉吧。"睡梦中的沫天露出了笑容。恋雪心满意足地起床，桌上还留着恋雪来不及戴上的圆耳睡帽和沫天的笔记本，上面写着沫天没写完的留言："姐姐以后要是，要是，要是……（以下省略了几十个'V'）"恋雪会心一笑，脑海里满是那个因为不好开口请求而脸红的沫天，可爱极了。

十九、"星星"与诗

　　自从上次看到姐姐"绝对不可以打开"的箱子以来，沫天的内心都存在一个问题："名号"是什么？姐姐的名号"紫月仙子"又是什么意思呢？

　　这个问题在沫天的脑海里徘徊许久，在姐姐生日那天又想起来了，不过因为姐姐情绪波动比较大，沫天把这个问题搁置在了一边。过了两天，这个重要的问题再一次被沫天想起，正好姐姐还算空闲，沫天便组织好问题，写道："名号是什么意思呀？一般是怎么用的呀？我也能拥有名号吗？"

　　刚看到"名号"这个词的时候，恋雪还愣了一下，不过很快就反应过来了："噢，沫天想说的是类似姐姐'紫月仙子'这样的名号吗？"

　　看到沫天点头，恋雪解释道："名号是称呼的另一种体现，不过和名字略有不同。名字一般是母亲给女儿取的。名号的话，一般都是自己取的。名字的格式比较固定，而名号则非常随意。虽然四个字的名号是最常见的，但姐姐也见过要写一页纸那么长的名号。"

　　恋雪有声有色地比画着，沫天兴致满满地听着。

　　"只是名号的使用方法没有名字那样用得宽泛，朋友和亲友之间用名号称呼反而会显得陌生。名号一般代表着自己的志趣、状态，或者是虚玄莫测的神秘感。通常用在编排的话剧中，或是朋友之间互开玩笑时的称呼，抑或是外地旅人到访时的自称。如果是用于对外自称的话，名号的用法就如名字一样了。"

看到沫天期待的表情，想必她已经知道姐姐下一句会说什么。恋雪笑着说道："所以沫天当然可以拥有自己的名号，不过日常交流还是用名字比较好。"

沫天递过她写好的内容，上面写着："紫月仙子姐姐。"

恋雪看到后嘴角忍不住地往上扬，轻轻咳嗽了两声，傲娇地说道："其实时不时用名号称呼也没有什么问题，嗯。"

是意料之中的反应呢。沫天思考着，此时她也能顺势问出第二个，也是最在意的话题了："紫月仙子，是什么意思呢？"

"这个嘛……"恋雪看到这个问题后开始回忆，因为这个名号很特殊，它既不代表恋雪的志向，也不代表恋雪的状态，恋雪的内心更不可能有复杂的神秘感。组织好语言，恋雪说道："姐姐要是没记错的话，月仙子，以前是冰雪少女对守河之女的敬称。至于原因嘛，沫天还记得上次出行时姐姐用的能力吗？就是那个凝聚水流冲击积雪的技能。"

沫天记得很清楚，而且姐姐还给这个技能起了一个特别有冲击力的名字。"月之潮汐，是守河之女唤潮时必须学会的一个技能。应该说，正是因为这个技能，守河之女在年末为安提拉净化水源的仪式才被称作唤潮。在安提拉的唤潮仪式上使用唤潮术，会把凝聚起来的湖水引向月亮的位置，这是极北一年间能看到白月的第二次机会。皎洁的月亮在冰雪少女心中有着极高的地位，所以守河一族的地位自然很高，才会有'月仙子'这样的敬称，意思是月亮上下凡的仙子。"

沫天做出崇拜的表情，她认为唤潮是一件有意义且伟大的工作。沫天一直期待着和恋雪共同完成今年的唤潮。

恋雪一边抚摸着自己的紫发，一边苦笑着说道："至于后来为什么要加个'紫'字，看姐姐的发色就知道了。"

话题突然令人难过，沫天努力想办法转移话题，她写道："姐姐和沫天一起想一个好一点的名号吧！"

"不！可！以！哦！"恋雪一字一顿地说道，"名号一定要自己想的才有意义呢，这是名号和名字最基本的区别。而且沫天的名字是姐姐取的哦。"

沫天看起来有点沮丧。在取名这个问题上，沫天是非常纠结的，毕竟对这个世界还处于浅见寡识的阶段，难以找到什么好的形容词来形容自己的志向或状态。

不过，恋雪用一种别样的方式安慰了她："若是想不出好的名号，年末姐姐唤潮的时候，沫天在一旁辅助姐姐，就是姐姐的'白月仙子'了。"

如果沫天是完全顺从的性格，说不定会毫不犹豫地接受这个名号。不过恰恰相反，沫天是喜欢独立思考的女孩，恋雪十分清楚这点，才会事先说出这样的话语。看到沫天生气到脸红的样子，恋雪才补充道：

"其实名号的选取非常讲究'灵感'，最适合自己的名号，往往隐藏在书籍的字里行间或在眼前的景象中，刻意去想的话，反而会非常伤脑筋。而灵感和机会有时会如一束电光般刺激沫天的头脑，希望沫天也能得到灵感带来的快乐。"

沫天点了点头，在七月到八月这样温度持续升高且略感无聊的日子里，找到一份寄托能让自己的生活变得更有动力。沫天平时继续练琴学字，时不时会下山玩耍，为植物图鉴归档。恋雪则每天都有做不完的家务和工作，平时也会学习七弦琴的音律，以便指导沫天的学习。为进一步掌握拼读拼写的艺术，沫天从七月开始翻阅极北流传的诗集《七泉之夜》。这部作品收录了极北古代至现世前几百年各个部落的童谣与诗歌。旅行者把它送到冰雪少女的手中时，这个与世隔绝的种族再一次被世间的美好所打动，即使她们到最后也没能出去看上一眼。

沫天现在看到的《七泉之夜》版本，是恋雪根据斯托克人的最新译本翻译整理而来的。虽然两个部族之间的语系相近，书籍翻译起来并不算难事，但这是恋雪少有的经过再三修改校对后整理出来的手抄本。究其原因，是恋雪不希望自己的翻译影响了原诗沈思翰藻的语句，毕竟恋雪曾经也是《七泉之夜》忠实的读者。所以，沫天能通过阅读诗集来增强自己的拼写能力，恋雪自然是非常开心的。

不过，阅读诗集最困难的一点莫过于读懂晦涩的古诗词。一方面是因为诗歌体裁的多变，有些诗歌受到体裁结构的制约，一个字往往蕴含着多种意思，让沫天感到十分费解。比如在一首以部落战争为题材的诗篇中，一个"爱"字便能体现出诗人对自己的故乡、氏族、家人，甚至还有自己爱犬深深的思念之情。另一方面，一些多愁善感的诗人会把自己复杂的一面表现在字里行间，令人捉摸不透。这些诗人往往不太注重诗歌结构的一致性，写出来的作品看起来失去作为一首诗整体的美感，读起来却非常顺口。这种诗词由不同的人来读，通常能够读出不同的感受，冰雪少女之间也会因此争论不休。

对于这个问题，恋雪则是如此对沫天解释道：

"诗集就像是一个开放性的故事集，它表达了诗人此时此刻的感情。后人却会有各种各样的解读，并根据诗的解读编纂出不同的故事或是童谣，再由后人收录它们。这也是一种文化的传承。"

很快沫天就理解了恋雪的话。对于有一些诗句的内涵，姐妹之间持有不一样的看法，并为此展开过激烈的讨论。虽然多数情况下，沫天都处在下风（毕竟沫天需要写字发言，冷冰冰的文字对表达诗中情感显得略为无力），但是恋雪一直都在鼓励沫天努力思考，让沫天在讨论之中进一步体会诗文的艺术。

"我可以用'浪漫'这个词来形容诗人吗？他们的作品都有一种无以言表的美。"

看样子，沫天已经变成《七泉之夜》的忠实读者。恋雪笑了笑，说道："浪漫是再合适不过的词语了。在姐姐看来，能把极北的雪景描绘得如仙境一般，除了仙人，就只有诗人才能做到了。"

沫天满怀期待地写道："我也能像他们那样，成为一个优秀的诗人吗？"

那沫天的梦想可就又多了一样。恋雪哭笑不得，解释道："成为一名优秀的诗人，要博览群书、致心中有墨、下笔成章。即使是天才，也需要通过不断的努力才能保持优秀；然后优秀的诗人心中，常拥有许多与常人不同的更独特的想法，这是他们能被称作'优秀'的原因。姐姐阅读《七泉之夜》的千首诗文，感觉云游四方的旅行家和闲云野鹤般的隐居者写出来的作品最能打动人心。沫天觉得呢？"

沫天连连点头，她感叹姐姐对古诗的深刻理解。正如姐姐所言，沫天喜欢浪迹四方，看似无拘无束却思披坚执锐，为父报仇；或是部族失意，远赴他乡，却无时无刻不思念家乡的诗文。不过沫天最喜欢的，莫过于放弃或失去身边的一切，在一片荒无人烟的土地上耕种出属于自己的世界，并描绘属于自己的惬意生活的山水田园诗。从这类诗文中，沫天能够感受到诗人虽然遭受过非常严重的变故，依然保持对生活的希望或生命的热爱。沫天从这些诗文中看到姐姐的影子，有时甚至会因此感动得泪流满面。所以她写道：

"隐居的诗人身上有着许多苦衷，却依然深爱着这个世界。我非常喜欢他们，从他们的诗中能够得到平静。"

当沫天写下这段话的时候，一种奇妙的感觉涌上心头，沫天感觉自己就像身临诗人所说的"陋室"一般。回过神来，沫天意识到，此时和姐姐在一起的自己，不正处于与世隔绝的状态嘛？这么一想，自己和隐居者真的有几分相像呢，要是能熟练掌握语言和语法，再像古人那样博览群书，是不是就能成为优秀的诗人了呢？沫天如是想着，不过此时的她没有想到，她把自己比作隐居者的那一刻，已经为取下自己的名号画了一个起点。

七月到八月，夫卡于的气温上升到了零度以上，虽然还不足以让高山的积雪融化，但冰雪少女的身体对这片区域有着强烈的敏感度，所以生活受到一些细微的影响。随着气温的上升，生活节奏开始逐渐放缓，表现在少女们睡眠的时间变多了，且喜欢待在一些冰凉的地方。这两个因素结合起来，便是沫天这两个月偶尔会趴在夫卡于的某一块雪地上睡好几个小时的原因。

有一次，在采药回程时，恋雪突然被一块凸起的东西绊倒。这么平坦的雪地上明明不应该存在石头才对，难道又是……

忧喜参半的恋雪没有顾上沫天在自己身边时一直都能感受到的直觉，所以看到沫天头上顶着一个小包从雪里疑惑地探出头来，恋雪先是愣了一下，紧接着关心地问道：

"对不起，对不起，是姐姐不小心踢到你了。不过沫天为什么突然会出现在这里呀？"

沫天并没有带着笔记本，交流起来不甚方便。看到沫天有苦说不清的样子，恋雪哭笑不得。回来后，恋雪才得知，沫天最近出门一直都这样，走着走着就犯困了。恋雪想：还好是在夫卡于，若是在山下，沫天很有可能被黑狼叼走吃掉的（来自古老童谣的刻板印象）。

不过恋雪很快就收回了这个想法，在一望无际都是雪的夫卡于，想找回白发白裙的妹妹并非一件易事。特别是有一次，下着雨夹雪的夜晚，出外未归的沫天令恋雪担心不已，恋雪心想沫天该不会在某个地方睡着了吧，不注意的话，衣服可能会沾湿而染上寒毒。她赶紧带上披风出门寻找沫天，一出门便看到茫茫大雪，只能完全凭对沫天的直觉和安提拉的指引，最终在一片雪地上"挖到"熟睡的沫天。为沫天系上披风后，把她背了起来。听到沫天安稳的鼻息，恋雪终于放下悬着的心，心疼地想道：真是的，如果感到困的话就回到家里嘛，跟姐姐玩捉迷藏似的，害姐姐担心坏了。

即使是发生那样的事后，恋雪也没有阻止沫天外出趴雪而眠。因为她知道，以前就有很多冰雪少女不太适应夏天的到来。毕竟身体需要慢慢适应环境，说不定明年沫天这样的行为就会减少很多，而且趴在雪地上睡眠真的很舒服。

不过为了保险起见，让沫天更好地保护自己，也为了测试一下沫天这几个月以来适应自身能力的成果，思考很久之后，恋雪终于决定要传授沫天一点防身技。

"沫天并不需要防身的技能呀。"沫天一边写下这句话给姐姐看，一边朝姐姐摆手。看得出来，沫天十分抗拒"战斗"这件事。

"但是，沫天要真的被黑狼叼走的话，姐姐一定会伤心到疯掉的。"恋雪一本正经地说道，"虽然夫卡于是一片难得的净土，但如果沫天真的到独自遇上危险的那一天，姐姐希望沫天能够保护自己。毕竟，只有保护好自己，才能去保护别人，只有这个是永恒不变的真理哦。"

每次姐姐以极度认真的表情说出这些话语的时候，沫天知道自己并没有能力去反驳姐姐。不过正因为恋雪意识到这一点，所以她才有意控制着自己认真发言的次数。在"保护妹妹不受到伤害"这个话题上，一般会用严肃的语气。

冰雪少女的特殊体质，使她们有两种保护自己的方式。一种是通过化形为水后，从危险的地方流走。这个方法十分实用，灵活的水流不仅能够快速流动，还能附着在物体上，或是躲在缝隙之中，只要保留了身体的一部分，脱离危险后找到充足和干净的水源，就能恢复自己的身体。第二种方法则是在来不及引导化形的突发情况下，通过令自己身体的隔世层急速降温，使其凝固成冰块。一方面，身体散发的寒气能够使危险之物感到畏惧；另一方面，凝固成冰块的身体表面不易被破坏，使冰雪少女能有更多的时间引导化形。这也是冰雪少女被称作"冰雪"少女的重要原因吧。

沫天一开始不太喜欢身体"冰雪化"的感觉，因为身体过于"笨重"，行动起来并不方便。不过很快，一个特殊的原因使她适应了这种身体。恋雪有空的时候会陪着沫天一起练习，并和沫天玩一个叫"冰雕人"（即两个人身体冰雪化后不许动、不许笑）的游戏。在七月这个回暖的季节里，有时就会看到有一白一紫两个"冰雕"屹立在夫卡于上方。不过恋雪玩"冰雕人"总是会输，因为沫天"冰雪化"后很快就睡着了。沫天安睡的表情，颇有一种"耍赖"的感觉。

不过恋雪最终还是找到一次"赢下"沫天的机会。这一次，二人来到安提拉旁边进行"比试"。因为"冰雪化"状态下的沫天更容易进入睡眠状态，她现在已经完全适应这种感觉（毕竟前几次都是通过这种方式赢下姐姐的 vvvv）。这一次，沫天也依样画葫芦，赶在"冰雪化"之前睡了过去。

"沫天，沫天，快醒醒，我们该回家啦！"

不知道过了多久，听到耳边的轻声呼唤后，沫天苏醒过来。她用略感沉重的手擦着惺忪的眼睛思考着：是姐姐在呼唤我吗？

"沫天，沫——天——"

对了，我和姐姐在玩游戏呢，姐姐这次是不是又输了呀？

沫天看向前方，只见"冰雕姐姐"屹立完好，这让身体逐渐恢复正常的沫天十分吃惊。

"沫天，我在你后面哦。"

沫天倒吸了一口凉气，颤抖着转过头。看到那熟悉的紫发，沫天吓得魂不附体并瘫坐在雪地上，慌张地扫视着左右两边的紫色身影。

两个姐姐？

虽然单纯的沫天会做出惊吓的反应是恋雪意料之内的，但还是过头了，这让恋雪反思自己的行为是不是有点恶作剧了。她上前扶起沫天，用温柔的语气解释道："前面这个只是姐姐的冰雕哦。因为姐姐令身体结冰的同时用化形术流入安提拉，补充了需要的水分之后，复回人形。"

原来是金蝉脱壳。虽然心有余悸，但好奇心还是推动着沫天走近冰雕观察并触摸着，虽然"冰雕姐姐"的所有轮廓都清晰可见，但确实不是自己的姐姐。

"所以这次玩'冰雕人'，是姐姐赢了。"恋雪竖起食指，用略感得意的语气说道。沫天的视线从冰雕扫向姐姐，颇有一种"被耍了"的感觉。吃了哑巴亏（实际上，沫天确实没带笔记本，无法正常交流）的沫天只能抿嘴故作生气的样子。后来，沫天在不断尝试下，最终慢慢学会了这个技能。

在学习令身体结冰的同时，恋雪想训练一下沫天的自我保护能力。但沫天确实十分抗拒"战斗"，只能抱着琴瑟瑟发抖。不过令恋雪惊讶的是，即使她想用一些细微的水流术尝试穿过沫天的周围，都会被形成在沫天身边的保护层阻挡。难道说，沫天在控制着琴的保护能力吗？还是说，是琴自身的力量在发挥作用？

不对，琴应该不会有自我意识才对，所以果然还是沫天在操纵着它吧。

上次"冰雕人"的游戏结束后，恋雪对沫天的特别训练暂时告一段落，其间沫天又多了一个去处，那便是安提拉。准确来说，是安提拉旁边的"冰雕姐姐"。虽然沫天十分清楚"冰雕姐姐"并不是真正的姐姐，而且在七月的气温下，"冰雕姐姐"很快就会融化。但是，沫天在它即将离开这个世界的最后几天里，一直守护着它。

一天，路过安提拉的恋雪，看到靠在冰雕旁睡着的沫天，露出了宠溺的笑容。

也许当姐姐真的遇到危险的时候，即使是畏惧战斗的沫天，也会勇敢地站出来守护姐姐吧。带着美好的遐想，恋雪朝着家的方向走去。

虽然睡眠的时间多了，学习的进度并没有落下，沫天在练琴时找到一个新的能够提升自己的方式，那就是自己编曲练习。只是把音节记在白纸上并不是一件易事，在这方面完全没有基础的沫天只能不断请教自己的姐姐，然后再记录文字谱。文字谱读起来特别晦涩，不过沫天在自己编曲中学到了更多的乐理知识。八月初，沫天为恋雪展示了这半个月以来的学习成果。

虽然恋雪听过很多次沫天演奏的各个片段，不过沫天编好的完整版，恋雪还是第一次听，因为沫天在即将完成自己的曲子之前居然抱着琴跑到外面练习，看起来很明显是想演奏编曲完整版给姐姐一个惊喜。所以这次的演奏让恋雪充满期待。

沫天没有让恋雪失望，自她拨动第一根琴弦开始，恋雪便发现和先前听到的版本有着细微的不同，潺潺之音如同高山流水一般，直入心扉，很难想象这是一位初学乐理的少女的第一首作品。两人沉浸在音乐之中，直到沫天的手指落在这个章节最后一根琴弦之上。回过神来，恋雪给予沫天最热烈的掌声。

沫天从椅子上站起来，向着为自己鼓掌的姐姐鞠了一躬。恋雪欣慰地说道："沫天真的好厉害，姐姐都不一定能写出如此深入人心的作品。沫天很有当诗人的潜质哦！"

沫天被夸得有些忘形，因为"诗人"对沫天而言是极高的评价。得意之余，沫天脑海突然闪过一个念头，她美滋滋地想道："古琴的旋律和古诗的辞藻一样，都能成为打动人心的东西。如果我的作品能够流传于世，说不定后人也会因为我的作品而感动。"

就这样在不知不觉中，沫天把自己想当诗人的想法与演奏动人的音乐联系在一起。不久之后，当沫天再一次看到隐居者的诗文时，两块拼图在脑海里迅速拼接了起来。她兴奋地摇动着姐姐的肩膀，因为她已经找到属于自己的名号。

趴在桌子上午休的恋雪因沫天的摇晃而迅速清醒。沫天展示了自己写下的名号：演奏七弦琴的隐居者。下面写着：姐姐觉得这个名号怎么样？

看到沫天期待的眼神，恋雪用心组织好语言，说道："这个名号很好，不过名号的结构比较长。若是读起来再短小精悍一点，那就非常完美了。"

　　要怎么样才能让名号变得更短呢？沫天陷入了思考，对语法还不太精通的她，认为动词的存在在这里还是有必要的。这个时候，恋雪还是稍微点了一条指引："名号的结构不用太过于严谨，因为它并不是一句话，而是一个称呼。一个词便可以代表更多的意思。"

　　沫天若有所思地点头，把自己的名号继续缩写，变成"七弦的隐居者"。恋雪看到之后，开心地说道："妹妹终于有一个属于自己的名号了，姐姐很喜欢这个称呼哦。"

　　自己的创作能被姐姐喜欢是一件特别幸福的事情，沫天对此深有体会。从此，"七弦琴"和"隐居者"这两个词便和沫天结下了不解之缘。

二十、只是过客

七月迁徙至夫卡于下方，极北高原的动物开始变多了。这个情况到八月尤其高发，回暖的气温，鲜美的水草，对极北的草食性动物而言有着极大的诱惑力，整个夫卡于下方会很热闹。而动植物的增多非常吸引一个女孩的注意力，那就是沫天。八月是恋雪下山观察夫卡于下方生态的月份，从动物迁徙种类的数量能够很好地判断今年极北环境生态的好坏。八月里，恋雪的另一个工作则是给动物挤奶，挤出来的奶可以和村长进行交换。所以二人经常一起下山，恋雪也能顺便带着沫天认识一些夏天才会出现的新植物。

"沫天看，这种绿色的像花蕾一样的果实，叫做忘情果。它的表面已经染上的一丝黄色，到九月会彻底枯萎成灰黄色，落在土地上，变成肥料。这种果实味甜，其他动物吃了并无大碍，但人吃了的话会忘记事情，吃得多忘得多，所以沫天一定不能吃这个。"

恋雪为沫天解释着，沫天则拿起图鉴为植物归档。归档完成后，沫天摘起一颗果实便往鹿群的方向跑，她找到了那只长着长短角的白鹿，把果实递给了它。白鹿迅速吃下果实，伸头贴近沫天左耳舔了一下，以示感谢。沫天哭着跑回来，颇有一点被欺负后耍小孩子气的感觉。恋雪哭笑不得地抱住她，说道：

"都说动物吃了会没事的啦！"

原来沫天今天和鹿群亲近的时候，这只长短角的白鹿就会时不时地舔她耳朵。耳朵是沫天特别敏感的部位，即使是被姐姐触碰到，也会吓得一激灵。所以恋雪猜测，可能是沫天想让这只鹿忘却这个动作吧。其实，沫天的真实想法是希望让长短角的鹿忘却与同伴与众不同的地方，不要带着"自己是特殊"的自卑活在这个世界上。

今天遇上三年没遇上的牦牛，恋雪终于又能挤上几瓶牛奶补贴"家用"了。沫天从来没见过牛，当恋雪蹲下挤牛奶时，沫天站着和牦牛对视。恋雪站起身来，看到沫天抚摸着牦牛的牛角，牦牛却表现得异常温顺。恋雪便略带嫉妒地说道："好过分哦，很早以前姐姐就想摸摸牦牛角，但牦牛从不肯让我摸。"

今年来到极北高原的动物种类比往年还多三分之一，有种梦回十年前的感觉。看到极北以南的生态环境得到好转，恋雪打心底感到开心。接下来的十几天，恋雪来到极北以西的安提拉中游继续调查，因为那边地势复杂，恋雪没有带上沫天。这段时间，沫天则继续留在高原以东。在与各种各样动物玩耍的同时，沫天也保持着七月趴雪而眠的习惯。

不过在八月这样热闹的极北高原席雪而眠，并不是一个明智的选择，因为会有很多动物到处行走，动物不小心就会踩在沫天的头上或是身上。有时看到沫天背后带着几个"蹄印"回到家，恋雪会很心疼。她边为沫天拍去身上蹄印状的雪，边规劝沫天在下方睡着时最好选一个固定睡眠的地方，极北的动物很通人性，对人在之所会本能性回避。沫天虽然并不太想动物回避自己，但为了不让姐姐露出难过的表情，还是点了点头。

几天之后，沫天提出了一个非常有意思的问题：

"为什么从来没有见过旅行的诗人来到这里呀？"

"这里"当然是指夫卡于高原，沫天想着毕竟很多动物都能迁徙到高原之上，旅行者是不是也可以行进至此呢？

"唔……"恋雪似乎很久没有思考过这个问题了，沉默一会儿后，她说道："姐姐记得，高原的东面连接着南面的山林，那部分山险路峻，极难翻越。然后姐姐记得，夫卡于有一个天然的屏障什么的，普通人是进不来的。"

为什么动物都能够越过屏障，翻过险阻，云游四方的旅行者却做不到呢？沫天心想。

沫天原本打算做一个小木牌，插在高原下方休憩的雪地前方，这样就能提醒路过的动物注意脚下了。很快，沫天便意识到动物或许看不懂自己的语言。随后，沫天就想到来到此地的旅行者，他们若是真的可以进入这片高原，没有安提拉的指引则很容易迷失在森林里。所以沫天决定做一块专门提醒旅行者的木牌，然后指引他们离开这座山：

"旅行者，欢迎来到雪域高原。"

"请留步，前面就是夫卡于（世界尽头）了。"

"我是七弦的隐居者哦，叫我小沫就好。"

"这里基本没有人类可以吃的东西呢，若是食物不够的话，请不要前进。"

"请不要伤害这里的小动物，否则我会伤心的。"

"这里很冷呢，若是没有足够抵御寒冷的衣物，请不要前进。"

"请不要在这里生火，烧着了森林我会生气的。"

"如果问我是如何在这里生活的，是因为我有特殊体质哦。"

"如进入此地，找到雪莲花田时，请轻轻摘上一朵。"

"在这里很容易迷路，但我能够通过雪莲的味道找到并指引你们。"

"要是有茶壶泡雪莲花茶的话，我会更开心的。"

"旅行者踏入雪地时，请一定要小心脚下。"

"因为你可能会弄疼我。"

"若是见到一个白头发、蓝眼睛的女孩，那她一定是被你身上的雪莲花吸引而来的。"

木板快写不下啦，沫天有点难过，她想为"可能会到来的旅行者"提供更多信息。

她满怀期待地带着木牌子来到姐姐提到的东部"高原门户"鹰嘴峰。前面是姐姐给自己划出的禁区，再前进的话会让姐姐生气的。看到下方陡峭的壁面，沫天不由得退后了几步。东北面的山面略为平坦，沫天心想动物应该是从这里攀爬上来的。调整好角度后，沫天把木牌插在雪地上。

一连好几天，沫天都选择在冷棉树林的雪地上歇息，就像姐姐说的那样，动物们意识到沫天在这里睡眠后都选择绕过这个区域。虽然被动物误踏的意外不再发生了，沫天醒来后却感到有点空虚。不仅是因为失去动物的陪伴，而且自己心念的会给自己送上雪莲花的"旅行者"也迟迟没有出现。

终于，又是一天的下午，在冷棉树林里浅睡的沫天终于闻到那阵雪莲花茶的清香，她赶紧从雪里探出头来，看到拿着茶壶的姐姐正在注视她。

"沫天很久以前说过，世界上最好喝的水就是姐姐泡的雪莲花茶，现在还是这种感觉吗？"

两个少女坐在一块凸起的石头上，恋雪一如既往地将温柔的眼神倾注在沫天的身上。听到姐姐的疑问后，沫天面向姐姐如捣蒜般点头。恋雪猜到此时此刻沫天应该有一言难尽的话语，便把笔记本递给了她。

看着时间逐渐来到八月下旬，七月到来的动物客人已经离开大半，忘情果也渐渐发黄，听着北风呼啸的声音，一种凄凉的感觉涌上心头。沫天愣了一会儿，放下茶杯，虽然心里很空虚，但还是保持微笑，将千言万语化为短短几个字："世界的尽头（夫卡于），只有我们两个人呢……"

恋雪理解沫天的期待，从沫天写下木牌插到鹰嘴峰后的雪地时，自己的视线就从未离开过沫天。在一族消逝之后，恋雪的内心便非常反感异邦的人，这种厌恶的情绪即使到了百年之后斯托克人造访，也难以平息。但是，得知他们被战争摧残，被迫远离自己的故乡而来到极北的时候，遭受过类似劫难的善良的冰雪少女接纳了他们。后来，她也想过是否会有旅行者能够翻山越岭来到高原之地，过了很久，被巨鹿半神嘲笑一番后，恋雪收起了这个想法。可到底是什么时候，让恋雪完全忘却了这个想法呢？

正当恋雪一脸茫然想着往事的时候，沫天问了一个十分关心的问题："姐姐，会感到孤独吗？"

突然一阵大风袭来，沫天雪白的长发，以及在耳边翘起的两撮小白发随风起舞，细雪落在沫天的眼里，化为水滴流下。沫天一边捋着自己的头发，一边擦着自己的眼睛。恋雪站起身，为她压住飞舞的头发。风逐渐停下来后，恋雪轻叹了一口气，坐下来，看着沫天的脸蛋，说道："只要沫天能一直在我身边，我就不会感到孤独了。那，沫天会因为见不到旅行的诗人而感到孤独吗？"

沫天很干脆地摇了摇头，她写道："沫天感到好可惜，姐姐坚守在安提拉，为千河净化了几百年，姐姐的伟大明明可以得到诗人的歌颂，可是……"

沫天颤抖着写不下去了，低着头，眼泪滴落在本子上。沫天突然的哭泣让恋雪感到有点奇怪，她伸手接过沫天的本子，知道了沫天这个时期的真实想法。

做着伟大的事情，却无人得知，确实是一件很孤独的事情。虽然恋雪认为自己一直都在做着分内工作，但她理解沫天的想法，阅读了这么多极北与希望的诗篇和故事，姐姐所付出的一切却无人问津。

恋雪放下笔记本，伸手给沫天捏了一个扭曲的笑脸，"扑哧"一声笑了出来，用夸张的表情说道："沫天笑起来，比哭哭，更可爱哦。"

沫天被气笑了，伸手拍向恋雪。看到沫天情绪好转，恋雪再一次用温柔的口吻说道："沫天总是为姐姐着想，姐姐真的很感动。姐姐很久以前也觉得心里特别不平衡，为什么要姐姐一个人背负一个种族的负担，隐姓埋名，在一片环境恶劣的高原里独自生活。但是姐姐知道，也不得不知道，安提拉离不开姐姐，这是姐姐的宿命。至于被诗人传颂什么的，姐姐想都不敢想。就像在底下生活的斯托克人把我奉为女神，我也无法接受他们的一片好意。可能，这就是冰雪少女吧？孤独，却又喜欢逞强。沫天是不是觉得姐姐像一个笨蛋？"

沫天一开始是摇头的，但想起刚刚被姐姐捏脸"欺负"，所以立马点起了头。

"呜，连妹妹都这么看我，"恋雪装作伤心的样子，继续说道，"不过笨蛋只想把自己的故事分享给笨蛋听，因为只有笨蛋之间才能相互理解呢。"

沫天听懂了其中的奥妙，虽然有点不甘心，但内心其实已经轻松不少。是啊，冰雪少女的故事可能并不会令人感到开心，与其让世人为自己的族人感到惋惜，还不如把它永远地埋藏在历史的长河中。

恋雪转头看向身后的冷棉树林，八月的冷棉树，早已开始发芽，一朵朵花蕾初见其形。恋雪满怀期待地想，九月到来后，就是冷棉花绽放的季节了吧。她看向沫天，指着冷棉树高兴地说道："沫天你看，八月的结束虽然让极北的客人离开了高原，但是也代表着属于这片高原的季节即将到来。秋冬可是我们的主场哦。"

沿着冷棉树林看向渐暗的天空，沫天伸手擦了擦眼角的泪痕。眼前的景色让沫天略感惆怅，但是再一次与姐姐那充满期待的双眼对视时，她知道，她在现世的第一年快要达到终点，她要和姐姐一起做好准备，共同迎接唤潮的季节。

唤潮之前，需要备足物资做维持。每到八月底的时候，恋雪便会第三次下山与村长交换谷物。在极北生长的蓝根雪稻能在恶劣的生长环境下保持一年两熟，但冷棉树只能在冬春季节收获。所以，恋雪在夏季与村长交换的东西会有很大的不同。

奶是恋雪在夏季交换的主要物品，其中羊奶属于日常交换品，其次是牦牛奶。牦牛奶是一种蛋白质含量极高的饮品。这种土生土长的牦牛离斯托克村的部落有近百里的路程，虽然斯托克人村落圈养了几头迷路的牦牛，但活在笼中的牦牛挤出来的奶不如高原上放养的香醇。与前两者比起来，鹿奶显得尤为珍贵，虽然村长认为鹿奶在口感上不如牦牛奶，但鹿奶营养价值很高，产量最为稀少。除此之外，鹿奶还有美化皮肤的功效。牦牛和白鹿并不是每年都会来到夫卡于，所以村长特别期待夏季与恋雪交换物品。除了各种动物的奶以外，雪莲花和小玩具也是与村长交换的重要物品。在没有牛奶和鹿奶的季节里，恋雪就会把一些心爱的手工制品拿去交换，这也是村长和孩子们喜欢的物品。

恋雪将收集好的动物奶毫无保留地交给村长，主要是因为冰雪少女身体无法消化像牛奶一样的黏稠液体。恋雪很久以前尝试喝过一点，结果头脑昏沉了三天，便把此类液体归入饮食"黑名单"中。所以恋雪曾特别嘱咐沫天一定不要喝这个。沫天很喜欢牛奶的颜色，从一开始就没有想喝下去的欲望，被姐姐提醒过后，"不可食用的人间食物"在沫天的脑海里便又添加了一种。

又是天色微明的清晨，恋雪收拾好箩筐准备下山。这是一次没有下雪的出行，沫天陪着恋雪来到山间缝隙的入口。和上次一样，恋雪希望沫天不要跟着一起下山，沫天则是乖巧地站在一旁，目送着姐姐进入缝隙当中。沫天明白姐姐的担心，她希望自己以后成长为一位独当一面的冰雪少女之后，能为姐姐分担更多的事务。

从缝隙的出口落入村长的后花园，村长苏正好在花园浇水，他转身便看到复形后的恋雪。两人对视后，互相打起了招呼。

"我就知道，今天你一定会来的。"苏为恋雪打开屋门。

"那我们还是心有灵犀的。"恋雪笑着走进屋子，卸下箩筐后，把装着各种动物奶的奶瓶放在柜台上一字排开。为区别三种动物的奶，恋雪为它们各自做好了标记。摆好之后，恋雪伸手比画道："这些是羊奶，这四瓶是牦牛奶，然后这瓶是鹿奶。还有这个，帮我交给乐乐吧。"恋雪在箩筐里拿出织好的小玩具，送到苏的手中。

苏点了点头，满足的神态溢于言表，他说道："整整三年没喝过来自夫卡于的牦牛奶了，想念啊。"

"去年听苏说隔壁露西亚的皮肤冻伤了，我却没能拿到鹿奶。今年白鹿终于来到夫卡于，希望这瓶鹿奶能够为过冬的居民派上一点用场。"恋雪略带遗憾地说道。

"不用自责，就算没有鹿奶，我们也能用你给的草药方帮她慢慢治疗。不管怎么说，我还是要代表斯托克人感谢你的付出。"

"苏又开始客气了。"恋雪听到夸奖后感到有点害羞。

"那我不客气的时候，你却要跟我客气呢，"苏拿着一袋玉米，说道，"这袋玉米，是村民给你的谢礼，还是收下吧，不要辜负村民的一片心意。"

"啊？"恋雪本能地伸手阻止，思考了一下，又收回了手，轻轻叹了一口气，说道，"好吧，那我收下啦。"

"哦，对了，还有一件事。恋雪十月底有空下山一次吗？"

恋雪看向表情逐渐严肃的苏。苏说道："八月初，在村落东南方向，有两间民房发生了塌方。"

"啊？有没有人受伤？"听到"塌方"两个字恋雪心里咯噔了一下，她用关切且急促的话语打断了村长的发言，村长回应道："这倒没有，是两间废弃的杂物间，因为事情发生在深夜，只有少数村民在第二天清晨发现后急忙汇报给我。"

"那就好，"恋雪长吁了一口气，问道，"那，十月下山的事？"

"是这样的，"苏坐下说道，"经过这次塌方，村民大会一致决定把那里改建成大型农具房。但在填埋塌方时，村民发现塌方处有一个特别的夹层，这可能是上一个地基不牢固导致的。我推测，塌方下面可能埋藏有你们一族的房屋。还好他们反馈及时，我让他们停止施工，并把现场保护了起来。我把施工的村民调到了另一个项目，大概要四十天。所以恋雪如果在意那片区域的话，请十月底下山看看吧。"

恋雪耐心听完苏的解释后，欲言又止。

这是恋雪和苏共同的痛处。几年前，苏的独子诺维奇协助恋雪调查埋藏在地底下的故乡——雪域之城有过许多重大的发现，然而正是在一次塌方事故中，他与四位村民永远被埋在了地底下。这件事对苏和恋雪的打击很大，调查的事情也随之停止。今天苏提起调查的事情时，语速明显放缓，停顿的次数也多了不少。

"我知道你想说什么，"苏的表情看起来很悲伤，眼神却多了些许坚定与犀利，"只有直面过去，才能更好地踏入未来。我在过去中寻找着经验和教训，而你也能够从中找到你的过去。放心，我的施工队经过近十年的学习，已经掌握预防施工塌方的技术。如果你同意的话，我们将对下面进行开挖，这对我们曾经外出学习好几年的施工队而言，是一个难得的实践机会。如果你不同意的话，十月后我们就把那一部分区域填埋改建。"

苏很少如此严肃过，看起来是完全做好心理准备了，但恋雪还是有两点担心的地方：记得几百年前，那场大水退去后，完整的房屋所剩无几；然而巨鹿半神用地层分压的法术把冰雪少女的部分遗迹压在了地下一层，这件事本身没有经过作为冰雪少女的恋雪的同意；恋雪虽然很生气，但她不得不认同巨鹿半神"没有新的环境就没有新的开始"的解释。也是从那开始，恋雪开始逐渐遗忘，甚至失去自己过去的记忆。恋雪抚摸自己发疼的右脑壳，脑海里浮现出十多年前，听到诺维奇死讯后如晴天霹雳般打击的画面，不禁心想：我真的可以重新寻找自己的过去吗？

恋雪的第二个担心则是这件事的重点，如果能够得到解决，那前者的担心是可以考虑的："苏，我不希望任何人再因为这件事死去，所以我希望你能保证这次施工是万无一失的。除此之外，施工队也要保证维护冰雪少女的秘密和他们下方看到的一切。"

苏点了点头，说道："你这两个问题我都可以保证。此次施工不同往日，我们有来自外界更专业的设备与技术。至于施工人员，他们都是我颇为信任的人，这两个杂物间平时被围起，施工队属于秘密施工，保密性上完全不需要担心。"

恋雪紧皱的眉头放松了，说道："好吧，十月我会下来的。这一次又要拜托你们了。"

"我们生活在冰雪少女原来的土地上，这点程度的帮助还是必要的。"苏的表情逐渐放松，此时他们二人都明白，这件事将是解开他们心结的一个起点。

闲聊了一会儿，恋雪收拾好东西准备回去。临行前，苏开玩笑地说道："下次带上现世的冰雪少女下来坐坐吧，不要把人家闷在家里闷坏了。而且乐乐也很好奇，天天追着我问'姐姐的客人'是何许人也。"

恋雪笑着说道："至少等唤潮的季节结束后吧。"虽然听起来有些敷衍，但恋雪毕竟已经开始考虑是否带沫天下山了。

这一次村长给的东西有点多，恋雪还是回到家后才发现的，除了有通过交换得来的稻米，还有一袋小米、一袋玉米，以及一本与村长闲聊时村长强力推荐的诗集。这本诗集是上个世纪末期极北的一位女性诗人的作品集，诗集用乳白色的牛皮纸加梅花图案包装，非常精致。看到沫天还在梦乡之中，恋雪收拾好稻米粗粮，便坐在凳子上拜读这位诗人的作品。

诗人名叫艾琳娜，出生于北部某个国家的一个贵族家庭，从小受到良好的教育，常以才女自居。早期的诗集多描写自己的日常生活，还有庭院和自己养的小动物。还有少数诗文暗中批判灯红酒绿的贵族生活，表达对底层劳动人民的同情。在艾莉娜二十多岁时，国家被北方的部落联盟攻陷，作为贵族，受到的影响是首当其冲的。很快，艾琳娜的家产被入侵者占有，甚至连艾琳娜自己也无法逃过厄运。在好友的帮助下，艾莉娜得以脱离入侵者的魔爪，开始了颠沛流离的生活。这些苦痛，特别是饥寒交迫时与以前贵族生活形成的落差感，艾琳娜后期的诗集里表现得淋漓尽致，让恋雪深感同情以至于落泪。然而这样的一位诗人，在写下最后一首诗时，仍表达了自己对希望的追求：我愿化作一束寒梅，孤傲于冰山之巅，永不凋零。落笔是寒梅居士。

恋雪被"寒梅居士"这个名号深深地吸引住了。在极北，寒梅有高洁之意，居士则代表着诗人的遁世之心。从生活在贵族世家，到体验战争的痛苦，最后依然对这个世界保持生存的希望。恋雪能够从诗人的诗文中找到归属感，不禁心想，自己也像一枝寒梅，屹立在山巅之上。

还有一个令恋雪特别在意的地方，便是"居士"一词。在极北的语言中，居士和隐居者仅仅差两个音节。

从美梦中醒来，清晨的回笼觉永远是那么舒服，沫天就像被枕头和被子封印在床上一样，动弹不得。委屈的眼神与恋雪对视了好一会儿，恋雪终于明白这种"邪恶"的"封印"是需要亲自动手解除的。她放下诗集，走到床边，开始如浪滚般掀动着被子，说道："起床，起床，起床啦！"沫天在床上兴奋地翻滚着，看起来比刚刚精神多了。

"说起来，姐姐找到一个特别好的能用在你名号上的词语，要不要听？"叫醒沫天后，恋雪用略感得意的语气说道。沫天歪了歪头表示倾听。

"沫天可以把名号里的'隐居者'改成'居士'，变成'七弦居士'的话，如此不仅原意不会产生变化，名号的格式也拥有了普遍性，就和姐姐的名号一样了。"

最后一句话的诱惑力非常大，沫天还没经过多少思考便迅速点头。最终，沫天的名号设定为"七弦居士"并使用至今，中间虽然遇到许多美好的事物，脑海中也萌生过许多新的想法，但"七弦琴"与"隐居者"这两个理想的元素在沫天的心里从未动摇。这就是沫天对事物专一的性格表现吧。

二十一、白月之梦

九月是入秋的季节，万物都在悄无声息中发生着变化。比如沫天结束了四个月的喝苦茶时期，出门在外因身体不适而趴雪睡觉的习惯也在逐渐减少，直至消失。恋雪在翻译艾琳娜诗集的同时，对曾经的故土多了一份牵挂。在高原上，那些能看到天空的土地正逐渐被大雪掩埋，进入属于它们的"冬眠期"。喜温的植物不断凋零，耐寒的冬季植物正在发芽。这片在春夏之季点缀了不同颜色的土地将重回白色世界。

冰雪少女和白色之间本来就有一种不解之缘，和普通的极北居民不同，冰雪少女的发色继承了祈雨女神玉絮的雪白色。在染色和织布技术尚未发达的年代里，冰雪少女用冷棉制成的粗布做衣，朴素无华。这种穿衣习惯影响了几乎所有的冰雪少女，即使是后来掌握了为裙子染色的技术，以白色做裙子主色调的习惯一直没有变。朴素不仅体现在穿衣上，也深深地影响了冰雪少女的性格，善良单纯、敬畏于自然法则、谦虚、低调不张扬、念旧且念情，构成冰雪少女最为真实的一面。

正如前面所说，冰雪少女是一个懂得感恩的种族，在那段最为艰难的岁月里，冷棉树为冰雪少女提供了御寒的衣物，也为她们提供了食物的来源。这种只生长在神界，由生命女神交到祈雨女神手中的植物，在极北拯救过数十位冰雪少女的生命。所以，冰雪少女把冷棉树奉为"生命之树"，每年九月中旬，随着白月的出现，冷棉花也会随之绽放，每棵树上冷棉花绽放的景象十分壮观，从高处往下看，如同白云铺成的软床。所以，白月出现那天，便是冰雪少女最盛大的节日——白月时节，年少的冰雪少女会与最好的朋友结伴来到树林里做祈祷，在树下挂上代表着一年愿望的祈愿牌，在树下一同喝茶、赏花、弹琴。更重要的是，冰雪少女可以在这一天进一步向朋友表达自己的情感。如果没有得到对方的同意，第二天双方都不许把这件事放在心上。这是白月时节最特别的地方，因为这个规则，这个节日也被称为冰雪少女的"七夕"。

白月节的习俗很多都没有保留下来，恋雪打算在自己有限的记忆里给沫天一个惊喜。刚进九月，恋雪便开始着手布置场地，她花几天时间做了一个小型的能悬挂平安符的架子，又花几天时间仿造了几个摊位，最后把风铃和长布条系在树上。风铃的声音能让节日的氛围感十足。把一切收拾好后，恋雪瘫坐在树下，回想起来，自己居然有几百年没有如此认真参加过一次白月节了。"明明是如此重要的节日，我为何会放弃它呢？"恋雪闭上眼睛思考着。

沫天听说姐姐要在冷棉树林准备好几天，然后给自己一个惊喜，所以她待在家里并包下这些天所有的家务活。虽然她知道白月将至，冷棉花也即将开放，但她并没有把这两个因素联系起来。

关于白月出现的具体时间，以前的冰雪少女专门设立过一个职位确保白月出现的时间万无一失，叫"月之调律师"。调律师的工作之一便是通过观测星象判断白月出现的时间，最简单的一种办法就是：若见北星渐暗，双子星闪烁不断，白月便会在第二天夜晚降临。这是恋雪在查阅调律师笔记时看到的。月仙子和调律师之间有着很深的渊源，二者都在两个白月会出现的季节里作出自己的贡献。而现在，曾经的月仙子也做起了调律师的工作，虽然恋雪认为自己并不是一个合格的调律师，毕竟调律师可不是简单观测星象的占卜师。

所以九月进入中旬之后，恋雪便每晚时刻留意星象的变化。在少雪的夜晚，恋雪有时会躺在屋顶上，观测的同时消除一天的劳累。看到姐姐爬上屋顶，沐天也非常心动，不过因为身高够不着屋檐，只能水化后流上房顶。恋雪则为沐天简单介绍一些星象知识，作为对沐天家务劳累的补偿。

九月十四日的晚上，也就是恋雪准备好场地的那天，恋雪在屋顶上终于看到那对闪烁的双子星。她高兴地推动着一旁的沐天，说道："快看，快看，沐天，是双子星！"沐天已经在旁边睡过去了，平实的屋顶也是一个睡眠的好地方呢，只是雪越下越大，不早点回去的话会着凉的。恋雪温柔地笑了笑，心想：那就把来自星空的惊喜留到明年吧。她轻轻抱起沐天跳下了屋顶，困意接踵而至，果然要好好休息才能迎接明晚的白月节。

第二天一早，恋雪便开始熬粥、泡茶，沐天则用毛巾把半个月没演奏过的七弦琴与姐姐的三弦琴擦亮。恋雪把熬好的粥端到沐天面前时，沐天发现了一些不同之处——本应全白的粥水多了一些黄色。沐天看向端着碗走向座位的恋雪，恋雪解释道：

"我在粥里加了点小米。沫天看，这些黄色的小米粒就是小米，都是我们可以吃的食物。"沫天这才放心地拿起勺子。其实恋雪还做了两包玉米，但她担心沫天消化不了，所以没有直接加进粥里。

收拾妥当后，便是纠结穿什么裙子出门了。沫天从衣架上习惯性地拿出蝶裙，此时恋雪看了过来。对视之间，恋雪微笑着指向了衣柜，沫天露出了灿烂的笑容。

自从去了一趟半神的土地，下山都算不上出远门了。而且从五月下旬开始，沫天便开始频繁下山，和那个四月还怯生生地跟在恋雪后面的沫天完全不同，与山下的自然生态打成一片的她如今变成恋雪的"引路人"。不过令恋雪哭笑不得的是，沫天"引"的路比原来下山的路途要多上不少，沫天一路时常蹲下和各种各样的动植物打招呼，向它们倾诉白月到来的喜悦。突然，沫天像是意识到什么似的，转头向恋雪写道：

"姐姐，白月会让冷棉花开满树，是真的吗？"

沫天后知后觉的惊讶样子还真是可爱呢，恋雪忍住笑容，用略带遗憾的口吻说道："是啊，是啊，可惜被沫天知道之后，惊喜就少了一个。"话虽如此，但恋雪内心依然认为冷棉花开满树的盛况会让沫天感到震撼。

沫天继续在前面为恋雪"引路"，恋雪则安静地跟在沫天后面。直到来到雪莲花田时恋雪才惊觉，原来沫天绕的路，不仅是为了方便和动植物打招呼，走在脚下的路也变得平坦了许多，甚至感觉不到高低的落差便来到花田前。难道沫天这几个月以来还在摸索下山最平稳的路途吗？恋雪后知后觉的惊讶样子，若是被沫天看到，一定会写下"姐姐可爱"之类的话吧。

来到雪莲花田，离冷棉树林只有几步之遥了，从花田上往下看，如繁星般的花蕾与冰雪少女共候白月的出现，而树与树之间相连，如白云软床般的感觉已经出现。树上系挂的彩带在上方清晰可见，沫天兴奋地指着下面的彩带看向恋雪，恋雪苦笑着说道："那看起来，惊喜好像又少了一个呢。"

看着沫天迫不及待地奔下山，恋雪喊道："拿着好多东西，小心别摔倒了。"真是的，沫天总是对新鲜事物特别感兴趣。恋雪内心如此想着。

冷棉树林作为举办白月节的场地，和以前的已经有很大不同。这是高原最后一小块冷棉树林，仅仅保存了不到三十棵冷棉树。规模与当年几百棵且分布在不同区域的祭典活动完全无法相提并论，不过那时候前往树林参加白月节的冰雪少女会有好几百人，还有一些卖小礼品的摊位，整个场地显得热闹一些。如今，恋雪努力回忆并还原了白月节的部分活动，她希望沫天能够在这次白月节玩得开心一些。

在入口等待已久的沫天朝恋雪摆了摆手，恋雪加快了脚步。接近沫天后，沫天展示了自己的笔记本："里面这些都是姐姐弄的吗？太厉害了！"

恋雪掩脸笑道："过奖啦。"

二人一起进入树林会场，恋雪顺着沫天手指的方向为沫天一一解释：

"这个是销售饮品的小推车，虽然姐姐仿造的这个小推车推不动，但在节日的夜晚，站在小推车后面的大姐姐会为我们准备各种花茶，还有一些经过稀释的果汁。

"它旁边这个则是售卖粥饮的铺子。除了平常我们吃的白粥以外，还会有用小米做成的黄色小米粥，还有加上红薯熬制的紫薯粥。甚至还有用刺梅果榨汁做料，把粥熬成蓝色的特色粥品，喝起来感觉甜甜的，但喝多的话可能会消化不了，而且价格也比较贵。"

"价格是？"沫天写下她的第一个问题。

"一般在会场上的饮料和粥品都是需要钱币来购买，也许沫天还不理解钱币的意思。简单来说，钱币是作为一种普遍的交换物，用它能够购买几乎所有的实体物品。"

沫天非常惊讶，她在诗中见识过很多诗人对于"钱"的追求，但她一直把"钱"理解为在精神层面更为高尚的东西。

两人继续向前，两棵相距三人左右的冷棉树间用红布相连，恋雪感叹道："啊，这个是我非常难忘的记忆呢。当时白月照亮了整个树林，在红布相连的树下，姐姐们各自用自己的乐器进行即兴演奏。虽然我的内心也特别想参与其中，但……沫天懂我的。结果那一次犹豫后，便是此生的最后一次机会呢。"说完，恋雪苦笑了一下，沫天看着姐姐露出了心疼的表情。

还有一些堆放整齐的小礼品摊位，恋雪也为沫天说明了一下。这些手工制品基本都是恋雪以前最精致的作品，是恋雪从雪里挖出木箱后精心挑选的。再往前走便来到系挂平安符的木架子处。沫天询问时，恋雪又装作神秘地回答道："欸嘿，这个到时候再和沫天说明。"

在木架子前有一片很大的空地，顺着空地往前走到了树林的尽头，二人在尽头的木棚下放下行李。树上的风铃在此处格外清脆悦耳，二人在树下进行短暂的休息。随着夜晚降临，恋雪睁开了蒙眬的双眼，白月皎洁的月光铺在她的身上，白月在天空中与她对视。虽然作为月仙子的自己曾经无数次见过这位朋友，但这次看见它时却比其他任何时候都要激动。恋雪迫不及待地唤醒了沫天，她要向老朋友介绍自己最重要的家人。

欸？天亮了吗？感觉世界的光照变得好奇怪。沫天擦着惺忪睡眼，内心思考着。恋雪轻快的声调打断了她的思考："沫天沫天，白月出现了，就在沫天的头顶上哦！"

听到白月出现，沫天很快就清醒了过来，抬头看向高空，大而圆润的月亮散发出温柔的月光，照亮了整个安提拉的高原。黑夜与月光交错，把世界倒映成与白天黑夜不一样的色彩。

尊敬的宇宙之神，在浩瀚的星空之中，您的眼睛再一次注视着极北。托您的福，我能与生命中最重要的人再度重逢。未来，我将与她共同守护这片夫卡于的净土，希望您能够再一次为极北所有的生物带来幸运与幸福。如果能给我一个自私的请求，希望您能够把属于我那一部分的赐福一同交给我的妹妹，真希望她能够早点恢复自己的声音⋯⋯

恋雪与白月对视并做出祈祷状，向白月默默地倾诉着内心的愿望。片刻之后，她放下手，看向盯着白月入迷的沫天。白月倒映在沫天翠蓝色的双眼里，就像倒映在一片清澈无比的湖水中。恋雪轻轻摇晃着沫天的胳膊，呼唤着沫天并询问她的感觉。

然后沫天写下自己的感觉："它会不会直接掉下来呀？"

恋雪愣了一下，先是看了一眼月亮，再看向沫天。两人用疑惑的表情对视着，恋雪似乎明白了什么，嘴角开始上扬，沫天的嘴角也跟着上扬。恋雪在即将忍不住的瞬间，说出了自己想说的话：

"沫天该不会是饿了吧？"

看见自己藏不住了，沫天忍不住捂嘴笑了。笑后，恋雪从篮子里拿出碗，为沫天盛上了一碗粥，说道："沫天不要喝得太饱，在节日祭典上，我们还会吃东西的。"

沫天点了点头，她看起来真的饿了，接过碗便连续喝了三口。沫天露出惬意的表情，便把碗递给注视着自己的恋雪。恋雪本想把食欲留在祭典上，但接过沫天手里的半碗粥后，肚子开始不争气地响了起来。果然，就算是冰雪少女，也需要按时吃饭才行。恋雪把剩下的半碗粥一饮而尽。

沫天在此期间一直看着树上的花蕾，恋雪见状问道："沫天是不是感受到极强的生命气息啦？"

沫天吃惊地看向恋雪点了点头，恋雪笑着拉起沫天的手："现在还不是时候。来，我们一起去逛节日祭典。"

恋雪拿起自己的篮子，带着沫天来到系挂祈愿牌的木架前。姐姐的篮子里似乎装着不少好东西，让沫天压抑不住好奇心探头去看，恋雪从篮子中拿出了两块用红绳系住的木牌，递了一块给沫天并解释道：

"这个叫祈愿牌，参加白月节的第一步便是在这里用祈愿牌写下自己最迫切的愿望。然后把它绑在木架上。注意一定得是自己的愿望，如果是写别人的话，那会是犯规的。"

看到沫天"怎么这样……"的遗憾表情，恋雪补充道："因为，待会儿姐姐会给你一个梦萦符，它可以让你给最重要的朋友许一个最真心的愿望。"

沫天的笑容再次变得灿烂起来，随后她拿起笔陷入了思考。恋雪倒是一早就想好了自己的愿望，在等待着沫天动笔。

该许一个什么愿望呢，为我自己……沫天苦苦思索着，许愿有吃不完的棉花糖，还是穿不完的新衣裳？这些都不是最迫切的愿望，许愿年底唤潮成功怎么样？要是被姐姐看到是不是有点为时过早了。啊！那就……

沫天因为找到了一个最合适的愿望而激动起来，然后由于看到姐姐奇妙的笑容后因自感失态，表情变得凝固。恋雪发出了打破尴尬的邀请，让各自写下自己的愿望：

"我希望，能够恢复自己的声音。——林雨沫天"

"我希望，能够和最亲近的人对话。——林风恋雪"

（姐姐变相"犯规"了vvvv）。

写好愿望之后，便是祈愿环节了。沫天跟着姐姐把祈愿牌的红绳系在食指上，双掌合起，把祈愿牌包裹在手心里，向白月下的"神树"祈愿。祈愿完成，二人把手里的祈愿牌挂在木架上。

"能让姐姐看看沫天许的愿望吗？"先系好的恋雪开玩笑般朝沫天方向探头，沫天惊慌失措并本能地用手遮住了牌子。

"欸？好过分，不过放在以前，阅读别人的祈愿牌确实是不礼貌的行为。"恋雪说道。

两人的祈愿牌最后相依在木架最高的横条中间，为光秃秃的木架点缀上了一丝色彩。恋雪看着木架说道："以前，祈愿的架子上挂满同胞的愿望。她们的憧憬化为一种无形的力量，压在了架子上。所以我当时跟妈妈说，世界上最重的物体，便是这个祈愿架了。"

沫天把自己写好的话语交给姐姐："那，今后就让我们一起，用我们的愿望填满整个祈愿架吧。"

恋雪噙着眼泪，说道："嗯，好，我们两个，一起。"

下一步便是写梦萦符了。相比祈愿牌，梦萦符的形状更细长，但能写的空间基本是一样的。因为梦萦符是为最重要的一方而写的愿望。对于习惯多为对方考虑的冰雪少女而言，梦萦符比祈愿牌要好写很多，沫恋很快就开始动笔了：

"希望姐姐能够放下内心的负担，更轻松、更幸福地活着。——林雨沫天"

"希望沫天的声音能够恢复正常，没有负担、快乐地活下去。——林风恋雪"

但是梦萦符挂在哪里呢？写好后的沫天左顾右盼。恋雪解释道："梦萦符写好后是挂在树上的哦，但是……"

沫天开始脸红。坏坏的恋雪贴近沫天的耳朵轻声说道："沫天不会爬树呢。"沫天的身体开始颤抖，恋雪继续轻声说道，"所以，沫天的梦萦符，让姐姐帮你挂上去吧。"

恋雪的刺激再一次生效，沫天转头跑到树下，开始琢磨起上树的办法。恋雪走近沫天身边，说道："元素化后可以直接上去的，不过沫天一定要注意复形的位置，姐姐特别担心沫天一不小心掉下来摔着了。"

所以这是恋雪刺激沫天的目的，如果沫天学会上树的话，对克服恐高也不失为一个好办法。沫天点了点头，水化后往上流动。不一会儿，恋雪在树干的上方看到了沫天的身影。沫天朝树下的姐姐摆了摆手，虽然超过五米的高度差仍让沫天感到一阵目眩，但一想到自己手里抓着的是写给姐姐的梦萦符，她便鼓起勇气朝树枝方向爬去，最后成功系好梦萦符，再次水化回到了地面上。

恋雪全程在树下注视着沫天的动向，以防万一。但是看到沫天熟练地操纵着元素化的身体，又勇敢地系好梦萦符，令恋雪感到欣慰不已。但沫天短时间内经历了两次水化，无法接受身体的疲惫而坐在了雪上，观看着姐姐上树时灵活的身姿。恋雪系好红绳，优雅地从树枝上跃下，在沫天的鼓掌声中，坐到沫天的旁边。

沫天向恋雪展示了她刚刚的收获，是一朵早开的冷棉花。一般开放的冷棉花经过一到三个月的吐絮期后，便会结成冷棉，在开花期采摘的冷棉花，实用性并不高。不过沫天的笔记本解释了她采摘的原因：

"它在树枝上和我打招呼了，它说在我的身上闻到了前辈们的气息，所以希望我能把它带在身上。但是把它摘下来后，便再也听不到它的声音了呢……"

"因为……"恋雪欲言又止，冷棉花被采摘后不久便会枯萎，恋雪还不忍心把这个事实告诉沫天。思考了好一会儿，恋雪将手里的冷棉花还给沫天，说道："因为它太想念它的前辈了，所以它留在沫天身边的这几天里，沫天一定要好好照顾它。"

沫天点头答应，把这朵冷棉花插在腰间的丝带上。恋雪从篮子里继续翻弄着。不一会儿，恋雪说道："沫天，来，伸出手。"

沫天伸出手，接过姐姐从篮子里拿出来的一个蓝色小布袋。好奇驱使着沫天拉开了布袋，并从里面拿出了一块圆滚滚的白色物品。

"这个是钱币哦。"恋雪看着沫天手指抓住的东西说道，"这是一种叫白银的金属做成的硬币，把它们装起来的小袋子便称作钱袋。钱币是外界的产物，后从外界引进我们的世界。我们还在用物物交换时，外界就已经用它划定了几乎所有物品的价格。所以，当冒险家向一族的前辈们介绍钱币能够购买一切东西时，前辈们便对钱币的先进性感叹不已。不过到最后，习惯了物物交换的我们并没有把钱币拓展到生活的物质交换之中，钱币反而只是变成在各种节日上方便等价交换的一种工具而已。"

沫天的右手稳稳地抓着钱袋的底部，无论是沉甸甸的钱袋，还是每次抓紧时钱袋内部硬币发出的"哐当哐当"的声音，都让沫天进一步感受到这份重量会在外界带来的安全感。沫天终于能够理解，外面的世界对钱币的认可度为何如此之高，毕竟有了它，就算是诗人们也不会风餐露宿了。怪不得许多云游诗人在字里行间中都透露着对钱币的渴望呢。

姐姐拿起篮子，向摊位的方向边走边说道："接下来姐姐和沫天玩一个小游戏，叫作角色扮演。钱袋将是一个关键的道具。"

角色扮演？沫天把右手食指放在脸上做出疑问状。恋雪继续解释道："沫天手里的钱袋子待会儿会派上用场，因为沫天要扮演的是进来参加祭典的女孩，姐姐要扮演的则是摊位上售卖各种东西的米莉（极北对'商人'的读音）哦。"

听起来好像很有意思。沫天握紧手中的钱袋，已经开始跃跃欲试。来到售卖粥品的摊位前，恋雪从篮子中拿出事先准备好的装着粥品的碗，放在木桌的平面上。因为摊位比较靠近入口，所以恋雪让沫天在出口处稍稍等待一下。很快，一切都准备好后，恋雪给沫天做了一个"好啦"的手势，让沫天走进来。

粥品已经凉了，虽然这个温度非常适合冰雪少女饮用，但以前那些向上冒着水蒸气的粥品更显气氛。恋雪灵机一动，用冰雪的魔法在粥碗的上方形成一缕冰雾。虽然冰雾不像水蒸气那样能够向上飘动，但姐姐觉得气氛毕竟是烘托出来了。

沫天即将接近恋雪的摊位，恋雪清了清嗓子说道："啊，这位可爱的小妹妹是来参加白月节的吧？"

沫天紧张地点了点头。

"可是你的肚子在咕咕地'求救'着，参加白月节可不能饿着哦。"恋雪的口吻越来越像米莉，沫天感觉自己的肚子应声而响。

"来看姐姐这里，有白粥、玉米粥，还有小米粥，应有尽有，都是新鲜熬制……噗！"果然，恋雪刚刚一直在想这个场景该怎么圆回来，结果还是不争气地笑场了。沫天看到姐姐笑场，似乎前面的紧张感也缓解不少，并带着疑惑的笑容看着姐姐重新缓过来。

恋雪重新清了清嗓子，说道："嗯哼，不好意思失态了。所以小妹妹想要吃点什么呢？"

自从早上吃过带有小米的白粥，沫天便一直想再尝一下小米的味道，所以她写道："米莉姐姐，我想要一份小米粥。"

"好呀，需要三枚银币哦。"恋雪做出合掌并轻轻歪头笑的样子，沫天便从钱袋中数出三枚硬币。两人互相伸出了手。就在沫天把硬币放在恋雪伸出的手里的一瞬间，恋雪的脑海里突然闪烁出一个奇怪的画面，这个画面很快就消失了。虽然有点吃惊，但恋雪没有表现出异样的感觉。

接过姐姐的小米粥后，沫天把它放回原位，结束了这一次简单的游戏流程。接下来是角色交换的环节了，这次是沫天当米莉、恋雪当顾客。无法说话的自己要怎么样才能吸引姐姐前来买粥呢？沫天一路小跑回到营地，把七弦琴抱过来，坐在了椅子上。虽然把七弦琴放在大腿上演奏并不舒服，沫天还是向姐姐表示准备好了。

要弹点什么好呢？沫天心想着。用琴语充当吆喝的工具也太不文雅了，沫天赶紧摇了摇头，还是弹奏一首动听且手指跃动不那么激烈的曲子吧。看到姐姐从入口处走进来正欣赏着身边的风景，沫天开始拨动琴弦。

欸？用琴声吸引我的注意力呀，不失为一个好办法呢。恋雪着着沫天，脑海瞬间映射出另一个画面：那是一个抱着六弦琴演奏的米莉，看起来比恋雪年轻，但是她那成熟且动听的歌喉让恋雪印象深刻。不会有错，这个是自己参加上一个白月节的记忆，但是……

过去的片段又消失了，恋雪重新看到坐在椅子上演奏七弦琴的沫天，看起来十分认真，演奏的旋律清新平缓。但沫天时不时看向恋雪的小眼神，还是被恋雪轻易地发现了。当米莉可不是一件简单的事情，就让姐姐考验一下你吧。恋雪装作若无其事的样子从沫天的摊位前经过，沫天的节奏一下子就乱了。恋雪转身看向沫天，调整能力比较强的沫天仍在慌乱之中找到了自己的旋律。恋雪再次转身往前走，这一次沫天的节奏彻底乱了。

再走下去似乎有点过头了，恋雪回到沫天身边，安慰她道："作为米莉的话，一定要有耐心，因为不是所有经过沫天摊位前的人都能成为沫天的顾客，但沫天要努力让尽可能多的人变成自己的顾客。"

"但是，我能帮助的顾客，只有姐姐一个人了，所以……"

沫天写下的回答让恋雪缓缓地放下笔记本，两人在风声与铃声中对视了很久。在沫天眨眼的一瞬间，恋雪找到了打破尴尬的方法："沫天眨眼了，所以沫天输了哦。"

沫天因为会意而嫣然一笑，她轻轻放下七弦琴，接过姐姐递来的笔记本。恋雪回到摊位前，两人继续游戏。

沫天展示笔记："欢迎姐姐参加白月节，想吃点什么吗？"

"哦，简单且专业呢。"恋雪夸奖道，"那就来份白粥吧。"

白粥应该比小米粥便宜吧？沫天思索着，随后写道："给一枚银币，谢谢姐姐。"

看得出来，沫天在交易用的词汇量上还是非常欠缺的，不过毕竟冰雪少女对交易本身就不在行，所以恋雪觉得沫天保持这样就好。她从钱袋中取出一枚银币，交到沫天的手里。

就像是在姐姐手里得到了什么似的，沫天内心兴奋地想着。

她把白粥交给恋雪，自己则把刚刚的小米粥端起，两人在一旁享受起今晚的正餐。经过两次化形后的沫天其实很早就饿了。沫天第一次尝小米粥，虽然小米粥呈金黄色，但食用起来比白粥清淡。另一个明显的区别就是，因为小米比稻米体积更小，在融入水中变成粥水以后，吃起来比白粥更加软糯。总的来说，沫天认为小米粥口感更好。但毕竟物以稀为贵，直到秋天才能喝上一次小米粥，沫天希望姐姐也能尝到这个味道。她先拉了拉姐姐的衣袖，待姐姐转头后用勺子舀上一勺小米粥，微微张开小嘴巴，示意姐姐张嘴。恋雪笑了笑，吃下妹妹分享的美食。沫天想再舀一勺时，恋雪及时打断说道："姐姐已经够啦。沫天第一次吃要多吃一点。"不过沫天并没有放弃这个难得的"喂食"机会，到最后发展成二人把各自碗里剩下的粥互相喂到对方的嘴里。

二人继续逛会场，不过沫天似乎对角色扮演特别感兴趣，在好几个摊位上抢着当米莉后，把恋雪钱袋里的硬币给"榨干"了。看到姐姐空瘪的钱袋和委屈的眼神（假装的），沫天感到有点心疼。果然，钱币是一种特别奇怪的东西，即使双方都知道是玩游戏，但沫天从姐姐身上得到钱的快感会令沫天"变本加厉"地想让姐姐继续购物。回过神来，看着自己鼓起的钱袋，沫天感觉自己做了一件十分罪恶的事情。

沫天把自己感到罪恶的心理告诉了姐姐，姐姐安慰她道："说明沫天是一个善良的女孩。钱就是这样一种具有邪恶魅力的东西，一旦对它产生了欲望，这个欲望就会没有限制地扩大，因为钱本身就是没有限度的。一旦这个欲望到达一个顶点，疯狂、自私还有吝啬等负面情绪就会爆发。如果一个群体、一个国家的欲望都达到顶点，那么他们就很有可能去吞噬身边的事物，且毫无悔意。"

沫天感到震撼，如此方便、如此先进的东西，居然隐藏着这么大的危机。她再一次对一些诗人的追求产生了怀疑。

恋雪得知沫天的怀疑后，温柔地解释道："不能这么一概而论的啦。在外界，有些诗人受生活所迫，为了改善自己的生活，对钱会有一定的追求，这是很正常的。这就是'君子爱财，取之有道'的道理。其实还有不少诗人批判过那些唯利是图、见利忘义的坏蛋哦。只是我担心内心纯洁的沫天还理解不了这些，所以一直没有和沫天分享过。"

恋雪会特意为沫天过滤掉一些外界人性与社会上特别阴暗的一面，这个沫天是有所察觉的。有一次，沫天询问一个童话的后续时，正是出于这个原因，恋雪才没有直接告诉她。沫天得知这是一件不好的事情之后，立马就没有追问下去。沫天知道，姐姐一直不希望自己被外界复杂的思想玷污，因为在这片纯美的夫卡上，不受任何外界的邪恶力量干扰，自己的思想并未成熟，可能还无法做到像姐姐那样"知"淤泥而不染。相比于沫天的单纯，沫天懂得维护自己的单纯，才是其成熟的性格表现之一。

在各种设置好的地方逛了一圈，最后二人来到一个售卖纪念品的摊位上。经过前几次的教训后，沫天已经完全没有当米莉的欲望。不巧，恋雪其实也不太喜欢当米莉。"那就假装摊位对面有个米莉姐姐吧。"恋雪伸出食指说道，沫天则急急忙忙地朝对面鞠了一躬。

恋雪的精神状态并不是很好，在陪沫天逛会场时总会时不时地看到几百年前的景象，且越发严重。她蹲下查看自己以前的手工制品，脑海里不间断地传来米莉的介绍声。很多时候，都是沫天用手拉着她的衣袖，才把她拉回到现实的画面。虽然恋雪能够很快调整好状态，但她多次盯着一样东西愣神的表情，已经让沫天察觉到异常，只是她没有立即打乱姐姐的思绪，想着可能是姐姐在思考什么吧。

"沫天，怎么啦？"恋雪问道。

沫天指着这个带着泥土的玻璃罐看向恋雪，恋雪激动地解释道："噢！这个是以前姐姐制作用来装幼苗的玻璃罐。因为夫卡于上方的空气并不适宜动植物生存，所以姐姐就用这个把一些小草和空气装在玻璃罐里带进屋子。不过需要经常下山换空气和浇水，才能让植物存活下来呢。"

能把植物带进屋子里呀，想试试看。沫天边思索边确定了自己想要的纪念品，而恋雪决定把手里的沙漏带回去。二人站起身来，树上飘来了独特的清香。两人都能感觉到，植物盛开的时刻即将到来。

少女牵手回到营地休息，她们面前有一个宽阔的空地，那里曾是沫天夏季安眠的场所。营地斜对着白月，白月与冷棉树的枝条构成一幅美画，所以营地是赏花赏月最合适的观众席。逛了一晚上，二人瘫坐在席子上，身体虽然感觉到疲倦，但精神依旧兴奋，她们盯着树上的树枝，感受树枝传来的信号。

恋雪看向沫天，微笑着做出"五"的手势，一秒后便收回大拇指。

沫天立马会意，相视而笑，伸出了三根手指。

"三、二、一！"两人同时抬头。

在这一瞬间，树林里绝大部分的冷棉花如相约般同时开放，十分壮观。沫天的表情已经无法用震惊来形容，她用双手转动着早开的冷棉花花枝。当时的沫天也许在想着：仰慕前辈的冷棉花呀，为了追求梦想而独自开放之后，看到这样的场景，会不会心生寂寞呢？

短短三分钟时间，盛开的冷棉花便用它们的身体拥抱月光，把树枝下倒映的影子全部填满。沫天期待的如白云软床般的景色，即使从树下往上看，也特别有感觉。二人面前的空地外围，被盛开的冷棉花围成一个圆圈，白月光在这片没被树荫遮盖的空地上毫无保留地倾泻下来，如同剧院舞台的聚光灯一般，也像《启示篇》中圣导师为"罪人"洗礼的场所。总而言之，白月之夜总能给人一种神圣的感觉。

啊，好怀念的感觉。这吹过的凛凛寒风，曾化作冻结我心的坚冰……恋雪目光呆滞地看着前方，她正经历此次白月节最强烈的一次幻觉。她面前，系挂祈愿牌的木架上挂满了冰雪少女的愿望，最大的冷棉树上飘荡着无数的梦萦符。场地上热闹无比，表演的冰雪少女在树下载歌载舞，同伴给予她们最热烈的掌声。那个时候的恋雪，像现在这样习惯坐在一个角落边，偷偷为表演者鼓掌。对恋雪而言，即使完全看不清她们的脸，能看到她们如此快乐的笑容，在今天看来，已经是最美丽的礼物。

念旧的冰雪少女，她们的脑海里永远存在着对过去美好生活无法遗忘的回忆。恋雪现在看到的这一切，就是她们过去存在过的证明。

"请一定要好好地活下去。"

"我会一直在你身边的。"

雪，一直在下呢。

如唤潮一般。

脑海里开始出现那段熟悉的声音，还有自己的声音。恋雪此时已经身处幻境而不能自拔，在混乱之中，她终于意识到，原来自己独自生活之后就再也没有参加过一次白月节，是因为发现自己根本就控制不住思念的情绪吗？

然而过去的幻境想完全夺走恋雪的精神，得先经过现世的冰雪少女的同意。有趣的是，沫天只需轻轻拉动恋雪的衣袖，恋雪便能从幻境之中回过神来。也许现世的变化让恋雪的精神不会再像从前那样完全拘泥于过去了吧。

眼前的热闹幻象顿时消失，当一切回归沉寂，恋雪转头看向表情兴奋的沫天，"姐姐此刻的心情，是不是也像沫天一样，好想演奏一段或者高歌一曲呢？"

恋雪注视着沫天那双一次又一次带给她希望的大眼睛，每次她深陷幻觉的时候，都是妹妹把自己拉回现实。对恋雪而言，沫天的到来就像是一场漫长救赎的一个起点。那些活在过去的画面、过去的话语，经过这一年的洗礼，想必都会消失在今后的生活里吧。

一想到这个，恋雪便激动地牵起沫天的手，拉着她来到"聚光灯"前。待沫天站好，自己后退了几步，在聚光灯外围朝沫天伸出右手，温柔地说道："此刻，我最可爱的妹妹，愿意与姐姐共舞一曲吗？"

沫天被姐姐突然的举动惊得魂不附体，正如童话中村里的姑娘被王子相中并邀请参加城中舞会时的反应。"我我我……我不会跳舞啊。"这句话在沫天脑海里反复跳动着。阴影中，恋雪紫宝石般的眼睛十分耀眼，"聚光灯"下的沫天则满脸通红地伸出了手。

"来，像这样，一只手互相握住，另一只手搭在姐姐的肩膀上。慢慢地跟着姐姐的脚步，从姐姐的步伐中感受一下这支舞的节拍。"

每次接触新事物的时候，沫天都会表现出一脸紧张的样子，这次也不例外。刚开始，沫天只能不停低头盯着恋雪的脚步，走出来的步伐也十分僵硬。慢慢进入状态之后，沫天发现原来只需用余光感受姐姐身体摆动的方向，便可以得知下一步的动作。

恋雪轻声问道："沫天从中感受到节拍了吗？"沫天与恋雪对视着做出"3"的嘴型之后，恋雪满意地笑了笑。

"这支舞呢，在外面传进来的时候称作'华尔兹'，因为舞姿和它的名字一样优雅，前辈们完全接纳了这支舞蹈，并在它的基础上加入了属于我们的元素，变成今天我们所跳的戈尔欧。"

沫天在恋雪的指导下跳得越来越熟练，恋雪高兴地夸奖道："不愧是沫天，进步得很快嘛。"沫天得到肯定后，紧张的表情轻松了不少，虽然依然在努力与姐姐保持相对同步。

待二人的舞步逐渐熟练后，恋雪说道："我们来尝试一点高难度动作，先松开肩膀，然后沬天抓紧姐姐的右手并抬高，接着姐姐就可以……"

恋雪在沬天的手中翩翩起舞，长裙摆动，如紫羽天鹅展翅一般。沬天的瞳孔中倒映着姐姐飘逸的长发与优雅的身姿，她从来没有见过如此漂亮的姐姐。沬天希望协助姐姐跳好这支舞的同时，也能跟上姐姐优雅的舞步。

最后一段，恋雪转进了沬天的怀里，在恋雪屈身的瞬间，沬天非常灵性地伸出另一只手托住了恋雪的腰，让她得以抬起另一只腿完成舞蹈。沬天激动地为恋雪鼓起了掌。恋雪习惯性地擦了擦自己的额头，满足地说道："哇，好久没跳得这么尽兴了，果然跳舞很容易忘我呢。今夜多亏了沬天，让我找回当初跳舞的感觉。最后那一段，沬天的反应好快，直接就抱住我了。沬天先前了解过这支舞吗？"

看到沬天伸手摇摆表示"我是第一次接触这个的"之后，恋雪满脸期待地补充说道："那沬天想试试看吗？很有趣的。"沬天摆手的幅度更大了。

虽然沬天做出了"不要"的动作，但内心其实是非常想尝试的。这个时候，还是姐姐恳求的目光完美地推动了沬天的情绪，沬天则做出"真没办法呢"的表情，朝恋雪伸出了手。

在恋雪轻轻抓住沬天的手后，沬天开始舞动起来，恋雪鼓励道："想象自己是一只轻盈的蝴蝶，就像当时在半神的花园里那样自由地起舞。"呜哇，原来姐姐还见过我这么难堪的一面。虽然突然感到害羞，但沬天就像姐姐说的那样，用轻松的步伐跳动着。

恋雪在沫天进入状态后，也跟随着沫天的节奏起舞。令沫天惊讶的是，即使姐姐抓住了自己的手，自己的活动却丝毫没有受到约束。随着兴奋的情绪渐起，沫天体会到姐姐所说的跳舞时会产生的忘我感觉。两人在白月下共舞，恋雪给予沫天的安全感让沫天的信心倍增。她看向姐姐，满怀期待地想着：我最终也可以像姐姐那样，如此美丽且帅气吗？

沉醉于美好幻想的沫天逐渐分心，结果在一次转动身体时，顿感重心不稳，从幻想中惊醒，整个身体即将倾入雪地，内心的惊慌通过苍白的脸展露无遗。但很快，她便意识到自己并没有坠入雪地，因为姐姐及时抱住了自己。

沫天睁开双眼，姐姐在正上方用关切的眼神盯着心有余悸的自己。那是熟悉的怀抱、熟悉的安全感。唯一陌生的是从姐姐起舞开始诞生的心跳加速的情绪，再一次充斥在沫天的脑海。

"看来迷路的小公主已经找到属于自己的方向了。"恋雪轻轻把沫天放下来。温柔的表情和话语对情绪异常的沫天都有着极大的安抚作用。此时的姐姐，真的就像童话里的王子一般。尽管努力克制住自己的情绪，可沫天的眼眶还是湿润了。

"来，沫天把手放在我的肩膀上，我们再稳稳地跳完最后一场吧。"恋雪搂住沫天的腰部再度起舞，沫天却不敢抬头与姐姐对视，她怕眼泪流下来会让姐姐在意。但沫天突然的不敢直视已经让恋雪非常在意，开始反思并询问道："是不是姐姐刚刚步伐混乱了，才让妹妹差点摔倒了呀？"

听到出现误会的沫天立马抬起头，泪珠就像自己想象的那样不争气地滑落。被泪水模糊的双眼看不清姐姐的面孔，微张的小嘴轻轻颤动着。看到沫天这个样子，恋雪有点担心，她故作微笑地安慰道："沫天不要太放心上，姐姐以前练舞的时候摔过好多次。如果沫天出现失误的话，姐姐也会像刚刚那样不会让你摔下去的。"

克制了好久的沫天终于还是被强烈的感性打败，一头栽进恋雪的胸口。沫天突然的举动让恋雪没反应过来，二人一起倒在雪里。看着扑在自己身上的沫天，再看了眼头顶的月光，想起今年貌似出现过好几次这样的场面。恋雪轻轻叹气，苦笑着说道："如果是这样的失误，姐姐是挽救不回来的哦。"

恋雪静静地等待着沫天宣泄情绪后睡去。为了不让沫天着凉，恋雪把她抱回了营地里。今年的白月节以一种梦幻般的结局收尾，令恋雪稍感遗憾的是，到最后都没有经历向另一方倾诉情感的环节，这明明是恋雪最为期待的。不过恋雪没有意识到的是，妹妹已经把恋雪最想做的事情完美地实现。第二天，二人收拾好场地回到家里。沫天终于还是忍不住把自己昨晚的情感用纸笔告诉了姐姐：

看着姐姐起舞的时候，我的内心萌生出一种从未有过的想法，这种奇怪的想法在不断冲击着我的理性，使我感到非常害怕。但是昨晚的姐姐，是我见过的最帅气的姐姐了，感觉非常不可思议，第一次产生一种自己克制不住的情绪。

看到沫天的坦白，恋雪昨晚的遗憾一扫而空，心花如白月初现的冷棉花般盛开。但恋雪装作若有所思的样子，一本正经地解释道："这个嘛，这个是荷尔蒙作用的结果，荷尔蒙的分泌会让人产生兴奋的情绪。（其实冰雪少女是无法分泌荷尔蒙的，所以这里恋雪只是借助荷尔蒙来解释沫天作为青春少女所萌生的倾慕之情。）沫天也许是看到姐姐从未展现过的帅气一面，所以才会兴奋起来。"

恋雪突然不说下去了，她看向沫天，露出了目前情绪该有的笑容。脸上泛红的沫天在姐姐的解释下开始意识到了事情的严重性。看着脸上布满了惊慌失措的沫天，恋雪知道，想让现在的沫天"开花"，只需要耳边的一缕"清风"就足够了。

恋雪自然是不会放过这个机会的，她在沫天耳边轻轻道出了沫天这份情感的真相，并再一次看向沫天。此时，沫天的脸比春夏之季开放的红芍药还要鲜艳。这是沫天这一年里最害羞最难堪的一刻，所以沫天是不会告诉大家姐姐说了什么的！这也成为恋雪最宝贵的一次记忆，沫天的坦白与后来对这份情感的默认都为二人的羁绊增添了浓墨重彩的一笔。

二十二、终有归宿

　　沫天从白月节中得到了两样东西，一枝冷棉花，还有一个可以装入植物的玻璃罐。

　　沫天在高原下挖起一小捧泥土，放在玻璃罐的底座上。入秋的泥土冷干冷干的，沫天在小溪旁为泥土加入一些水分，然后把吸收了一定空气的玻璃罐盖在底座上面。下次只要小心移植一束小植物进来，就可以使用了。

　　沫天到底想培养什么植物呢？答案是什么都想试试。沫天很想让夫卡于变得生机勃勃，只不过一个小小的玻璃罐是完全做不到的。经过一番冥思苦想后，沫天想起系在腰间的冷棉花，要是把它放在里面用心培养的话，能不能培养成小树呢？沫天兴奋地把冷棉花插入玻璃罐子里，拿回家展示给恋雪看。恋雪哭笑不得地调侃道：

　　"虽然妹妹平时都是冰雪聪明的，可一遇到这种事情的时候就像一只小笨蛋一样。"

　　居然用"一只小笨蛋"来形容自己，沫天"气"得鼓起了脸。话虽如此，姐姐这么说，那一定是自己的做法出现了问题，所以很快她便把罐中的冷棉花拿了出来。可是看着日渐枯萎的冷棉花，沫天心里十分难受。看着沫天日渐"枯萎"的表情，恋雪安慰道："花开与花落都遵循着自然的规律，每个生命最终都会迎来各自的终点。沫天手里的这朵花也有着自己的归宿呢。"

沫天写下问题："那作为冰雪少女的我们呢？我们也会走到生命的尽头吗？"这是一个非常富有哲理的问题，因为在理论上，冰雪少女的身体经过水化改造以后，青春与寿命是可以无限期地延长的。

恋雪一边思考着往事，一边说道："姐姐很小的时候，参加过一次冰雪少女的葬礼，葬礼的主人，是一位活了三百多岁的大姐姐。虽然她生前依然保持着青春的样貌，但眼神有着一种看淡尘世的感觉。主持会场的另一位姐姐为她举行葬礼仪式，参加葬礼的我们头披白巾，全体肃立。从她们的仪式对话中，大姐姐说出了这位冰雪少女要从这个世界离去的原因——孤独。身为冰雪少女，见识了冰雪少女的一切，在一代接一代的轮回当中，这位冰雪少女感到累与满足。最后，她服下一颗特别的药丸，躺入木质的棺材当中。"

沫天感到不可思议并直摇头。恋雪心想：果然年幼的冰雪少女还是太难理解了。她换了一个角度解释道："对于最终会衰老死去的生命而言，它们会以活下去为终点；而对能一直活下去的冰雪少女而言，她们终将会以死亡为终点。所以每个冰雪少女都有选择死亡的权利，希望沫天在做出死亡的抉择之前，一定要反复确认自己在这个世界是否已经失去一切。不过这些对沫天而言，还是一件非常遥远的事情呢。"

那花儿有选择死亡和归宿的权利吗？沫天若有所思地想着。恋雪温柔地说道："沫天把这朵冷棉花交给姐姐吧。下个月，姐姐会告诉沫天它去了哪里的。"沫天犹豫着点了点头。

一天下午，恋雪带着神秘的表情回到家，问道："沫天是不是想养植物呀？"正在看书的沫天连连点头。二人一起出门来到夫卡于下方不远处，恋雪把颗粒状的花籽撒入底座湿润的泥土里，再把收集好空气的玻璃罐盖盖在上方，然后把玻璃罐交给沫天。

沫天写下问题："这是什么植物呀？"

恋雪笑道："沫天把它培育出来不就知道了嘛。"给沫天些许神秘感就会让她兴致大增，在这方面恋雪还是特别懂的。

就这样，在世界的尽头，多了一个小生命的存在。尽管它现在的生命气息非常微弱，但沫天希望通过自己的努力令它绽放光彩。

此后，沫天严格遵循"三天换空气，六天浇水"的规律照料着小植物。恋雪在前三次浇水时都会跟随并指导沫天。看到沫天能够控制好合理的浇水量后，恋雪便放心地把浇水的任务交给了自己的妹妹。

不得不说，第一次栽种植物是一件非常有成就感的事情，更不用说是在理论上动植物无法生存的夫卡于了。经过第四轮浇水后，即十月中旬的某一天，一棵幼苗从土里探出头来。

沫天和恋雪正因为一些不同的观点争论起来，用笔记本"发言"的沫天虽然处于劣势，但恋雪每次都会耐心地等待沫天写完观点再反驳，所以现在两人都没能说服对方。当争论的情绪到达顶点，即将发展成不理智的争吵时，二人便颇有默契地扭过头，各自寻找别的东西转移注意力。

正是这个时候，沫天注意到罐中的一片嫩绿，一开始她无法相信自己的双眼，擦擦眼睛再次确认后，高兴地从椅子上蹦起，并用手指轻轻敲动着玻璃罐。恋雪闻声转过头来，罐中的幼苗与兴奋的沫天同时感染了恋雪，她无比激动地说道："哇，沫天，你成功了，成功了呢！"二人手握着手，共同庆祝着这一刻，适才因争论产生的隔阂一下子便烟消云散了。

"沫天，给它起个名字吧。"恋雪兴奋地说。

沫天点头表示同意并陷入了思考：取一个什么样的名字才合适呢？她先是在笔记本上写下"小沫"和"小恋"，然后害羞地把前两个名字都划去。紧接着，沫天写下"小活""小荷""小灯"等名字，似乎都没能找到那种眼前一亮的感觉。最后，一个念头从沫天脑海中闪过并被沫天牢牢抓住："小悠"这个名字挺不错。在极北的语言中，"悠"这个音对应着"平安""平稳"，"悠悠"则带有祝福对方健康的意思。这个名字寄托着沫天对小植物平安长大的希望，她把自己的想法展示给姐姐看。

"非常不错的名字哦，毕竟是沫天栽种的植物，应该由沫天决定。"恋雪竖起食指说道。听到姐姐的意见后，沫天确定了"小悠"的名字。此后一年间，小悠在小小的玻璃罐和沫天的爱护下悠然地成长着。

第二天便是恋雪向沫天履行诺言的日子，她要带沫天找到一个月前沫天交给她的冷棉花。出门前，沫天把各个冷棉花可能存在的场景都想象了一遍，姐姐总不能把花又放回了树林里吧？

结果沫恋来到的地方，正是冷棉树林。和白月时节相比，十月的冷棉花进入吐絮期，但并不是所有的棉花都能成功吐絮。一半多的棉花会面临枯萎凋零，最后飘落，化为"落白"的结局。树木之间失去软床般的繁茂，回到了八月开花前的空隙状态。不过，看着一朵朵冷棉花从树上慢悠悠地飘落，还有满地与雪地相衬的"落白"，此时的树林和八月相比，显得更加凄美。

沫天跪坐在地上，拾起一朵"落白"，放在脸上轻轻摩擦，然后一脸伤心地看向恋雪，摇了摇头。恋雪抚摸沫天的头并安慰道："树上之物的归宿便是根，所以沫天不要过于悲伤。"

恋雪的话语似乎让沫天理解了什么，她奔向系挂梦萦符的树林里最大的那棵冷棉树，再一次跪在树下，伸手放在雪地上，欲挖又止，短短的指甲在雪面上留下了几道细长的划痕。

恋雪看到沫天犹豫的样子，跪下来询问道："是害怕打扰到找到了归宿的它吗？"这一次沫天没有抬头，而是顺着视线点了点头。

恋雪继续用温柔的口吻问道："沫天听过树干的声音吗？"沫天摇了摇头。恋雪轻轻抓着她的肩膀，让她注视着树干的方向，说道："来，用耳朵轻轻贴近它，倾听它的声音。"待沫天侧身贴近树干后，恋雪松开了手，问道："能听到什么吗？"

沫天闭着眼睛微微摇了摇头。恋雪继续补充道："每一棵冷棉树都孕育着成百上千的生命，它们用一条肉眼看不见的生命线，把意识传输到树根底部。每到秋冬季节，它们的声音就像着急的母亲寻找着自己的孩子一样。这时，沫天需要完全静下心来，冲破树干对内部天然的保护，就能从里面找到那枝冷棉花的去处了。"

听到姐姐的话后，沫天深呼吸，闭上眼睛，静心倾听着树内的声音。但是粗壮的树干如同一个健壮的门卫，把身躯娇小的沫天拒于门外。看到沫天不断皱眉，恋雪心想沫天可能遇到了麻烦，她抓住沫天的手，倾听沫天灵魂深处所听到的声音。

"这里是禁地，外人禁止进入！"

（我的朋友在里面，求求你让我进去和它见一面吧，一面就好。）

"朋友？找朋友就应该去外面找。这里是禁区，不许闯入！"

（抽泣）

"哭？哭也解决不了问题。我负责保护内部的安全，请不要让我为难。"

（另一个声音传入）"她是我的妹妹，不许无礼！"

"是……是月仙子？无意之失，还请宽恕冒犯之过。"

"请打开入口，放我妹妹进去吧。"

"遵照吩咐。"

看起来我的任务已经完成，恋雪轻轻松开沫天的手。随之她突然意识到一件事：沫天只是和那朵冷棉花相处了短短三天时间，就已经"结下"这么深厚的友谊呀。

经过一段时间的等待之后，沫天终于转过身来，表情和先前相比放松了很多。她拿出笔记写道："姐姐刚刚好凶哦。"

恋雪被沫天这么一提而脸红起来，匆忙解释道："因为……因为沫天被树干枢纽给拦住了，它还骂哭沫天来着，所以对付它们要表现得严厉一点才行。" 沫天的表情完全没有责怪的意思，相反，看到姐姐难得威严的一面让沫天感到极大的安全感。

听了姐姐的解释，沫天写道："没有姐姐的话，可能沫天就无法和小白重逢。谢谢姐姐。"

恋雪微笑回应，看样子沫天给它起了一个叫"小白"的名字。随后，恋雪询问道："那小白还有跟沫天说过什么吗？"

沫天写下回应："小白说，它永远都不会忘记我们。和我们在一起的几天，它过得非常开心。好奇怪，在一起的那几天它一直都没有说话，还以为它在生我的气呢。

"还有，它让我明白了一件事，今晚再告诉姐姐。"

经过傍晚的休息之后，又到了睡前故事的环节。沫天要把下午留下的悬念用纸笔向姐姐倾诉："姐姐还记得我们昨天争论的那个话题吗？"

"当然记得啦！关于植物是否与人一样能自由选择命运的话题，沫天认为是可以的，而姐姐觉得并不行。"恋雪回答道。

"下午和小白对话之后，感觉我坚持了一个错误的观点。"读到这段，恋雪看到沫天露出了苦涩的微笑，恋雪抚摸着她的头，安慰道：

"这不是沫天的错，我从与沫天的讨论中看到了沫天对生命追求自由的希望。这是属于沫天作为女孩的理想主义，在姐姐看来是非常天真与浪漫的。现在，沫天可以仔细聊聊与小白对话的内容，以及心态的变化吧。"

沫天拿起笔，回想起当时灵魂沟通时的画面：

（好久没有听到过小白的声音了，我好开心，小白没有生我的气。）

（怎么会生沫天姐的气呢？你把我带在身边，这几天我过得真的很开心。

　　只是，我一旦从树枝上脱离，就会失去与外界沟通的能力，只能通过身体来感受外界带来的温暖。虽然沫天姐的身体是冰冷的，我却时时刻刻都感受到暖意。这份能量，来自沫天姐心灵的力量。）

　　（那小白会跟我一起走吗？我们再一起去玩。）

　　令沫天没想到的是，这个问题对小白而言如同突破了次元壁一般，遵循着自然规律的它第一次对外界别样的事物产生了幻想。小白沉默了好久，终于做出了自己的决定：

　　（嗯，谢谢沫天姐的建议，让我感受到人世的美好，从而令我产生了非常多不可思议的想法。但是，怎么说呢，如你所见，离开这棵树的我，就连简单的对话都做不到了。若不是恋雪姐把我送回这里，也许我再也无法向沫天姐姐倾诉我的感受了吧。这棵树，就是我的家。）

　　（小白……）

　　（沫天姐，不可以哭哦。以前的前辈和我说过，人类用尽一生所追寻的最重要的东西，就是归宿。与出生起便找到归宿的我们相比，你应该为我们高兴才是。）

　　（前辈，是什么时候……那我们……）

　　（永别了，沫天姐。能在短短的一生中遇到你们，我真的很开心，真希望我的同辈们也能再开朗一点呢。请一定要带着我的祝福，找到自己的归宿，幸福地活下去。）

　　沫天虽然在抽泣，但她没有难过。她感觉到，小白是带着满足与幸福的心情离去的。当树干内部的光芒消逝，黑暗重新降临后，沫天翠蓝色的瞳孔显得格外耀眼。

　　沫天把自己的经历一五一十地写给恋雪看后，恋雪深吸了一口气慢慢吐了出来，说道："但是，沫天差点说动了小白，不是吗？所以沫天还没到完全否定自己观点的时候。也许未来的某一天，沫天能够看到更特别的世界呢。"

　　恋雪这么说，总感觉有点宠溺沫天，但是，传说里的"生命之神"，她曾种下掌握世间一切知识的智慧之树。如果真的可以与之相遇的话，恋雪脑海中沫天与智慧之树用灵魂交流归宿之道的场景就可以成真了。

　　"姐姐又想用'神'来忽悠沫天呢。"沫天写道。恋雪微笑着回应："但是沫天忘了吗？我们都是'神'的后人哦。"

　　"不管怎么说，姐姐还是挺羡慕妹妹的，虽然姐姐也有与动植物对话的能力，却极少出现如沫天与小白般奇妙的相遇。"

　　看到沫天经典的表示疑问的歪头动作，恋雪叹了口气，补充道："在姐姐看来，这个世界的秩序如同坚冰般牢固，所以姐姐对这些很早就变得非常麻木了。沫天也踏过纺车吧？姐姐认为，夫卡于就如同纺车的轮轴一样，按顺时针机械转动着。姐姐每年不是在唤潮，就是在做着唤潮的准备。但是，沫天这次的经历让姐姐重新意识到，即使每个生命的运动都遵循着世界的秩序，但它们都是有意识的个体，甚至能够意识到自己正在被秩序'控制'，只是它们无力或者不愿改变现状罢了。"

　　"可是，姐姐今年明明和沫天做了很多事情呢，带沫天参加巫祭，教沫天读书、写字，一起寻找半神，还有和沫天一起参加白月节。"沫天罗列着大大小小的事情，恋雪说道："但是到最后，我们还是要唤潮，对不对？只有这个，是每年都无法回避的。"

　　"感觉姐姐是在诡辩，但是又找不到反驳姐姐的点。"沫天不甘心地写道。

　　"那姐姐就是出色的诡辩家了哦！"恋雪高兴地说道。

二十三、苦涩的答案

　　最后的冰雪少女，维护着夫卡于与安提拉的秩序，至今已有三百多年。一个极北的伟人曾说：想要改变一个地方的现状，需要的是革命或者改革，一场无法预估的天灾或是一场邪恶的侵略战争。三百年前，夫卡于的秩序就是被侵略战争所改变，普通的守序者被迫成为现世的维序者。维序者希望找回曾经作为守序者的回忆，这样会不会对现有的秩序构成一种威胁呢？

　　"你，渴望改变秩序吗？"一个微弱的声音传来，恋雪从熟睡中惊醒，心有余悸，逐渐恢复意识后，用手指点燃了冰火，照向木钟方向。木钟显示现在是凌晨四点，然而恋雪的视线完全放在木钟下方的日历上。日历告诉她，今天将是十月的最后一天，也就是和村长苏约定好的日子。恋雪深吸了一口气，习惯地看向仍在美梦中的沫天。虽然事先已经和沫天说过今夜将要独自下山至第二天清晨，但是这意味着又要把沫天独自留在家一个晚上，想起上一次夜晚归家后的情景，内心真不是滋味。恋雪难过地躺了下来。

　　这一天在平静中度过，时间即将来到晚上九点，恋雪系上披风准备出门。她带上了送给乐乐的兔子布偶，用来照明的冰火提灯，还有拗不过而执意要出门送行的沫天。来到山中缝隙入口前,天空下的雪比出门前大了不少,不过看到沫天戴着兜帽,恋雪放下了心。她给沫天一个临行的拥抱,说道: "姐姐第二天清晨一定会回来的,所以请好好地睡上一觉。"

　　目送着姐姐从山间缝隙流入,沫天想起两天前姐姐向自己解释下山的原因,简短且悲哀:

　　"姐姐明明说过不会拘泥于过去的呢。"

　　"姐姐没有活在过去,只是姐姐还有许多不得不去面对的东西。"

　　斯托克人在秋冬季节习惯早睡,应该说,黑狼的童谣对极北的影响过于深远。除了新年这种特殊的节日,基本没有人在夜里出行。恋雪和村长约在夜晚下地,一方面,夜晚能很好地避免村民察觉并认出恋雪;另一方面,在地下,白天与黑夜无异,因为村民夜晚基本不出门,保密性更好。

　　恋雪把披风挂在了村长后门旁的钩子上,开始轻敲村长家的后门。屋内传来"哒哒"的奔跑声。恋雪知道,这次将是乐乐给自己开门。门开后,乐乐兴奋地叫着"恋雪姐……"。恋雪微笑着表示小声后把手中的兔子布偶交给了乐乐,村长苏在走廊内用眼神迎接着恋雪,看到乐乐拿着玩偶跑了进来,无心地吐槽道: "乐乐都长这么大了,就不要送布偶了。房间里一堆布偶,不知道的人还以为是小女孩的房间呢。"

　　恋雪刚想说点什么,乐乐便出声反对: "啊? 不要,我喜欢恋雪姐姐织的布偶。"

　　"好啦,快点睡觉吧,这孩子。"苏转头看向恋雪,胡子略微上扬, "乐乐得知你今天要来,非得见你一面,不论怎么劝都不肯睡觉。"

"恋雪姐姐，上次的那个客人怎么样啦？虽然过了好几个月，乐乐可是一直记着的。"乐乐拉着恋雪的手问道。

"现在一直在姐姐的家哦，下次会带她一起找你玩的。"恋雪温柔地说道，"所以，乐乐现在要乖乖去睡觉哦。"

"好！"乐乐心满意足地走进了房间。恋雪的表情随即变得严肃起来，转头向苏询问道："那么，地下的情况现在如何？"

"非常顺利。如果你现在还对过去的事情感兴趣的话，这次将会是一次满载收获的探索。"苏把一张长方形的纸片递给恋雪，上面隐约能够看到几个火把，还有一些建筑的轮廓。

"这个是？"恋雪问道。

"这个是我前两天暗自回到地下拍的一张照片。我们施工队在塌方处开一个口子，到下面把一些碎石残瓦搬运出去后，来到照片里的这个地方。再往里走已经没有必要了。因为里面几乎完美地保存了这片区域残余的建筑，开阔且通畅。我们为了不触碰你曾经的世界，没有进一步展开探索。"

"非常感谢你们，不过……"恋雪看着手里的照片，惊讶与慌乱使她有点语无伦次，"其实我想问，拍的……照片？"

"哦，对，恋雪应该还不知道什么是照相机吧？"苏拿起一旁的古铜色物品，解释道，"这个就是照相机，这可是从外面传进来的好东西，只要把镜头对准你想要看到的东西，按下快门，然后把拍下的胶卷洗成照片，就成了这个样子。"

"一切东西都可以拍吗？也包括……"恋雪伸手在苏与自己之间摆动。苏点头说道："当然可以。要不我现在帮你拍一张？"

恋雪赶紧摇头拒绝，不过她的确被眼前第一次见的物品所震撼到了。在两人动身前往入口处时，恋雪吐槽道：

"苏每次跟我介绍新物品的时候总用'传进来'这样的说法，弄得斯托克人好像与世隔绝了一样。"

"习惯了，一代接一代的人都是这么自嘲的。也许祖先们是受到他们的女神的影响。"苏如是回应道。

"那怪我啰？"恋雪想起自己向沫天解释新事物的时候也是用的这种言辞。

"斯托克人确实想与世隔绝啊，不过外面的情况真的一言难尽。好比我带着施工队在外面考察一个月后回来发现，我们依然过着千百年前的小农生活，已经落后时代太多了。"

从苏的口吻中，恋雪听出了他的无奈，她温柔地安慰道："每个种族都有选择自己生活方式的权利，斯托克人选择了安稳与和平。只要每日过得兴奋与快乐，他们就觉得一切都是值得的。"

"谢谢你的安慰，让我这个做村长的心理负担减轻了不少。"苏叹了口气，继续说道，"果然，恋雪很有女神的气质，能不能……"

"不能。"恋雪很干脆地拒绝了。

进入杂物间的塌方处，经过专业处理后的塌方口如正常的洞口一般，一把梯子直插下方，但下面看起来黑不见底。苏点燃了屋内的油灯。当他把火把递给恋雪时，恋雪朝他摇了摇头并在左手点燃了冰火。村长轻轻哼笑了一声，说道："你下去吧，我在上面为你把风。注意安全，下面还是比较深的。"恋雪点了点头。随着梯子下方传来的声音越来越小，苏默念道："希望这次，能找到你过去的答案。"

当能看到下方的地表时，恋雪从梯子上一跃而下，轻轻撩起甩在前面的头发，伸出左手燃起冰火，并取出提灯点燃。蓝色的火光在黑夜中显得格外耀眼，恋雪顺着单向的道路前进。不一会儿，她来到了苏照片中显示的地方。

这是喷泉？以前在家附近的那个？恋雪开始意识到事情的不对劲。即使外围的花栏与长椅被破坏得荡然无存，大理石做的喷泉结构已经扭曲倾斜，恋雪依然能从视线之中回忆起以前的画面。这里是附近一带居住的少女喜欢的地方，每天傍晚都会有很多少女在这里尽情地嬉戏。而恋雪喜欢静静地坐在一处长椅上吹奏哨笛，这也是第一次和隔壁的苏珊姐姐邂逅的地方。

恋雪拾起一个燃尽的火把，这就是村长与他的施工队来过这里的证明吧。如果往里面走的话，是不是就能……

恋雪朝着前方迈出了脚步，但是一声"留步"让她停了下来。

"这个声音，是你吗？库瑞斯？"恋雪喊道。

"冰火能够看到普通人所看不到的画面。"熟悉的声音提醒了恋雪。恋雪举起提灯，看到库瑞斯的幻影。

不到四个月又重逢的两位这次似乎没有像往常那样心平气和地聊天，很快，恋雪便用生气的口吻发问："果然，重构秩序时，你说把我的家园掩埋了，是在骗我，对不对？为什么要这样做？"

幻影库瑞斯的语气依然冷静，他回应道："秩序半神是不允许说谎的，我的确把冰雪少女的家园大部分都埋葬了。但是，这个不起眼的一隅，是我用魔法完整保留下来的地区。至于这里是什么地方，相信恋雪应该比我更加清楚吧。"

"那你这样做是为了什么？为了我？因为相信终有一天我会回到这里？"恋雪继续表达着自己的愤怒。

"这是你自己的选择，我只是做我应该做的事情罢了。以前是这样，现在也是这样。"幻影库瑞斯说道，"那么，我把一部分意识留在这里，是为了问你几个问题。你，真的要追寻自己的过去吗？"

"什么？"恋雪不解。

"现在的生活对你而言应该是安逸且美好的吧？过去只是你遭受挫折的一个幻影。如果说，你即将得知的过去会影响你现在的生活，你还会继续前进吗？"

来自梦中的声音再度响起："你，渴望改变秩序吗？"

恋雪犹豫着后退了一步，正如巨鹿半神的印象中，一直以来，恋雪都不是一个主动寻求改变现状的冰雪少女。然而这一次连巨鹿半神也没想到的是，短短一年间，恋雪却做出三百年未曾有的改变。恋雪用冷静的口吻说道：

"库瑞斯应该也能感受得到，夫卡于的时空并不是正常流动的吧。转动时空前进的轮轴，拉出一条条无形的丝线，在几百年前就开始逐渐束缚住我，然后牵引着我的意识，控制住我的肉体，最后完成一年接一年的唤潮。

"请不要误会，我说这些并不是为了苛责你，库瑞斯。相反，我非常感谢你建立的新秩序，让我这几百年来活在这个世界上，减轻了不少痛苦和负担。但是，我不希望，也不会让这些令人麻木的线牵引在我的妹妹身上。我也是时候斩断这些束缚，作为一个拥有完整意识的冰雪少女度过余生了。"

沉默了一儿后，库瑞斯问道："所以，你做的一切都是为了你的妹妹，是吗？"

"嗯。"

"有没有想过你妹妹的声音和这件事有关？"

恋雪皱了皱眉，问道："你是不是还知道些什么？"

"我不清楚，"巨鹿半神摇头道，"只是给你一个小小的提醒罢了。"

"如果你心意已决，我是不会拦着你的。不过，我希望你回答最后一个问题。

"你认为现世的冰雪少女，是'现世'还是'过去'的？"

这个问题很简单，沫天到底是活在一族消亡之前的冰雪少女，还是突然走进恋雪的世界无助的冰雪少女？恋雪自然而然地选择了后者："正如她'现世'的名称一样。"

库瑞斯没有再说话，并在一瞬间消失了。遗憾的是，恋雪到最后并没有看清库瑞斯脸上遗憾与无奈的表情。

恋雪继续提灯前行，前方映入眼帘的是一排住房的遗址，经过战火与洪水的洗礼之后，剩下的都是断瓦残垣。在提灯的照射下，恋雪伸手抚摸着一块块仍屹立在雪地上的墙面。如果这片区域真的是自己以前家附近一带，那么至少，在这里的某一处墙上，能够看到苏珊姐姐给学生写下的痕迹。恋雪想起自己在课后被老师拉着特意嘱咐道：

"如果我这个月不能从城宫中回来，你就要努力按照我在墙上留下的笔记努力练习元素魔法。如果我回来的时候，你用得不熟练的话，就要接受为师我严厉的惩罚。"

"明……明白了。谢谢老师。"

就在回忆之中，恋雪终于找到了满是笔记的半块墙体。抬头一看，这座建筑已经被破坏得只剩最后这么半堵墙了。墙上用只有苏珊姐姐才能擦掉的特制墨水记录着各种奇特的水元素魔法。恋雪按着墙上的笔记熟练地操作着，不一会儿，一个小人状的水滴便在恋雪的手心里跳动起来。恋雪微微一笑，与此同时，以前的画面在脑海里快速闪过，鼻子随之酸了起来。她抬起头朝着西北城宫的方向凝视，这是她第一次从这个角度看不到铺满白雪的城宫。

如果老师的家在这里的话，那我的家应该就在……恋雪绕过墙体往里走，在隔着一条道路的对面，看到了阔别三百年的、熟悉又陌生的房屋，即使它已经破败不堪。回想起来，自己仅仅在这里度过了二十多年的光阴，却在几百年的梦中多次见过它。

恋雪小心翼翼地接近自己曾经住过的房子，在满是砖瓦的屋门前，直觉指引着她跪下并翻找起来。在一堆瓦砾下方，恋雪拾起只剩半块的冰晶石护符。恋雪把它放近提灯的周围并尝试打开，里面是半张画像。画中人已经模糊不清，仔细一看，画中人穿着的衣服，和自己过去所穿的唤潮服装一模一样。因而能确定，这半张画像的一边是恋雪自己，所以被损坏的另一边，也许就是自己母亲的画像了吧。

恋雪如是推测着，她轻轻放下这块护符，站起身来，走进从外表看虽满目疮痍，但基本结构仍保持完整的房子。饱受风霜的屋门一推即倒，震撼着恋雪的内心，就像一件在意的东西从自己的指尖溜走。

果不其然，屋内一片狼藉。环顾四周，客厅没有一件完好的家具。地板上满是茶杯与盘碗的碎片，木制桌椅有的被砍断了。为了尽量不让脚踩玻璃碎片发出声音，恋雪的脚步放得很轻。走近断裂的茶桌边，她像刚才那样跪下翻找着有用的信息。眼前的景象令她十分痛苦，她的脑海中不停浮现当时侵略者冲进自己家里的场面，为什么他们要如此残暴地毁掉自己，还有自己的同胞？冰雪少女对外界从没做过任何破坏。

正当这次的翻找要归于徒劳时，恋雪在被捅穿了好几个洞的沙发底下发现一本残缺的笔记本。笔记本的封面上用小巧玲珑的字体写着"日记"，下面的名字已经完全看不清楚了。难道是自己小时候的日记？但是这个字体并不像是自己的笔迹，难道自己很小的时候就是这样写字的？恋雪给这个看起来就不合理的地方编了一个合理的理由。

翻开这本还剩几页纸的日记，恋雪更加怀疑这本日记是否出自自己之手。因为恋雪从小至今书写日记都是保持简短精练的风格，而这本笔记的主人却把一天的经过，如自己的内心活动、其他人或动物对自己的心理推测都很详细地写了出来。关键是，这样的记录风格她似乎非常熟悉，如果不是出自自己之手，那么到底是……

恋雪一边翻阅着日记一边思考着，很快，这本日记便到了它的最后一页。从最后一篇日记里，恋雪找到了隐藏在自己早已错乱的记忆下的第一个秘密，全文如下：

终于见到在城宫工作了好几个月后回来的妈妈，我好开心。虽然白月节妈妈没有回来，我还偷偷生着气，可现在已经没有啦。看到妈妈憔悴了不少，我想城宫的生活一定很劳累，可妈妈的声音一如既往的温柔。她向大妈妈询问我在学堂的情况，听到我成绩有所进步，兴奋地把我抱了起来。第二天，妈妈要带着我和大妈妈一起去聚餐。再过几天，妈妈又要离开我回到城宫去了呢。听大妈妈说，今年轮到妈妈参加给安提拉净化的仪式，会受到所有姐姐的爱戴。这听起来会让人莫名地想生气呢。开玩笑的啦。

　　读完整篇日记的恋雪黯然失色，日记从颤抖的手中掉落。她无力地瘫坐在沙发上，这时沙发上被捅穿的口子弹射出的棉花如雪花般落下。她失神的眼睛扫视着屋内，看到被破坏的摆设，再一次确认了这是自己的屋子，这时脑海里疯狂地想着一件事：日记提到妈妈参加了唤潮仪式。

　　"如果那年，唤潮的人是我。

　　"大妈妈是指我的妈妈的话，那一切就变得合理了……

　　"可是，写下日记的'她'……为什么，我完全没有'她'的记忆……"

　　恋雪拿起提灯跌跌撞撞地走进房子内部，她记得，妈妈的房间在左侧，而左侧的房间已经完全坍塌。她继续往里面走，她的房间在屋子最深处。

　　推开房门，眼前的梳妆台已经空空如也，镜子碎了一地。恋雪慢慢地踏进房间，装着贵重物品的床头柜连带着衣柜里的

物品被洗劫一空，只有床完好无损地保存了下来。她在床上找到一张折叠完整的纸条，然而她现在的状态已经不容许她再在这个屋子里面待着。她一手拿着提灯，一手拿着纸条并捂着胸口，走出了自己曾经的家。

被毁坏的屋子给恋雪很强的压抑感，从里面走出来后，终于松了一口气。在昏暗的道路上，恋雪看到一张未被破坏的长椅和旁边一杆熄灭了几百年的路灯。这里即将成为恋雪此次行动的终点，也是在这里，恋雪揭开了被蒙蔽几百年的、最大的的面纱。

恋雪用冰火点燃路灯，坐在了长椅上，路灯的光线足以让她看清眼前的纸条内容。她把提灯放在一边，慢慢地翻开纸条。在先前所看到的日记中，恋雪已经隐隐察觉到，关于"她"的所有记忆已经完全被库瑞斯消除。直觉告诉她，当这张纸条被完全打开之后，一切答案都会从里面找到。

即使恋雪做足心理准备，但看到纸条的一瞬间，她内心所有的防线还是瞬间崩塌了：

　　致我最可爱的女儿小沫天：

　　　　真的很抱歉，妈妈没能在你的身边多陪陪你。请原谅妈妈的不辞而别，因为妈妈知道，如果清晨时看到你哀求的表情，妈妈一定会留在你身边的。但是，妈妈要去做一件非常伟大的事情，妈妈要去为养育我们的母亲湖贡献一份力量。妈妈答应沫天，一定会在年底回来。到时沫天一定会以妈妈为荣的。沫天也要答应妈妈，在妈妈回来之前一定要听大妈妈的话。

　　　　这个是妈妈送给小沫天的礼物，里面有妈妈画的肖像画，在妈妈不在的这段时间里，想念妈妈的话，就打开它看看妈妈吧。

　　　　　　　　　　　　　　　　11月1日 妈妈留

　　这些刚劲有力的字体，让恋雪根本无法用任何理由否定写下这封信的人是自己。此时此刻，空虚、悲伤、痛苦、无助都已经无法形容恋雪的心情了。也许这就是追寻真相的代价吧。恋雪甚至连思考的力气都没有，便直接昏迷了过去。

　　在杂物间里熬到四更的苏，终于听到恋雪爬上梯子的声音。他伸手抓住恋雪，把她拉了上来，说道：

　　"回来了？还好现在才刚到四更，早起的村民已经陆续起床。趁这个时间我们赶紧回去吧。"

　　看到恋雪一言不发，苏推测恋雪此次可能出了什么不好的事情。作为相交近六十年的朋友，苏问道："怎么了？看你的样子，好像结果不尽如人意呢。"

　　恋雪转头看向苏，苏看到了从没看到过的恋雪最痛苦的笑容。就像有一千根针扎在了恋雪的心房之上，恋雪的嘴不停颤动着，却流不出一滴眼泪。

　　苏再也无法直视恋雪，他把视线撇开并准备起身说道："那……我们先回去。回去再聊，不然就……"

　　恋雪双手把他拉了回来，用非常嘶哑的声音哽咽地问道："我……是不是……看起来比安奶奶还要老了？"

听到恋雪发出这样的声音，成年后到现在还没流过一滴眼泪的苏再一次体会到了眼眶湿润的感觉。他再一次避开恋雪的视线，摇了摇头。他很想给自己的朋友一个拥抱，让她宣泄一下情绪。但恋雪少女的容貌和她的身份完全不容许他这么做，他只得再一次站起身来，轻轻地把恋雪拉起，并用低沉而温柔的声音说道："走吧，走吧。"

"下面需要填埋吗，还是说我们在上面留一个口子？"

"下面对我已经没有任何意义了，请永远地把它埋葬吧。"

"麻烦苏了。"

这是恋雪和苏离别前的最后一段对话。苏没能得知恋雪在下方究竟看到了什么，目送恋雪离开之后，叹息道：

"哀莫大于心死啊。"

然而苏完全没有想到的是，恋雪在地下昏迷的两个小时里，做了一个非常漫长的梦。在苏看来，也许只是在杂物间守了五个多小时，恋雪却如同度过了几十个春秋。

而这些，没有人知道，也不会有人知道了。因为恋雪回家之后，便病倒了。

二十四、在迷途中前行

　　没有姐姐在身边的沫天根本睡不着，她从三更断断续续地睡到五更，天色微明便早早起来做早饭。她希望姐姐回来时能够吃点东西再美美地睡上一觉，结束熬夜带来的辛劳。恋雪兑现了她的诺言，在清晨时回到家。沫天兴奋地迎接姐姐时，却看到一张面如死灰的脸。恋雪换好睡衣后踉踉跄跄地回到床边。沫天想喂姐姐吃上一点粥，但只喂了一口，恋雪便无力地躺下了。姐姐一言不发的表现像是丢了魂似的，沫天既担心又害怕。可能是太累了吧，睡一觉就能恢复如初了吧。沫天不断这么安慰自己，在姐姐的身边睡去。沫天此时一定不会想到，这一觉将是自己十一月初唯一一个安稳觉。

　　许多年后，在苏的葬礼上，十六岁的乐乐在无人发现的空隙走到一个拐角边，朝着面前的两人失声痛哭。在两人流着泪的温柔安抚下，乐乐哽咽地问道："沫天姐姐，恋雪姐姐，你们知道天塌下来是什么感觉吗？那么无助，那么绝望，让人完全看不到未来。"

　　沫天和恋雪用深情的眼光对视着，即使冰雪少女身体的温度不允许她们拥抱外人，但她们依然各自给乐乐一个短暂的拥抱。因为她们非常理解这种感觉，那种失去至亲时无助、绝望、完全看不到未来的感觉。

时间来到下午四点，已经睡了十一个小时的恋雪让正在打扫卫生的沫天察觉到了异常。沫天放下扫帚，跪在床上，轻轻推动着恋雪，心里说道："姐姐，姐姐，该起床啦，一天都快过去了，吃点东西再睡吧。"

侧躺在墙壁方向的恋雪完全没有反应，沫天脱下靴子，爬上床。看着恋雪紧闭的双眼，沫天加大了推动的力气："姐姐起床，快起床啦，不然沫天要掀被子了哦。"

恋雪依然完全没有反应，一丝凉意涌上沫天心头。沫天轻轻翻动恋雪的身体，让她正躺在床上。看到恋雪苍白的脸色和微弱的呼吸，沫天翠蓝色的大眼睛第一次失去了光彩。

"姐姐？……"

安提拉的小屋子已经有好几个月没有在深夜灯火通明了。屋内，一个白发女孩近乎疯狂地翻阅着四个夹层的书架和三个书柜里所有的书，灶台上架烤着三条湿润的毛巾。床上，躺了十八个小时的紫发少女的额头上盖着一条温暖的白毛巾。地下，三十几本书散落一地，其中不乏一些极北其他语系的医学著作。白发女孩眼睛布满血丝，右脸被捏得红肿，头昏脑涨的她咬着牙，看着这些如同天书的文字。她时不时还要站起身来，为床上的姐姐更换毛巾。

冰雪少女并不容易生病，一旦生起病来，对冰雪少女而言可是要命的威胁。如果不能及时处理的话，病魔就很有可能夺去冰雪少女的生命。而众多病魔中，低烧与心病是最常见，也是最容易夺走冰雪少女性命的疾病。前者需要她人非常细心的照料才能摆脱梦魇；后者则需要在前者的基础上，由病人自己来摆脱心魔。

白发女孩的鼻子很酸，心扑通扑通地跳着，胃部隐隐发痛，但到现在还没有流下一滴泪水。床上的紫发少女曾告诉她，当发生这样的事情时，流泪并不是一个可以解决问题的办法，要坚强起来，找到破局的关键，才能成为独当一面的冰雪少女。

翻书一夜至早晨，结合姐姐这次是为了找寻过去的因素，沫天确认了姐姐是劳累过度加上被心魔所扰。她从书中找到了治疗心魔的草药，草药图鉴上也都标记了它们的位置，只不过有好几种草药都在高原的悬崖边上。沫天二话不说就背起箩筐和必要的书籍准备出去采药。出门前，沫天看着床上的姐姐因极度恐惧而变得麻木，内心早已脆弱不堪：

"姐姐，请一定要坚持住，沫天一定会让姐姐醒过来的。姐姐也不会忍心抛弃沫天吧，一定不会的吧。"

沫天从来没真正攀爬过悬崖峭壁，即使是身体敏捷的恋雪，如果不是为了采摘草药，也绝对不会动身攀爬。原因很简单，太危险了，毕竟悬崖峭壁是安提拉最优质的屏障，几百年来，即使是经验丰富的冒险家也望而却步。山间缝隙虽然能为冰雪少女提供便利的交通网，但冰雪少女不太可能在缝隙中间复形，而且许多需要采摘的植物远离交通网。沫天除了徒手攀爬之外，没有任何选择。

所幸的是，冰雪少女有一个常人所没有的优势，只要令四肢的温度下降，并冻结周边的区域，冰雪少女就能把身体牢牢地固定在悬崖峭壁上。只是这样做会消耗大量的体力，而且沫天没有足够的时间休息，这对毫无攀爬经验的沫天而言是一个极大的挑战。

就这样，在十一月初的夫卡于高原，一个白发女孩为了救治自己唯一的亲人，毅然决然地爬上了极北最危险的悬崖。过程十分艰辛，十六个小时没合眼的她，拼尽所有力气都要把三种生长在悬崖的植物采集下来。还有最后一株寒天草没采到，沫天顾不上休息，便再次爬上了悬崖。最终因体力不支，沫天在攀爬的中途从山崖上摔落下来。她甚至连元素化的力气都没有，如果就这样摔下去的话，自己，还有姐姐……

不知过了多久，沫天从昏迷中醒来，她发现自己正平稳地趴在一个凸起的平面上，并跟随这个平面移动着。她虚弱地抬起头，平面也停下了它的脚步。随后一个低沉的声音传来："你的姐姐应该教过你，做什么事情都不要太过勉强吧。"

沫天没有回应，也没办法回应。但她听到声音便已经明白，是秩序半神救了她。半神带她来到一条小溪边，轻轻地把她放了下来。水是冰雪少女的生命之源，沫天把手伸进小溪，舀起水喝了几口，体力逐渐恢复了一些。休息片刻之后，沫天缓缓站起身，她感觉自己的大腿和膝盖都受伤了，右手臂上的衣袖被割破，脸上也传来一阵阵的刺痛。冰雪少女保持着普通少女的姿态，所以留下的伤口依然是血红色的，即使她们流出来的"血"是透明的清水。在治疗自己的伤口之前，她只能忍着疼痛把所有草药都收集齐全。

她从半神的鹿角接过箩筐，里面多了一株寒天草。沫天感激地朝半神深鞠一躬，然后一瘸一拐地向前走。半神盯着她走到最后因支撑不住而摔倒在地，摇了摇头，走到她的跟前低下身子说道："上来吧，少女。我来载你一程。"沫天艰难地站起身，她知道自己现在的状况基本无法拒绝半神的建议。

就这样，一只巨鹿载着一位白发少女行走在世界尽头的高原上。充满悲伤与绝望，却又渴望着希望与救赎的哨笛声在高原上方回响。沫天手上布满血痕，握着哨笛，吹出了这首从脑海中涌现出来的调子。

笛声告一段落后，巨鹿半神感叹道："真是不错的曲子。"

放下哨笛的沫天露出了非常忧郁的表情，她无时无刻不在思念着床上与病魔抗争的姐姐。

"你让我想到一个人间的故事，"半神说道，"战败的一国为寻求和平，必须把已有心上人的公主送往他乡和亲。这位公主至死都没说超过十句话，就连国王点燃战火台戏谑各路诸侯，她都不愿露出微笑。这样沉默的公主居然到最后还是当上了皇后，真是一个奇怪的结局。"

虽然沫天感觉半神在借着这个故事调侃自己，但她还是吹奏道："谢谢你。"

半神说道："你是觉得一只鹿会懂琴语吗？"

沫天脸上露出了一丝久违的微笑，她放下了灵魂沟通的芥蒂：

（今天如果没有您出手的话，沫天和姐姐都会很危险，真不知道该如何感谢您。）

对于道谢，半神总是会尝试着转移话题："你在笑，我也是能看到的，说明你比故事里那个沉默的公主强多了。"

沫天此时开始留意到半神正带着自己前往一个陌生的地方，她环视着四周。（我们现在要去哪里，我还要赶着回去……）

半神说道："别急，我现在要带你去采集一味特效药。你在这些几百年前的医药典籍里是看不到这味药的。"

（我可以信任你吗？）

"能够用灵魂沟通的方式和我对话，已经是你打开信任之门的关键一步了。"巨鹿说道，"如果你想问我帮助你们的立场的话，我是负责秩序的半神，而你们是维护秩序最重要的部分，如果失去你们，我就要重构整个夫卡于的秩序。"

半神的话直白得令人无法辩驳，沫天只能扭头看向家的方向。不久，半神带着沫天来到安提拉的中游瀑布区，这里是高原上为数不多的山间洞穴。万年冰正是产于此处。

"前面就是'冰迹回廊'。"半神把她放下来并说道，"安提拉的湖水从这里流到下方，这味特殊的药材叫冰魄果，并不难找，只要顺着这条河流往前走就能找到。在此之前，你先在河边治疗一下你的身体吧。"

看到沫天还在犹豫，半神毫不留情地说道："不要以为这样是在浪费时间，像你这样浑身是伤的样子，只会拖累你救治姐姐的进度。"沫天难过地来到河边，脱下靴子，看着被山石刮破的白袜和腿，手和脸的伤口也十分严重，怕疼的沫天好想把憋屈的情绪哭喊出来。虽然因劳累而变得麻木的身体没有给予自己正常的痛感，但把身体浸泡在河里的瞬间，伤口崩裂，如触电一般的感觉击碎了沫天的心灵，毕竟这还是她第一次受这么重的伤。半神看着抬头张大嘴巴的沫天抱着自己颤动的身体，虽然她发不出声音，也能从她的表情中共情到这种刺骨的疼痛吧。

在水里修复将近十分钟之后，沫天便从水里起身，手臂和脸上的伤口明显没有完全愈合。眼前这个默默背负了一切的女孩让半神想起前夜不听自己劝告的恋雪，它用略感生气的口吻说道："这么一想，你的姐姐还真是自私。"

沫天转头用生气的表情看着半神。（虽然您是我的救命恩神，但我不许您这么说我的姐姐！）

"你的姐姐做事和以前一个德行，执着而不考虑后果，还以为如今有个妹妹就会有所改变。要是知道妹妹因为救自己弄得浑身是伤而差点死去，怕是恨不得把前夜的自己给抹除干净。"

沫天惊慌失措起来，用眼神苦苦哀求着……（求求您不要把今天的事情告诉我的姐姐，要我做什么事情补偿都可以。）

半神哼笑了一声，说道："那就把这份人情算下了。如果你撒下的磷光粉每年能长出新品种的花卉，这个人情就算两清了。"

沫天露出了开心的笑容，她终于明白半神与姐姐为什么能够建立几百年的羁绊。她完全放下对半神的戒心，开始尝试与半神结交朋友。

沫天与半神一前一后地走在河边，听着瀑布冲击河流的声音。沫天低头寻找着冰魄果，并继续和半神交谈：

（我的姐姐真的有很多不可思议的过去吗？）

"嗯，原本没有，现在有不少。"

（沫天并不是很懂呢。）

"你还记得你的过去吗？"

（我的……过去？）

"如果我告诉你，你有很多不可思议的往事，你会去找到它们吗？"

（如果有寻找的方法，我应该会尝试吧。）

"那如果我告诉你，你的过去会对你现在的生活产生许多负面的影响，你还会去追寻吗？"

（那一定不会的。）

"这就是你和你姐姐的区别呢。"

（但沫天相信姐姐，因为姐姐的眼光比沫天长远多了，沫天只是一个安于现状的笨蛋呢。）

半神愣了一下，说道："这也是你和你姐姐的区别呢。"

找到冰魄果的沫天转头向半神确认，得到半神的点头认可后，沫天悬着的心终于放了下来，伴随着一阵头晕目眩，沫天才意识到姐姐还在家里等着她。她收拾好药材，向半神鞠躬告别。（我要走了，姐姐还在家里等着我，而且我不能再麻烦您送我了。）

看着沫天匆忙地往前走，半神问道："但是，你知道回去的路吗？"

沫天扫视了一圈，咬着嘴唇转头看向半神，露出了快哭出来的表情，像是在说"都怪您带我来到这个奇怪的地方"。

结果还是不得不拜托半神把自己送了回来，在夫卡于与半神领土交界的多雪之地上。巨鹿半神把沫天放下，并再三嘱咐道："切记，冰魄果要等药汤熬制好，分成四份，再细细切碎一份放进锅里。一日服用一次即可。冰魄果有开神的功效，能让迷失在梦中的恋雪尽早恢复现世的意识。"

沫天今天已经向半神鞠了数不清的躬，半神还是一如既往地岔开话题："快走吧，天色快黑了。只要按我的方法做，几天后，你的姐姐就会醒来。"

半神最后的这句话非常关键，它让沫天从绝望的深渊中看到一丝希望。沫天和半神朝着各自的方向离开。回到家后，沫天看到了气色更差的恋雪。强烈的自责之余，沫天顾不上休息便开始熬药。在熬药的途中，沫天按着昨晚在书中看到的内容尝试着为姐姐把脉。确认了姐姐的脉搏比较稳定，额头也没有发热和发冷的现象后，沫天自出门以来一直绷紧的心才得到了放松。

按照半神的指示，药汤熬制得非常成功，沫天用还有好几道伤痕没有愈合的手捧起这碗"希望之水"，来到床边。然而现在有一个重要的问题摆在了沫天的面前：要怎样才能让姐姐把药汤喝下去呢？

沫天先把姐姐扶起，尝试用勺子喂给姐姐喝。恋雪的头总是会无力地倒向一边。沫天一边固定姐姐的位置，一边拿起勺子放到姐姐的嘴边。但是恋雪的嘴并没有张开，药汤顺着嘴唇流到了下巴。这样是没办法喂进去的，沫天轻轻扶着姐姐躺下。

那么，现在就只剩下一种办法了。沫天的脸上泛起一阵红晕，但是她看着躺在床上的恋雪，想起了姐姐平日温柔的关心和话语。为了让姐姐早日克服心魔，回到自己的身边，沫天明白现在的一切担心和害怕都是多余的。她轻咬着嘴唇，捧起碗，把药汤喝进自己的嘴里。随后，她慢慢地接近姐姐，在即将接触到姐姐嘴唇的一瞬间，她害羞地闭上了眼睛……

成……成功了！沫天抿了抿嘴如是想道。第一次把药汤送进姐姐的嘴里之后，她便把自己复杂的情感抛之脑后了，毕竟现在只能通过这种办法让姐姐把药喝进去了。重复好几次这样的步骤后，碗里的药汤已经见底，沫天无力地坐在地上。虽然她非常希望第二天就能听到姐姐的声音，但半神"几天后就会醒来"的话语徘徊在她的脑海里。在饱含希望的念想中，沫天逐渐合上双眼睡着了。

另一边，在花园中休憩的巨鹿半神库瑞斯，感受到高山之上的冰魄果正在恋雪的脑海中发挥作用。冰魄果的确能为服用的人打开精神领域，也为半神进入恋雪的精神领域进行干涉提供了便利。

进入恋雪的精神领域后，半神走在一条曾经印象深刻的山路上。山路的尽头，一个长发飘飘的白发少女注视着前方。半神靠近她，用戏谑的口吻说道：

"没想到过了几百年，你的梦境还是这么一个样子。"

白发少女转过头，紫水晶般的瞳孔揭示了她是三百年前的林风恋雪。恋雪前面的滚滚波涛，正是她几百年间挥之不去的心魔。白发恋雪的眼神，像是已经恭候半神多时。

"你是不是又用冰魄果连接了我的精神领域了？随便吧，反正我早就习惯了。"

半神在一旁坐了下来，问道："为什么对这份记忆保持着这么重的执念？"

恋雪盯着洪水说道："因为那里有我的母亲，还有被我完全忘掉的女儿。"

半神陷入了沉默，它知道，恋雪的女儿将是它无法逃避的话题。

"为什么？为什么你要抹除我在这个世界上最宝贵的记忆？而且你做得还真是彻底啊，让她变得像是从来没在这个世界出现过一样。我甚至连她一丝一缕的样貌都回忆不起来。"恋雪用低沉的声音说道。

"这份记忆对当时需要履行职责的你产生了非常负面的影响，也不利于我重构安提拉的秩序。在这方面，我们可是达成一致的。"

"和你在安提拉的问题上达成一致的我是绝对不可能拿我的记忆做代价的。你为了你所谓的秩序，一厢情愿地抹去我的记忆。难道在你的眼里，我只是一个为了安提拉唤潮而如同工具一般的人吗？"恋雪明显是感到莫大的委屈，责问着半神。

"你根本不了解当时的你对家人的离去有多悲痛，整天以泪洗面，不吃不喝，甚至不停表露出轻生的念头。如果我不把你这部分的记忆封存的话，你要怎么办？你现在的妹妹怎么办？"

这句话戳到恋雪另一面最深处的心结，她伸手切断了自己的精神领域。眼前的画面如电光石火般消失，半神睁开了双眼。它知道自己的话语一定会惹恼恋雪，恋雪的精神领域会随着情绪的变化而发生变化。"没想到恋雪居然还学会主动切断精神领域了，该说是"开神"过头了呢还是她们姐妹之间无形的默契呢。"无奈的半神只能继续等待第二天的干涉了。

　　沫天在床边断断续续地睡了几个小时后，肚子告诉她需要进食了。天色微明，沫天便开始熬药熬粥，带着小悠出去换气浇水。回来给姐姐喂上一点粥水和汤药后，继续守在姐姐身边，缝补着昨天被磕破的白裙。

　　半神第二次进入恋雪的精神领域。这一次恋雪在安提拉等着它。它像平常那样在恋雪的身边坐下，恋雪放下做祈祷的手问道："我的妹妹，在外面是不是十分辛苦？"

　　半神说道："是啊，比你想象中的还要辛苦，但比我想象中的还要坚强。"

　　"我多么想马上醒过来去拥抱她，但是另一个我却完全做不到……"白发恋雪的泪水止不住地往下掉，她用恳求的口吻问道，"库瑞斯，求求你告诉我，沫天她真的是我的女儿吗？你一定是知道的吧。"

　　"如果你是问现世的'沫天'，那我也不清楚。"巨鹿半神摇了摇头，"不过从你下定决心要追寻过去的那一刻开始，我就知道我必须要插手这件事了，让我告诉你一个秘密吧。

　　"现世的冰雪少女，并不是现世的女孩。她是三百年前在你们一族毁灭之后的另一个幸存者。至于这一点我为什么这么肯定，是因为我在重建夫卡于时，看见过这双埋在雪里的翠蓝色眼睛。作为半神的我不能随意干涉秩序以外的事情，所以她也跟着夫卡于的环境一起被改变了。直到去年，你把她从雪里拯救了出来，带着她来见我的时候，我才重新想起这件事。"

　　"天啊……"恋雪脸上露出了无法言表的震撼。

　　"说到这里，我想问一件事，现世的沫天的真实身份，对你而言真的有这么重要吗？就算她真的是你的女儿，你会以母亲的身份面对她吗？不要拘泥于回不去的过去，好好思考一下当前的处境。明天再回复我吧。"

半神在冰魄果药效即将消失的时候离开了精神领域，恋雪伸手想要挽留，最终这个世界再次剩下自己。半神的话语冲击着恋雪的思绪，她回想起自己的妹妹在这一年里给自己带来的如繁星般的希望。不，应该说从与她邂逅的那一刻开始，她就是希望的化身了吧。

想到这里，恋雪顿时意识到一个忽视了很久的细节：库瑞斯明明完全清除了我关于女儿的记忆，我却在潜意识之中给沫天取了我女儿的名字。这难道也是巧合吗？

第三天，半神如约而至，梦境依然是安提拉的样子，但今天恋雪的紫发却十分亮眼。半神确信，今天便是给恋雪解开心结最合适的时候了。

半神还是像先前那样坐在恋雪身边，和恋雪一同盯着平静的湖面，问道："还是很想念你的女儿吗？"

恋雪摇头感叹道："怎么可能会不想？你知道吗，母亲把血肉之躯继承给女儿之后，才能成为真正的冰雪少女。女儿是自己的血肉啊。"

"你女儿的事情，不好意思。"巨鹿半神找到一个最合适的时机说出了作为朋友之间的愧疚。这句道歉也让不善记仇的恋雪释怀了不少，她悄悄看了半神一眼，随后转过头继续盯着湖面问道："库瑞斯，能答应帮我做一件事吗？"

"什么事？"半神问道。

"你曾说我妹妹的声音是被施了某种奇怪的法术,是吗?"

"嗯,而且很大概率是需要其本人自行解除的。"

"沫天她很可怜,无法说话并失去了记忆,成为了所谓秩序的牺牲品。我希望你能够告诉我,如何才能找到让沫天重新说话的办法。"

"你似乎有点后知后觉了。"

"嗯?"恋雪抬起头。

"你有没有想过一件事,"半神正视着恋雪,说出了它这些天的目的,"如果我强硬要维持秩序的话,那天晚上,我为何不直接阻止你进入废墟呢?"

恋雪想起"有没有想过和你妹妹的声音有关"这句话,惊愕地看向半神:"库瑞斯,难道你一开始就……"

"我不清楚,而且半神是不能随意干涉人类行动的。"半神再一次用意味深长的语气重复着这句话。因为如果半神要强硬干涉,被干涉者是不可能留下任何记忆的。

"我该怎么做?哪怕给我一点点建议也好。"恋雪恳求着说道。

半神轻轻地笑了笑,说道:"今天也许是我最后一次踏入你的精神领域了,我确实想到一些也许能够解开沫天声音的法术的办法,能够看到你在最关键的一天改变想法,我很高兴。现在留给我的时间也不多了,就给你两点提示吧。

"第一,你要意识到外面还有一个比你自己还要担心你的人,你不能一直在里面什么都不做。第二,解铃不仅需要系铃人,还需要找到系铃点。接下来的日子,她一定会要求做一件事情,那个是找到系铃点最好的办法，最好不要拒绝她。

"但是，接下来你们要做的这件事是要承担一定风险的。不过你们已经经历一次又一次的考验，这次我希望你们也能够不畏艰难，共同渡过难关。

"如果其间感到迷茫的话，就动身前往冰迹回廊吧，那里会有我的引路之物指引你的。"

恋雪目送半神逐渐从自己的精神领域离开，当一切都回到寂静时，她低下了头，盯着清澈的湖面倒映出紫色的自己，念叨着沫天的名字……

一次次的呼喊，脑海里永远抹不去的，是那双带给自己希望的翠蓝色眼睛。恋雪逐渐找回自己当姐姐的那种感觉，自责的情绪涌上心头，泪珠滴落在湖面上，掀起阵阵涟漪。

突然，一段清澈的琴声传来，恋雪吃惊地抬起头，很快就认出了这是七弦琴的声音，从翠蓝色的天空上传下来。"是沫天的呼唤呢。"恋雪静下心聆听着。这首是恋雪与沫天第一次合作编写的《聆雪》，恋雪还是第一次听到这首曲子的七弦琴独奏。然而，本该是一首节奏非常平缓的曲子，恋雪却听到了并不稳定的琴音。难道演奏起来一向稳重的沫天，此时已经无法控制自己的情绪了吗？

正如恋雪想象的那样，守护在姐姐床边七十二个小时的沫天，在绝望的情绪即将到达崩溃之时，最终想到用七弦琴的治愈能力帮助姐姐摆脱心魔的办法。但是，在拨动琴弦的一刻，沫天顿时发觉，这几天因痛苦早已变得麻木的心灵第一次受到冲击。琴声在治愈姐姐的同时，也在治愈着自己吗？

　　琴声源源不断地传入沫天的脑海，沫天的心重新变得温热起来，情绪也开始变得不太稳定。她咬着牙，强忍着即将涌出的泪水，四天的煎熬等待使沫天的精神变得极度虚弱，就连沫天自己都已经无法控制演奏的双手了。当泪水滴在古琴上时，左手拨动的力度明显增强了。

　　听到越来越不和谐的琴调时，恋雪无力地跪倒在雪地上，紫色的长发散落在面前，她痛苦地哭泣并呢喃着："沫天，现在的你一定非常担心吧。可作为姐姐的我，却是如此不争气……"

　　（难道你不想看到你的过去了吗？你的女儿，你的沫天。）

　　恋雪抬起头，盯着安提拉的前方，透过杂乱的头发，恋雪如水晶般的眼睛倒映着微弱的希望之光。

　　"不，那些对我而言，已经不再重要了。"

　　昏迷了五天的恋雪终于睁开双眼，除了脑袋依然沉甸甸，身体并没有其他大碍。她轻轻摘下头顶上尚温的湿毛巾，扫视着四周，看到杂乱的书架，地上堆放着一本本书，桌上有几本被翻开的书籍，还有趴在桌面上的沫天。恋雪从嘴唇边残留的药汤尝到，药汤里有寒天草和雪域灵芝的味道，可那些都是生长在悬崖峭壁上的植物啊。

　　恋雪扶着沉重的脑袋起身，缓缓走到桌边，拿起放在凳子上的白裙。针线球从白裙滑落到地上，恋雪快速地拾起了它。抓到针线球的那一刻，恋雪意识到了什么，她在桌面上摊开白裙，白裙"伤痕累累"的样子让她心头一凉，上面用针线缝补的地方多达十几处，还有来不及洗干净的泥土痕迹。因为缝补的效果十分一般，衣袖处的大口子缝得十分突兀，指甲刮起来比刮在坚冰上还要难受。

"小傻瓜，补成这样，姐姐肯定是会发现的啦。"虽然恋雪面带微笑地细语着，但眼泪已经不断从脸上滑下。带着泪痕的恋雪走到沫天跟前，轻轻将她抱起。沫天脸上的琴弦印非常深，说明她的精神已经达到极限，在濒临崩溃的最后关头把希望寄托在了自己的治愈能力之后，才无力地倒在了琴上。

恋雪把沫天抱上床，在昏睡之中，沫天嘴里一直轻轻地念叨着什么。恋雪轻轻贴近她，沫天依然发不出任何声音，但闻到沫天嘴里散发出的药茶般的苦涩味时，恋雪先是惊讶的表情，随后转换成非常温柔的笑容。

（姐姐，对不起，也许沫天还是不够坚强……）

沫天在恋雪的怀抱里睡了八个小时，这是恋雪这次能为沫天所做的为数不多的补偿。她的目光除了目不转睛地盯着布满黑眼圈的呼吸微弱的妹妹，就是看着那一堆堆摆放杂乱的书。沫天平时在家把所有东西都收拾得很到位，这次看起来确实是非常焦虑了。

沫天从噩梦中惊醒，身体随着内心被惊吓而剧烈地颤动了一下。沫天睁开双眼时，看到一双闪烁着泪光的紫色眼睛正关切地注视着她，还有轻抚自己头发的触感。眼前的紫发少女，毫无疑问就是沫天这五天以来一直所期盼的希望。

两人在沉默之中对视了很久，噙住的泪水让她们互相看不清对方的样子。直到沫天侧身把头埋进恋雪的身体里时，恋雪才终于忍不住让泪水肆意地滴落在沫天的白发上，而自己的裙子也沾上了一大片温热的泪水。冰雪少女可以通过身体的温度来判断身体情绪的高低，而两人今天都流下了可以融化坚冰的眼泪。她们都知道，这就是失而复得的感觉。

冰雪少女，都是爱哭鬼呢。

"但是每次流泪过后，我们都会变得更坚强，所以我们才能成为坚强的种族哦。"

每次沫天擦干眼泪写下这句话的时候，恋雪都会微笑并温柔地回答她。

半神从花园抬头看向夫卡于的夜晚，在这里能够观察到夫卡于完整的星空。越来越明亮的双子星正在不断闪烁，这是少女重逢的迹象，也是白月准备接受呼唤的前兆。这场前世的大幕还远未到它的终点，半神已经明白，只有恋雪同意沫天完成接下来的事情，它才能把几百年前欠下的东西还给沫天，沫天就能因此从重构的秩序中挣脱出来，成为一个真正自由的冰雪少女。

接下来便是三天安稳的调整时间，因为经历这件事后，二人需要整理房间并调整各自的情绪。特别是姐姐醒来之后，沫天才意识到自己还有非常多糟糕的烂摊子没有收拾好。相比散落在地上的书籍，自己缝补过的白裙与长袜才是沫天最在意的事情。当恋雪拿起沫天的白裙装作检查的样子时，沫天反应异常迅速一把把裙子抢了过去。

这样的反应完全在恋雪的意料之内，也让恋雪能够找到机会说出一些自己的心声。她抚摸着抱着裙背对着的沫天的头，贴近她的耳边，轻轻说道："这条裙子是沫天最坚强的证明哦，而且姐姐醒来时就已经看到上面的补痕。能不能把这条裙子交给姐姐呢？到时姐姐会归还你一条一模一样的裙子的。"

沫天十分爱惜这条白裙，她紧紧抓着衣袖上突兀的补痕，内心如同被割裂了一样。但当恋雪说出"一模一样的裙子"的时候，沫天如重新找到希望一般：难道姐姐是要帮我把裙子缝补得"天衣无缝"吗？在这样的想法下，沫天犹豫着把裙子交给了恋雪。

恋雪收下沫天的白裙，把它抱在胸前，意味深长地说道："这是沫天送给姐姐无比珍贵的一件礼物，姐姐一定会好好保存的。"

欸？原来姐姐是打算做一条新裙给我，可是……接下来的话，沫天则用笔记本写下来："裙子被这样缝补之后已经非常丑陋，完全算不上珍贵的物品呢。"

恋雪摇了摇头，说道："裙子上的补痕，才是这件裙子最宝贵的证明哦。"

沫天一脸不懂地看着恋雪，不过恋雪只是笑而不语。此后，这条裙子便成为恋雪第三件珍贵的收藏。

要是说到这几天最难调整的地方，莫过于沫天的睡眠质量了。

除了那次因照顾姐姐而累昏头，沫天在十一月初就没睡过一夜入眠的好觉了。即使是姐姐从心魔中苏醒后的两天时间里，沫天每晚都会惊醒过来。很明显，在经历这件事以后，沫天依然保持着高度的警惕性。虽然这种敏感会随着时间的推移而逐渐消弱，但目睹这些的恋雪是绝对放不下心的，她会用话语和实际行动为沫天解开困顿。

看到沫天最近总是一副醒了但没完全醒的憔悴样子，恋雪

关切地问出了其中缘由。沫天非常难以接受这样的状态，所以也毫无保留地把自己的情况告诉了姐姐。恋雪思考了一会儿，说道："姐姐今天给你采点药草，今晚喝点药汤调理一下吧。"沫天点头答应，因为担心姐姐跑到危险的地方采集药草，所以拉着姐姐的裙子想要一起去。恋雪温柔地说道："不用担心，姐姐要去的地方都是绝对安全的，沫天安心待在家里就好啦。"

恋雪采集的药材具有安神的功效，喝完药汤的沫天这一夜睡得很香。不再受到敏感折磨的沫天十分高兴，她第二天夜里也迫不及待地喝下了药汤，但药汤的效果似乎太好了，第三天沫天像往常那样醒来时，却发现自己又一次躺在了姐姐的大腿上。而恋雪坐在床上迷糊着。当沫天抬起头时，恋雪立马反应了过来，看着沫天质问的表情，恋雪慌乱地说道："啊哈哈……好像被发现了呢，明明这种药方至少需要调养三天的。"

沫天带着质问的表情越贴越近，恋雪继续补充说出自己的想法："姐姐呢，在沫天最虚弱的时候，也像沫天现在这样，一有什么风吹草动就会立马醒来。姐姐深知这种高度的警惕性会非常消耗我们的精神，所以姐姐在给沫天药汤调理的基础上，让沫天睡得更安心一点。本来不想让沫天担心，但……

"姐姐知道错了啦，沫天再贴近的话就要亲到嘴了哦。"恋雪有意的话语让沫天意识到了什么并把头缩了回去，质问的目光逐步转变成担心的目光。二人就这样对视了很久。这一天的晚上，沫天亲自熬好两人份的药汤。二人在睡前一起喝下药汤后才安心睡去。这一觉睡到第二天的上午十点，是她们一年以来睡得最好的一觉。

二十五、待唤潮之时

随着二人的生活再一次回到正常的轨道上，恋雪开始思考起半神给自己的第二个启示：一定不要拒绝，沫天对一件事情的请求，那是找到沫天系铃点的关键线索。恋雪看着收拾书架的沫天，她非常在意为什么半神会如此肯定沫天接下来的举动，还有沫天到底会提出什么样的请求。按时间计算，最近的一次活动就是唤潮了，沫天难道真的要……

恋雪后知后觉的担心在今天得到了印证。沫天在收拾好书架之后，便找到姐姐，郑重其事地展示了自己的想法："请姐姐允许我参加今年的唤潮。"

简短且严肃的一句话能看出这是沫天思考了将近一年得出的答案。恋雪盯着笔记本愣神了很久，随后她看向因担心姐姐生气而身体有点发抖的沫天，说道："唤潮之女，一年只能有一个人哦。"

沫天点点头后随即摇头，因为她听出了姐姐的担心。如果沫天要唤潮，就要独自面对唤潮仪式的全过程。恋雪除了隔湖投去担忧的眼神，将不能提供任何实际的帮助，这对刚回归现世一年的沫天而言，是一场极大的考验。到最后，犹豫没有打败沫天坚强的意志，她写下了自己要独自完成唤潮的决心。

"给姐姐一天的时间考虑一下吧。"恋雪温柔地说道。可以理解，她担心的地方确实很多。首先是唤潮带来的"污秽"的问题，守河之女为安提拉及其千条支流净化水源，会承受一部分净化带来的副作用。恋雪称之为"感染污秽"，具体表现为失去一段时间的元素使用能力。实际上，这只是守河之女使用过量的净化能力带来的后果，只要休息两年就能完全消除唤潮带来的负面影响。然而持续唤潮带来的后果，就会像恋雪的头发那样，虽然不足以致命，但带来的影响却是永久性的。

唤潮的过程虽然并不复杂，但沫天从未接触过任何关于唤潮的流程，且其间守河之女需要持续两周的时间，留在原地不吃不喝。虽然躯体脱离精神之后，是可以保持低耗维持的，但这毕竟是一种伤身的行为，因此也成为恋雪考虑的问题之一。

最后便是恋雪对二者联系之间的担心：让沫天的精神沐浴在安提拉下方，真的能够解开沫天无法说话的法术吗？恋雪虽然带着疑问的想法，但她一直坚信安提拉是一个神圣且神奇的地方，如果没有半数以上可以成功的把握，秩序半神是不会让自己同意妹妹唤潮的。

明早便是答复沫天的日子，看着熟睡的沫天，恋雪露出了欣慰的笑容。一年前的自己，从来没有想过沫天能够为她分担唤潮的事情，不，即使是现在的她，依然希望沫天能作为一个普通女孩，无忧无虑地在这片土地上生活下去。不过这一年下来，恋雪明白，有些关于沫天的事情，如巫祭，还有恢复沫天的声音，恋雪都有一种无法言说的无力感。她无法像万能的姐姐那样为沫天解决所有困难，能够解决它们的，只有沫天自己。

第二天清晨，惺忪的紫色双眼看到一双充满期待的翠蓝色眼睛。在相视而笑之中，恋雪伸手轻抚着沫天的白发。

　　允许沫天参加唤潮的第一步是确认沫天是否具有守河一族的资质，这一步虽然有点多此一举，因为恋雪很久以前就确认过沫天与自己同为守河一族的后裔。不过唤潮毕竟是一件严肃的事情，走个流程还是有必要的。

　　这个过程非常简单，守河一族能够通过唤月的潮水看到晶点的位置，这种独特的视觉为守河一族之间增加了新的互动方式。不过因为唤潮需要消耗较多的体力，所以这种互动基本不会出现在日常交流中，但在考验资质中派上了很大的用场。

　　恋雪使用三弦琴唤出一道潮水，潮水径直穿过拿着笔记本的沫天。沫天随后在纸上画出一个连接顶点却少了一边的正五边形展示给姐姐看。恋雪满意地笑了笑，意味着沫天完美地通过了资质的考核。

　　在正式的唤潮中，第一步自然是跳起唤潮之舞。唤潮之舞是守河之女向安提拉表明自己身份和目的的最好证明。守河之女在安提拉中央起舞后，安提拉的四周就会立起一个透明的圆顶状保护圈，让守河之女不会被外界所干扰。除了守河一族的其他同胞，任何人都无法从这个保护圈外进入。而守河之女在完成唤潮之前，无法从里面出来。所以说，守河之女跳起唤潮舞之后，就没有回头之路可言了。

　　恋雪把这些交代给沫天后，依然看到沫天坚定地点头。恋雪摸了摸在沫天耳边翘起的白发，就像抚摸着猫咪的胡须一般。"那，沫天要跟着姐姐好好学哦。"

唤潮之舞曾经是冰雪少女最为端庄大气的舞蹈，至少训练了三年的守河之女会身着唤潮服装，在场外冰雪少女倾慕的目光下起舞。场外还会有专业的冰雪少女演奏唤潮舞的伴奏，场内的守河之女虽然听不到这段伴奏，但她早就把这段耳熟能详的伴奏记在心里，和场外的少女形成一种无形的默契。

　　现今的唤潮舞失去了以前的仪式感，恋雪基本都不穿唤潮的服装了，很大原因是恋雪认为自己已经永远失去观众的捧场。不过端庄的舞蹈在恋雪年复一年唤潮之中保留了下来，使沫天能够继承姐姐的衣钵，成为一名优雅的守河之女。

　　唤潮之舞的下一步，便是引潮唤月。这一步非常关键，经过巫祭考验后的少女拥有将水转化为元素的能力，而能够控制的水的数量取决于能力的大小，唤出白月的要求是需要足够的湖水登天。虽然沫天从来没试过完全释放自己的能力，但恋雪丝毫不担心沫天会出现能力不足的问题，因为沫天使用七弦琴引水比恋雪徒手唤潮稳定不少，而且沫天的资质与学习能力是恋雪对她保持自信的另一个因素，沫天需要的只是一定时间的训练。

　　唤月之后，就是灵魂入流的环节。守河之女的灵魂会从身体脱离，带着净化之力向下游进发。在持续两周的时间里，她会把净化之力带到千条支流的尽头，完成唤潮的最后一步。

　　确认了这些步骤，恋雪带着沫天进行了持续一个月的训练，这个月对沫天而言是十分充实且艰苦的一个月。恋雪要把需要训练三年的舞步在一个月内传授给沫天。虽然恋雪已经把中间三十九种进阶的变奏忽略了，但经典的唤潮之舞仅用一个月的时间训练完成，依然很紧迫。值得庆幸的是，沫天从白月节后开始训练的压腿在今天派上了用场，身体的灵活性和前两个月相比已经有了很大的提升。加上沫天学习非常刻苦，每天训练得满脸通红，看得恋雪既心疼又欣慰。

引潮的训练比练舞略感轻松一些，难点在于沫天要如何把自己的潜能激发出来。自从获得安提拉赋予的能力以来，沫天用得最多的能力是身体的化形和复形，控制水元素能力和治愈能力则用得少之又少。毕竟在安宁稳定的夫卡于生活，并不需要战斗和使用太多治愈的法术，现在就需要重新拾起它们了。

恋雪会隔三岔五地拉着沫天前往安提拉引潮，前两次引潮多为恋雪做示范。每次看到姐姐把湖水朝天空画出一道优美的弧线，沫天都会惊讶并兴奋地鼓起掌。恋雪询问晶点的点位时，沫天也能对"写"如流。看到沫天对点位的掌控越发熟练，恋雪开始揭示晶点的奥妙："晶点的连接可以在一定程度上控制湖水登天唤月的方向。当然啦，真正能控制湖水的，只有我们的意志。"

不过意志什么的说起来容易，做起来比较难，特别是性格谨慎保守的沫天，在前两次引潮面前表现得十分胆小，召唤出来的小水花让恋雪哭笑不得。但恋雪完全没有责怪沫天的意思，在每一次引潮后除了加油打气，还会补充"如果能更放开一点就好了"的建议，让沫天在努力之中不断进步。终于，在第三次来到安提拉引潮期间，一束湖水喷涌而出，在半空中绽放。恋雪喜极而泣，抱紧沫天说道："呜呜，我就知道沫天一定能做得到，姐姐好开心。"沫天与姐姐沉浸在成功的喜悦中，共同流下了幸福的泪水。

当所有训练都步入正轨后，沬天强大的学习能力就很好地展现出来了。每一天从姐姐那学到的舞步，即使过了好几天也绝对不会忘记。当恋雪把一个伴奏乐章的舞步传授完，进入复习阶段的沬天居然能把这支舞毫无遗漏地跳出来。虽然动作并不算特别熟练，有一些地方也没有跟上恋雪默念的节拍，但只带了一遍的舞蹈，沬天学习几天就能跳得如此完整，完全超出恋雪的意料。恋雪用无比惊讶的神情看着沬天跳完全程，并给予了沬天热烈的掌声。

沬天害羞地接受了姐姐的赞扬，不过她心里明白，能有今天的成果不仅需要在学习期间保持高度的专注，每晚在姐姐看不到的地方偷偷复习，也是沬天能够保持熟练度的重要原因。应该说，沬天太想帮助姐姐完成这次唤潮了，所以表现得非常努力。

上天永远都会眷顾努力的孩子。在临近唤潮的日子里，沬天已经能够熟练地跳出整支唤潮舞，也能够引出足以唤出月亮的潮水。换句话说，沬天基本掌握了成为守河之女的所有条件。所以在举行唤潮仪式的前一晚上，恋雪用十种象征着雪域最美好的祝福织成"十语冠"，戴在了沬天雪白的头顶上。

"此刻，我代表全体同胞，庆祝一位新的守河之女的诞生，并为她献上最真挚的祝福。"恋雪伸手做出祈祷状，轻声念出祝福的话语。恋雪的脑海里不断浮现出她参加授权仪式时庄严隆重的、掌声经久不息的场面。那年的她，从未想过自己将会是授权仪式上最后的一位守河之女。如今的她，也未曾想过终有一天还能为自己的后辈戴上十语冠。沫天在恋雪念完祝福语后，向恋雪深深鞠了一躬。戴上花冠的沫天，看起来更加有守河之女的气质了。

第二天的入暮便是唤潮的时刻，沫天最后一次为小悠更换一次空气和水，吃下这两周里最后一顿午饭后，和恋雪一起抱着琴前往安提拉。今天的雪意外地下得不大，在一望无垠的湖水边上，两人放下琴开始做最后的告别。恋雪为沫天摘下花冠，拂去头顶和披肩上的积雪，然后重新为她戴上了花冠。想起沫天这一个月来的艰辛，即使昨晚答应了沫天不会因为分别而流泪的恋雪还是激动得热泪盈眶，她一只手搭在沫天的肩膀上，另一只手抚摸着沫天的脸，抽泣着说道：

"沫天再向前一步，我们就要隔湖相望了。但姐姐还是……好担心你，让我再摸摸你的脸……真是的，现在的我肯定一点都没有姐姐的样子，沫天比姐姐更坚强了。"

没有带上笔记本的沫天暂时失去与恋雪交流的能力，她用两个食指轻轻地推起了恋雪的嘴角，然后微笑地看着恋雪。这个举动使恋雪的情绪逐渐平复了，也让她的大部分眼泪都留在了眼眶里。时间已经不允许恋雪继续说下去了，恋雪依依不舍地放开沫天的手，在她的耳边细语了几句。沫天抱起琴向姐姐鞠躬，朝着湖中央走去。在这段独自行走的道路中，沫天控制住了所有转身的想法，她清楚此刻自己一定要稳定好所有情绪。此外，姐姐最后在自己耳边留下的话语给了她很大的鼓励：

"从此刻开始，无论沫天走到哪一步，姐姐与姐姐的琴音都会与你同在的。"

当时听到这句话，沫天就不再惧怕接下来会遇到的任何困难了。

来到湖中央，沫天缓缓地放下琴，开始不断做深呼吸，回忆起舞步的动作与节奏。对岸的恋雪用手指不断轻刮着三弦琴的琴弦，即使是已经无法出汗的冰雪少女，也能从她们的表情看出极度紧张的样子。

正常的三弦琴声是无法传递到湖中央的，不过恋雪能够通过灵魂之音把琴声传到沫天的脑海里。问题在于，恋雪虽然先前尝试过几次用伴奏协助沫天起舞，但中间部分高难度的动作都出现了沫天无法跟上节奏的情况，一次都没有成功过的配合成为二人共同紧张的原因。沫天认为准备好后，缓缓伸出了左腿，恋雪立即反应过来，做好演奏伴奏的准备，内心祝福道：

最优雅的水花在你的舞步上跃起，细雪将会是天空为你撒下的礼花。

时间来到傍晚六点，沫天正式开始起舞。与此同时，三弦琴的伴奏在脑海里盘旋，如同姐姐在自己的身后一般。一整支的唤潮之舞共有四个伴奏乐章：《赎罪》《探寻》《奉献》和《新生》。换句话说，唤潮之舞是由四支独立的舞蹈构成，每支舞蹈构成一个小故事，前后需要一个多小时的时间。乐章之间只有不到半分钟的时间可以站立休息，连续跳完四个乐章对表演者的体力消耗是极大的。在所有的高难度动作中，第三乐章《奉献》的"单足慢旋"最为难练。单足慢旋，顾名思义就是表演时须抬起一只脚，身体在另一只脚的支撑下进行三圈慢节奏的旋转。三圈虽然听起来很简单，但慢动作的三圈不仅需要表演者有意控制自己旋转身体的力度，还需要控制自身旋转的节奏。沫天虽然半个月以来都在日夜苦练这个动作，左脚在几千次的尝试下磨穿了皮，旋转三圈已经不是问题，但对旋转节奏的把控依然不算很到位。恋雪认为，这将是沫天在这次正式的唤潮之舞中最大，也是唯一的挑战。

　　如恋雪所想象的那样，唤潮的第一乐章和第二乐章中的高难度动作沫天都出色地完成了，付出的努力果然没有白费。弹指之间，恋雪感受到了与沫天前所未有的默契。恋雪对着跳完第二乐章的沫天露出了欣慰的微笑。看到安提拉四周渐渐升起的屏障，恋雪的担心亦接踵而至，她希望沫天能够扛住压力，完成最艰难的第三乐章。

　　第三乐章的表演在沫天的仰头下开始了，恋雪紧张地盯着湖中央翻风回雪的白色身姿。沫天每一次的拉伸与转头都已逼近完美，动作也不像训练时那样僵硬，她正在用实际行动让姐姐放下心来，只要保持好这个势头……

　　琴声开始变得激昂起来，这是初代的冰雪少女玉絮舍身跃入安提拉的一幕。气氛开始变得紧张，沫天舞步的节奏变快，同时也为紧接下来单足慢旋的变奏增加了不少难度。她的脑海逐渐空白，只能暂时凭借肌肉记忆跳动着。这样的状态在训练时也会经常遇到，舞步的难度和未曾成功的尝试都成为沫天脑海里的阴霾。在这个关键的时刻，三弦琴的特殊变奏让沫天从混乱的思绪中回过神来，这里的变奏是恋雪临时添加的，很快，曲子就回到正常的节拍。变奏的效果非常好，把沫天的精神拉了回来，且不让她整体的节奏陷入混乱。沫天想起最后一次训练单足慢旋依然没能跟上节奏时，姐姐对自己说过的话：

"不要把看似无法克服的困难当成一种压力，要相信这只是未激发的潜能下一次小小的失败。"

我真的可以做到吗？沫天闭上眼睛，抬起右腿，双手在身体的发力下绽放开来。有人说，潜能会在不断努力过后自然而然地被激发出来，沫天就是在自然的指引下转动着身姿，与琴声携手走向成功的山巅。

"做……做到了呢！"

舞蹈虽然仍在继续，但二人沉浸在刚刚成功的喜悦中久久不能平复。对沫天而言，能在最正式的场合实现自我超越是一件无比自豪的事情。而对恋雪而言，在妹妹总能给自己带来惊喜这件事上，她一直都坚信不疑。当沫天完美地完成单足慢旋时，恋雪差点激动得要呼喊出沫天的名字。随着高涨的情绪逐渐降温，回到冰雪少女最沉稳的状态时，无论是第三乐章的后半部分，还是第四乐章《新生》，都无法成为阻碍沫天的绊脚石了。这是沫天完成得最出色的一次唤潮之舞，所有的高难度动作她都完美做到了。二人虽然无法拥抱庆祝这一时刻，但在短暂的休息时间里，沫天从与姐姐隔湖相望的眼神中，得到了姐姐的赞扬。

唤潮之舞虽然是整个唤潮过程中最艰辛的一步，但也只是第一步。下一步的引潮唤月尤为重要，它的成功与否关系着唤潮的结局，只要能够引导足够的潮水登天唤出白月，守河之女就能通过月光的指引，把精神从自己的身体里分离出来，并顺着湖水的方向流入下游。

时间紧迫，沫天也顾不上休息，她从一边抱起布满雪花的七弦琴，用手指轻轻刮掉琴上的雪痕，再拿起简易支架固定好琴的位置，跪坐在浮冰上开始了她的演奏。七弦琴的琴声虽然低沉，落在湖中的音符激出一层一层的波纹，湖水正在回应着沫天的召唤。而沫天则在演奏中酝酿着更大的力量，只要沫天拨动那个关键的音节，积蓄在湖中的能量就会带着湖水冲上天空。对岸的恋雪虽然没有了先前的担心，毕竟一次引导不成功，是允许重新引导的，容错率已经有了很大提高。但是第一次参加唤潮的沫天，在经过一个多小时的唤潮之舞，第一次引导失败后，体力的消耗能否容许她重新进行引导，这依然是一个值得关心的问题。所以，恋雪绷紧的神经依然没有松弛下来。

果不其然，经过一次高强度舞蹈后，沫天开始感觉有点头晕目眩，而且每一次积蓄力量都意味着需要控制的力量的增多。如果发力时因为疲惫而导致力不从心的话，引出来的湖水就很有可能脱离守河之女的控制：在朝天空飞行一段时间后变成自由落体状态，并宣告本次引潮唤月的失败。沫天感觉自己的状态已经无法承受更多来自安提拉的压力，只能拨动琴弦，把力所能及的湖水送上天空。

有点危险呢。恋雪看着安提拉湖水的出水量担心地思考着。经历过几百年的唤潮，恋雪能够轻松地根据引出湖水量判断是否足够唤出白月。而沫天这次引导的湖水量仅在能够唤出白月的临界点之上，换句话说，沫天接下来的过程不能再有任何失误，这次的引潮才有可能成功唤月。

从四面八方引出的湖水朝着天空的一个点位奔去，那里就是月亮的方向。沫天一边努力控制着自己的力量，一边回想起姐姐教给自己如何在引潮过程中创建晶点位的内容。但创建晶点并不是一个简单的工作，特别是建立一个稳定而美观的晶点图是需要一定熟练度的。在恋雪后期手把手的指导下，沫天能够创建一些简单的晶点。在沫天看着自己的晶点露出兴奋的笑容时，恋雪伸出食指重复着前几天解释晶点时说过的话："晶点可以为我们引导湖水提供方便。但是沫天一定要记住，真正能够控制湖水的，只有我们的意识。"

沫天创建的前三颗晶点很好地稳定了四面连接的湖水，一般守河之女为了给观众呈现良好的观赏性，会从第四颗晶点开始玩点小花招，这是守河之女展示技术，也是唤潮的看点之一。就连一向谨慎的沫天也有一颗想要表演的心，不过，因为操作不熟练很快就乱了起来。看到沫天手忙脚乱地引导着差点失控的湖水，恋雪有点哭笑不得，但她并不担心沫天会彻底失去对湖水的控制，因为她能感觉到沫天即使创建了晶点，依然用意识控制引导着绝大部分的湖水。这是沫天对所有操作不熟练的事物保持警惕性的一个表现。这种过于保守的做法虽然让她感到安心，却会牺牲不少自己的力气。

在沫天意识的扭转下，部分失控的湖水回到正常的轨道上。沫天看着眼前的七弦琴已经出现重影，说明自己的控制即将到达极限。不过沫天的直觉告诉自己，离成功只差最后一点了，只要再拨动最后这几个音节，就可以……

一道美丽的弧线越过白月的上方，潮水落下，如同为其沐浴更衣般，黑夜中的白月越发明亮了。唤潮出来的白月虽不如白月节时期的明亮，但它足以照亮整个安提拉。"沫天成功了！"

恋雪注视着被潮水拨开的阴云密布的面纱后，一种不可思议的感觉涌上心头。上一次站在安提拉从这个角度看月亮，已经不知道是什么时候的事情。好不容易重新做了一回观众，却感觉到了极大的不适应。

恋雪没有在自己的老朋友那里留恋很久，目光很快就转向安提拉中心的白色身影。对面的沫天一直都没有离开过注视着自己的视线，在不断的喘息之中露出疲惫的笑容。这是她们这未来两周的最后一次对视，恋雪却没能把这段对视进行下去。她咬了咬牙，扭过身体。

沫天理解姐姐的转身意味着舍不得自己，也知道姐姐不愿意让自己看到她再次流泪的样子。不管怎样，唤潮都要进行下去，二人都十分清楚这一点。沫天伸出双手做出祈祷状，仰头看向白月，准备接受白月对自己的分离。月光会带着她的精神与净化的力量流向下游，她的身体也会进入一段低消耗的休眠期。这对最近已经劳累过度的沫天来说，是让身体恢复的最佳时期，只是她的意识仍然需要接受安提拉的考验。

沫天的意识化为形体，从湖水的下方看向自己的身躯，先前凝望明月的眼睛随着下垂的头部紧闭着，双手做着祈祷状，跪着的身体正被雪花覆盖起来。在多种因素的影响下，形体沫天感到有点难过，她转身向着下游流去，希望下游的故事能够转移一些注意力。

经过一段时间压抑的情绪后，恋雪再一次面向安提拉跪坐下来。现在的她，未来的十四个夜晚都会留在安提拉，迎接第二天的晨光。在闭上疲倦的双眼之前，恋雪不忘说出这句传承了千百年的祝福：

"愿沫天的灵魂，与安提拉同在。"

十四天的净化之旅，是充实且美好的。沫天就像一个刚涉世的小公主一般，好奇地看着湖外世界的一切。她从夫卡于到克拉蒂，翻过奥尔山，越过极北，最后到达奥格里斯安娜（北国古都）。这条是安提拉向南蔓延最长的一条主干道，也是沫天印象最深刻的路线。在这条有着 400 多条支流的主干道上，沫天看到了辛勤劳作的斯托克人，看到了四季游牧的汪达尔人，还有喜欢骑马与烈酒、豪放不羁的特尔夫人，他们赤裸着上身在零下几度的不冻河里游泳。沫天害羞地捂着眼睛，从他们的旁边流过。而眼尖的格玛人能够从本就清澈的河流中看见净化过后更为清澈的变化，并祈祷他们所信仰的河流之母格玛带给他们明年的祝福。这令沫天大惊不已。

在奥尔雪山上，沫天面对的是一个完整的生态系统，这里不仅生活着一些夫卡于高原上存在的草食性动物，也存在着夫卡于高原上没有的肉食性和杂食性动物。这是一个物竞天择的残忍世界，森林中时不时传来棕熊令人毛骨悚然的咆哮，在溪边喝水的高山羚羊要时刻盯防雪豹的袭击与猎杀。而狼猫用食物诱杀雪兔的惨状成为令沫天最触目惊心的一幕，当她以为狼猫是向雪兔分享它的食物，实际上却是一口把雪兔的脖颈咬断的一瞬间，她忘记自己形体的状态，本能地想要上岸阻止这场惨剧，但也只是徒劳。她捂着嘴、流着泪目睹了噩梦般的整个过程，只能通过回忆起旅行者故事集里说的"动物想要进食是它的天性，而不是它的本性"来安慰自己。

奥尔雪山上发生的一件又一件"悲剧"让沫天濒临崩溃。来到奥格里斯安娜时，这个北部为数不多的繁华都城震撼着沫天的内心，从而令她暂时忘记了悲伤的故事。一条支流流入皇宫之中，沫天第一次看到诗中描绘的光彩熠熠的皇宫。宫中的公主身上佩戴着闪闪发光的饰品，举止端庄优雅，向侍女们诉说着美好的日常。皇子们用木剑互相切磋武艺，虽然沫天并不喜欢练武，但从他们各自称赞对方剑术进步的笑声中，沫天觉得，也许练武对他们而言并不算是一件坏事。

一条支流顺着市集流向城外，这里有贩卖着各种商品的米莉，还有许多善于讲故事的大胡子叔叔（城内的孩子也是这么称呼他们的 vvvv），为孩子与沫天带来了一个又一个生动的童话故事。城外的姑娘会在黄昏结伴来到北部的不冻河洗衣服，一起歌唱几百年流传下来的童谣或诗歌。这些歌谣，姐姐大部分都教过自己，所以沫天会高兴地与她们一同歌唱，即使她们听不到沫天的声音。奥格里斯安娜的城郊是安提拉最远支流的终点站，也是此次唤潮的终点站。在夜深人静的城郊边，沫天抬起头，顺着双子星的方向注视着北方。

踏上归程的沫天，对夫卡干和外界环境形成的反差依然深有感触。无论是那个想化身为格玛女神与格玛人打招呼的沫天，还是那个狼猫在雪兔身上大快朵颐之前就想要挺身而出阻止这一切的沫天，都感到一种无法与外界触摸的无力感。守河之女能为极北带来最纯净的水源，但能够做的仅限于此，对当世的现状做不出任何改变。换句话说，沫天只是世界尽头下方的一个过客罢了。恋雪说过，安提拉是所有冰雪少女的归宿，沫天在这次唤潮中，对这句似懂非懂的话语产生了新的感觉。但是，在奥格里斯安娜听到的那些，无论是振奋人心的故事，还是饱含爱与希望的故事，沫天都将永远铭记于心。也许只有生活在更复杂的世界里，才能创作出如此脍炙人口的作品吧。

沫天没有在这件事情上思考太长时间，毕竟意识很快就带着"污秽"一同回到了沫天身边，第一次唤潮的少女很容易会因使用了过量的净化力量而昏迷倒地，而沫天因为"玩"得比较兴奋，更是足足昏迷了半天。还好恋雪非常及时地发现了刚恢复意识的沫天，把她从凸起的雪人堆中抱了出来，因为沫天的呼吸并不紊乱，恋雪认为这是使用能力过载的正常现象。事实上确实如此，经过下午和夜晚的熟睡后，沫天的精神恢复如初。

只不过，光是恢复如初并不是恋雪最期待的结果，沫天和唤潮前没有任何的变化。当恋雪询问沫天的收获时，沫天兴奋地把唤潮时的见闻写给姐姐看，可依然说不出任何一句话。这让两周以来一直回想着半神所说的"沫天接下来要做的事情，是为她找到系铃点的最好途径"的恋雪感到有点失落，但她并没有把这部分情绪表露出来，而是用开心的表情和赞扬的话语掩盖过去了。为沫天治疗声音的路还没有结束，虽然恋雪开始有一点想要放弃的想法，毕竟她已经做了一切能做的事情了，而且比起改变，冰雪少女更倾向安于现状。

但是，无论是产生了一丝放弃想法的恋雪，还是对自己能够恢复声音依然充满希望的沫天，都无法注意到一个变化。安提拉之所以让人感到神秘且神奇，在于它就像是一本岁月的史书一般，记录着所有冰雪少女的前世今生。这就说明，即使是失去某些记忆的冰雪少女，都能够从安提拉中找到属于自己的过去。但是，能够获取记忆的方式不固定，且不稳定。特别是冰雪少女在安提拉失去意识之后，记忆会悄无声息地进入冰雪少女的潜意识，在梦中发挥出它们应有的作用。这就是安提拉在意识形态上的指引，而这些，只有知晓极北一切秩序的半神才会知道，冰雪少女是不会意识到的。

在两周沉闷的等待中，恋雪在沫天是否会有一些新变化这件事上保持期待并思考了很长时间，但她想得最多的是另一件事，那就是沫天的生日。

第一次认真聊起沫天的生日，是在恋雪生日后的第二天。那时候沫天给了恋雪一个刻骨铭心的生日礼物，恋雪感动之余却自感无以为报，所以她想在沫天生日那天也能让沫天感到幸福与满足，而需要这样做的第一步，便是确认沫天生日的具体时间。

当恋雪迫不及待地询问沫天时，沫天感到非常吃惊并害羞地扭着头。一方面，失去了记忆的沫天已经完全想不起来自己的生日；另一方面，虽然这次为姐姐过生日让沫天感到极大的满足，但如果换成姐姐用这种方法为自己过生日的话，姐姐的温柔一定会"淹没"自己的。

沫天把自己脑海中失去记忆的部分如实写给恋雪看。随后，恋雪陷入了沉思。虽然她想过沫天也许会忘记自己的生日，而且她的心中有一个对她和沫天而言都特别值得纪念的日子，但生日对冰雪少女而言无疑是更重要的。恋雪犹豫着要不要把自己的想法告诉沫天，毕竟沫天不一定会接受这个建议。

恋雪的沉默反而让开始期待的沫天产生了想要过生日的欲望，她不好意思明说，只能隐晦地写下自己的想法："姐姐把我从雪里救起的那天，对沫天而言，就如同获得新生一般。"

　　看到这句话的恋雪双手握在胸前，激动地说道："那沫天的意思，和姐姐的想法一样呢！"得到积极回应的沫天高兴地点了点头。所以，沫天的生日就定在了一年的最后一天，即极北历法的十二月三十日。

　　今年唤潮的时间提前了两天，虽然沫天唤潮期间恋雪每晚都在安提拉守护着她，但白天还会有很多事情等着恋雪去处理，比如她需要把冷棉树林里第二拨成熟的棉花收获下来，还要把它们织成布料。往年这些都是在唤潮之前就要干完的活，然而今年采摘棉花的时间都花在教会沫天唤潮上，反而是以往唤潮的时间闲下来了。

　　利用唤潮期间采摘棉花还有一个好处，就是恋雪打算给沫天做的生日礼物需要用到冷棉花。冷棉花在水中经过高温煮沸变成球状后，就能变成可食用的棉花球。这种棉花球可以作为一种小吃，也可以作为一种糖分较低的糖料。用棉花球加上搅碎的稻米熬制、蒸煮后，能够做成一种极具极北特色的棉花糕。但是，制作棉花糕的工序较为复杂，中间需要专业的搅米工具和蒸笼，但这些工具很久以前就被恋雪遗弃了，原因是放家里太占地方。下山去苏的家里做一份倒不失为一个好办法，所以恋雪决定在沫天生日前一晚下山和村长交换物资，顺便做一份大大的棉花糕给她作为惊喜。

　　不过，计划永远赶不上变化，唤潮过后的沫天和恋雪一同下山与斯托克人交流的想法更强烈了，而且姐姐答应过自己下次一定会带自己下山。姐姐一定不会食言的。可姐姐在这方面一直没有动静，所以沫天在恋雪准备下山的前一个晚上（默契十足），问起了姐姐的打算："好像快到下山交换物资的日子了。"

也是在看到沫天笔记本的时候，恋雪才意识到上次下山时的约定。可以原谅，因为为想给沫天制造惊喜这件事一直充斥着恋雪的脑海，而且这几天的忙碌也让她心神不定。虽然恋雪产生了一丝后悔的想法，不过她很快就意识到，即使要改变计划，也不能对自己的妹妹食言。所以她对沫天说道："是呀，那姐姐明晚和沫天一起下山吧。"沫天开心地点了点头，正当她抬起头时，一阵头晕目眩的感觉传来，这两天时不时就会这样。但沫天没有把这个状况告诉姐姐，她认为这是唤潮过后的正常感受，过几天应该就会好起来的。

两人为迎接新的一年，把家里收拾得干干净净后，一天的时间很快就过去了。来到傍晚时分，二人吃完晚饭，恋雪便开始整理箩筐，而沫天在帮助整理的同时还抽空泡了一壶茶。沫天发现恋雪少见地准备了一些煮好的棉花糖放在箩筐里，便把装着棉花糖的袋子拿出来，递给恋雪看。

"这个是秘密哦。"恋雪微笑着把它放回箩筐里。"怎么姐姐把棉花糖也当作秘密呢？"沫天气嘟嘟地想着。姐姐一般说是秘密就一定会是什么惊喜，毕竟明天是自己第一次过"生日"，不知道姐姐是不是要用这些棉花糖做成礼物送给自己。

收拾好要准备的东西之后，二人朝着山间缝隙进发。这是她们今年最后一次出远门，途中恋雪不断提醒道："如果上下山时感觉到体力不支，一定要汇入姐姐的水流里休息一下。"
拿着笔记本和茶壶，穿着蝶裙的沫天看着转身的姐姐，咬了咬
嘴唇，感觉自己被姐姐小看了，明明相对于几个月前，自己已
经进步了不少的。

很快，沫天就用实际行动证明了自己，她跟在姐姐的身后，
完成下山的全程，不过她累得坐在了村长后花园的长椅上，一
想到接下来就要和除了姐姐以外的真人交流，她的心脏扑通扑
通地跳着。看到沫天异样的神情和捂着胸口的动作，恋雪关切
地问道："沫天怎么啦？是感到身体不舒服，还是紧张呢？"

沫天伸出两个手指以示后者，恋雪伸手为她抚平刘海，并
为她整好衣服上的褶皱，笑着说道："和外人交流不是一件难事，
沫天平常心对待就好，况且苏可是一个和蔼可亲的老爷爷哦。"

听到姐姐的安慰，沫天稍微松了口气。但恋雪开始轻敲苏
家里的后门时，沫天还是害怕地躲在了姐姐的后面。开门的正
是村长苏，威猛健硕的身姿，如同骑在骏马上的特尔夫人，样
貌与和蔼可亲有点不太沾边。他用低沉的声音说道："今年来
得比去年早了一天。"

"苏爷爷的记性真不错，因为今年的唤潮比去年提前了两
天。"恋雪边进门边说道。

"你呀你，怎么又开始见外了。"听到恋雪又把自己称作
爷爷，苏不满地转身，看到了走廊灯下恋雪身后的雪白头发，
轻轻笑道，"原来身后藏着一只'小妖精'呢。"

恋雪转头和沫天对视，沫天立马反应过来，并从姐姐身后
走出来向村长鞠了一躬。在极北，人们习惯把白色头发的小姑

娘称作"小妖精",来源于家喻户晓的童话《提灯的小妖精》,是对可爱的白发小女孩的昵称。

听到屋内传来"哒哒哒"的脚步声,沫天再次缩回到姐姐的身后。原来是乐乐听到客人的到来所以跑出来迎接,看到恋雪并兴奋地想要喊出来时,恋雪伸出食指放在嘴唇上及时打断了他。所以他压低了音量,说道:"恋雪姐姐,还有恋雪姐姐的客人,我能看到你哦!欢迎你们来我家玩!"

沫天从姐姐身后探出头来,乐乐向她露出天真的笑容。

恋雪熟练地把这次需要交换的物品放在了桌面上,然后与苏照旧拉起了家常,隐藏在和谐气氛的背后,是苏与恋雪上次见面时尚未挥去的阴霾。沫天在桌子上找到一副茶具,那是苏平时喜欢喝茶的体现,并得到了苏"茶具是干净的,今天正好洗过"的回应。沫天手里提着茶壶,里面装着她亲手泡的雪莲花茶,她把部分茶水倒进小茶壶里,再用小茶壶为四个茶杯倒好了茶,茶水尚温。她先把茶杯递给一直趴在桌上看着她倒茶的乐乐,乐乐"喔"的一声接过茶杯。随后,沫天把两个茶杯端给正在聊天的恋雪与苏。恋雪高兴地解释道:

"这是沫天亲手泡的茶哦,她说第一次下山,怎么样都要给苏爷爷准备一个好礼物,然后我就说苏爷爷最喜欢喝雪莲花茶,所以请一定要品尝一下沫天的茶艺。"

"哦?是吗?"苏的胡子逐渐上扬,乐乐也附和道:"我觉得沫天姐姐泡的比爷爷泡的好喝。"让苏更激动地期待了起来:"哦?那我更要尝尝看了。"将杯中的茶水一饮而尽,苏带着沉重的"嗯"声点了点头:"不愧是冰雪少女,在泡茶方面的技术就值得我学一辈子了。不过这种清甜的感觉，该不会是加了一点棉花糖吧？"

沫天害羞地笑着，给苏鞠了一躬，回到自己的座位上。

"对了，安奶奶呢？"恋雪问道。

"吃过晚饭就出去找她的老伙伴玩了。"苏做出了搓牌的动作，恋雪会意地笑了笑。

"有一件事要拜托苏，"恋雪边从箩筐中拿出装着棉花糖的袋子，边说道，"能借用一下厨房吗？"

"当然可以。"苏和恋雪同时起身，恋雪走近沫天摸着她的头说道："沫天要照顾好弟弟哦。"沫天点了点头，然后看向满脸羡慕的乐乐。恋雪也注意到了乐乐的眼神，并伸手抚摸道："摸摸头，乐乐要乖乖地和沫天姐姐待在一起哦。"得到乐乐开心的回应后，恋雪满意地向着厨房方向走去。

虽然乐乐平时特别调皮，但是第一次和沫天相处却表现得非常安静，主要原因是沫天过于安静了。直到沫天意识到自己一言不发地盯着别人会有点奇怪，她才害羞地转移了视线。

"沫天姐姐，好像一直都不说话呢。"乐乐好奇地问道。沫天犹豫了一下，伸手抚摸自己的喉咙，然后做出摆手和摇头的动作。

"沫天姐姐……不能说话吗？"乐乐遗憾地看着沫天，沫天苦笑地点了点头。乐乐感觉自己问了一个会让沫天姐姐感到难过的问题，所以他掏出自己随身携带的硬币，对沫天说："我要给姐姐变个魔术。看，这枚硬币在我的手心里，然后……"乐乐伸出了另一只手，贴在放着硬币的手心上轻轻一推，硬币

150 ··· 千河之歌

就"消失"了。沫天赶紧指着乐乐另一只手，乐乐发出"噔噔"一声展示自己空空如也的双手，然后从大腿上拿起了这枚硬币，兴奋地说道："其实在这里哦，乐乐的魔术成功啦！"沫天的嘴张成小"o"字形，并为他鼓起了掌。

乐乐期待地说道："乐乐也想看沫天姐姐表演魔术，姐姐应该会超级多魔术吧？"沫天思考：冰雪少女确实会有一些普通人看起来像是变魔术一样的行为呢，但要是在小乐乐面前化形的话，会不会让他吓一跳？有了。

沫天拉了拉自己雪白的头发，从中挑出一根并轻轻拽断。她向乐乐伸出了手，乐乐会意地伸手准备接过沫天的头发。沫天松开手，头发在飘落不到一秒后，化为小水滴落在了乐乐的手上。手里细长的水滴让乐乐惊讶地看向沫天，沫天此时正温柔地看着他。

厨房里，恋雪和苏正在按照制作棉花糕的工序井然有序地进行着。不过苏并不方便触碰食材，在帮助恋雪打磨好米浆后，他便站在一旁为恋雪传递工具。其间，苏忍不住问起上次离别的事情："那晚回去以后，你应该及时调整过来了吧。"

恋雪笑得很苦涩，虽然她并不太想回忆起那天的事情，但提问的对象毕竟是与她共同经历的苏，她一边揉搓着米团，一边回答道："说实话，如果没有沫天的话，我的处境可能会很危险。因为回去以后不久，我就被自己的心魔打倒了。"

苏叹了口气，说道："那天看到你回去时的样子，就像一具失魂落魄的躯体一般。不过现在看到你恢复了精神，我就放心不少了。"

"谢谢苏，这件事让你跟我一起折腾了这么久，事后还要让你操心，真的很抱歉。"恋雪的声音有些颤抖，继续说道，"但是呢，经历这件事后，我已经找到属于我的答案。无论怎么看都必须要正视过去，对于现在的我而言已失去它存在的意义，因为我已经不再是最后的'那一个'了。现在比起我的过去，我更希望终有一天，沫天能够找到属于自己的过去，还有自己的声音，因为她是这个世界'秩序'的牺牲品。得知这些结果的我，每一天都在不断自责。"

趴在厨房门外偷听的乐乐与沫天缩回了头，乐乐询问沫天："恋雪姐姐在说什么呀？"沫天半懂不懂地摇了摇头。

"那接下来有什么打算吗？"苏问道。

"有啊，"恋雪拿起捏好的生棉花糕笑道，"打算把这个放进蒸笼里。"

"好吃哒！"乐乐兴奋地跳了出来，但沫天并没有看到里面的东西（礼物）。

"你这孩子，不许偷听大人说话！"苏略带生气地从厨房里走出来，沫天带着乐乐从厨房门外回到客厅。

回到座位上的沫天与乐乐，开始了他们第二阶段的聊天。乐乐问道："平时沫天姐姐和恋雪姐姐是如何交流的呀？"沫天听后随即举起手里的笔记本和笔。乐乐疑问地补充道："欸，那会不会特别麻烦？"沫天微笑地摇了摇头，决定在笔记本上新的一页写下自己的名字——林雨沫天。

然而这一次书写名字，沫天却产生了从未有过的幻觉：一个小女孩在开满冷棉花的树林里奔跑，四周都是自己不认识的白发少女。这是自己内心深处的记忆吗？伴随着一阵眩晕，等她回过神来，自己的名字已经完整写下来了。

　　因为两族文字之间的差异，乐乐并不会读前两个字。但是沫天为他标注了注音字母后，乐乐兴奋地念出了沫天的全名。然后乐乐也在笔记本上写下了自己的名字——乐·安格昂。沫天尝试为其标注注音，乐乐看到注音后再一次兴奋地说道："哇，全对。如果我是老师的话，一定要奖励沫天姐姐一个大红花。"虽然沫天并不是很清楚大红花的作用，但听起来像是夸奖的意思，沫天害羞地转移了视线。这一次转头，让沫天晕眩得更严重了，但她依然坚持着不表现出来。

　　随后，他们聊起各自最尊敬的人。有意思的是，他们聊起的对象此时都在厨房里面。乐乐逐渐适应了他说话沫天写字的交流方式，并与沫天探讨出了恋雪和苏的许多共同点：喜欢喝雪莲花茶、做了错事很快就能得到他们的原谅、总是细心地教会自己各项技能、喜欢睡前给自己讲故事。一聊到睡前故事，两人的共同话题立马提高了一个档次。沫天列举出许多姐姐给自己讲的来自下游的故事，而乐乐则说起了爷爷给自己列举的族里的历史故事，其中还有不少冰雪少女的故事让沫天十分感兴趣。

　　"……然后恋雪姐姐就一直待在山上，再也没有出现在村里人的视线中了。"乐乐用非常遗憾的语气结束了这段故事。因为说得动人心扉，沫天听得不断擦泪，很难不认为乐乐有做故事大王的潜质。此时做好棉花糕的苏和恋雪正在大厅的墙后偷听，恋雪脸红地说道："都怪你，怎么能把这些事情随随便便和小孩子说的。"

"村长的接班人有权得知真实的事情经过，当初您可是同意我的祖辈们这么干的呀，"被恋雪这么一怪责，让苏感觉自己做了亏心事似的，补充说道，"我告诉过乐乐绝对不可以跟外人说起，之后我会再提醒他一遍。不过村里流传着女神的故事，还有更多奇特的版本就是了。"

"爷爷说，恋雪姐姐的名字和我们的不一样，是因为恋雪姐姐的祖先曾经不是极北的住民。好奇怪呢，明明姐姐们生活在又高又冷的山上，真正的故乡却是在四季暖和的南方。"

听到话题逐渐跑偏，苏轻轻咳嗽着走进大厅并打断了乐乐的发言，身后的恋雪提着一个精致的白色礼盒。与沫天视线相交的瞬间，恋雪看到沫天向自己投以极度崇拜的目光，让自己感到有点不知所措。苏为恋雪整理米袋，此时安奶奶从外面回来了，一边吐槽道："今晚的风雪可真大呀。"一边看到家里的恋雪和沫天，高兴地说道："哎呀！是一年一见的稀客呢（平时安奶奶都是早睡晚起，中间恋雪三次下山都完美错过了）。还有这位，一定就是现世的冰雪少女了吧，好可爱的脸哦。"安奶奶揉着沫天的脸蛋，即使害羞的脸色逐渐要比安奶奶头上戴着的小红帽还要红，沫天依然乖乖地站在原地，不敢动弹。

看到沫天害羞得即将"冒烟"，苏赶紧打断道："咳咳，注意身份。"安松开沫天的手说道："小女孩才不会像你那样斤斤计较呢，对不对呀？"沫天虽然很想躲在姐姐身后，但为了保持冰雪少女的气质，暂时忍耐了自己害臊的情绪，违心地点了点头。

安与恋雪拉了段家常，沫天则在一旁为所有人倒茶，与见底的茶壶相对应的，是箩筐中满载的稻米和其他粗粮。这也告诉沫天和恋雪是时候要回去了。乐乐还是第一次如此舍不得她们离开，哭着说道："恋雪姐姐明明说好会带我去家里玩的，姐姐是大骗子！"

虽然苏和安很快就阻止了乐乐不懂事的行为，但乐乐的话语却戳动了两位冰雪少女的心灵。沫天看着低着头的姐姐露出了可怜兮兮的神情，沫天知道姐姐许的是一个无法兑现的承诺，山上稀薄的空气，会让毫无保护措施的普通人无法长时间呼吸。在沫天的印象中，姐姐还从来没有说过会令人伤心的谎言，姐姐会怎么回答呢？

看到恋雪的脸色发生了变化，安赶紧说道："恋雪啊，乐乐不懂事，你可不要放心里去。"恋雪整理好语言，蹲下来，对乐乐说道："姐姐没有骗你哦，因为现在还不是时候，这座大山之所以存在，是因为这片土地曾经遭受无法抹去的创伤。高山令我们隔山相望，守护了最后这片难得的净土。但它终究会有放下隔阂，再一次接受外界之物的一天。等到那个时候，姐姐，还有沫天也能放下负担，带着前辈们可望而不可即的心愿，回到南方的故土看一看了。"

今生勿忘，"星星"与诗，只是过客；白月之梦，终有归宿。

感谢大家一路的陪伴，最后让我们泡上一壶雪莲花茶，共同探寻被安提拉所揭开的，几百年前埋藏在风雪下的真相吧。

相遇，即是重逢

『不可以绝望哦，沫天。』

『明明发过誓，要永远留在妈妈身边保护她的。』

二十六、相遇，即是重逢

　　恋雪把真相告诉了乐乐，虽然信息量比较大，不过乐乐理解了其中的关键意思。小孩子习惯把发脾气进行到底，所以他头也不回地跑回房里。沫天和恋雪带着遗憾的心情与村长告别后，回到了山上。

　　上山的体力消耗颇为巨大，沫天不愿成为姐姐的"拖油瓶"，所以她依旧完美地完成流动的全程。但是复形后的她，感觉头晕已经达到极限。在伸手不见五指的雪夜里，恋雪完全无法注意到妹妹面色苍白的脸。

　　是不是……应该和姐姐说一下？虽然不太想让姐姐担心。明天还是我的生日呢，真想和姐姐好好地休息一天。这是沫天在极度的痛苦之中，唯一想到的事情。

　　回到家中，适才结束了头疼的沫天在体力与气色上都有一定程度的恢复。木钟显示现在的时间即将到达凌晨，因为即将进入休息时间，沫天依然没有把自己最近的状态告诉恋雪，恋雪也没有察觉到妹妹在身体方面的异常。此时恋雪想做的，就是在凌晨的钟声响起的瞬间，把生日的祝福传递给沫天。

　　二人把今晚拿回家的东西收拾整理之后，洗了把脸，换了一套睡衣。距离第二天还有最后一分钟，恋雪邀请沫天坐在桌旁，桌上摆放着那个精致的白色礼盒。当分针滑进"12"的瞬间，站在沫天对面的恋雪兴奋地鼓起掌，说道："沫天，生日快乐哦！"沫天合掌弯腰表示感谢。暗蓝色的冰火照亮了整个房间，在风雪交加的夜晚烘托着屋子里幸福洋溢的气氛。

"看，是姐姐亲手做的棉花糕哦，虽然拜托了苏爷爷帮我磨米。"恋雪拆开沫天一直好奇无比的白色礼盒，说道，"刚刚做出来的时候温温热热的，现在这个温度应该最好吃了。"沫天赶紧点了点头，此时的她按捺不住要尝尝棉花糕的心情。恋雪为她切好一块，然后给自己切一块。这是自己曾经最拿手的食物之一，上一次做却不知道是什么时候的事情了。

"好吃吗？"恋雪问道。沫天连连点头。恋雪微笑地说道："那就再来一块哦。看样子我的手艺并没有退步嘛。"沫天与恋雪相视而笑，接过恋雪为她切的第二块棉花糕。接下来，恋雪为沫天歌唱庆祝生日的歌谣。冰雪少女的生日歌非常有特点，一共会有三个不同的版本。第一种是生日的少女给自己母亲唱的《感谢歌》，第二种是母亲给自己生日的女儿唱的《祝福歌》，第三种则是其他朋友与自己共唱的《诞生歌》，也是适用性最广泛的生日歌。

确定了自己的"生日"那天，沫天就得知三首生日歌的区别，害羞地表示："姐姐可不只是我的朋友，更像是我的老师、我的长辈，还有就是……"沫天没有把这段话写下去，但恋雪已经知道她想表达的意思。所以恋雪给沫天唱的是第二种，经过自己改编之后，变成了姐姐给独一无二的妹妹歌唱的祝福之歌：

"雪夜下的相遇，成为了此生难忘的一天；白月因为星星的点缀而不再孤独，而你是姐姐唯一的星星；姐姐的一生都将追随着星星的步伐，因为你是姐姐在夜空中唯一的一束光；姐姐希望你如星星般耀眼，即使黑云不时会掩盖你的光芒；白月希望无论何时何地，都能成为星星最坚实的依靠……"

姐姐动情地歌唱着。沫天眼前再一次出现了幻觉，眼前的画面不再只有姐姐，姐姐的独唱变成了大家的合唱，大家拍着手，在相同的旋律下唱出不同的歌词。沫天的情绪被这段突如其来的幻觉所感染，泪水"铺"在了雪白的棉花糕上，融化了棉花糕表面，如同融化了内心。恋雪惊讶地帮沫天擦着眼泪并问道："怎么啦？沫天不哭哦，今天可是很开心的日子。"

沫天在姐姐的询问下回过神来，为了不让姐姐担心，泪眼模糊的她开始寻找自己的笔记本。姐姐把笔记本递给她，她边擦泪边写道："想起去年这个时候，姐姐日日夜夜为我操劳的样子。这一年下来，姐姐过得好不容易，我却无法给姐姐歌唱一首《感谢歌》。"

恋雪的内心就像被打翻了五味瓶一般，她忍住在眼眶中打转的泪水，紧紧地抱住了沫天，用无比温柔的声音安慰道："狡猾的妹妹，不能一直只记得姐姐的奉献哦。为我庆祝生日，照顾被心魔打倒的我，还有为了我的身体执意要去唤潮的，可都是你哦。如果没有你的话，也许我这辈子都无法体验到人间的快乐了。"恋雪松开对沫天的怀抱，与泪眼汪汪的沫天对视，并说道，"来年我们一起努力，好吗？"

沫天郑重地点了点头，她起身把挂在墙上的七弦琴抱了下来，放到桌面上。她曾经悄悄练过冰雪少女的《感谢歌》，虽然因为时间问题并没有练全，也并不熟练，但她依旧希望能够把感激的声音传递给恋雪。恋雪坐在座位上，做好倾听沫天演奏的准备。

沫天深吸一口气，开始拨动琴弦。这一次，沫天比任何时候都更加进入状态。优美的琴声使恋雪轻轻伸手打起了节拍。演奏逐渐激昂的沫天，希望能够把感激的心意一直传达下去。

然而接下来无法预料的一幕，永远地刻在了恋雪的脑海里。

如同裂帛一般的声音传出，琴声戛然而止。琴弦断裂的瞬间，一种极度不妙的预感笼罩在恋雪的脑海。她随即看向沫天，沫天的身体一动不动，只有头部微微转动着。与上次恋雪病倒不同，沫天翠蓝色的双眼第一次完全失去高光，她甚至连最后的对视都做不到，便顺着恋雪逐渐惊恐的神情，倒在了断裂的琴弦之上。

"沫天！"

这是沫天倒下时，听到姐姐的最后一声呼喊。

沫天紧闭双眼，躺在了床上。经过恋雪诊断，她的脉搏正常，呼吸稳定，体温也没有出现不合常理的变化。那么现在只剩下一种可能性了，让沫天陷入昏迷的，是来自沫天潜意识深处的前世的记忆。

恋雪就像今年年初那样，静静地坐在床边照顾着沫天。

年初那个身体不适的沫天，恋雪尚能通过熟悉的医术和无微不至的照顾令其脱离险境，但现在，自己的至亲再一次躺在床上，自己却无法给予任何有效的帮助。此次的病例与以往不同，有别于从自己的负面情绪诞生出来的心魔之症，它把沫天的意识安静地囚禁在了灵魂深处，现世的意识是否能够突破这个囚笼，将直接决定沫天是苏醒还是长眠。经过一天强烈的思想斗争后，恋雪系上披风，动身前往冰迹回廊。

这一夜的暴雪把世界染成了黑白相间，会让人在那么一瞬间误以为自己身处在一片白色的世界里，看着"黑雪"飘动。如果黑暗代表着绝望的话，那此刻的恋雪有多希望这只是幻觉。她的表情十分严肃，脑海中不断重复着自己梦中秩序半神说的最后一句话：

"当你感到迷茫的时候，回到冰迹回廊，在那些刚开放的冰魄花里，一定能够找到属于你的引路之物。"

前往冰迹回廊的路本就不好走，雪夜之下就更不用说了。经过一路的跌跌撞撞，恋雪来到了冰迹回廊。这里是夫卡于夜晚最美的地方之一，在这里，因瀑布冲积而成的万年冰会在夜里发出独特的蓝光，照亮大半个回廊。奇怪的是，在地表上开放的冰魄花，意外地散发出五颜六色的亮光。恋雪先是非常惊讶，但很快，结合了半神说的话后，恋雪便明白了一切。

她在散发着紫色光芒的冰魄花旁跪坐下来，朝着冰魄花伸出手指，停留在花蕊上的发光之物如同受到感召一般，扇动着翅膀，落在了恋雪的手上。这是一只来自半神土地的蝴蝶，恋雪与它对视着。不一会儿，秩序半神出现在了回廊入口前，并一步一步地接近着恋雪：

"虽然和我推算的时间差不多，但是今夜的天气看起来并不算好啊。"

冰魄花上所有的蝴蝶，加上恋雪手里的那只，在听到半神声音的同时全部飞起，共同朝着半神花园的方向归去。成群结队的蝴蝶，在夜空之中散发出五彩缤纷的磷光，与白雪点缀在一起，如同群星闪烁一般。然而恋雪的视线完全放在了半神身上，她的脑海反复地思考着沫天现在的状况，并渴求半神能够给予自己相对积极的回答。她朝着半神的方向走去，并伸出了手：

"冰迹回廊都快成为你的后花园了，库瑞斯。"

"这也是没有办法的，我把它们安置在这里，一方面可以令其传授花粉，另一方面也能让它们留在这里指引你。"库瑞斯接过恋雪手里的磷光粉，用蹄子划出一道结界，熟练地把磷光粉装进这个"口袋"里。

"说是指引我，实际上它们只是你的眼线罢了。"恋雪扭过头说道，"把它们种在我妹妹上次种植的地方附近，可以吗？"

"乐意效劳，"半神说道，"说回正事吧。如果你的妹妹是昏迷过去，身体没有发生任何异常的变化，那一切都在正轨之上。接下来你要做的，就是静待你的妹妹走出梦境的阴影了。"

这段话语如同给恋雪吃下一颗定心丸，不过她紧绷的精神依然没有得到放松，随即问了一个特别在意的问题："安提拉，是不是唤醒沫天前世的人格了？"

半神的表情变得严肃起来，说道："虽然我不是很清楚流程，但我能肯定的是，无论是前世的人格，还是前世的记忆，这些都不会伴随梦主回到现实的时空，而是逐渐把现世的人格同化，让现世的人格永远困在梦中。"

"这样的话，沫天，她会死吗？"

"如果困在梦里的人格不及时从梦境中脱离出来，失去完整人格，以后想要苏醒，希望只会越来越渺茫。"

此刻的恋雪，终于理解了半神的全部动机："从你不阻拦我寻找过去的记忆开始，让我认识到自己的错误，从而同意沫天唤潮，最后让安提拉唤醒沫天前世的人格。这一切都在你的算盘之中吧。"

库瑞斯哼笑一声，说道："你的反应比你三百年前慢多了，还以为你在那天梦中就已经意识到了。"感到被欺骗的恋雪没有再理会半神，而是朝着河边走去。

"如果你想让你的妹妹变回正常的冰雪少女，那这点程度的冒险是必需的，明明你们连最艰难的唤潮都挺过去了。"半神意识到了人类对情感过度的焦虑，选择了进一步解释。

恋雪跪在河边，任由头发落入水中。她知道，唤潮至少不像现在这样，只能看着沫天在前世的旋涡中挣扎，自己却帮不上任何忙。她呆呆地看着河中倒映着自己惆怅的脸，问道："那沫天从梦境中脱离的概率有多大？"

"现世的意识回到现实的执念有多重，成功的概率就有多高。"半神严肃地说道，"这份执念就像一份试题，你和她的羁绊就是这份试题的答案，现在是交付答卷并准备评分的时候了。"

恋雪没有说话，她像失了魂一样盯着湖面。本应不会被沾湿的头发因为恋雪的失神而脱离了屏障，吸收着水分，越长越长。

我在沫天的眼里，还算一个可靠、温柔的姐姐吗？与我相处的这一年里，她会不会感到孤独和难过？

恋雪不断地反思着自己的不足，还有对沫天的遗憾。她梦想过自己要当一个完美的姐姐，而现在，她意识到自己离这个目标似乎还有非常漫长的距离。不知不觉中，巨鹿半神已经坐在她的身旁等候多时，它正看着恋雪的头发慢慢延伸到河流的另一边，并随着水流漂动。

许久之后，在库瑞斯完全看不到的半边脸上，恋雪的嘴动了起来："如果沫天，没能从这道坎上跨过去，那么，策划了这一切的你，应该也做好最坏的打算了吧。"

"呵呵，对自己这么没有信心啊？"半神笑了笑，说道，"但是，对于一个见证了冰雪少女发展、消逝以及新生的半神而言，自始至终都坚信的是：从最初的冰雪少女开始，她们就一直抱着互相信任的执念走到现在。如果就此放弃的话，对作为半神的我而言，无非只是少了两个为我培养花园的朋友罢了。"

半神说出这句话的时候，停顿了很多次，但恋雪的眼神也逐渐犀利了起来：

"我不会放弃的，绝对不会。"

归家的恋雪第一时间回到沫天身边，看到沫天的状态依然保持稳定，悬着的心这才放松了下来。此时，恋雪体验到的，就是沫天上个月体验到的感觉：如天塌下一般的孤独与绝望，但依然坚信着眼前的对方一定会渡过难关，回到自己身边。只是恋雪更无力，也更加脆弱。为轻轻咳嗽的沫天擦拭额头的时候，恋雪的眼泪止不住地砸在沫天细嫩的脸蛋上……

"来年，我们再一起努力吧。"

"永远都不会分开的，永远。"

"我会永远在你身边守护你的。"

……

（嘀嗒，嘀嗒，嘀嗒，嘀嗒）

"沫天！沫天！再不起床就要迟到了。"

"唔嗯……"

一个小女孩睁开蒙眬的翠蓝色双眼，虚弱地朝着呼喊她名字的方向看去并回应道：

"大妈妈……早安。"

"真是的，明明今天要毕业了，还这么晚才睡。快点换好衣服，洗漱好，来吃早餐哦。"被称作大妈妈的"少女"朝着门外方向走去。

小女孩似乎做了一个特别漫长的梦，梦的最后，她听到一个声音不停地呼唤自己。她感觉自己昏昏沉沉的，但妈妈说的"好孩子上课不能迟到"这句话成为了她起床的动力。接下来就是小女孩看似平凡的一天：洗漱，吃早餐，去学堂上课。今天的课堂气氛比较压抑，明明几天前已经完成期末考试，老师的脸上却依旧严肃。今天的最后一节课，也是毕业前的最后一节课，老师在讲台上诉说着成长与责任这些女孩半懂不懂的话题，但是看到老师说到一半突然就开始崩溃流泪，坐在前排的小女孩向老师递出了自己的手帕。老师一边擦泪，一边哽咽地说道："老师没事，谢谢小沫天。"

最后一节课结束后，就是毕业典礼了，老师会为最优秀的毕业生颁奖。小女孩站在最中间的位置。台下，家长们向各自的孩子露出了欣慰的笑容。台上的女孩们非常兴奋，翠蓝色眼睛的小女孩虽然面带笑容地看着自己的大妈妈，但是她最在意的妈妈没有出现在台下，让她感到有点失落。

很快，毕业典礼告一段落。家长们收起了各自的笑容，步伐一致地带上各自的孩子向家归去。孩子们似乎完全不知道发生了什么，小女孩甚至连与挚友好好道别的机会都没有。挚友被妈妈牵着，哭喊着向小女孩伸出手。

路上的少女步伐匆匆，神色紧张，与往日轻松的气氛完全不同。挚友的妈妈焦急地喊道："回去啦，两天后大家都会再见面的。"此时，路上的少女们用孩子看不懂的眼神盯向她，她立马咬牙逃避她们的目光，拉走了自己的女儿。

城外的爆炸声似乎越来越响了，小女孩十分害怕打雷一般的声音，她紧紧地躲在大妈妈的后面回到了家。回到家的第一件事就是打开妈妈送给她的冰晶石护符，里面有妈妈画的肖像画。看到里面的"妈妈"后，小女孩慌乱的心情才得到一定程度的缓解。她把冰晶石护符牢牢地揣在手里，看着路上越来越乱的秩序发呆。

晚饭过后，家里来了不少客人，他们似乎在和大妈妈商议着什么。小女孩在房间里做着作业，大姐姐们在客厅外，因此她们交流的声音特别小。好奇加上焦虑使小女孩离开了座位，趴在墙边，倾听着大姐姐们交谈的内容：

"唤潮的工作必须进行下去，我们会在这两天分出一个班的战女保护她。"

"我没有意见，毕竟这是守河一族必须要完成的任务。"

"外城虽然失守，但内城还在我们手里。而且外城的居民在今天下午已经全部撤进城内，他们休想在这片领土夺走任何一个同胞。"

"战女伤亡的情况如何？"

大姐姐们互相看着对方，露出了难过的神情，大妈妈叹了口气。

"如果缺人手的话，月仙子那边我来保护就行。你们抓紧做好维持秩序与集合的工作吧。"

"湖母，这怎么可以？要劳烦您亲自动身……"

"到了这种危急关头，需要有更多的冰雪少女站出来，只不过……"

大姐姐们的视线随着大妈妈转到了进屋的墙壁，露出的额头与眼睛立即缩了回去。

"多么可爱的小妹妹，长得水灵灵的，成绩还优秀，像极了她母亲小时候。"大姐姐们难得的欢笑声传进了房间，虽然房里的小女孩听不清她们在说什么，不过开心的情绪很容易感染到她。

"如果城外撤进来的少女不够地方安置的话，放在我这里也是可以的。我不能因为照顾她而什么事情都不干。"

"湖母放心，她们都已经安排好，明后两天将分批撤向安提拉。"

"好，有劳你们了。"

送走姐姐们后，大妈妈走进小女孩的房间，此时城外的轰隆声越发响亮，小女孩捂住耳朵，不停地发抖。大妈妈抱住她。小女孩泪眼婆娑地哭道："大妈妈，我害怕。"

大妈妈温柔地安慰着她，并把她哄上床。小女孩在大妈妈

"睡一觉，明天就会好起来了"的轻语下睡了过去。小女孩熟睡之后，城外的轰隆声也随之停止。大妈妈回到自己的房间看向窗外，街道上没有了下午撤退时的忙乱，暗蓝色的路灯衬托着暂时的宁静。大妈妈松了一口气，心想：无比煎熬的一天总算结束了。

然而，天空突然出现的一道火光，从大妈妈的视线中划过，向着城宫的方向飞去。伴随着一声巨响，这座与世无争了千百年的雪域之城第一次陷入彻底的混乱……

第二天清晨，小女孩在噩梦中苏醒，她心惊胆战地捂住胸口，听着窗外的街道再一次变得嘈杂起来。这一天，路上的少女神情更加慌乱，让小女孩的心中十分不安。大妈妈走进小女孩的房间。小女孩还是第一次看到脸色如此憔悴的大妈妈，她伸手欲擦一下大妈妈红肿的眼睛，但大妈妈轻轻握住了她的手，说道："一起去吃早餐吧。"

"大妈妈，外面发生了什么事情呀？"

"……"

"大妈妈，不要不理我……"

"……"

"大家的神色给我一种天要塌下来的感觉。求求大妈妈告诉沫沫，不要把沫沫蒙在鼓里。这种感觉，很讨厌……"

大妈妈停下了脚步，转身与那双闪烁着泪水的翠蓝色眼睛对视，用哽咽的语气编织善意的谎言："外面是半神们打起来了哦，因为离我们很近，所以声音特别大。外面非常危险，沫天不可以随便跑出去哦。"

小女孩擦了擦眼泪，说道："沫沫会乖乖待在家里的。"

这一天，大妈妈拉上了所有的窗帘，并把小女孩完全"锁"在了视线之内。小女孩安静地写着作业、练着琴。外面传来一声接一声的巨响，震撼着小女孩的心灵。但是大妈妈严肃且坚定的眼神，就像督促着小女孩需要更加努力学习才行。

直到一颗火球径直砸向了小女孩家的对门，巨响伴随着热浪，朝着四周扩散。大妈妈反应非常快，伸出手在窗外唤出屏障，抵挡住了热浪猛烈的袭击。片刻过后，她的瞳孔逐渐收缩，从透过窗帘的缝隙中，她看到对面苏珊家被火球砸碎的瞬间，就像昨晚飞向城宫的那颗火球一样，令人绝望。唯一值得庆幸的是，苏珊此时正在城宫守护着城主大人，并不在屋子里。

看到屋内的震动，还有大妈妈呆滞的背影，小女孩忍不住从椅子上站了起来。听到动静的大妈妈立马回头，用命令的口吻朝着小女孩说道："坐下！"

大妈妈有时会比妈妈严格得多，虽然小女孩已经习惯了，但突如其来的一声责骂般的话语令小女孩既委屈又难过，她回到座位上继续拨动着自己的七弦琴。大妈妈为自己的紧张失言而后悔不已，但现在的状况不容许她进行道歉。因为下一个火球，不知道什么时候就有可能落在自己的头上。

大妈妈在小女孩的四周竖起三道屏障，保证火球落下后不会第一时间伤害到小女孩。然而，小女孩就如同困在了囚笼里，无法专心练琴，只能抱起琴的一角，并用脸蛋摩擦着琴弦。

令小女孩吃惊的是，琴弦经过摩擦之后似乎开始发出蓝色的光，甚至还能隐约听到一些求救的声音：

"姐……姐……"

"这里……是……"

"救救……我……"

小女孩紧紧盯着自己的琴，声音似乎消失了，而且光亮也逐渐变暗。看着四周大妈妈为自己建立的蓝色屏障，而且门外能听到许多少女奔走的声音，小女孩开始自我怀疑起来：是我听错了吗……

剩下的时间，小女孩就这样一直被困在了屏障里，静静地等待着大妈妈做好晚饭。此时，大妈妈绷紧的神经也稍微放松了一下，把小女孩从屏障里放出来，两人共同享用了最后一顿晚餐。

"我，下午太紧张了，似乎说了些过分的话。"大妈妈无法释怀而向小女孩道歉。对小女孩而言，大妈妈和妈妈一样，所做的一切，还有所说的话都是为了自己。尽管委屈，但小女孩还是微笑着说道：

"大妈妈是为了保护我才这么说的，所以沫沫不怪大妈妈。"

大妈妈鼻子一酸，真相差点就脱口而出，但是，城主的口谕使她带着对孩子的内疚，强行地把真相吞进了胃里，如今胃已隐隐发痛。

街道上不停传来坍塌声，还有爆炸的声音。大妈妈不断安慰小女孩："没事的，过了今晚就没事了。"小女孩安静地待在大妈妈身边，目不转睛地看着手里的冰晶石护符，这是妈妈最后一次离开家时交给小女孩的护身符。小女孩只知道妈妈回到了城宫，做一件会受所有冰雪少女爱戴的工作。但是妈妈如今却还在外面，当小女孩听到越发响亮的爆炸声，再一次无法控制住情绪担心地问道：

"大妈妈，妈妈为什么还没有回来呀？"

听到小女孩焦急的询问声，大妈妈回应道："沫天乖，先回到床上睡一觉，醒来的时候就能看到妈妈了。"

小女孩牵着大妈妈的手，看起来她其实更希望大妈妈能够把她抱起来，因为她非常好奇门窗外面究竟发生了什么，能让大妈妈盯着外面久久不愿离开。到最后，小女孩压抑不住好奇心，伸手说道：

"大妈妈，抱抱。"

盯着窗外的大妈妈沉重地叹了一口气，一把将小女孩抱了起来，但小女孩没能如愿看到窗外的景象，因为大妈妈把她抱回到床上，帮她脱去靴袜，盖好被子。大妈妈说道：

"乖孩子，好好睡上一觉吧。"

虽然有无尽的担心，但小女孩一直是听话的好孩子。她摘下戴在脖颈上的冰晶石护符，放在床边。在大妈妈讲的故事中，小女孩进入了梦乡。

大妈妈合上故事书，看着小女孩熟睡的样子，泪水夺眶而出：

这孩子长得多漂亮啊，既聪明又可爱，长大后一定是一个大美人，一定会有很多同胞喜欢她吧？可是……可是……

以后，大妈妈再也不能给你讲故事了。

摸了摸小女孩细润的脸蛋和雪白的头发后，大妈妈从床边站起身来。不出意外的话，她和小女孩将会是最后一批撤离居民区的冰雪少女，她依依不舍地看着自己居住了几十年的房间，抚摸着自己的家具。来到客厅时，小女孩的七弦琴正散发着耀眼的光芒。

大妈妈因惊讶和警惕而眉头紧锁，伸手接触了七弦琴的琴弦……

门外已经少了很多东奔西走的冰雪少女，她们都已经到集结地等候了。布满火光的街道上，只有零星几位身着戎装的冰雪少女正在挨家挨户地敲着大门，确认着户内的情况。

大妈妈打开屋门，街道边的冰雪少女纷纷走了过来，一支火箭从天而降，落在大妈妈的左手边，其他少女被惊吓得魂不附体，大喊"湖母小心"。但大妈妈拍了拍裙上的灰尘，轻松地说了句"无妨"，让其他冰雪少女松了一口气。

被尊称"湖母"的大妈妈开始向其他冰雪少女询问当前的情况。

"敌人知道火是我们的弱点后，开始不择手段地放火。内城的守卫已经牺牲了三分之二，我们只能凭借基础据点与敌军周旋。所幸，我们的同胞们基本都已经集合完毕，就等湖母离开了。"

"都撤了呢。"湖母叹了一口气，"我们也走吧。"

"那个，湖母，还有月仙子她……"

"我知道，我现在就去找她。"

最后一批冰雪少女随之离开了居住区。临行前，其中一位冰雪少女问道：

"湖母，那月仙子的女儿……"

湖母看向家的方向，注视着并沉默了片刻，最后转头说道：

"走吧。"

所有人都明白这一系列的动作和语言代表着什么，追问下去已经没有必要了。

看着她们远去的背影，白发蓝瞳的小女孩在门外朝她们伸出了手……

"不要……丢下沫沫……一个人……"

小女孩从噩梦中惊醒，嘴中不断念叨着一个声音：

"妈妈。"

刚刚的场景，是梦吗?

还是说，现在的我才在做梦……

这时已经没有任何人能够回应她，就连大妈妈也不在身边。无论是刚才的噩梦，还是昏暗的房间，或是窗外血红的火光，以及高大的人影和粗鲁的怒吼，都令小女孩惊恐万分。无法想象，在做一个梦的时间里，这个世界到底发生了什么。

这样下去毕竟不是办法，与其裹在被子里打颤，不如出门去寻找自己的妈妈。蓝色的瞳孔中闪烁着坚强的目光，小女孩下床穿好靴子，门外的叫唤声越发接近。小女孩心跳得很快，她退到桌边，手触碰到了摆放在桌面上的七弦琴。

小女孩想起先前妈妈交代过的话："琴是我们的第二个生命。当小沫天在妈妈附近遇到危险的时候，只要拨动琴弦，妈妈就会立即出现在你的身边；要是独自遇到危险，就紧紧地抱住琴吧。"

此时，门外响起了猛烈的敲门声，与其说是敲门，更像是想破门而入的声音。留给小女孩的时间已经不多，她努力把七弦琴拉到桌边的位置，再用吃奶般的力气把这把竖起来可能比她高出一个头的七弦琴抱在怀里。就在此时，门被砸开了，迎门而入的，是一个身形魁梧的大汉，他佩戴着如犀牛角般的头盔，全身裹满用动物毛皮做成的衣物，犀利的眼神正盯着小女孩所在的方向。小女孩因为害怕，已经不得不瘫坐在椅子上，喘着大气，双眼无神地与他"对视"着。大汉鼻子中的呼吸带着阵阵热气，他是感到冷，还是在生气，小女孩不得而知。

打破房间死寂的，是门外另一个人的声音：

"战士，里面有人吗？"

大汉回答道："没有。"

另一边则用怒吼般的声音命令道："给我搜！一个角落也不要放过！"

"是！"这位高大的战士无情地接受这个命令，他从背后掏出大剑开始疯狂乱劈，首先遭难的是小女孩家门旁的木质折叠桌。这时女孩的脑海中闪过自己在这张桌子上做作业时母亲指导自己的样子。其次是各种柜子、书籍、饭桌……小女孩只能静静地坐在椅子上，任由脑海中的画面不断闪过而独自流泪。这个时候，门外的长官进来了，他扫了一圈一片狼藉的屋子，看到仍旧完好无损的茶桌，命令屋内的战士道："快，把这个茶桌给我劈了！"

小女孩倒吸了一口凉气，茶桌上刚刚摆放的，正是自己的七弦琴，而自己现在，正坐在茶桌旁边的椅子上。小女孩闭上眼睛颤抖着，刀光剑影之间，茶桌裂成两半。黑暗之中，战士的影子从她的身旁穿过。门外的长官对着屋子的大门狠狠地踢了一脚，恨恨地说道："可恶的冰妖精，别让我找到你们。"

缓缓睁开眼睛，小女孩看到那个高大的战士仍在自己的房间内翻箱倒柜，搜寻着他们口中所谓的"冰妖精"。但里面都是大妈妈、妈妈和自己最宝贵的记忆，对于他们的无礼，自己却无可奈何。但她因害怕而头脑空白时，仍想到三件事：

他们……看不见我吗？

他们是谁？为什么要闯入我的家？

大家都去哪里了？为什么只剩我一个人？

门外的长官离开了，这对小女孩而言是一个出门的机会。她抓住七弦琴，从椅子上轻轻跳下，再抱起七弦琴。七弦琴的重量让小女孩有些吃力，但小女孩相信正是琴的力量使外人看不到她的存在，然而接下来发生的一件事证明她的判断是错误的。

家门对面，是超级厉害的大姐姐的家，听说以前妈妈曾拜她为师，妈妈教给自己的技巧都是昔日这位大姐姐所教的。而如今大姐姐的家已经被大火烧成灰烬，在小女孩脑海中残存的，只有小女孩和她的小伙伴们围成一圈，站在大姐姐身边看着大姐姐表演元素魔法时的画面。

街道上已经看不到自家的一个同胞，全是戴着犀牛角头盔的战士。他们各自进入所占领的房间，搜刮着一切可能会值钱的东西，精致的布料、宝石、饰品……纪律已经混乱到可以把他们称作一群强盗。或许，他们正是一群强盗，洗劫着小女孩的家园。但是，小女孩从他们的神情中看不到任何兴奋和满足，恰恰相反，他们的脸上写满愤怒和欲望。有的人摘下头盔，小女孩看到了那些头盔下因为疯狂而近乎扭曲的嘴脸。他们朝天

哀号着，就如黑色童话里那群在伸手不见五指的黑夜中盗走孩子的野狼。大火燃烧着这片居住区，小女孩看到吞噬邻居家的大火已经把手伸进自己的家里。房间里的战士似乎也意识到了火势的逼近，从屋里走了出来，左手抓着的冰晶石护符正散发出刺眼的光芒。

"那是妈妈给我做的！"看到护符揣在了别人的手里，小女孩所有的心理防线都被无情地打破了，这块冰晶石里面有妈妈画的照片。她平时都戴在脖颈上，只有睡觉时才会脱下，而唯独这次醒来，因为过度害怕而没有戴上。在小女孩心中，任何记忆都可以被糟蹋，唯独只有这块护符……

"还给我！"随着七弦琴"啪"一声落在雪地上，小女孩毫不犹豫地跃向高她两倍多的"强盗战士"，在"接触"到战士的手和护符的瞬间，意想不到的事情发生了。

小女孩径直穿过战士的手，然后是身体，最后发现自己完全穿过了战士，扑倒在另一边的雪地上。

她呆呆地看着战士把这块冰晶石护符献给他的长官。听着他奴颜婢膝的奉承和他长官敷衍应付的夸奖，小女孩大受震惊。一方面，冰雪少女之间从来不会用这种口气对话，难道外面的人都是这样的吗？小女孩从他们的语气中感到强烈的不舒服；另一方面，小女孩看着自己的双手，她刚刚脱离了琴，跃向战士，原以为危险近在咫尺，却不曾想发生了刚刚那一幕。

我……是虚无的吗？

还是说……这是我的……记忆？

突然，小女孩的脑袋如刀割般撕裂着，在强烈的痛苦之中，脑海中一直回响着妈妈的话：

"要是遇到危险的话，一定要紧紧地抱住自己的琴。"

是啊，如果我真的是虚无的话，为什么还能够抱住琴呢？

强忍着头上的痛苦，小女孩艰难地站起身，扶着旁边的墙体，慢慢地往回走。一路上，头顶犀牛角的"强盗战士"陆续发出痛苦且愤怒的哀号：

"想不到打了这么久，竟是这么一个结局。"

"到最后甚至都没能看到冰妖精的真实样子，老大还说要给我们……"

"好冷啊，这鬼地方真不是人待的。"

"所以这场战争已经结束了吧？"

"我想回家……"

......

小女孩一步一步走，终于回到七弦琴的身边，无力地跪在雪地上，再一次紧紧抱着琴。她的家接近一半被大火吞没，远处不断传来震耳欲聋的爆炸声，刺激着小女孩的大脑。她似乎是第一次如此真实地感觉到冷，就像大雪覆盖在赤裸的皮肤上。母亲说过，这种就是绝望的感觉。在害怕、痛苦与绝望的多重打击下，小女孩最终压抑不住情绪而哭喊了出来。从未如此令人绝望的黑暗，笼罩在这片土地的上方。

眼泪划入七弦琴的琴弦之上，被小女孩紧紧抱住的七弦琴发出了灿烂的光芒。泪眼婆娑的小女孩惊讶地看着眼前这一幕，感觉到热量正在滚滚地流入自己体内，让她重新感受到温暖。琴弦虽然有点扎身体，但小女孩把它抱得更紧了，眼泪止不住地往下掉。

"不可以绝望哦，沫天。"

欸？这个是……

"明明发过誓，要永远留在妈妈身边保护她的。"

我……

"所以，请一定要……"

明明这个声音就如母亲一样温暖。

"要努力活下去哦。"

不是我的母亲，她更像是……

眨眼之间，她发现身处在另一片区域里，眼前的画面来自小时候的记忆。记忆中的自己正兴奋地围绕着冷棉树转圈，妈妈在一旁担心地喊着："注意安全呀。"而大妈妈坐在妈妈对面，一脸惬意地喝着茶。这是自己六岁那年的白月节，冷棉刚刚绽放的日子里，全家人一起到树下喝茶赏花的时光。

　　女孩呆呆地看着，她记得这是自己这一生最幸福的时候，多希望时间能永远定格在这里啊，但是，这应该是完全做不到吧。小女孩转过身来，等待她的，是一个和她长着一样雪白头发和拥有翠蓝色双眼的少女。少女穿着白色的披肩和有雪花条纹的白裙。脸上略带一丝成熟的气质，但并不妨碍小女孩做出进一步的推测：

　　"你是……我长大后的样子吗？"

　　少女微笑着摇了摇头，扭过头略带脸红地说道：

　　"也许我只是一个有意识的形体而已，只有你才是真正的沫天哦。"

　　"不要！"小女孩说道，"我们明明长得这么像，声音也是。你还知道我心目中最美好的记忆，能如此了解自己的，只有另一个自己了吧？"

　　"哈哈……"少女苦笑道，"我做了一个非常漫长的梦，梦里的我失去了几乎所有的记忆，只有姐姐收留了我，给我取了'沫天'这个名字。这段时间里，我和姐姐一直在找寻着过去的答案，直到如今，我们两个在梦里相会……"

　　小沫天快步上前，握住了少女的手，用灿烂的笑容回答道：

　　"我们同时走在追寻过去的路上，所以沫沫更加坚信，我们都是沫天哦。"

　　少女的眼眶湿润了，她抱住了小沫天说道：

　　"那就让我们一起，迎接我们最后的结局吧。"

转眼之间，小沫天的意识回到了自己的家园，牢牢抱着的琴散发出翠蓝色的光芒。此时，天空中一道白光划破苍穹，那是来自城主的白翼马车。小沫天站起身来，看着马车朝着希望的方向驶去。年幼的她理解了一件事，冰雪少女从来都不是屈服于任何种族的存在，从古至今，一直如此。

不过她的身边没有任何变化，看到大火仍在熊熊燃烧着，头顶犀牛角的大叔该哭还是得哭。

只是小沫天耳边，多了一个陪伴着她的声音：

"感觉到害怕吗？"

小沫天摇了摇头，说道："要是知道接下来死亡的结局，就已经没有任何害怕的必要了吧。"

"对不起，我没能拯救你。"

"这个时候不可以哭哦，明明妈妈告诉过我们面对任何事情都要坚强的。"

来自安提拉方向的滔天巨浪黑云怒吼般吞向地势较低的居住区，凶猛的洪水以迅雷不及掩耳之势，带着全体冰雪少女坚强不屈的意志和生命，朝着侵犯其净土的所有侵略者施以最严厉的惩罚——同归于尽。大水不仅席卷了所有来犯者，还有冰雪少女曾经的家园，也淹没了沫天，最后直冲城墙，与城墙上早已殉城的冰雪少女团聚，化作极北千年不遇的滚滚波涛。

"这就是冰雪少女最后的结局吗？"

两个沫天再一次回到了全白的世界中，小沫天紧紧地牵着形体沫天的手，看着形体沫天盯着远处发呆，她想起了先前大妈妈看着窗外的时候，神情和眼前这位长大后的"自己"一模一样。

不一会儿，形体沫天看着小沫天说道："能听见吗？"

小沫天闭上眼睛，仔细倾听着，这是用工具挖雪的声音，还有一个如踏着雪地的声音越发接近，到最后，出现了一段对话。

"大家都已经集结完毕了……请问您这是？"

"要是埋在这里的话，无论过了多少年，她都会找得到吧。"

两个沫天呆呆地驻足在原地，思考着同一个问题：

这就是"她"最后的结局吗？还是我的结局？

当眼前的画面回归沉寂许久之后，小沫天用略带犹豫的神情看着形体沫天，问道：

"我妈妈还活着，是吗？"

形体沫天点了点头。这个值得庆幸而残酷的事实让年幼的小沫天转过身体，沉默了一会儿，转身微笑地问道：

"那个，你称呼妈妈作'姐姐'，那我能称呼你作'姐姐'吗？"

小沫天稚气的笑容让形体沫天再一次害羞起来，她忸忸怩怩地说道：

"沫天……可是我……"

小沫天帮她把接下来要说的话吞进肚子里，并抱住了她，说道：

"太好啦，沫沫今天又多了一个朋友。姐姐回去后，一定要和我妈妈说哦。"

形体沫天流下痛苦的泪水，再一次紧紧地回抱了这个温柔的小女孩。

因为她们意识到，这个梦不会带来任何记忆，所以上面的事情只是一个虚无的承诺。然而，这个梦境在小沫天逐渐释怀的情绪下即将到达它的终点，留给她们的时间已经不多了。

"沫天姐姐，你和我的妈妈身上有着同样的温暖呢。"

"妈妈是世界上最温暖的人吧？"

"妈妈最好了，她会教沫天写字，教沫天做衣服，教沫天弹琴，还会给沫天做好吃的……"

小沫天骄傲地列举着妈妈为她做的所有事，形体沫天静静地倾听着，就像倾听着小沫天诉说她来到这个世界的这一年里，恋雪姐姐和她度过的一切日常。

"沫天姐姐真爱哭呢，明明都是一些非常开心的事情。"

"啊，我在哭吗？"形体沫天赶紧擦了擦眼泪，微笑着说道，"我一直都是这样不争气的样子呢。"

"那个，对不起。"

"欸？为什么要道歉呀？"

"沫天姐姐是因为我才进入这场梦境里的吧？"

"当然不是啦！"

形体沫天拼命回想着自己昏迷前的记忆，但是怎么也想不起来了。

小沫天站起身来，对着形体沫天笑着说道：

"我该走了呢。"

形体沫天注意到，这片白色的空间早已开始破裂，她牵着小沫天的手，带着惊讶与不舍的心情问道："是什么时候……我们可以一起走的……"

小沫天微笑着摇摇头，说道："我呢，也许早就已经在世界的另一边，和别的姐姐幸福地生活在一起了吧。所以，作为

沫天的我，一点都不孤独。现在能够作为沫天的你，一定也不
会感到孤独吧？"

空间碎裂得更加严重了，形体沫天第三次抱住了小沫天：

"不要，请不要再说下去了。"

"在世界的另一头，有一位冰雪少女和姐姐一样爱操心，
看似坚强，但内心很脆弱。那是对于我和姐姐而言都一样重要
的人。姐姐回去后，不可以再让她流泪了哦。"

少女带着沉重的哭腔"嗯"了一声。此时，空间完全扭曲
了，形体的少女沫天变成了实体，眼前的小沫天却开始形体化，
并逐渐消失在眼前。

"再见啦，沫天姐姐。"化作形体的小沫天在消失前的最
后一刻轻轻推开了少女，在空间扭曲成黑暗后化为引路出口的
一道光……

回到现实的沫天微微睁开双眼，从微弱的视线中看到了墙
上的冰火灯，就像第一次来到这个家的时候一样，从冰火灯开
始扫视着屋内，直到看到趴在床上睡着的紫色长发的姐姐。如
果不小心伸手触碰一下她的头发，姐姐也会立马醒过来吧。

然而这次沫天只是轻轻抬了抬手，恋雪居然就惊醒了过来，
并迅速抓住沫天的手，布满红血丝的眼睛紧紧地盯着那双永远
能带给她希望的翠蓝色大眼睛。

沫天伸出左手，用拇指擦拭着恋雪眼角的泪痕。恋雪则用
右手抓住了沫天的左手。沫天借着姐姐的力气从床上起身后，
感觉恍惚的大脑开始滚滚发热，就如机器开始运作一般。

从看着沫天醒来到现在，恋雪都激动得说不出话，眼睛因

为流泪过多和睡眠过少，只是稍微眨眨眼便传来一阵阵刺痛。然而，这种刺痛与这几天内心的痛苦相比，简直就是九牛一毛。恋雪喜极欲泣的表情令人动容，她说道：

"用这个世上再悲伤的话语都无法形容我担心你的心情，用这个世上最幸福的言语也无法形容我看到你平安无事时的心情。"恋雪紧紧抱住了沫天。

沫天脑海中仍一片空白，她感觉自己忘记了很多重要的事情，但似乎什么都没忘。她伸手回抱了恋雪，轻声低语道："姐姐。"

然而这句听似微不足道的细语就如平地惊雷般震撼着恋雪的心灵，她轻轻松开沫天的怀抱并用双手抓着沫天的肩膀，惊讶之情溢于言表，问道：

"刚刚，是沫天在叫我吗？"

沫天歪了歪头，用疑问的口吻问道："姐姐？"话音刚落，沫天终于意识到姐姐想表达什么，自感不可思议地捂住了嘴。恋雪难以遮掩的激动化作语无伦次的表达：

"沫天的声音恢复了……我，我……"

恋雪再也无法说下去了。沫天带着悲喜交加的情绪紧紧地拥抱着恋雪，不停地哭喊道："姐姐！"

一声声的"姐姐"彻底融化了恋雪的内心，恋雪终于不用再压抑了，她在沫天的怀里用哭声与热泪肆意地宣泄着自己压抑了这么多天的情绪。这是二人相遇之后的第二次相拥而泣。而这次相拥，将为这一年二人的幸福时光写下一个"治愈"的休止符。

Voice.

故事的最后

在纸上写下一个"vioce"的我，擦了擦湿润的眼角，故作微笑地朝着白团团诉说出自己的心声："真希望未来的某一天，出现在这个世界的你，也能够与你的姐姐再度重逢。"

白团团抿了口刚泡好的茉莉花茶，说道："谢谢你。姐姐说过，无论我在什么地方，她都会找到我的。既然我的意识可以连接到这个世界，姐姐也一定可以。"

"不管怎么说，多亏了你，我才能听到如此动人心扉的故事。"

"是你的成长，让我的意识得到了恢复。至少现在的我不再是以前那个'无情的讲故事机器'了。"

"白团团……"

"还有，不要总叫我白团团，人家在故事里至少……至少透露了名字呢。"

这句话让房间里压抑的氛围得到了缓解，我终于得以会心一笑。

总之，对于《千河之歌》这部作品而言，它已经正式完结了。但是对沫天和恋雪而言，《千河之歌》只是她们百年羁绊中最为特殊的一个起点，她们"水浓于血"的亲情将伴随着无尽的唤潮持续下去。

无论是作为叙事者的我，还是作为"世界观测者"的各位读者，都能明显地感受到，这部作品在后期一改前期轻松日常的叙事风格，在"过去"的真相逐渐浮出水面之时，越来越多的好奇开始充斥着我们的脑海。带着疑惑询问白团团的时候，她借给我两本书，一本是《亚律弦章》，另一本是《古律弦章》。这两本空之界的史诗，揭开了这个种族神秘的面纱。

接下来我要说的，是隐藏在冰雪少女背后的故事。

先简单介绍一下《亚律弦章》。这是一部横跨空之界四个时代的史籍，至今仍属于未完成的状态。在大一统的元素时代，《亚律弦章》是官方修订的史书，代表着皇室的权威，共九个家族（家族长被称为大史官）负责空之界九个地区的历史材料收集。实际上在边陲地区的史官会把收集目标向外扩展，使得《亚律弦章》在这个时期记录的史料范围广阔且完整。

"冰雪少女，一个与世无争的种族，在家园遭遇了蛮族入侵后，完全消失在了极北的视线内。"在外人看来也许是一件稀松平常的游牧民族侵略农耕民族的案件，却被罕见地记录在了《亚律弦章》的《传说》篇中。

没错，冰雪少女，那个只出现在千百年前神话传说中的种族，她们的离去轰动了整个皇室。而"那位冰雪少女"的到来对世界的变化和推动历史进程所起的作用，也是所有人都不曾料到的。

极北在大一统时期属于皇朝边陲之地，皇室大权的手很难伸到这里。在南方人看来，极北是封建时代的放逐之地，整个极北都充斥着罪恶的味道。

很讽刺吧，外人看起来是无数罪恶的集结地的极北，却拥

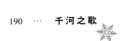

有世界上最干净的水源，并孕育了世界上最干净的种族。

更讽刺的是，外人看起来一无是处的极北，诞生了皇室追寻了千百年、梦寐以求的第十个元素体。伴随着"那位冰雪少女"来到了南方，令这个暗藏了巨大危机与阴谋的皇朝实现了元素大一统，尽管只维持了短短的五年时间。

冰雪少女的到来，改变了空之界的气候环境，令南方人第一次看到了雪、第一次看到了液体结冰的样子，令没有"冬天"的皇朝第一次感受到了刺骨的寒冷。第一年的严寒如同灾难一般，因此她还被人打上了不良魔女的标签。而这位冰雪少女本人最终造就了一个足以改变世界线的人物。记录了两界之战的史诗《古律弦章》，让这位冰雪少女自离开夫卡于到她的结局的历程都变得有迹可寻。

这是关于第三个冰雪少女的一些后话，在最终的章节中能够得知她是如何离开夫卡于的。至于她，还有这个世界后面到底发生了什么，这里就不做过多赘述了。

另一个让我们最关心的问题，也许就是沫天与恋雪的真实关系了。

毫无疑问的是，恋雪曾经确实有一个名为"沫天"的女儿。而且两个"沫天"之间有着相似的外貌（翠蓝色的眼睛）、相近的性格（单纯、坚强和善良），还会演奏相同的乐器。

除此之外，我个人也做出了一些推断：安提拉既然能够唤醒冰雪少女前世的记忆，所以失去记忆与说话能力的沫天，在前世记忆的冲击下，才会陷入昏迷的吧。

那么，她们真的是同一个人吗？

然而，这并不是一个有正确答案的问题，毕竟连白团团也说不清楚自己为什么一开始是"无情的讲故事团子"。如果"世界的观测者"们依然保持着强烈的好奇心，不妨回到最初的起点再度启程，也许你们能够在字里行间中，找到隐藏在现世的冰雪少女背后的"真相"。

　　不管怎么说，即便抛开了姐妹或是母女的身份，沫天和恋雪的相遇本身就能让这个令人感慨的种族获得一丝慰藉，也能让守河一族的故事得以传唱下去。在看似虚无的世界中能够诞生出如此的希望与美好，对她们而言也许就已经足够了。

　　也许也印证恋雪最终释然的那句话："那些事物，对我而言已经不再重要了。"

　　最后，非常感谢能够看到这里的你们。白团团说过："也许世界并不是完美的，但一定会有美好的事物存在。"我曾经就有如写下作品的初衷般美好而不切实际的幻想，但是如果某一天真的实现的话，也许我和白团团存在的意义，或许都将得以证明了吧。

　　那么，"世界的观测者"们，未来的某一天，我们会在空之界哪片土地上相遇呢？

LymT

2022 年 12 月 19 日